Tempos difíceis

CHARLES DICKENS

Tempos difíceis

TRADUÇÃO
Lúcia Helena de Seixas P. Brito

INTRODUÇÃO
Mariana Teixeira Marques-Pujol

Amarilys

Copyright © Editora Manole Ltda., por meio de contrato com a tradutora.

Amarilys é um selo editorial Manole.

Este livro contempla as regras do Acordo Ortográfico de 1990.

PREPARAÇÃO: Luiz Pereira e Natália Aguilar
REVISÃO DE PROVA: Fernanda Simões Lopes
CAPA E PROJETO GRÁFICO: Daniel Justi
DIAGRAMAÇÃO: Tkd Editoração

Dados Internacionais de Catalogação na Publicação (CIP)
(Câmara Brasileira do Livro, SP, Brasil)

Dickens, Charles, 1812-1870
 Tempos difíceis / Charles Dickens ; tradução Lúcia Helena
de Seixas P. Brito. -- 1. ed. -- Barueri, SP : Amarilys, 2017.
 Título original: Hard Times.
 ISBN: 978-85-204-3710-0
 1. Romance inglês I. Título.

17-03657	CDD-823

Índices para catálogo sistemático:
1. Romances : Literatura inglesa 823

Todos os direitos reservados.

Nenhuma parte deste livro poderá ser reproduzida, por qualquer processo,
sem a permissão expressa dos editores. É proibida a reprodução por xerox.

A Editora Manole é filiada à ABDR – Associação Brasileira de Direitos Reprográficos.

Edição brasileira - 2017

Editora Manole Ltda.
Av. Ceci, 672 – Tamboré
06460-120 – Barueri – SP – Brasil
Tel.: (11) 4196-6000 – Fax: (11) 4196-6021
www.manole.com.br / www.amarilyseditora.com.br
info@amarilyseditora.com.br
Impresso no Brasil | *Printed in Brazil*

SUMÁRIO

INTRODUÇÃO: ATUALIDADE DE TEMPOS DIFÍCEIS
MARIANA TEIXEIRA MARQUES-PUJOL, 9

LIVRO PRIMEIRO: SEMEADURA

CAPÍTULO I, 19

CAPÍTULO II, 20

CAPÍTULO III, 27

CAPÍTULO IV, 33

CAPÍTULO V, 41

CAPÍTULO VI, 48

CAPÍTULO VII, 62

CAPÍTULO VIII, 70

CAPÍTULO IX, 77

CAPÍTULO X, 86

CAPÍTULO XI, 92

CAPÍTULO XII, 100

CAPÍTULO XIII, 106

CAPÍTULO XIV, 115

CAPÍTULO XV, 121

CAPÍTULO XVI, 13O

LIVRO SEGUNDO: COLHEITA

CAPÍTULO I, 139

CAPÍTULO II, 154

CAPÍTULO III, 163

CAPÍTULO IV, 169

CAPÍTULO V, 178

CAPÍTULO VI, 186

CAPÍTULO VII, 2OO

CAPÍTULO VIII, 214

CAPÍTULO IX, 228

CAPÍTULO X, 238

CAPÍTULO XI, 243

CAPÍTULO XII, 253

LIVRO TERCEIRO: O CELEIRO

CAPÍTULO I, 261

CAPÍTULO II, 268

CAPÍTULO III, 279

CAPÍTULO IV, 288

CAPÍTULO V, 299

CAPÍTULO VI, 309

CAPÍTULO VII, 321

CAPÍTULO VIII, 334

CAPÍTULO IX, 341

INTRODUÇÃO

Atualidade de Tempos Difíceis

Mariana Teixeira Marques-Pujol

A cena de abertura de *Tempos Difíceis* – décimo romance de Charles Dickens, publicado pela primeira vez em 1854 – começa com a voz de um dos protagonistas e se passa num dos cenários de predileção do autor inglês: uma sala de aula. Ao dirigir-se aos alunos, o professor Thomas Gradgrind revela, sem a mediação do narrador, um dos temas centrais do romance, a saber, o conflito entre duas visões diametralmente opostas da vida e do mundo. A primeira delas, defendida por Gradgrind, impõe os "Fatos" como única possibilidade razoável de inserção na realidade; a outra, que se revelará conforme a leitura do romance avança, sugere que, sem sonhos nem sentimentos, sem diversão nem fantasia, viver pode se tornar um exercício penoso, desesperador e até mesmo perigoso, como os leitores logo descobrirão. A segunda perspectiva é representada pela trupe do circo do Sr. Sleary, uma comunidade unida e afetuosa na qual vivem a heroína Sissy Jupe e seu pai.

Como já imaginam o leitor e a leitora habituados à prosa de Charles Dickens, em tal oposição entre racionalidade e imaginação, entre "*facts and fancy*" – para retomar os termos do autor –, quem sai ganhando não é a razão fria dos números, tabelas, definições e estatísticas de Gradgrind, e sim o apelo sentimentalista de Sissy e seus amigos. Ironicamente, o projeto do romance partiu de uma motivação bastante racional: aumentar as vendas de *Household Words*, periódico editado por Dickens. Depois de quase cinco anos de publicação ininterrupta, as vendas começavam a despencar. Durante o semestre de 1854 em que os capítulos de *Tempos difíceis* foram publicados em formato serializado, como um folhetim, os lucros da publicação dobraram.

Vale notar, ainda assim, que a ideia de confrontar estas duas visões de mundo não fora unicamente motivada pela necessidade de equilibrar as finanças de *Household Words*. Tal temática ficcional fazia inteiro sentido na Inglaterra de meados do século, tendo em vista o debate público que opunha as abordagens utilitaristas das relações sociais e laborais (baseada de modo mais ou menos fidedigno no pensamento de Jeremy Bentham e nas práticas econômicas liberais inspiradas por Adam Smith) às críticas a estas abordagens – encarnadas por homens como Thomas Carlyle, que expunham, com veemência, os custos humanos da industrialização. Aos 42 anos, Dickens já havia garantido sua consagração e publicado alguns de seus grandes romances "sociais"; mas é com *Tempos difíceis* que ele se debruça sobre os efeitos perniciosos do enraizamento de uma racionalidade desumana e tacanha na vida social inglesa pelo viés da escola e do mundo do trabalho na cidade fictícia de Coketown.

Nestes meados de século, a educação das classes populares na Inglaterra se organizava sobretudo em torno de obras caritativas cujas escolas tinham como objetivo fundamental ensinar às crianças rudimentos de leitura, escrita e religião. Com o passar do tempo, outras disciplinas (como a matemática) começaram a ser integradas ao cotidiano escolar. Dentro deste contexto, o poder público adotaria um sistema de certificação de professores-aprendizes que Charles Dickens e muitos de seus contemporâneos criticavam porque se tratava, segundo eles, de uma formação intelectualmente medíocre, focalizada na memorização de informações inúteis e superficiais. A "pedagogia" de Gradgrind se aproxima bastante deste tipo de experiência na medida em que não ensina a pensar nem sublinha os valores humanos tão caros ao autor de *Tempos Difíceis*, mas exalta a acumulação de "fatos" em detrimento da experiência, a "decoreba" ao invés do pensamento criativo.

A oposição que se revela na escola no início do romance, expondo a discrepância entre o ponto de vista do professor e o da pequena Sissy Jupe, reaparece nas relações entre os adultos no contraponto entre a ganância e o desprezo do banqueiro e proprietário Josiah Bounderby por seus empregados, e a solidariedade entre os artistas de circo. Neste sentido, *Tempos Difíceis* pode ser lido como uma crítica contundente às imensas diferenças sociais impostas pelo sistema capitalista que fazia sangrar a classe trabalhadora inglesa desde o fim do século XVIII. A pequena e enfumaçada Coketown poderia ser compreendida, sob esse ponto de vista, como uma miniatura de tal processo, com seus burgueses (Bounderby e Gradgrind) e operários (Rachel e Stephen Liverpool) separados por uma fratura profunda.

Tal impressão é reforçada pela publicação, no mesmo *Household Words*, de artigos de autoria de Dickens que tratam, por exemplo, de acidentes fatais nas tecelagens e da aberração do trabalho infantil. "Por que falamos sobre essas coisas horríveis?", pergunta o autor num texto de 22 de abril de 1854. E ele mesmo responde: "Porque elas existem, e sua existência deve ser claramente conhecida. Porque ocorreram, nos últimos três anos, mais de cem mortes deste tipo, e mais de dez mil (de fato, quase doze mil) acidentes dessa natureza em nossas fábricas, e todos eles, ou quase, poderiam ter sido prevenidos".[1] Mas, especialmente, a imagem de Dickens como reformista convicto se revela em função de sua presença, como jornalista, em situações de conflito social agudo – por exemplo, nesse mesmo ano de 1854, ele decide fazer uma visita aos grevistas das tecelagens de Preston, em Lancashire, cuja mobilização incitou 20 mil trabalhadores a cruzar os braços e desenvolver um esquema de solidariedade exemplar para sobreviver à ausência de salários.

E, no entanto, seria apressado restringir a leitura de *Tempos Difíceis* ao recorte da luta de classes, pois a dinâmica que a narrativa revela é mais complicada. O próprio Dickens nos indica, em seu artigo sobre a greve em Preston que, no seu ponto de vista, as coisas não são tão simples assim. Ele enfatiza (em acordo com a opinião geral, aliás) que os grevistas estavam claramente equivocados, mas que as virtudes dos trabalhadores eram evidentes em sua conduta.[2] É nesse sentido que o leitor e a leitora notarão que o fato de o narrador dickensiano enobrecer a ética do operário Stephen Liverpool e ridicularizar o egoísmo do burguês Josiah Bounderby não o torna sistematicamente porta-voz dos mais fracos. Isso porque *Tempos Difíceis* expõe de maneira intensa a complexidade das diferentes clivagens recorrentes em toda a obra de Dickens, a saber, entre o coletivo e o individual; entre certa visão da virtude e de seu contrário; entre uma concepção particular da essên-

---

1 Fonte: Discovering Dickens. http://dickens.stanford.edu/hard/issue2_household.html. O artigo de Dickens em *Household Words* de 22/04/1854 é intitulado "Ground in the Mill". Tradução minha.

2 CARNALL, Geoffrey. "Dickens, Mrs Gaskell, and the Preston strike". In: *Victoria Studies*, Vol. 8, N. 1 (pp. 31-48), p. 33.

cia humana e das aparências que acabam por escondê-la dos próprios homens. O melodrama é a lente de que faz uso este narrador para decodificar tantos elementos complexos, e o indivíduo bom, em sua plenitude e simplicidade, é o centro para o qual se dirigem todos os olhares. Nessas circunstâncias, a organização política coletiva perde o sentido e quase se esvazia, dando lugar à exaltação de qualidades silenciosamente compartilhadas por homens e mulheres de bem, prontos a salvar Stephen num momento crucial do romance.

Para os leitores e leitoras que tiveram o primeiro contato com *Tempos Difíceis* nos fascículos no periódico *Household Words*, todos esses assuntos tinham caráter extremamente atual: a discussão a respeito do sistema escolar; o impacto das múltiplas greves e a execrável situação dos trabalhadores nas fábricas e tecelagens; as "duas Inglaterras" separadas pelo dinheiro e que os reformistas desejavam reunir. A poesia e a humanidade das diversões públicas (como o circo e o teatro) também eram parte central da sociabilidade inglesa nas cidades e no campo em meados do século XIX e contribuíam, sem dúvida, para o apelo realista do texto. Mas qual seria o interesse desse romance para nós, leitoras e leitores brasileiros vivendo no século XXI cuja experiência histórica pouco tem a ver com aquela da Inglaterra de 1854?

Se retomarmos a curta enumeração de temas feita acima, observaremos, de imediato, que, no mundo de hoje, em muitos lugares, tais questões estão longe de ter sido ultrapassadas. Assim, como não reconhecer, em nossa sociedade, a mesma fratura abissal entre pobres e ricos que tantos ingleses (inclusive no Parlamento) identificavam como um dos problemas centrais do país? Como ignorar os paralelos entre nossa realidade e os projetos educacionais "oficiais" discutidos por Dickens e seus contemporâneos, projetos que alienavam e isolavam crianças e jovens ao invés de ensiná-los a pensar livremente? Do mesmo modo, vale a pena refletir a respeito da solução encontrada pelo narrador do romance como síntese entre o desejo individual e a causa coletiva, ou entre as motivações pessoais e o bem comum.

Num mundo em que os "fatos alternativos" se tornaram uma possibilidade real e em que a enxurrada de informações a que somos diariamente submetidos através da Internet deixa pouco tempo para a introspecção, sobra ainda menos espaço para a concertação social.

Dito de outra maneira, o tempo que passamos conectados, procurando solitariamente distinguir o verdadeiro do falso numa teia infindável de argumentos e imagens, é o mesmo tempo que não passamos na construção coletiva – pelo debate, pela convivência, pela troca com os outros – de possibilidades menos fatalistas para futuro. Em *Tempos Difíceis*, o narrador dickensiano parece sugerir que o individual e o social só entram em sintonia quando se trata de sentimento. De maneira intuitiva, homens e mulheres se ajudam no momento em que os olhos de todos se enchem de lágrimas, sem que haja necessidade de racionalizar tal atitude. A beleza de tal movimento não deve esconder seu enorme risco político. Cabe ao leitor e à leitora julgarem por si mesmos.

Referências

CARNALL, Geoffrey. "Dickens, Mrs Gaskell, and the Preston strike". In: *Victoria Studies*, Vol. 8, N. 1, Sept 1964 (pp. 31-48), p. 33.

DICKENS, Charles. *Hard Times*. Oxford: Oxford University, 2008.

Links

https://www.bl.uk/romantics-and-victorians/articles/fact-versus-fancy-in-hard-times

https://www.bl.uk/works/hard-times

http://dickens.stanford.edu/hard/issue2_household.html

Tempos difíceis

LIVRO PRIMEIRO

Semeadura

CAPÍTULO I

A única exigência

— O que eu quero agora são Fatos. Ensine a essa turma de meninos e meninas nada mais do que Fatos. Tão somente de Fatos a vida necessita. Plante apenas isso, e colha todas as outras coisas. A formação da mente de seres pensantes deve ser pautada apenas por Fatos: nada mais terá para eles qualquer serventia. Esse é o princípio pelo qual eu norteio a educação de meus filhos e também a dessas crianças. Atenha-se aos Fatos, senhor!

O cenário era uma sala de aulas abobadada e nua, envolta em uma atmosfera austera e enfadonha, e o locutor enfatizava suas observações frisando todas as frases com um toque de seu anguloso dedo indicador sobre a manga do diretor da escola. Traços singulares da fisionomia daquele que discursava contribuíam para reforçar a ênfase colocada nas palavras; tudo nele colaborava para dar mais intensidade às suas frases enfáticas: o paredão formado pela fronte reta apoiada sobre as sobrancelhas; os olhos acomodados em duas espaçosas cavernas ensombrecidas pela muralha da testa; a boca larga, fina e inflexível; a voz austera, seca e ditatorial; o cabelo eriçado nas bordas de sua cabeça careca – uma plantação de abetos destinados a manter o vento afastado da superfície brilhante que, à semelhança da crosta de uma torta de ameixas, era toda coberta de protuberâncias, como se a cabeça quase não tivesse espaço para os intrincados fatos ali depositados. A postura contumaz do locutor, com seu paletó convencional, as pernas retas, os ombros largos; e, mais ainda, a própria gravata, colocada de forma a aprisioná-lo pela garganta com uma compressão inflexível, como se fosse ela mesma um fato obstinado.

— Nesta vida, senhor, não necessitamos de nada, exceto de Fatos; nada mais, senão Fatos!

O locutor, o diretor da escola, e mais o terceiro adulto ali presente deram um passo para trás e percorreram com os olhos o plano inclinado de pequenos cântaros dispostos naquele momento de forma organizada e prontos para ser preenchidos até a borda por fatos despejados de galões soberanos.

CAPÍTULO II

Assassinato de inocentes

Thomas Gradgrind, meu senhor. Um homem cuja vida é pautada pelo princípio da verdade. Um homem de fatos e ponderações. Um homem para quem dois e dois são quatro, nada mais, e não é possível persuadi-lo do contrário. Thomas Gradgrind, meu senhor – terminantemente Thomas – Thomas Gradgrind. Com uma régua, um par de escalas e uma tabuada sempre em seu bolso, invariavelmente pronto para pesar e avaliar qualquer fragmento da natureza humana e lhe dizer seu exato significado. É uma mera questão de números, um caso de simples matemática. O senhor pode esperar encontrar qualquer outra convicção extravagante na cabeça de George Gradgrind, ou Auguste Gradgrind, ou John Gradgrind, ou ainda Joseph Gradgrind (todas elas pessoas fictícias, inexistentes), porém jamais na cabeça de Thomas Gradgrind – não, senhor!

Era nesses termos que, mentalmente, o senhor Gradgring sempre se apresentava, quer em seu privado círculo de amizades, quer para o público em geral. Nesses termos, sem tirar nem pôr, apenas substituindo as palavras "meu senhor" por "meninos e meninas", Thomas Gradgrind fazia nesse momento a apresentação de Thomas Gradgrind para os pequenos cântaros que se encontravam à sua frente, prontos para ser totalmente preenchidos com fatos.

Na verdade, enquanto lhes falava impetuosa e ansiosamente naquele mausoléu já mencionado, ele parecia uma espécie de canhão carregado de fatos até o bocal, preparado para expulsá-los dos territórios da infância em um só disparo. Ele também se assemelhava a um dispositivo galvanizado e carregado com um impiedoso artefato mecânico cuja finalidade era tomar o lugar das tenras imaginações jovens, que deviam ser varridas para bem longe.

— Garota número vinte — disse o senhor Gradgrind, apontando-a diretamente com seu indicador anguloso. — Não conheço aquela garota. Quem é ela?

— Sissy Jupe, senhor — respondeu a garota número vinte, levantando-se, com as faces ruborizadas, e fazendo uma reverência.

— Sissy não é um nome — retrucou o senhor Gradgrind. — Não se refira a você pela alcunha de Sissy. Tome o nome Cecilia.

— É papai quem me chama Sissy, senhor — replicou a menina com a voz trêmula, curvando-se em mais uma reverência.

— Pois ele não tem motivos para isso — contestou o senhor Gradgrind. — Diga-lhe que não deve chamá-la por esse nome. Vejamos então, Cecilia Jupe, o que faz seu pai?

— Com sua licença, senhor; ele é do circo.

O senhor Gradgrind franziu as sobrancelhas e, com um movimento das mãos, sinalizou sua desaprovação a essa profissão condenável.

— Não admitimos essas coisas aqui. Você não deve falar sobre elas neste lugar. Seu pai doma cavalos, não é mesmo?

— Sim senhor, é isso mesmo; quando eles têm algum cavalo para domar, eles domam no picadeiro, senhor.

— Você não deve falar aqui sobre picadeiro. Muito bem! Descreva então seu pai como um domador de cavalos. Ouso dizer que ele também cura cavalos doentes, estou certo?

— Oh, sim. É isso mesmo senhor.

— Muito bem. Então ele é um cirurgião de animais, um veterinário, um domador de cavalos. Agora, defina para mim um cavalo.

(Essa ordem provocou em Sissy Jupe uma incontrolável sensação de pânico.)

— A garota número vinte é incapaz de definir um cavalo! — disse o senhor Gradgrind para satisfação geral daqueles pequenos cântaros — A garota número vinte é totalmente desprovida de fatos em relação ao mais comum dos animais! Então, vamos deixar que algum menino apresente para nós algumas definições de cavalo. Bitzer, sua vez!

O dedo anguloso, movendo-se de um lado a outro, parou de repente em Bitzer; talvez porque ele estivesse acidentalmente sentado na direção do mesmo raio de sol que, penetrando por uma das janelas nuas daquela sala de paredes brancas, lançava luz sobre Sissy. Os meninos e as meninas sentavam-se sobre uma face do plano inclinado, formando dois blocos compactos separados no centro por uma estreita passagem; e Sissy, na quina de uma fileira de assentos no lado ensolarado, encontrava-se na extremidade inicial de um raio de sol, cuja ponta oposta iluminava Bitzer, sentado na quina de uma fileira do outro lado, alguns assentos à frente. Mas, enquanto a garota tinha os olhos e os cabelos muito negros, dando a ideia de que o sol lhe conferia uma cor mais profunda e brilhante quando sua luz sobre ela incidia, o menino os tinha tão claros, que os mesmos raios pareciam dele extrair a débil coloração porventura algum dia possuída. Seus olhos frios jamais se chamariam olhos não fosse pelas pequenas pontas dos cílios, que distinguiam sua forma graças ao contraste com algo mais pálido do que eles mesmos. Os cabelos cortados bem curtos podiam ser vistos como mera continuação das sardas cor de açafrão que lhe cobriam a testa e a face. O aspecto doentio da pele, tão carente de cor natural, fazia pensar que, se ele sofresse um corte, verteria sangue branco.

— Bitzer — chamou Thomas Gradgrind. — Dê para nós sua definição de cavalo.

— Quadrúpede. Herbívoro. Dotado de quarenta dentes, a saber: vinte e quatro molares, quatro caninos e doze incisivos. Perde os pelos na primavera; e, em regiões pantanosas, perde também os cascos. Pisa com muita força e precisa ser calçado com ferraduras. Idade calculada a partir de marcas na boca — tudo isso (e muito mais) falou Bitzer.

— Agora, garota número vinte — sentenciou o senhor Gradgrind —, você sabe o que é um cavalo.

A menina se curvou mais uma vez em sinal de reverência, e seu rosto teria se tornado ainda mais rubro fosse possível alguém ficar mais ruborizada do que ela esteve durante todo esse tempo. Bitzer, depois de piscar para o senhor Thomas Gradgring com os dois olhos de uma só vez, fazendo com que a luz incidente sobre as pontas tremulantes de seus cílios conferisse a eles a aparência de antenas de insetos agitadas, bateu sobre a testa sardenta as juntas dos dedos dobrados e sentou-se novamente.

Nesse momento, o terceiro cavalheiro deu um passo à frente. Estava ali um homem muito poderoso, de decisões definitivas – um oficial do governo. Ele era, a seu modo (e também ao de muitas outras pessoas), um reconhecido pugilista, sempre em exercício, sempre munido de um sistema capaz de empurrar suas decisões garganta abaixo, como uma pílula gigante; sempre comentado no balcão de seu gabinete público, e pronto para combater toda a Inglaterra. Fazendo uso da fraseologia dos punhos, o homem era bom de briga e absorvia o golpe qualquer que fosse, mostrando-se um adversário repulsivo.

Ele sabia como ninguém dar um golpe de direita, causando com ele sérios danos a qualquer sujeito; para, em seguida, entrar rapidamente com a esquerda, parar, trocar, contra-atacar, levar seu oponente às cordas (ele sempre combatia Toda a Inglaterra) e se lançar habilmente sobre ele. Não havia dúvidas quanto à sua capacidade de surpreender o senso comum e deixar o adversário impossibilitado de ouvir a contagem de tempo. E a eminente autoridade de que era investido lhe conferia a responsabilidade de fazer acontecer o grande Milênio do ministério público, ocasião em que os agentes do poder soberano reinariam sobre a terra.

— Muito bem! — disse o cavalheiro, com um sorriso entusiástico, ao mesmo tempo que cruzava os braços. — Isso é um cavalo. Respondam-me então, meninas e meninos: vocês empapelariam as paredes de uma sala com figuras de cavalos?

Depois de uma breve pausa, metade das crianças gritou em coro "Sim, senhor!". E a outra metade, percebendo na expressão do cavalheiro que Sim não era a resposta correta, bradou a uma só voz "Não, senhor!" – como costuma acontecer nesse tipo de prova.

— A resposta é Não, sem dúvida alguma. E, por quê?

Fez-se uma pausa. A seguir, um menino corpulento e moroso, que respirava como um asmático, arriscou uma resposta: ele disse que não empapelaria a sala, e sim a pintaria.

— Você *deve* empapelar as paredes — disse Thomas Gradgrind —, quer goste disso ou não. Não *nos* diga que não as empapelaria. O que você pensa, rapaz?

— Então eu explicarei — falou o cavalheiro depois de outra pausa sinistra. — Eu explicarei por que não deveriam empapelar as paredes da sala com figuras de cavalo. É muito simples: vocês alguma vez já viram cavalos subindo e descendo pelas paredes de uma sala? Já?

— Sim, senhor! — respondeu uma metade. — Não, senhor! — falou a outra.

— Sem dúvida, a resposta é não — afirmou o cavalheiro, olhando indignado para a metade errada. — É claro que não! Vocês não verão em lugar algum o que não veem no mundo real; não encontrarão em lugar algum o que não existe no mundo real. A palavra Coerência nada mais é do que outra acepção para Fato.

Thomas Gradgrind fez com a cabeça um sinal de aprovação.

— Esse é um novo princípio, uma descoberta, uma notável descoberta — afirmou o cavalheiro. — Agora, vou submetê-los a mais um teste. Suponham que vocês sejam incumbidos da tarefa de colocar tapetes em uma sala. Vocês utilizariam um tapete com estamparia de flores?

Dessa vez, houve concordância quase geral. A grande maioria entendeu que para esse cavalheiro a resposta correta era sempre "Não, senhor!", de modo que disseram, em uníssono, "Não, senhor". Apenas algumas vozes muito débeis, aqui e acolá, entre as quais Sissy Jupe, responderam Sim.

— Garota número vinte — chamou o cavalheiro, revelando em seu sorriso a serena força moral que o conhecimento proporciona.

Sissy corou e ficou em pé.

— Então quer dizer que você carpetaria sua sala – ou a de seu marido, caso fosse uma mulher adulta e tivesse um marido – com representação de flores. Estou certo? — indagou o cavalheiro. — E por que o faria?

— Com sua licença, senhor, eu tenho grande predileção por flores — respondeu a garota.

— E por esse motivo você colocaria mesas e cadeiras sobre elas, e permitiria que as pessoas as pisassem com pesadas botas?

— Isso não lhes causaria danos, senhor. Se me permite dizer, elas não seriam esmagadas e não murchariam; seriam apenas retratos de coisas muito belas e encantadoras; e eu imagino...

— Ai, ai, ai! Não lhe cabe imaginar — bradou o cavalheiro, bastante exultante por sua habilidade em conduzir o assunto até esse ponto. — É isso! Não lhe é permitido imaginar: jamais!

— Você não pode, Cecilia Jupe — repetiu solenemente Thomas Gradgrind —, fazer qualquer coisa dessa natureza.

— Fatos, fatos, fatos! — asseverou o cavalheiro. E Thomas Gradgrind ecoou — Fatos, fatos, fatos!

O cavalheiro continuou, dizendo:

— Todas as suas ações devem ser norteadas e governadas por fatos. Esperamos ter, dentro de pouco tempo, um conselho que tratará apenas de fatos; um grupo constituído de conselheiros cuja atuação é governada por fatos e que forçarão as pessoas a pautarem sua vida por fatos; nada mais a não ser fatos. Você deve eliminar totalmente de sua vida a palavra Fantasia. Ela não lhe serve para nada. Não lhe é permitido ter em qualquer objeto de uso geral ou de decoração coisas que possam representar uma contradição dos fatos. Na verdade, você não caminha sobre as flores em um tapete; jamais lhe seria permitido caminhar sobre flores em um tapete. Você não pode pensar que borboletas e pássaros estranhos venham se empoleirar sobre sua louça. Você nunca se depara com quadrúpedes subindo e descendo em paredes; desse modo, não pode representá-los em desenhos sobre as paredes. Para todos esses propósitos — continuou o cavalheiro —, você deve empregar combinações e modificações (nas cores primárias) de figuras matemáticas, pois elas são suscetíveis a provas e demonstrações. Essa é a nova descoberta. Isso é fato. Isso é discernimento.

A menina fez uma reverência e voltou a se sentar. Ela era muito jovem e parecia assustada com a prosaica perspectiva que o mundo oferecia.

— Agora, senhor Gradgrind — falou o cavalheiro —, se o senhor M'Choakumchild puder dar início à sua primeira aula neste recinto, eu teria imenso prazer em observar os procedimentos dele, atendendo a uma solicitação do senhor.

O senhor Gradgrind agradeceu e falou:

— Senhor M'Choakumchild, tenha a bondade.

Então, o senhor M'Choakumchild iniciou sua prática dando o melhor de si. Ele e outros cento e quarenta diretores de escola haviam passado recentemente por um rigoroso processo de lapidação – simultaneamente, na mesma oficina e com base nos mesmos princípios, a exemplo do que se faz com tantas pernas de piano. Ele fora submetido a uma imensa variedade de situações diferentes e respondera a inúmeras questões com elevado nível de complexidade. Ortografia, etimologia, sintaxe e versificação, biografia, astronomia, geografia e cosmografia geral, ciências das proporções compostas, álgebra, topografia e agrimensura, música vocal e desenho de modelos eram disciplinas que esse mestre trazia na ponta da língua. Ele trilhara seu árduo caminho até o Programa B do mais honorável Conselho Privado de Sua Majestade e desvendara todos os segredos dos mais elevados ramos da matemática e da ciência física, assim como dos idiomas francês, alemão, latim e grego. Ele sabia tudo a respeito de todos as Bacias Hidrográficas de todo o mundo (onde quer que estivessem), e toda a história de todos os povos, e todos os nomes de rios e montanhas, e as produções, as práticas e os costumes de todos os países, assim como suas fronteiras e coordenadas em todos os trinta e dois pontos da bússola. Ah! um tanto exagerado esse M'Choakumchild. Se ele tivesse se limitado a aprender um pouco menos, quão infinitamente melhor poderia ensinar muito mais!

O senhor M'Choakumchild iniciou a aula preliminar interpretando seu papel de maneira semelhante a Morgiana nos Quarenta Ladrões: fitou todos os cântaros postados diante dele – um após o outro – com o propósito de ver o que continham. Oh, muito bom M'Choakumchild! Quando de tua reserva fervilhante tu aos poucos encheres cada um dos cântaros até a borda, pensa que sempre matarás a salteadora Fantasia que espreita dentro deles – ou algumas vezes apenas a mutilarás e desfigurarás!

CAPÍTULO III

Uma válvula de escape

O senhor Gradgrind saiu da escola bastante satisfeito e foi caminhando para casa. Aquela era a sua escola, e ele pretendia torná-la um modelo – na verdade, fazer de cada criança um modelo, como fazia com todos os pequenos Gradgrind.

Eram cinco os rebentos Gradgrind – cinco modelos. Eles foram ensinados desde a mais tenra idade; sempre perseguidos como pequenas lebres. Praticamente tão logo adquiriram condições de correr sozinhos, foram adestrados a correr para a sala de preleções. O primeiro objeto com o qual tiveram contato, ou do qual tinham alguma lembrança, era um enorme quadro negro contendo Ogros horrendos e sinistros, desenhados em giz branco.

Não que conhecessem, pelo nome ou por meio das características, qualquer coisa relativa a Ogros. Os Fatos proibiam! Eu só emprego aqui a palavra para identificar um monstro, com sabe Deus quantas cabeças transmutadas em uma só, fazendo prisioneiras as crianças em um castelo consagrado às preleções, e arrastando-as pelos cabelos para os sombrios recantos da estatística.

Nenhum pequeno Gradgrind jamais vira um rosto desenhado sobre a lua – todos eles eram versados acerca da lua antes mesmo de saber falar com clareza. Nenhum pequeno Gradgrind jamais aprendera a tola musiquinha, "Brilha, brilha, estrelinha; quero ver você brilhar!". Nenhum pequeno Gradgrind jamais especulou sobre o assunto – cada um deles já aos cinco anos de idade havia dissecado a constelação do Grande Urso como um Professor Owen e dirigido a Carroça de Charles como um condutor de locomotiva. Nenhum pequeno Gradgrind jamais associou uma vaca solta no pasto com aquela famosa vaca com cornos enrugados que arremessou para o ar o cachorro, que importunou o gato, que matou o rato, que comeu o malte; ou com aquela vaca ainda mais célebre que engoliu o Pequeno Polegar. Esses pequenos nunca ouviram falar de tais celebridades – para eles, uma vaca era apenas um quadrúpede, herbívoro, ruminante e dotado de diversos estômagos.

E para seu prosaico lar, chamado Stone Lodge, um recanto despojado de fantasia e prisioneiro do lado pragmático e material da vida, dirigiu-se então o senhor Gradgrind. Ele havia se retirado completamente do comércio atacadista de equipamentos antes da construção de Stone Lodge, e agora procurava uma oportunidade adequada para se converter em um homem da matemática a serviço do Parlamento. Stone Lodge ficava situada em uma charneca, distante três a cinco quilômetros da metrópole mais próxima, que, neste meticuloso guia, é denominada Coketown.

Stone Lodge era um elemento perfeitamente simétrico que se projetava contra o horizonte da cidade. Não havia sequer o mais leve véu a atenuar ou toldar aquele fato inexorável destacado na paisagem. Uma grande edificação quadrada, com um pesado pórtico a obscurecer as janelas principais, do mesmo modo que as sobrancelhas do dono lhe obscureciam os olhos. Uma casa calculada, planejada, estável e testada. Seis janelas de um lado da porta e seis do outro; um total de doze nessa ala, mais doze na outra – e vinte e quatro nas alas posteriores. Um gramado, um jardim e uma avenida sem qualquer sofisticação – tudo subordinado a um rígido controle, como um compêndio de botânica. Gás e ventilação, escoamento e abastecimento de água, construídos dentro no mais elevado padrão de qualidade. De alto a baixo, vigas e braçadeiras de ferro à prova de fogo; elevadores mecânicos para transportar as empregadas domésticas com todas as suas escovas e vassouras. Tudo enfim que o coração poderia desejar.

Tudo? Bem, assim eu suponho. Os pequenos Gradgrinds tinham recintos destinados ao estudo dos diversos ramos da ciência. Eles também dispunham de pequenos estojos com material sobre conquiliologia, metalurgia e também de mineralogia; todos os exemplares eram organizados e rotulados; os pedaços de pedra e de minério pareciam ter sido extraídos dos elementos matriz por instrumentos tão inexpugnáveis como os próprios nomes. Parafraseando a inútil fábula de Peter Piper, aquela que nunca conseguiu abrir caminho até o berçário *dessas crianças*, eu diria: Se os ávidos pequenos Gradgrinds aspirassem a ter mais do que ali tinham, o que seria então, meu bom Deus, isso a que os pequenos Gradgrinds aspiravam!

O pai desses pequenos ia caminhando com o espírito cheio de esperança e satisfação. O senhor Gradgrind era, à sua maneira, um pai dedicado e carinhoso; mas, se fosse instado a fazer uma descrição de sua pessoa, é bem provável que se definisse como um pai "eminentemente pragmático". Ele nutria um orgulho singular pela expressão "eminentemente pragmático", que considerava traduzir de forma inequívoca seu caráter. Qualquer que fosse o encontro público realizado em Coketown, independentemente de seu objetivo, alguns cidadãos da cidade com toda certeza não deixariam passar a oportunidade de fazer menções a Gradgrind, o amigo eminentemente pragmático. Ele reconhecia a propriedade da deferência e se deleitava com o próprio mérito.

O senhor Gradgring acabara de chegar a uma região nos arredores da cidade que não era nem urbana nem rural – mas degenerada, como o campo e também a cidade. Nesse momento, seus ouvidos foram invadidos pelos acordes de uma música. A fanfarra estrepitosa do circo que lá se instalara em um pavilhão de madeira espalhava no ar seu som metálico. Uma bandeira, tremulando no topo do templo, proclamava para a humanidade que naquele local estava instalado, e clamava pela presença do público, o "Circo de Sleary". O próprio Sleary, uma figura corpulenta e invulgar, postado em um recanto eclesiástico de primitiva arquitetura gótica, arrecadava o dinheiro e o guardava em um mealheiro, que trazia pendurado na altura do cotovelo. A senhorita Josephine Sleary, conforme anunciavam alguns cartazes ali estendidos, estava dando início aos espetáculos com seu gracioso e notável número de equitação à moda tirolesa. Entre outras maravilhas encantadoras, mas sempre pautadas pelos mais rígidos princípios morais, maravilhas estas nas quais só se pode acreditar depois de testemunhá-las, *Signor* Jupe naquela tarde "demonstraria as divertidas façanhas de seu cão artista adestrado, Patas Alegres". Ele também realizaria "a assombrosa proeza de atirar obliquamente sobre a cabeça setenta e cinco pesos de cem quilos, em rápida sucessão, formando em pleno ar uma cascata de ferro sólido. Um feito nunca antes intentado nesta ou em qualquer outra região, e que, depois de arrebatar os mais calorosos aplausos de uma multidão entusiástica, não poderia ser deixado de lado". O mesmo *Signor* Jupe "animaria as variadas atrações, apresentando a intervalos frequentes suas cândidas caçoadas e réplicas shakespearianas". Por último, ele encerraria o espetáculo representando seu papel favorito – do senhor William Button, de Tooley Street, na "novíssima e burlesca comédia equina *A jornada de Taylor a Brentford*".

Thomas Gradgrind certamente não deu atenção a essas trivialidades, limitando-se apenas a seguir seu caminho como um homem pragmático deve seguir, quer fosse afastando de seus pensamentos essas pessoas ruidosas, quer confiando-as aos cuidados da Casa Correcional. Contudo, a curva da estrada conduziu-o até a parte posterior da tenda, e aí estava reunido um numeroso grupo de crianças que tentavam espreitar, sem serem percebidas, as glórias secretas do lugar. A cena o deteve.

— Pois vejam só! O que pensar desses vagabundos que afastam da escola modelo a ralé imatura? — disse ele para si mesmo.

Separado dessa ralé imatura por uma faixa de grama rala e lixo seco, ele tirou os óculos do bolso do casaco para verificar se conhecia pelo nome alguma daquelas crianças, e assim tirá-la daquele lugar. A cena que se descortinou diante de seus olhos, embora inacreditável, era inequívoca: lá estava sua Louisa, a metalúrgica, a espiar extasiada através de um buraco em uma tábua de abeto, e seu Thomas, o matemático, agachado no chão, humilhando-se para chegar mais perto nada menos do que das patas do animal que executava o gracioso número tirolês!

Desnorteado com tamanho choque, o senhor Gradgrind dirigiu-se ao local em que sua família se submetia a tão grande desonra. Aproximando-se, pousou as mãos sobre cada um de seus filhos desencaminhados, e falou:

— Louisa!! Thomas!!

Os dois se levantaram, enrubescidos e desconcertados, mas Louisa foi mais atrevida do que o irmão e encarou o pai. Na verdade, Thomas não ergueu os olhos para ele, deixando-se apenas ser levado para casa como uma máquina.

— Em nome da admiração, da futilidade e da insensatez! — disse o senhor Gradgrind, conduzindo os dois pelas mãos. — O que fazem vocês aqui?

— Queríamos saber como era — respondeu Louisa laconicamente.

— Como era?

— Sim, papai.

As duas crianças revelavam um quê de enfastiada obstinação, especialmente a garota. De fato, contrariando o descontentamento estampado em sua face, uma luz que não encontrava onde repousar, um fogo que não tinha como arder e uma imaginação faminta que se mantinha de alguma forma viva lhe iluminavam a expressão. Não era o brilho natural de uma meninice feliz, mas lampejos incertos, ansiosos e indecisos, que guardavam em si certa dose de dor, como as alterações no rosto de um cego que tateia seu caminho.

Ela era agora uma criança de quinze ou dezesseis anos; mas em um dia não muito distante se transformaria de repente em uma mulher. Foi esse o pensamento que invadiu a mente do pai ao olhar para a filha. Louisa era encantadora. Seria voluntariosa (pensou ele em sua maneira eminentemente pragmática), não fosse a educação recebida.

— Thomas, muito embora eu tenha um fato diante de mim, acho difícil acreditar que você, com toda a sua formação e capacidade, pudesse conduzir sua irmã a um lugar como este.

— Fui *eu* que o trouxe, papai — adiantou-se Louisa. — Eu pedi que ele viesse.

— Lamento ouvir isso. Lamento muito, de verdade. Tal atitude não torna Thomas melhor e faz você muito pior, Louisa.

Ela encarou o pai novamente, mas nenhuma lágrima lhe escorreu pelo rosto.

— Você! Thomas e você, aqueles para quem o círculo das ciências está aberto; Thomas e você, que podem se considerar repletos de fatos; Thomas e você, que foram treinados para a exatidão matemática; Thomas e você, aqui!? — gritou o senhor Gradgrind. — Neste lugar degradado? Estou chocado!

— Eu estava cansada. Já estou cansada há muito tempo — falou Louisa.

— Cansada? De quê? — questionou o pai, atônito.

— Não sei dizer. Acho que de todas as coisas.

— Nem mais uma palavra — esbravejou o senhor Gradgrind. — Vocês são imaturos. Não quero ouvir mais nada.

Depois de caminharem calados cerca de um quilômetro, ele rompeu o silêncio e falou:

— O que diriam seus melhores amigos, Louisa? Você não se importa com a opinião deles? O que diria o senhor Bounderby?

À simples menção desse nome, Louisa olhou de relance para o pai, e seu olhar tinha algo digno de nota, porque intenso e penetrante. Ele, porém, não percebeu, pois, quando olhou, ela já havia abaixado os olhos.

— O que — insistiu o pai — diria o senhor Bounderby?

Ao longo de todo o caminho até Stone Lodge, conduzindo os dois delinquentes com um ar de profunda indignação, ele repetia de quando em quando:

— O que diria o senhor Bounderby! — como se o senhor Bounderby fosse a senhora Grundy.

CAPÍTULO IV

O senhor Bounderby

Não sendo a senhora Grundy, quem *era* então o senhor Bounderby?

Pois, o senhor Bounderby estava mais próximo de ser um amigo do peito do senhor Gradgrind, quanto um homem completamente desprovido de sentimentos pode manter uma relação espiritual com outro homem também desprovido de sentimentos. Tão próximo assim estava o senhor Bounderby – ou, se o leitor preferir, tão distante.

Ele era um homem rico – banqueiro, comerciante, industrial, e muito mais. Um homem grande e espalhafatoso, de olhar decidido e risada estridente. Um homem feito de matéria grosseira que parecia ter sido distendida para dar conta do recado. Um homem de cabeça e testa grandes e dilatadas, veias intumescidas nas têmporas e a pele do rosto de tal modo esticada que dava a impressão de lhe manter os olhos permanentemente abertos e as sobrancelhas sempre levantadas. Um homem com aparência de um balão inflado pronto para subir. Um homem que se alimentava da necessidade de alardear a todo instante que seu sucesso fora conquistado por esforço próprio. Um homem que vivia a proclamar, com voz de trombone, sua antiga condição de ignorância e pobreza. Enfim, um fanfarrão da humildade.

Apesar de ser um ano ou dois mais novo do que seu amigo eminentemente pragmático, o senhor Bounderby aparentava mais idade. Já na casa de seus quarenta e sete ou quarenta e oito anos, podia-se acrescentar outros sete ou oito sem que o resultado causasse surpresa a quem quer que fosse. Ele não tinha muito cabelo sobre a cabeça, era como se o tivesse arrancado; e os fios que sobraram, todos emaranhados e espetados, pareciam estar sob permanente influência do fole de sua enfatuada jactância.

Na sala de visitas de Stone Lodge, postado sobre o tapete da lareira, para se aquecer ao calor do fogo, o senhor Bounderby fez algumas observações à senhora Gradgrind dando conta de que aquele era o dia de seu aniversário. Algumas razões distintas faziam-no permanecer ali em pé diante do fogo: em parte porque aquela tarde de primavera estava muito fria, apesar do sol; em parte porque o crepúsculo em Stone Lodge era sempre assombrado pelo fantasma da argamassa úmida; e em parte porque assim ele assumia uma posição de comando da qual tinha condições de subjugar a senhora Gradgrind.

—Eu estava descalço. Quanto a meias, não sabia sequer o que eram. Passei o dia em uma ravina e a noite em uma fossa. Foi assim meu décimo aniversário. Não significa que eu não soubesse o que era uma fossa. Oh, isso não! Eu nasci em uma fossa.

A senhora Gradgrind – pequena, delicada, pálida, enrolada em um xale cor-de-rosa; uma mulher de inigualável fragilidade, física e mental; alguém que falava constantemente sobre física, sem saber o que falava; alguém que, quando parecia estar prestes a adquirir vida, era invariavelmente golpeada por um pesado fragmento de fato que passava sobre ela como um trambolhão. Poderia a senhora Gradgrind imaginar ser essa uma fossa seca?

— Não! Tão molhado como uma sopa. Água que cobria um pé inteiro — disse o senhor Bunderby.

— Suficiente para causar resfriado em um bebê — concluiu a senhora Gradgrind.

— Resfriado? Eu nasci com uma inflamação nos pulmões; e creio que não apenas nos pulmões, mas em todas as partes onde pudesse haver uma inflamação — retrucou o senhor Bounderby.

— Durante muitos anos, madame, fui o mais infeliz entre todos os pequenos miseráveis sobre a face da terra. Eu estava sempre gemendo e lamentando; vivia como um farrapo sujo; ninguém teria coragem de me tocar, nem mesmo com um par de tenazes.

A senhora Gradgrind olhou vagamente para os tenazes, pois essa era a coisa mais adequada que sua imbecilidade podia pensar em fazer.

— Como consegui me livrar de tudo isso, não faço ideia — prosseguiu o senhor Bounderby. — Foi determinação, imagino. Tornei-me mais tarde um indivíduo determinado e suponho que já o fosse naquela época. De qualquer modo, cá estou eu, senhora Gradgrind; e devo esse triunfo exclusivamente a mim mesmo, ninguém mais.

A senhora Gradgrind, mansa e languidamente, esperava que a mãe dele...

— Minha mãe? Fugiu, madame! — disse o senhor Bounderby.

A senhora Gradgrind, desnorteada como de costume, sucumbiu e desistiu do assunto.

— Minha mãe me deixou aos cuidados de minha avó — contou o senhor Bounderby. — E, de acordo com a mais nítida das recordações que trago comigo, minha avó era a pior e mais perversa das criaturas que este mundo já conheceu. Se, porventura acontecesse de eu ganhar um pequeno par de sapatos, ela os tomava e vendia para comprar bebida. Só Deus sabe! Cheguei a ver minha avó tomar catorze copos de bebida alcoólica, ainda deitada em sua cama, antes do café da manhã!

Com um sorriso muito débil e nenhum outro sinal de vitalidade, a senhora Gradgrind olhou para ele, parecendo nesse momento (como era habitual) ser o retrato de uma pequena figura feminina, displicentemente elaborado e sem qualquer luminosidade por trás.

— Ela tinha uma mercearia — continuou Bounderby —, e me mantinha em uma caixa de ovos. Foi esse o berço que me coube na infância – uma velha caixa de ovos. Tão logo cresci o suficiente para ser capaz de fugir, é claro que fugi. Tornei-me então um pequeno vagabundo; e, em lugar de uma velha que me batia e fazia passar fome, todas as pessoas, de todas as idades, castigavam-me com pancadas e me deixavam passar fome. Elas estavam certas; não tinham porque agir de modo diferente. Eu era um estorvo, uma verdadeira peste, que só causava aborrecimentos. Tenho perfeita consciência disso.

O orgulho do senhor Bounderby, por ter em algum momento da vida atingido tão notável diferenciação social, a ponto de ser considerado um estorvo, um aborrecimento, uma peste, só podia ser satisfeito por meio de três grandiloquentes reafirmações dessa vaidade.

— Eu tinha que sobreviver a isso, senhora Gradgring; e de uma forma ou de outra eu consegui, madame. Sobrevivi. Apesar de jamais ter contado com a ajuda de ninguém. Vagabundo, garoto errante, andarilho, trabalhador, porteiro, escriturário, gerente, pequeno sócio, Josiah Bounderby de Coketown. Foi esse o caminho trilhado – estão aí os antecedentes e o apogeu. Josiah Bounderby de Coketown aprendeu a ler e a escrever do lado de fora das lojas, senhora Gradgrind; e, quanto às horas, foi estudando o mostrador do relógio do campanário da Igreja de St. Giles, em Londres, sob orientação de um bêbado aleijado que, além de ladrão convertido, era um vadio incorrigível. Conte a Josiah Bounderby de Coketown sobre suas escolas públicas, suas escolas-modelo, seus liceus e toda sorte de barafunda denominada escola, e Josiah Bounderby de Coketown lhe dirá sinceramente: tudo bem, tudo certo; não lhe foi concedido usufruir de tais vantagens; mas, se pensarmos em pessoas pragmáticas e determinadas, a educação que lhe valeu frutos, não serviria para todos – ele bem sabe disso –; sua educação, no entanto, foi tal que você pode até mesmo forçá-lo a engolir gordura fervendo, mas nunca conseguirá forçá-lo a suprimir os fatos de sua vida.

Exaltado com o clímax atingido, Josiah Bounderby de Coketown parou de falar. Nesse exato momento, seu amigo eminentemente pragmático entrou na sala, ainda acompanhado pelos dois pequenos réus e, ao vê-lo, deteve-se e lançou a Louisa um olhar de censura, que dizia com todas as letras: "Eis aí o seu Bounderby!".

— Muito bem! — vociferou o senhor Bounderby. — Qual é o problema? Por que o jovem Thomas está assim tão contrariado?

Ele se referiu ao jovem Thomas, mas olhou para Louisa.

— Nós estávamos espiando o circo — murmurou Louisa, dando vazão à sua petulância; porém, sem levantar os olhos —, e papai nos surpreendeu.

— E quanto à senhora, minha esposa — falou o marido em tom arrogante —, eu quero, sem demora, encontrar meus filhos lendo poesia.

— Meus queridos — choramingou a senhora Gradgrind —, como puderam vocês, Louisa e Thomas? Eu me pergunto, como? Vocês me fazem lamentar ter algum dia constituído uma família. Digo sinceramente que preferiria não tê-lo feito. *Então*, o que foi que vocês fizeram? Quero saber.

O senhor Gradgrind não se mostrou impressionado com esses persuasivos comentários, e fez uma carranca, demonstrando sua impaciência.

— Com minha cabeça latejante como está, custo a crer que vocês, com as conchas, os minerais e todas as coisas aqui ao seu dispor tenham preferido espiar um circo! — queixou-se a senhora Gradgrind. — Vocês sabem tão bem quanto eu que crianças não têm mestres que se prestem a lhes ensinar as práticas de um circo, bem como elas não têm circos em seus recintos de estudo, tampouco assistem a preleções sobre circos. O que então vocês poderiam querer saber sobre eles? Tenho certeza de que não lhes falta o que fazer, caso seja esse o motivo. O estado em que minha cabeça se encontra não me permite nem mesmo lembrar os nomes de metade dos fatos aos quais vocês precisam se dedicar.

— Essa é a razão — afirmou Louisa, deixando evidente seu descontentamento.

— Não me diga que é essa a razão, porque não há nada que a justifique — retrucou a senhora Gradgrind. — Vá e faça alguma coisa lógica.

A senhora Gradgrind não era dada a considerações científicas e normalmente lançava mão dessa imposição genérica quando desejava despachar os filhos para os estudos.

Com efeito, o sortimento de fatos sobre os quais a senhora Gradgrind possuía algum conhecimento era lamentavelmente deficiente. Mas o senhor Gradgrind fora na verdade influenciado por dois fatores ao lhe conferir por meio do matrimônio a elevada posição de que ela agora desfrutava. Em primeiro lugar, por causa de sua aparência bastante satisfatória; em segundo, porque ela era desprovida de "despautérios". Por despautérios ele entendia fantasias. E, sem dúvida alguma, ela provavelmente era tão desprovida de qualquer traço dessa natureza quanto um ser humano que não atingiu a perfeição de um absoluto idiota poderia ser.

A mera circunstância de ser deixada sozinha na companhia de seu marido e do senhor Bounderby foi suficiente para desorientar essa admirável senhora, a ponto de lhe roubar o discernimento acerca de todos os outros fatos. Assim sendo, uma vez mais ela se alienou, e ninguém lhe deu atenção.

— Bounderby — chamou o senhor Gradgrind, puxando uma cadeira para junto da lareira —, tenho perfeita ciência de sua dedicação e seu zelo para com meus filhos – especialmente Louisa – e, portanto, sinto-me à vontade em lhe confessar que estou muito contrariado com essa descoberta. Eu tenho sistematicamente dedicado minha vida (como você bem sabe) à formação do intelecto de minha família. E essa formação (como você também sabe) deve ser o único propósito da educação. No entanto, Bounderby, o evento inesperado do dia de hoje, muito embora menor em si mesmo, sugere que alguma coisa se embrenhou insidiosamente no intelecto de Thomas e Louisa. Não sei como definir essa coisa, mas creio que a melhor maneira de fazê-lo é dizendo que seu desenvolvimento não foi planejado e não contou com a cumplicidade consciente dos dois.

— Decerto, não há razão para que alguém observe com interesse um bando de vagabundos — opinou Bounderby. — Na ocasião em que fui eu mesmo um vagabundo, ninguém olhava *para mim* com interesse; sei disso muito bem.

— Pois aí está a questão — questionou o pai eminentemente pragmático, com os olhos cravados no fogo da lareira. — O que pode ter motivado essa curiosidade vulgar?

— Pois eu lhe direi. Uma imaginação absolutamente vacante.

— Acredito que não — falou o eminentemente pragmático —; mas devo confessar que essa desconfiança me inquietou no caminho de casa.

— Uma imaginação vacante, Gradgrind — insistiu Bounderby —, seria para uma pessoa qualquer um problema muito sério; porém, no caso de uma garota como Louisa, é uma maldição. Devo me desculpar com a senhora Gradgrind pela expressão ofensiva, mas ela sabe muito bem que eu não sou um indivíduo refinado. Quem porventura esperar observar em mim um comportamento requintado se decepcionará. Eu não tive uma criação esmerada.

Com as mãos nos bolsos e os olhos cavernosos fixos no fogo, o senhor Gradgrind deu vazão aos seus pensamentos.

— Terá algum professor ou serviçal sugerido alguma coisa? Terão Thomas e Louisa lido alguma coisa? Terá, apesar de todas as precauções, algum livro de história carente de lógica adentrado esta casa? Levanto essas questões porque, em mentes que desde o berço foram formadas dentro dos princípios do pragmatismo, esse evento é muito curioso; ele desafia qualquer possibilidade de compreensão.

— Espere um pouco! — falou Bounderby, que durante todo o tempo permaneceu em pé junto à lareira, contemplando a mobília da sala com ar de repulsiva humildade. — Você tem na escola uma daquelas crianças andarilhas.

— Cecilia Jupe é o nome dela — respondeu o senhor Gradgrind, encarando o amigo com expressão de surpresa.

— Espere um pouco então! — bradou Bounderby novamente. — Como ela chegou até a escola?

— Bem, na verdade, hoje foi a primeira vez que eu vi a garota. Ela se inscreveu para ser admitida aqui na casa, dizendo-se não residir regularmente em nossa cidade, e – sim, você está certo Bounderby, você está certo.

— Então, espere um pouco! — falou de novo Bounderby. — Louisa chegou a encontrá-la quando ela esteve aqui?

— Certamente sim, pois foi Louisa quem me falou sobre a inscrição. Porém, não tenho dúvidas de que ela esteve com a garota na presença da senhora Gradgrind.

— Diga-me, senhora Gradgrind — perguntou Bounderby —, o que aconteceu naquela ocasião?

— Oh, minha saúde debilitada! — respondeu a senhora Gradgrind. — A menina queria vir para a escola, e o senhor Gradgrind queria que meninas viessem para a escola. Louisa e Thomas também disseram que a garota queria vir e que o senhor Gradgrind queria que garotas viessem; assim, como poderia eu contradizê-los se o fato era esse?

— Pois então, vou lhe dizer, Gradgrind! — recomendou o senhor Bounderby. — Obrigue essa menina a tomar o caminho certo e todo o problema terá um fim.

— Concordo plenamente com você.

— Desde criança — falou Bounderby —, meu lema sempre foi "Faço-o imediatamente". Quando decidi fugir de minha avó e da caixa de ovos que me servia de berço, eu não perdi um instante sequer. Pois, faça o mesmo. Agora mesmo; não deixe para depois!

— Você veio caminhando? — perguntou o amigo. — Eu tenho o endereço do pai. Talvez você não se importe de me acompanhar até a cidade.

— Certamente — respondeu o senhor Bounderby —, desde que seja agora mesmo!

Bounderby colocou então o chapéu na cabeça com um gesto de deliberada negligência (ele sempre fazia dessa atitude uma forma de se mostrar um homem ocupado demais com as questões práticas da vida para se preocupar com qualquer detalhe estético relativo à colocação de um chapéu). Com as mãos nos bolsos, pôs-se a deambular pelo saguão.

— Nunca uso luvas — ele costumava dizer. — Não galguei os degraus do êxito *vestindo luvas*. Eu não teria chegado tão alto se me fizesse cativo desse hábito!

Deixado ali no saguão a vagar por alguns minutos enquanto o senhor Gradgrind dirigia-se ao andar de cima para pegar o endereço, ele abriu a porta da sala de estudos das crianças e observou aquele sereno aposento atapetado que, a despeito das estantes de livros, dos armários e da grande variedade de apetrechos sofisticados e abstratos, tinha muito daquele aspecto aprazível de uma sala onde se pratica o ofício de cortar cabelos. Louisa, languidamente inclinada sobre a janela, olhava para fora sem ter os olhos fixos em nada, enquanto Thomas, em pé ao lado da lareira, fungava, deixando transparecer um desejo de vingança. Adam Smith e Malthus, os dois Gradgrinds mais jovens, estavam ausentes, assistindo a uma preleção sob a guarda de outrem; e a pequena Jane, com o rosto todo sujo de argila úmida misturada com pó de lápis de ardósia e lágrimas, fora vencida pelo sono deitada sobre frações triviais.

— Está tudo bem agora, Louisa; tudo em ordem, menino Thomas — falou o senhor Bounderby. — Vocês não voltarão a fazer isso. Vou interceder junto a seu pai para que tudo seja esquecido. E então, Louisa? Isso merece um beijo, não é mesmo?

— O senhor pode me dar um, senhor Bounderby — respondeu Louisa, saindo da janela e atravessando impassível a sala para desajeitadamente oferecer a ele a bochecha, com o rosto virado para o outro lado.

— Sempre minha menina mimada; não é, Louisa? — falou o senhor Bounderby. — Adeus, Louisa!

Ele seguiu seu caminho, e ela permaneceu no mesmo lugar, esfregando com o lenço a bochecha que ele havia beijado, até deixá-la vermelha como fogo. Cinco minutos mais tarde, a menina continuava friccionando o rosto.

— O que você pretende, Loo? — recriminou o irmão amuado. — Desse jeito, acabará abrindo um buraco no rosto.

— Se você quisesse, poderia até mesmo cortar esse pedaço com seu canivete, Tom. Eu nem iria chorar!

CAPÍTULO V

O preceito geral

Coketown, a cidade para onde os senhores Bounderby e Gradgrind agora caminhavam, era o verdadeiro império dos fatos; tanto quanto a senhora Gradgrind, ela também não revelava máculas da fantasia. Em primeiro lugar, vamos dar a conhecer o preceito geral que governa Coketown, antes de partir para nossa conclusão.

Era uma cidade de tijolos vermelhos, ou melhor, de tijolos que seriam vermelhos caso a fumaça e as cinzas assim tivessem permitido; mas, nas condições reinantes, ela se transformara em uma cidade artificialmente tingida de vermelho e preto, como o rosto de um selvagem; uma cidade de máquinas e chaminés altas, das quais brotavam intermináveis carretéis de fumaça, serpenteando indefinidamente sem jamais se desenrolar. Ela era atravessada por um canal preto e um rio cor de púrpura, malcheiroso. Coketown, com sua infinidade de edificações cheias de janelas, vivia permanentemente mergulhada em uma agitação intensa e estrepitosa. Lá, os pistões das máquinas a vapor trabalhavam o tempo todo em um monótono movimento de subir e descer, da mesma forma que a cabeça de um elefante em estado de melancólica loucura. A cidade tinha diversas ruas largas e muito semelhantes umas às outras, além de muitas ruas pequenas ainda mais parecidas entre si, todas elas habitadas por pessoas do mesmo modo iguais, que andavam de um lado a outro nas mesmas horas, produzindo o mesmo som sobre os mesmos pavimentos, para realizar o mesmo trabalho. Para essas pessoas, todos os dias eram exatamente iguais ao dia de ontem e ao de amanhã, assim como todos os anos não passavam de congêneres do anterior e do seguinte.

Tais atributos de Coketown eram em sua essência indissociáveis do trabalho que a sustentava; e contrastavam com a vida pautada pelo conforto que se desfrutava em todo o mundo e com a elegância própria de um sem-número de damas refinadas, que mal suportavam ouvir qualquer referência a esse lugar. Os demais atributos da cidade, resultantes de consciente deliberação, eram os seguintes.

Não se via coisa alguma em Coketown que não tivesse um estrito caráter de proficuidade. Se os membros de uma crença religiosa construíam uma capela – a exemplo do que fizeram membros de dezoito doutrinas religiosas –, faziam dela um devoto entreposto de tijolos vermelhos, podendo algumas vezes apresentar em seu topo (apenas no caso de exemplares muito ornamentados) uma gaiola contendo um sino. A única exceção era a Nova Igreja; um edifício de estuque, sobre cuja entrada se erguia um campanário quadrado, que terminava em quatro pináculos de baixa altura, semelhantes a pernas de madeira enfeitadas. Todas as epígrafes públicas na cidade ostentavam austeros caracteres em preto e branco, pintados de maneira idêntica. A cadeia poderia ser a enfermaria e esta, a cadeia; a prefeitura seria perfeitamente uma das duas ou qualquer outra coisa, pois não existia dentro da simetria de sua construção qualquer elemento diferente. Fatos, fatos, fatos – era o que se via por toda parte nas propriedades materiais da cidade. Fatos, fatos, fatos – também em seus traços imateriais. A escola M'Choakumchild era em si um fato, assim como eram fatos a escola de projetos, as relações entre mestre e homem e todos os eventos entre a maternidade e o cemitério. Contudo, o que não se podia exprimir com números, ou demonstrar que seria passível de aquisição no mercado pelo preço mais barato para ser vendido pelo mais caro, não era e jamais seria fato – para todo o sempre, Amém.

Sem dúvida alguma, uma cidade tão consagrada a fatos e tão triunfante em sua asseveração deveria funcionar perfeitamente, não é mesmo? Pois, acreditem vocês, não tão bem. Não? Cruzes!

Não. Em todos os aspectos, Coketown não se livrou das próprias fornalhas, como ouro que resistiu ao fogo. Em primeiro lugar, havia o intrigante mistério, "Quem pertencia às dezoito denominações?" Pois, quem quer que fossem essas pessoas, não eram os trabalhadores. Causava bastante estranheza caminhar pelas ruas em uma manhã de domingo e observar como eram poucos *aqueles* que a medonha estridência dos sinos, capaz de enlouquecer os doentes e nervosos, fazia sair dos próprios alojamentos, dos quartos fechados e das esquinas das ruas, onde deambulavam apaticamente olhando para todas as igrejas e capelas ao longo do caminho, como se olhassem para alguma coisa que não lhes dizia respeito. A ninguém escapava a percepção de tal estado de coisas – não apenas a estranhos –, pois havia em Coketown uma organização nativa cujos membros indignados faziam-se ouvir em todas as sessões da Câmara dos Comuns, apresentando petições para atos do parlamento que, pela força da autoridade, convertessem essas pessoas em religiosas. E existia a Sociedade dos Abstêmios, que não apenas se queixava da *possibilidade* de essas mesmas pessoas se embriagarem, como também apresentava tabelas mostrando que elas de fato se embriagavam, e expunha em suas reuniões provas de que nenhuma forma de persuasão – humana ou Divina (exceto uma medalha) – as induziria a abandonar o hábito de se embriagar. Depois, era a vez dos químicos e dos boticários, que, com seus demonstrativos em forma de estatísticas, mostravam que tais pessoas, quando não se embriagavam, consumiam ópio. Então, vinha o experiente capelão da prisão trazendo mais tabelas, cujas evidências superavam as anteriores e demonstravam que as mesmas pessoas se utilizavam de covis vulgares e clandestinos, onde ouviam músicas indecorosas e assistiam a danças indecorosas das quais possivelmente tomavam parte, e onde A.B., um indivíduo de vinte e três anos, condenado a dezoito meses na solitária, dissera (não que ele fosse de algum modo digno de confiança) ter começado sua ruína, pois ele estava perfeitamente certo e confiante de que de outra forma teria sido o mais rematado exemplo da excelência moral. Então, havia os senhores Gradgrind e Bounderby, os dois cavalheiros que no presente momento caminhavam por Coketown, ambos eminentemente pragmáticos e dotados de competência para apresentar, de quando em quando, outros tantos demonstrativos tabulares pautados em sua experiência pessoal, e ilustrados por casos que conheciam e haviam testemunhado, e dos quais se inferia claramente (a única coisa de fato clara) que essas mesmas pessoas formavam um grupo nocivo; que jamais expressavam gratidão, independentemente do que para elas se pudesse fazer; que eram desassossegadas; que nunca sabiam o que queriam; que viviam do melhor, compravam manteiga fresca, não abriam mão de café Mocha e rejeitavam tudo, exceto as partes primordiais da carne; e ainda assim mostravam-se eternamente insatisfeitas e incontroláveis. Em suma, era esta a moral da antiga fábula do berçário:

> Existia uma velha senhora; você pode imaginar?
> Vivia apenas de comer e se embriagar;
> De vitualhas e bebidas se sustentava,
> Ainda assim, a velha senhora JAMAIS se aquietava.

Seria possível, pergunto-me , que houvesse alguma analogia entre o caso da população de Coketown e o dos pequenos Gradgrind? Poderia algum ser humano em posse de seu juízo perfeito e conhecedor das estatísticas aceitar, neste momento da vida, que um dos elementos mais importantes na existência dos trabalhadores de Coketown tenha sido deliberadamente vilipendiado durante muitos anos? Que houvesse neles alguma espécie de Fantasia reivindicando o direito a uma saudável existência em vez de se debater em tempestuosa agitação? Que exatamente na mesma proporção em que executavam um trabalho longo e monótono, sentiam crescer dentro de si o desejo de algum alívio físico (uma forma de relaxamento capaz de estimular o bom humor e o entusiasmo, permitindo-lhes desabafar; um feriado legítimo, muito embora apenas para uns momentos de dança ao som de uma buliçosa banda de música; algum tipo de ocupação leve na qual nem mesmo M'Choakumchild tivesse qualquer participação), um desejo que deveria e seria certamente satisfeito, sob pena de haver um inevitável malogro, com a consequente negação das leis que regiam a Criação?

— Esse homem vive em Pod's End e eu simplesmente não conheço Pod's End — falou o senhor Gradgrind. — Onde fica isso, Bounderby?

O senhor Bounderby sabia apenas que o local ficava em alguma parte no centro da cidade, e nada mais. Eles fizeram então uma parada com o intuito de se localizar melhor.

Quase no mesmo instante, uma garota, que o senhor Gradgrind reconheceu, virou a esquina correndo – ela tinha no rosto uma expressão de medo.

— Olá! — saudou ele. — Pare! Onde você está indo? Pare! — A garota número vinte, com o coração batendo-lhe forte no peito, parou e fez uma reverência com o corpo.

— Por que razão está você correndo pelas ruas dessa maneira tão imprópria? — perguntou o senhor Gradgrind.

— Eu estava... eu estava sendo perseguida, senhor — respondeu a garota, ofegante —, e queria fugir.

— Perseguida? — questionou o senhor Gradgrind. — Quem perseguiria *você*?

A questão foi respondida, inesperada e subitamente, pelo aparecimento de Bitzer, um menino muito pálido que virou a esquina em louca disparada e, não esperando encontrar um obstáculo no meio do caminho, acabou se chocando com o senhor Gradgrind e sendo projetado para trás, no meio da rua.

— O que é isso, rapaz? — perguntou o senhor Gradgrind. — O que você está fazendo? Como ousa correr dessa maneira atrás de todo mundo?

Bitzer recolheu sua boina que caíra devido ao choque e, recuando e batendo com as juntas dos dedos sobre a testa, jurou que tudo não passara de mero acidente.

— Este garoto estava correndo atrás de você, Jupe? — quis saber o senhor Gradgrind.

— Sim, senhor — afirmou a menina, com certa hesitação.

— Não, senhor! Eu não estava perseguindo essa menina — protestou Bitzer. — Pelo menos até o momento em que ela fugiu de mim. As pessoas acostumadas a cavalgar nunca prestam atenção ao que dizem, senhor; elas são bem conhecidas por esse hábito. O senhor sabe — continuou ele, olhando então para Sissy — que os cavaleiros são célebres por não terem consciência daquilo que dizem. Todo mundo sabe muito bem disso, assim como também sabe que qualquer indivíduo acostumado a cavalgar desconhece a tabuada — Bitzer testou o senhor Gradgrind com essa última afirmação.

— Ele me assustou com seu rosto cruel! — defendeu-se a garota.

— Oh! — contestou Bitzer — E você por acaso não é igual a toda essa sua gente? Você não é um daqueles que cavalgam? Eu nunca olhei para ela, senhor. Eu perguntei se amanhã ela saberia como definir um cavalo, e me ofereci para ensinar novamente. Então, ela fugiu, e eu corri atrás, senhor; porque ela teria que saber quando fosse questionada outra vez. Você não pensaria em dizer tal injúria se não fosse uma menina dada a cavalgar!

— A profissão dela parece ser bem conhecida entre os alunos — observou o senhor Bounderby. — Dentro de uma semana, toda a escola estaria lá espiando; todos, um após o outro, sem exceção.

— É verdade; também penso assim — concordou o amigo. — Bitzer, volte imediatamente para casa. Jupe, fique aqui mais um momento. Olhe, menino, não quero mais saber dessa correria! Caso contrário, você terá que se ver com o diretor da escola. Está entendido? Agora, vá andando.

O garoto parou de piscar intermitentemente como vinha fazendo, bateu outra vez o nó dos dedos fechados sobre a testa, olhou de relance para Sissy, virou-se e foi embora.

— Agora, menina — disse o senhor Gradgrind —, leve este cavalheiro e eu até a casa de seu pai; nós estávamos indo para lá. O que há nessa garrafa que você está carregando?

— Gim — falou o senhor Bounderby.

— Oh! não é isso, senhor! É um unguento!

— Um o quê? — perguntou com veemência o senhor Bounderby.

— Unguento, senhor. Para fazer fricções em meu pai.

Ouvindo isso, o senhor Bounderby reagiu com uma risada breve e ruidosa.

— Para que diabos você faz fricções em seu pai com unguento?

— É o que nossa gente sempre usa, senhor, quando se machuca no picadeiro — respondeu a garota, olhando para trás como se quisesse se certificar de que seu perseguidor já fora embora. — Algumas vezes, eles sofrem machucaduras muito feias.

— Bem merecido — retrucou o senhor Bounderby. — É o castigo por serem inúteis.

A menina olhou para ele com um misto de perplexidade e medo.

— Por Deus! — exclamou o senhor Bounderby. — Quando eu era quatro ou cinco anos mais jovem do que você, sofria machucaduras muito piores; ferimentos que nenhum unguento nem nenhum doisguento nem trêsguento conseguia aliviar. Eu não me machucava fazendo poses; eu levava pancadas. Pra mim, não existia essa história de dançar na corda; eu dançava mesmo era no chão – nu –, e era espancado com a corda.

Muito embora fosse um homem rude, o senhor Gradgrind não chegava aos pés do senhor Bounderby. No final das contas, não tinha um caráter tão cruel. Poderia até mesmo ser um sujeito muito afável, tivesse ele anos atrás cometido algum erro cabal na aritmética que lhe balanceava o caráter. Ao entrarem em uma viela estreita, ele falou, em um tom pretensamente tranquilizador:

— Este lugar é Pod's End; estou certo, Jupe?

— É sim, senhor; e aqui, senhor, fica nossa casa.

Naquele lugar, já ao crepúsculo do dia, ela parou à porta de uma hospedaria pequena e miserável, iluminada apenas por algumas luzes vermelhas, muito débeis e mortiças. A casa tinha um aspecto deplorável de decadência e sujeira, como se, por falta de clientes, tivesse se entregado à bebida e encontrado o destino que aguarda todos os ébrios – e não faltava muito para que chegasse ao fim desse caminho.

— É só atravessar o bar, senhor, e subir a escada; se o senhor não se importa de esperar ali um momento, até eu pegar uma candeia. Se escutar um cachorro, senhor, é o Patas Alegres; ele não faz nada, só sabe latir.

— Patas Alegres e unguentos, hein! — falou o senhor Bounderby com sua risada metálica, ao entrar atrás dos demais. — Para um homem que se fez por si mesmo, isso não me parece nada mal!

CAPÍTULO VI

O picadeiro de Sleary

O nome da hospedaria era Braços de Pégaso, embora mais adequado fosse Patas de Pégaso. Contudo, debaixo do cavalo alado que a tabuleta exibia, o nome inscrito em letras romanas era Braços de Pégaso. Abaixo dessa inscrição, o pintor havia desenhado, em arabescos harmoniosos, as seguintes linhas:

> Bom malte produz boa cerveja,
> Entra, que aqui a encontrarás;
> Bom vinho produz bom conhaque,
> Chama-nos, e em mãos o terás.

Atrás do barzinho encardido, havia outro Pégaso – emoldurado e coberto de vidro; um cavalo quimérico, com asas de tecido leve e transparente, estrelas douradas por todo o corpo e uma cela celestial confeccionada em seda vermelha.

Como do lado de fora já estivesse escurecido demais para que se pudesse ver a tabuleta, e do lado de dentro não houvesse luz suficiente para enxergar a figura, os senhores Gradgrind e Bounderby não tomaram por transgressão essas ideias carentes de realidade. Os dois acompanharam a garota através de uma escada íngreme e cheia de quinas, sem encontrar ninguém ao longo da subida. Uma vez lá em cima, pararam no escuro, aguardando enquanto ela providenciava uma candeia. Eles esperavam ouvir a qualquer momento o latido de Patas Alegres. Mas a menina retornou com a candeia, e o cão artista, primorosamente treinado, não havia se manifestado.

— Papai não está em nosso quarto, senhor — disse ela, mostrando-se bastante surpresa. — Se os senhores não se incomodam de entrar, vou procurá-lo.

Eles entraram; e Sissy, depois de providenciar duas cadeiras para as visitas, saiu apressada. O quarto era muito pobre e miseravelmente mobiliado: pouca coisa além de uma cama. Pendurada em um gancho, via-se uma touca branca de dormir, enfeitada com duas penas de pavão e um rabo de cavalo ereto, touca com a qual *Signor* Jupe naquela mesma tarde animara diversas atrações, apresentando suas cândidas caçoadas e réplicas shakespearianas. Mas em parte alguma havia qualquer outra peça de seu guarda-roupa ou outro apetrecho que testemunhasse a existência dele ou de suas atividades. Quanto a Patas Alegres, podia-se duvidar de sua existência. Talvez o respeitável ancestral desse animal adestrado com perfeição tenha sido expulso da arca, pois não se percebia visual nem auditivamente o menor sinal de um cachorro no interior do Braços de Pégaso.

Os dois senhores ouviram o som das portas do andar de cima sendo fechadas e abertas à medida que Sissy passava de um cômodo a outro em busca do pai. Finalmente, escutaram vozes que denotavam surpresa. Ela retornou muito apressada e abriu uma velha arca surrada e asquerosa, que descobriu estar vazia; olhou então ao redor com as mãos entrelaçadas e o rosto cheio de horror.

— Papai deve ter ido para o Circo, senhor. Não sei por que ele iria até lá, mas deve ter ido; vou trazê-lo em um minuto! — Ela saiu sem nem mesmo colocar o gorro; seus longos cabelos negros de criança foram esvoaçando no ar.

— Como pode ser? — exclamou o senhor Gradgrind. — Ela disse que voltará em um minuto! Mas são quase dois quilômetros até lá!

Antes que o senhor Bounderby tivesse tempo de responder, um jovem apareceu na porta; e depois de se apresentar dizendo, "Com sua licença, cavalheiros!", entrou trazendo as mãos nos bolsos. A face do rapaz, barbeada, magra e pálida, ficava parcialmente encoberta por uma vasta quantidade de cabelo negro, que ele usava repartido no centro e preso em um rolo ao redor da cabeça. Suas pernas eram muito robustas, porém curtas demais – mais curtas do que qualquer perna bem proporcionada deveria sê-lo. O tórax e as costas tinham em largura o que lhe faltava em comprimento nas pernas. O jovem trajava uma espécie de fraque e um par de calças bem justas. Ele trazia um xale enrolado no pescoço; recendia a um misto de óleo de lamparina, palha, cascas de laranja, forragem de cavalos e serragem; e assemelhava-se à mais singular espécie de Centauro, aquele que ao mesmo tempo habitava a estrebaria e o teatro. Onde começava um e terminava o outro, ninguém saberia dizer com exatidão. Esse cavalheiro, que aparecia nos cartazes do dia com o nome Senhor E.W.B. Childers, era conhecido como o Caçador Selvagem das Pradarias da América do Norte, e merecidamente enaltecido pelo ousado número de salto que lhe valera o título. Nesse espetáculo popular, um garoto pequenino com rosto de velho, que agora o acompanhava, desempenhava o papel de seu filho infante. Em um número, o pequeno era carregado para cima e para baixo nos ombros do pai, preso por um pé só; em outro, era suportado sobre a palma da mão do progenitor pelo topo da cabeça, com os calcanhares levantados para cima, uma reprodução do método bárbaro que os caçadores selvagens adotam para afagar sua prole. Paramentado com cachos, coroa de flores, asas e pigmentos branco e vermelho, esse pequeno promissor conquistou o coração maternal dos espectadores, transvestido na figura de um Cupido muito encantador. No âmbito privado, contudo, dentro do qual suas características distintivas eram um fraque extemporâneo e uma voz grosseira, ele se tornou a relva do prado.

— Com sua licença, cavalheiros — falou o senhor E.W.B. Childers, percorrendo a sala com os olhos. — Eram os senhores, imagino, que desejavam ver Jupe.

— Sim — confirmou o senhor Gradgrind. — A filha dele foi buscá-lo, mas não podemos esperar. Portanto, se o senhor não se incomoda, deixarei aos seus cuidados uma mensagem para ele.

— Veja, meu amigo — interveio o senhor Bounderby —; ao contrário do senhor, somos o tipo de pessoa que sabe quanto vale o tempo.

— Ainda não tive a honra de conhecê-lo — retorquiu o senhor Childers depois de medi-lo da cabeça aos pés —; mas, se o senhor quer com isso dizer que consegue fazer seu tempo lhe render mais dinheiro do que eu consigo com o meu, sua aparência leva-me a crer que tal afirmação está razoavelmente correta.

— Além disso, devo pensar que, uma vez em posse dele, o senhor também pode guardá-lo para si — desafiou Cupido.

— Deixe isso pra lá, Kidderminster! — advertiu o senhor Childers. (Mestre Kidderminster era o nome mortal do pequeno Cupido.)

— Por que então ele veio aqui nos apoquentar com sua impertinência? — questionou Mestre Kidderminster, deixando transparecer seu temperamento irascível. — Se o que o senhor deseja é ser insolente, deixe na porta suas moedas e retire-se.

50

— Kidderminster — repreendeu o senhor Childers levantando o tom de voz —, deixe isso pra lá! — E, dirigindo-se ao senhor Gradgrind: — Eu estava me dirigindo ao senhor. Imagino que esteja ciente (ou quem sabe não, pois talvez não esteja sempre na plateia), que ultimamente Jupe tem metido os pés pelas mãos com muita frequência.

— Mesmo? Como assim? — perguntou o senhor Gradgrind, buscando com os olhos a ajuda do poderoso Bounderby.

— Meteu os pés pelas mãos.

— Fez quatro tentativas de pular as fitas na última noite e errou todas — explicou Mestre Kidderminster. — Também falhou no número com a bandeira e foi descuidado na cambalhota.

— Ou seja, não fez o que deveria fazer. Deu saltos curtos demais e executou cambalhotas muito ruins — resumiu o senhor Childers.

— Ah! — exclamou o senhor Gradgrind — É isso que é meter os pés pelas mãos?

— De modo geral, isso é meter os pés pelas mãos — respondeu o senhor E.W.B. Childers.

— Unguento, Patas Alegres, os pés no lugar das mãos, faixas, bandeiras e cambalhotas; pois sim! — proclamou Bounderby com sua sonora risada. — Estranho tipo de companhia, para um homem que se fez por conta própria.

— Não seja tão cabotino! — retorquiu Cupido. — Oh, Deus! Se o senhor se elevou assim tão alto quanto faz parecer sua garrulice, então desça um pouco do pedestal.

— Eis aí um sujeito muito inconveniente! — disse o senhor Gradgrind, voltando-se e fechando para ele sua carranca.

— Se tivéssemos sabido que aqui viriam, teríamos providenciado para que fossem recebidos por um jovem cavalheiro — retorquiu Mestre Kidderminster, sem se mostrar embaraçado. — Sendo assim tão importantes, é uma pena não terem sido anunciados. Os senhores estão em *Tight-Jeff*, não é mesmo?

— O que esse rapaz descortês quer dizer com "em *Tight-Jeff*"? — perguntou o senhor Gradgrind olhando para ele com certa irritação.

— Pra lá! Saia, saia! — ordenou o senhor Childers enxotando seu jovem amigo para fora da sala, bem ao modo empregado nas pastagens.

— *Tight-Jeff* ou *Slack-Jeff*, não querem dizer muita coisa: é apenas corda distendida e corda frouxa. O senhor desejava deixar uma mensagem para Jupe?

— Sim, eu desejava.

— Saiba então — continuou o senhor Childers — que na minha opinião ele nunca a receberá. O senhor o conhece bem?

— Nunca o vi em toda a minha vida.

— Então não acredito que algum dia o *verá*. Eu sei perfeitamente que ele se foi.

— O senhor quer dizer que ele abandonou a filha?

— Sim! — respondeu o senhor Childers, balançando a cabeça. — Ou melhor, deixou o circo. Ele foi vaiado na noite de ontem, foi vaiado na noite de anteontem, foi vaiado hoje. Ultimamente ele tem sido sempre vaiado; e não consegue suportar as vaias.

— E por que ele tem recebido assim tantas vaias? — indagou o senhor Gradgrind, pronunciando a última palavra com certa dose de gravidade e relutância.

— Suas articulações estão perdendo a flexibilidade; ele está dia a dia mais exaurido — disse Childers. — Ainda faz algumas pontas como gárrulo, mas *isso* não é suficiente para manter seu sustento.

— Gárrulo! — exclamou Bounderby. — Mais uma!

— Um falante, se assim o cavalheiro prefere — explicou o senhor E.W.B. Childers, balançando desdenhosamente os cabelos. — Contudo, senhor, causa mais surpresa o fato de as próprias vaias não terem causado para esse homem um golpe tão profundo quanto a consciência de que sua filha sabia do ocorrido.

— Magnânimo! — interrompeu o senhor Bounderby. — Isso é magnânimo, Gradgrind! Um homem tão afeiçoado à filha e, no entanto, capaz de abandoná-la! Diabolicamente magnânimo! Agora, vou lhe falar uma coisa, meu jovem. Não tive sempre a condição que hoje tenho na vida. Conheço muito bem essas desditas. Você pode até se surpreender com o que vou contar, mas minha mãe fugiu de *mim*.

E.W.B. Childers retrucou dizendo enfaticamente que essa revelação não lhe causava a menor surpresa.

— Muito bem — falou Bounderby. — Eu nasci em uma fossa, e minha mãe me abandonou. Quer saber se a perdoo pelo que fez? Não.

52

Algum dia a perdoei? Também não. O que penso dela por isso? Eu a considero a mulher mais perversa do mundo, com exceção de minha avó. Não tenho orgulho da família; não carrego comigo sentimentos mistificadores. Para mim, uma espada é uma espada; e me é indiferente essa mulher ser a mãe de Josiah Bounderby de Coketown, ou de algum Dick Jones dos quintos dos infernos. A mesma coisa penso a respeito desse homem. Ele é um velhaco desertor, não passa de um *vagabond*, como se diz em inglês.

— Tanto faz o que ele é ou deixa de ser, em inglês, francês ou qualquer outra língua — retorquiu o senhor E.W.B. Childers, olhando ao redor. — Estou relatando os fatos ao seu amigo, e, se o senhor não gosta do que ouve, pode se servir da porta de saída. O senhor fala demais; guarde seus comentários para fazer em sua casa — protestou E.W.B., com enfática ironia. — Não venha dar aqui suas opiniões sem que lhe sejam solicitadas. O senhor tem seu domicílio, não é mesmo?

— Talvez sim — replicou o senhor Bounderby, rindo e sacudindo suas moedas.

— Então, faça o favor de deixar seu falatório para lá — reclamou Childers. — Porque esse não é um edifício robusto e sua importuna tagarelice pode trazê-lo abaixo!

Medindo mais uma vez o senhor Bounderby de cima a baixo com uma expressão de total menosprezo, Childers lhe deu as costas e se voltou para o senhor Gradgrind.

— Há menos de uma hora Jupe encarregou a filha de uma missão fora daqui e ele mesmo foi visto saindo com o chapéu a lhe cobrir os olhos, levando debaixo do braço uma trouxa amarrada no lenço. Ela jamais acreditará, mas ele fugiu e a abandonou.

— Por favor — disse o senhor Gradgrind —, por que razão ela jamais acreditará que ele fez isso?

— Porque os dois eram uma só pessoa. Porque nunca se separavam. E porque, até este momento, ele parecia amá-la cegamente — respondeu Childers, dando alguns passos para olhar dentro do baú vazio. O senhor Childers e Mestre Kidderminster andavam de um modo bastante estranho – com as pernas muito mais apartadas do que faz a maioria dos homens, demonstrando uma arrogante certeza de sua impossibilidade de dobrar os joelhos. Essa forma de andar era comum entre todos os indivíduos do sexo masculino pertencentes à companhia de Sleary, e tinha o propósito de transmitir a ideia de que eles estavam permanentemente montados em um cavalo.

— Pobre Sissy! Seria melhor se ele a tivesse deixado aprender algum ofício — declarou Childers, balançando de novo os cabelos ao olhar para o baú vazio. — Agora ele a deixa sem ter nada que saiba fazer.

— Muito louvável de sua parte (você que nunca aprendeu coisa alguma) expressar essa opinião — exclamou o senhor Gradgrind em tom de aprovação.

— Eu nunca aprendi coisa alguma? Pois aprendi sim, quando tinha sete anos de idade.

— Oh! é mesmo? — exclamou o senhor Gradgrind, deixando transparecer certo melindre por ter sua opinião contrariada. — Eu desconhecia esse hábito de colocar crianças como aprendizes de...

— Futilidades — completou o senhor Bounderby com uma sonora risada. — Não! Pelo bom Deus, não! Também eu não sabia!

— O pai dela sempre pensou — retomou Childers fingindo ignorar a presença do senhor Bounderby — que ela deveria aprender os diabos e muito mais. De onde ele tirou tal ideia, eu não sei dizer; sei apenas que nunca desistiu. Durante esses sete anos, ele andou procurando aqui, ali e por toda parte maneiras de ensinar para ela um pouco de leitura, de escrita e de trabalho com os números.

O senhor E.W.B. Childers tirou uma das mãos do bolso, passou-a sobre a face e o queixo e olhou para o senhor Gradgrind com boa dose de dúvida e um pouco de esperança. Desde o início, ele havia tentado cativar esse cavalheiro para a causa da menina abandonada.

— Quando Sissy entrou aqui para a escola — continuou Childers —, seu pai não podia se conter de tanta satisfação. Eu simplesmente não conseguia entender por quê; já que somos um grupo de saltimbancos – estamos cada hora em um lugar diferente. Imagino, no entanto, que ele tinha esse plano na cabeça (ele sempre foi meio maluco), e então pensava em deixá-la amparada. Se, por acaso, sua presença aqui esta noite tem o propósito de anunciar que vai fazer alguma coisa pela filha dele — falou o senhor Childers batendo de leve a mão sobre o rosto—, essa seria uma notícia bastante afortunada e oportuna – de fato, *muito* afortunada e oportuna.

54

— Ao contrário — retrucou o senhor Gradgrind. — Vim para dizer a ele que as relações de sua filha tornam-na uma pessoa inadequada para a escola, e que, portanto, ela não deve comparecer nunca mais. Não obstante, se realmente o pai a deixou, sem qualquer cumplicidade da parte dela... Bounderby, deixe-me trocar uma palavras com você.

Dito isso, o senhor Childers retirou-se educadamente, caminhando para fora com aquele modo de andar próprio de quem pratica equitação; e lá permaneceu, passando as mãos sobre o rosto e assobiando baixinho. Enquanto ali esteve, ele escutou casualmente algumas frases ditas pelo senhor Bounderby, "Não, de modo algum. Eu o aconselho a não agir assim. Não o faça". Por sua vez, o senhor Gradgrind, com sua voz grave, retrucava, "Mas apenas para mostrar a Louisa um exemplo de como termina e para onde conduz essa ocupação que foi objeto de uma curiosidade tão vulgar por parte dela. Pense nisso, Bounderby; considere esse ponto de vista".

Enquanto isso, os diversos membros da companhia de Sleary pouco a pouco foram chegando, provenientes das regiões mais altas, onde estavam aquartelados, e se juntaram ao senhor Childers do lado de fora. Depois de um tempo, conversando em voz baixa entre si, começaram devagar a se insinuar para dentro da sala. Havia no grupo duas ou três jovens muito formosas, acompanhadas dos respectivos maridos, da mãe e de oito ou nove crianças que participavam de um número encantador nas apresentações do circo. O chefe de uma das famílias costumava equilibrar o chefe de outra delas no alto de um grande mastro; o chefe de uma terceira família sempre criava com os outros dois uma pirâmide, da qual Mestre Kidderminster era o vértice e ele próprio a base; todos os pais sabiam dançar sobre barris rolantes, equilibrar-se sobre garrafas, apanhar facas e bolas, girar bacias, cavalgar e saltar por cima de qualquer coisa. As mães, por sua vez, dançavam sobre a corda bamba e realizavam acrobacias, cavalgando cavalos em pelo; nenhuma demonstrava escrúpulos quanto a exibir as pernas; e uma delas conduzia sozinha, em todas as cidades a que chegavam, uma charrete grega puxada por seis corcéis. Todos eles se consideravam libertinos e sábios poderosos; eram negligentes com os trajes pessoais; careciam por completo de ordem no plano doméstico; e a soma do conhecimento literário de toda a companhia conseguiria apenas dar origem a uma carta de qualidade medíocre sobre qualquer assunto. Contudo, esse povo revelava um grau extraordinário de gentileza e puerilidade, uma inaptidão especial para a prática da insídia e uma incansável prontidão para ajudar uns aos outros e se compadecer com a dor de seus iguais, sendo assim frequentemente merecedor de um respeito e um apreço tão generosos quanto as virtudes normais de qualquer classe de pessoas que habitam este mundo.

Por último, surgiu o senhor Sleary – um homem robusto; com um olho vidrado e outro que flutuava; uma voz (se assim é possível chamar) semelhante ao sopro de um velho par de foles quebrados; a pele flácida; e uma cabeça perturbada, que jamais estava sóbria e tampouco embriagada.

— Cavalheiro! — disse o senhor Sleary, cuja respiração, abafada e pesada demais devido à asma, tornava difícil a pronúncia do *s* — Zeu zervo! Notízia muito ruim. Dizem por aí que meu palhazo e zeu cachorro zumiram.

Ele se dirigiu ao senhor Gradgrind, que confirmara a notícia.

— Bem, cavalheiro — retomou ele, tirando o chapéu e esfregando a beirada com o lenço de bolso que mantinha consigo para essa finalidade. — O zenhor pretende fazer alguma coisa para a pobre menina?

— Quando ela voltar, terei algo a lhe propor — respondeu o senhor Gradgrind.

— Muito bom zaber, cavalheiro. Não quero me livrar da crianza maiz do que ficar junto com ela. Eu queria enzinar, embora na idade dela zeja tarde. Minha voz eztá um pouco rouca, Zenhor, e difízil de entender para quem não me conheze; mas quando vozê enfrenta frio e calor, calor e frio, frio e calor no picadeiro dezde quando é jovem, como zempre enfrentei, zua voz não aguenta, cavalheiro; não maiz do que a minha.

— Acredito que não — afirmou o senhor Gradgrind.

— O que quer tomar, cavalheiro, enquanto ezpera? Jerez? Diga, zenhor! — perguntou o senhor Sleary, com uma calma hospitaleira.

— Nada para mim, obrigado — agradeceu o senhor Gradgrind.

— Não diga que não quer nada, cavalheiro. O que zeu amigo toma? Zês ainda não comeram, tomem uma taza de licor amargo.

Nesse momento, Josephine, filha de Sleary (uma graciosa garota loira de dezoito anos, que fora amarrada a um cavalo quando mal completara dois, e com doze fizera seu testamento, um documento que carregava consigo para toda parte e no qual expressava seu desejo de ser levada para a sepultura por dois pôneis malhados) gritou:

— Pai, corra! Ela voltou!

Então, Sissy Jupe entrou na sala correndo, do mesmo modo que havia antes saído. Percebendo a expressão de todos que estavam ali reunidos, e não encontrando seu pai entre eles, a menina desatou a chorar desconsolada e foi buscar refúgio no peito da mais talentosa equilibrista da corda bamba – ela própria uma futura mamãe. A moça se ajoelhou no chão para acariciá-la e chorou com ela.

— Que inferno, que vergonha! — falou Sleary.

— Oh, meu querido paizinho, meu bom e querido paizinho, para onde você foi? Você foi embora para tentar me fazer um bem, eu sei! Você se foi por minha causa, tenho certeza. Ah, pobre papai, pobre papai, quão infeliz e desamparado você estará longe de mim; até o dia em que voltar!

Era de tal modo patética a cena da garota dizendo essas coisas, ao mesmo tempo que olhava para cima com os braços esticados como se tentasse parar a sombra do pai e abraçá-la, que todos permaneceram em silêncio. Foi o senhor Bounderby quem, não conseguindo controlar a impaciência, tomou o caso em suas mãos.

— Percebam vocês, boa gente — disse ele —, tudo isso é inútil; uma perda de tempo. Deixem que a menina entenda o fato. Se preferirem, posso eu mesmo explicar; eu, que também fui abandonado. Venha cá, qual é seu nome? Seu pai fugiu, abandonou-a, e você não deve esperar vê-lo outra vez; nunca mais.

Essas pessoas se importavam tão pouco com Fatos puros e simples, e eles ocupavam um lugar tão insignificante na vida delas que, em vez de se impressionarem com o sentido utilitário do discurso do locutor, sentiram-se indignadas. Os homens murmuravam "Vergonha!", as mulheres, "Brutamontes!"; e Sleary apressou-se a comunicar reservadamente o seguinte ao senhor Bounderby.

— Quer zaber, cavalheiro? Para zer zinzero, acho que o zenhor devia parar por aí; enzerrar o caso. Zão todoz pezzoaz de boa índole; minha gente eztá acoztumada a não perder tempo; ze o zenhor não acatar minha advertênzia, quero zer maldito ze elez não atirarem o zenhor janela afora.

57

O senhor Gradgrind, aproveitando-se da hesitação de Bounderby depois dessa compassiva sugestão, tomou a palavra para apresentar sua opinião eminentemente pragmática acerca do assunto.

— Tanto faz — disse ele —, se essa pessoa voltará qualquer dia ou não. Ele foi embora, e não existe agora expectativa de um retorno. Acredito que quanto a isso ninguém tem dúvidas.

— Aí eztamos de acordo, cavalheiro — falou Sleary. — Perfeito!

— Muito bem, então! Eu vim até aqui para informar ao pai da pobre menina Jupe que ela não mais seria recebida na escola, devido a objeções práticas, sobre as quais me reservarei o direito de não falar, objeções estas relacionadas à aceitação naquele ambiente dos filhos de pessoas dedicadas à atividade circense. No entanto, dadas as atuais circunstâncias, eu gostaria de apresentar uma proposta. Estou disposto, Jupe, a assumir a responsabilidade por sua educação e sua criação. A única condição que imponho – além de seu bom comportamento – é que você decida neste momento se irá junto comigo ou permanecerá aqui. Uma vez que tenha decidido me acompanhar, fica entendido que você abre mão do contato com qualquer um de seus amigos que estão agora neste recinto. São essas as condições.

— Ao mezmo tempo —, disse Sleary, — preziso dizer, cavalheiro, que ezistem doiz ladoz nezza hiztória. Se você quer zer aprendiz, Zezília, conheze a natureza do trabalho e conheze zeuz companheiroz. Emma Gordon, que agora zegura você no colo, zerá uma mãe para você, e Josephine, uma irmã. Não fazo papel de anjo, e digo apenaz que ze você abandonar zeu número, vou ficar muito bravo e amaldizoar você. Mas, o que digo, cavalheiro, é que com bom ou mau temperamento, nunca maltratei um cavalo, não mais do que praguejar contra ele, e não ezpero, de outra maneira, comezar nezza altura de minha vida a zer cavaleiro. Nunca fui um Gárrulo, zenhor, e já dizze o que tinha a dizer.

A última parte do discurso foi dirigida ao senhor Gradgrind, que o recebeu com uma arrogante inclinação da cabeça, e depois comentou.

— A única observação que faço, Jupe (e espero que você a considere em sua decisão) é que não se pode negar a importância de uma sólida educação teórica e, até onde me foi possível entender, seu pai tinha a preocupação de proporcioná-la a você.

58

Ficou patente o impacto das últimas palavras sobre a menina. Ela parou imediatamente de chorar, afastou-se um pouco de Emma Gordon e colocou-se de frente para seu benfeitor. Todo o grupo percebeu a intensidade da alteração que se operou na garota; e o longo e uníssono suspiro dizia com todas as letras, "Ela vai!".

— Tenha consciência daquilo que escolher, Jupe — aconselhou-a o senhor Gradgrind. — Não direi mais nada. Esteja certa da escolha que fizer!

— Quando papai retornar — falou a menina, em meio às lágrimas, depois de um minuto de silêncio —, como poderá encontrar-me se eu for embora?

— Pode ficar tranquila — falou calmamente o senhor Gradgrind, pesando suas palavras como quem faz um cálculo. — Você não precisa se preocupar quanto a isso, Jupe. Acredito que, nesse caso, seu pai procurará o senhor...

— Zleary. Ezze é meu nome, Zleary. Não me envergonho dele. É conhezido em toda a Inglaterra e zempre me valeu.

— Então, ele deve procurar o senhor Sleary, que lhe dirá para onde você foi. Eu não poderia tentar segurá-la contra a vontade de seu pai, e ele não teria dificuldade em encontrar o senhor Thomas Gradgrind, de Coketown. Quanto a isso não me restam dúvidas.

— Bem conhecido — aquiesceu o senhor Sleary, revirando os olhos em uma expressão de crítica. — O zenhor é daquele tipo que fora de casa tem uma opinião hipócrita azerca do dinheiro. Maz izzo não importa agora.

Houve outro momento de silêncio; e então, soluçando, com as mãos na frente do rosto, ela exclamou:

— Deem minhas roupas, deem minhas roupas; e me deixem ir embora antes que meu coração se parta!

As mulheres, desoladas, apressaram-se em reunir as poucas peças de roupa da menina, e acomodá-las em uma cesta na qual costumeiramente eram transportadas. Sissy permaneceu o tempo todo sentada no chão, ainda soluçando e com os olhos cobertos. O senhor Gradgrind e seu amigo Bounderby ficaram em pé junto à porta, prontos para ir embora levando consigo a garota. O senhor Sleary manteve-se no meio da sala acompanhado dos homens da companhia, em uma postura exatamente igual à que assumia no centro do picadeiro durante as exibições de sua filha Josephine. Só lhe faltava o chicote.

Depois de arrumada a cesta, as mulheres pentearam os cabelos desgrenhados da menina e lhe colocaram o gorro na cabeça. Em seguida, reuniram-se em volta dela, cobriram-na de beijos e abraços e trouxeram as crianças para se despedirem – um grupo de mulheres simples, compassivas e tolas.

— Agora Jupe — falou o senhor Gradgrind —, se você tomou sua decisão, vamos!

Mas ela ainda precisava se despedir dos homens da companhia, e cada um deles tinha que lhe abrir os braços (pois todos exibiam uma atitude profissional quando ao lado de Sleary) e lhe dar beijos de adeus. Mestre Kidderminster, um indivíduo que, apesar de jovem, revelava um inato traço de misantropia, e também era conhecido por suas secretas pretensões matrimoniais, foi a única exceção – ele se retirou, mal-humorado. O senhor Sleary foi deixado para o final da fila e tomou-a pelas duas mãos com os braços bem abertos. Não fosse pela atitude de Sissy, que se limitou a ficar parada chorando à sua frente, ele a teria feito saltar como fazem os mestres de equitação para congratular as jovens amazonas quando estas desmontam no final de um número breve.

— Adeuz, minha querida! — disse Sleary. — Ezpero que vozê tenha toda zorte. Nenhum de nozzoz pobrez amigoz a perturbará, garanto. Eu preferia que zeu pai não tivezze levado junto o cachorro; ele faz falta no picadeiro. Mas, penzando bem, ele não ze exibiria zem zeu meztre; portanto, não faz diferenza!

Dito isso, ele olhou atentamente para a garota com seu olho vidrado, e para a companhia com o outro olho – aquele que dançava. Depois, beijou-a, sacudiu a cabeça e entregou-a para o senhor Gradgrind, do mesmo modo que faria para ajudá-la a montar um cavalo.

— Aqui eztá a menina, cavalheiro — disse ele, examinando-a de cima a baixo com um olhar profissional, como se ela estivesse se acomodando em sua sela. — Ela zaberá ze comportar. Adeuz, Zezília!

— Adeus, Cecilia!

— Adeus, Sissy!

— Deus a abençoe, querida!

Em toda a sala, ouviam-se palavras de despedida.

60

Mas os olhos do mestre de equitação haviam pousado sobre a garrafa de unguento pendurada no peito da garota, e se adiantou falando:

— Deixe a garrafa, minha querida; é muito pesada para carregar; ela não lhe terá utilidade. Deixe-a comigo!

— Não, não! — contestou ela, irrompendo novamente em lágrimas. — Oh, não! Deixe-me guardá-la até quando papai voltar, por favor! Ele vai precisar disso quando voltar. Meu pai não pensava em ir embora quando me pediu para ir buscar o unguento. Preciso guardá-lo para ele, por favor!

— Então, azzim zeja, minha querida. (O zenhor vê como é, cavalheiro!) Adeuz, Zezília! Meu último conzelho para vozê é o zeguinte: cumpra os termoz de zeu compromizzo; obedeza ao cavalheiro e ezqueza-ze de nóz. Maz, quando vozê eztiver crezida, cazada e bem de vida, ze algum dia cruzar com um zirco, não zeja inflezível, não ze moztre iracunda, dirija uma palavra afetuosa a zua gente, não zeja ruim. De algum modo, as pezzoaz prezizam ze divertir, cavalheiro — continuou Sleary mais ofegante do que nunca depois de tanto falar —; elaz não podem zó trabalhar; e também não podem zó eztudar. Veja nozzo lado melhor, não o pior. A vida toda ganhei meu zuztento na equitazão, zei dizzo; maz creio que deixei clara minha filosofia zobre a queztão quando lhe pedi, cavalheiro, para ver nozzo lado melhor, e não o pior!

Quando Sleary expôs sua filosofia, eles já estavam descendo a escada a caminho da rua e, assim, não tardou para que o olho vidrado do Filósofo – e também o que dançava – não mais conseguissem distinguir na escuridão as três figuras e a cesta.

CAPÍTULO VII

A senhora Sparsit

Dada a condição de solteirão do senhor Bounderby, a administração de sua residência ficava a cargo de uma senhora idosa, de nome Sparsit, que recebia pelo serviço uma remuneração anual. A senhora Sparsit era uma figura proeminente na comitiva do senhor Bounderby quando ele desfilava triunfante em sua carruagem, como um fanfarrão da humildade.

A senhora Sparsit não apenas havia conhecido dias muitos diferentes em sua vida, como também desfrutara de inúmeras e importantes relações. Ela tinha uma tia, ainda viva, chamada Lady Scadgers. O falecido senhor Sparsit, de quem era viúva, fora pelo lado materno o que a senhora Sparsit ainda denominava "um Powler". Pessoas estranhas ao meio, pouco informadas, e deficientes em sua capacidade de compreensão manifestavam muitas vezes certa ignorância quanto ao que significava ser um Powler, mostrando-se nitidamente incapazes de afirmar se o termo designava uma empresa, um partido político ou uma religião. No entanto, todos aqueles que privavam do convívio no círculo dos eruditos não necessitavam de explicação; pois sabiam que os Powlers eram uma antiga dinastia cuja linhagem podia ser rastreada até os mais remotos ancestrais, e não raro seus membros se perdiam ao remontar sua história até priscas eras – o que costumavam fazer com bastante frequência em relação a seu envolvimento com cavalos, jogos de cartas, transações monetárias com judeus e também no tocante ao Tribunal de Devedores Insolventes.

O último senhor Sparsit, que por parte de mãe descendia dos Powlers, casou-se com essa dama, cujos ancestrais pelo lado paterno pertenciam à linhagem dos Scadgers. O casamento foi planejado por Lady Scadgers, uma mulher extremamente obesa, dona de pernas bastante bizarras e escrava de um desmesurado apetite por carne; uma mulher que já havia quatorze anos se recusava a sair da cama. Na época em que o matrimônio foi realizado, o marido, cuja figura se destacava por um corpo esguio, debilmente suportado sobre duas pernas longas e delgadas e encimado por uma pequena cabeça sem qualquer atrativo digno de nota, acabara de completar a maioridade. Ele herdou do tio uma polpuda fortuna, mas já a havia transformado em dívidas antes mesmo de nela colocar as mãos; e gastou-a em dobro imediatamente depois de recebê-la. Desse modo, quando, aos vinte e quatro anos de idade veio a falecer, na cidade de Calais, devido ao excessivo consumo de conhaque, deixou a esposa, de quem já havia se separado logo após a lua de mel, em uma precária situação financeira. Essa dama enlutada, quinze anos mais velha do que ele, acabou entrando em uma disputa mortal com sua única parente, Lady Scadgers; e assim, movida por um lado, pelo desejo de prejudicar sua senhoria e por outro, pela necessidade de se manter, aceitou trabalhar em troca de um salário. E agora, já no crepúsculo da vida, a senhora Sparsit, com seu nariz de perfil romano, que lhe conferia um ar esnobe, e suas densas sobrancelhas negras, que tanto haviam cativado o marido, ali estava, preparando o chá do senhor Bounderby enquanto ele tomava seu café da manhã.

Fossem Bounderby um conquistador e a senhora Sparsit uma princesa cativa, ostentada como troféu em seus cortejos públicos, ela não seria exibida com pompa maior do que ele habitualmente costumava fazer. Da mesma forma que era característico de sua postura arrogante depreciar a própria estirpe, também o era exaltar a da senhora Sparsit. Enquanto, por um lado, ele jamais admitiria ter experimentado em sua juventude condições de vida minimamente favoráveis, por outro, ele enaltecia os privilégios da meninice da senhora Sparsit, retratando o caminho dessa dama como um tapete forrado com toneladas de botões de rosas. Em seu discurso costumeiro, dizia ele a seus interlocutores "No final das contas, senhor, como fica tudo isso? Aqui ela recebe cem por um ano (eu lhe dou cem, o que ela considera perfeito) para manter a casa de Josiah Bounderby, de Coketown".

Mais do que qualquer coisa, ele propalou tão amplamente essa sua frustração que não raro ela se convertia em objeto de habilidosa manipulação por parte de terceiros. Um dos mais exasperantes aspectos da personalidade de Bounderby residia no fato de ele não apenas enaltecer os próprios méritos, como também estimular outros homens a fazê-lo. Havia nele uma contagiosa jactância. Estranhos, que em outros lugares comportavam-se com adequada modéstia, nos banquetes de Coketown entregavam-se a uma desenfreada exaltação da pessoa de Bounderby. Eles o elevavam a um pedestal que representava, ao mesmo tempo, o exército Real, a bandeira nacional, a Carta Magna da nação, John Bull, um *Habeas Corpus*, a Carta de direitos dos cidadãos, a Igreja, o Estado e o Hino Nacional, além do que propagavam que seu castelo era a casa dos ingleses. E nas ocasiões – muito frequentes – em que um desses oradores ilustrava seu discurso com os versos,

> Príncipes e Lordes florescem ou desvanecem,
> Um sopro os enobrece, um sopro os empobrece,

todos entendiam que ele ouvira falar da senhora Sparsit.

— Senhor Bounderby — falou a senhora Sparsit —, esta manhã o senhor está excepcionalmente vagaroso com seu café.

— Ora essa, madame — retrucou ele —, estou pensando no capricho de Tom Gradgrind —referindo-se ao amigo como Tom Gradgrind, de forma deliberada e categórica, como se estivesse contrariando alguém que tentasse suborná-lo com vastas somas de dinheiro para que pronunciasse o nome Thomas. — O capricho de Tom Gradgrind, madame, de assumir a criação da garota do circo.

—A menina está agora esperando para saber — comentou a senhora Sparsit — se ela deve se dirigir diretamente à escola ou a Stone Lodge.

— Ela deve aguardar, madame — respondeu Bounderby—, até que eu tenha essa informação. Tom Gradgrind chegará dentro em pouco, eu suponho. Se ele desejar que a menina permaneça aqui por um dia ou dois, certamente ela poderá ficar, madame.

— Decerto sim, se é essa sua vontade, senhor Bounderby.

— Eu disse a Tom que providenciaria uma cama para a menina passar a noite nesta casa, e dessa forma dar a ele tempo para refletir bem antes de decidir se deve permitir o contato dela com Louisa.

— É mesmo, senhor Bounderby? Muito previdente de sua parte!

A senhora Sparsit tomou então um gole de chá, e enquanto o fazia foi possível perceber uma leve dilatação das narinas de seu nariz romano, e uma contração das sobrancelhas negras.

— Está bastante claro para *mim* — falou Bounderby — que a mocinha pode lucrar muito pouco com esse tipo de companhia.

— O senhor se refere à jovem senhorita Gradgrind, senhor Bounderby?

— Sim, madame. Estou falando de Louisa.

— Como o senhor empregou a expressão "a mocinha" —argumentou a senhora Sparsit —, e há duas mocinhas em questão, eu fiquei sem saber de qual delas se tratava.

— Louisa — repetiu o senhor Bounderby. — Louisa.

— O senhor é para Louisa um segundo pai, não é mesmo? — A senhora Sparsit tomou mais um gole de chá; e, ao inclinar-se sobre a xícara fumegante, com as sobrancelhas outra vez contraídas, podia-se imaginar que seu semblante majestoso invocava os deuses do inferno.

— Se a senhora tivesse dito que sou um segundo pai para Tom (o jovem Tom, não meu amigo Tom Gradgrind), estaria bem próxima da verdade. Vou levar o menino para meu gabinete, para tê-lo sob minhas asas, madame.

— Realmente? Ele é muito jovem para isso, não é, senhor? — A ênfase colocada pela senhora Sparsit na palavra senhor conferia a ela um quê de formalismo no qual era possível distinguir muito mais uma deferência em relação a ela mesma do que respeito pela pessoa de Bounderby.

— Isso não será feito imediatamente. Em primeiro lugar, ele precisa concluir seus estudos — argumentou o senhor Bounderby. — O mais importante é que com Lorde Harry receberá toda a instrução necessária! Esse garoto arregalaria os olhos se soubesse quão carente de conhecimentos *eu* era na idade dele — detalhe que, por sinal, o menino provavelmente não ignorava, pois já ouvira falar bastante sobre o tema. — É extraordinária a dificuldade que eu tenho em falar de igual para igual com qualquer pessoa acerca de muitos assuntos. Eis aqui um exemplo: esta manhã estive falando com a senhora a respeito de acrobatas. Ora, o que a senhora sabe sobre acrobatas? Na ocasião em que ser um equilibrista nas ruas lamacentas foi para mim uma dádiva divina, um prêmio de loteria, a senhora frequentava a Ópera Italiana, e saía de lá, madame, vestida de cetim branco, coberta de joias – um extasiante esplendor; enquanto eu não tinha um centavo sequer para comprar uma tocha e com ela iluminá-la.

— Decerto, senhor — retrucou a senhora Sparsit com um sereno e pesaroso ar de dignidade —, desde tenra idade eu fui apresentada à Ópera Italiana.

— Também eu, madame; quem diria! — exclamou Bounderby. — Só que do lado contrário. O pavimento de suas Arcadas costumava ser para mim uma cama muito dura, acredite! Gente como a senhora, madame, habituada desde a infância a dormir no conforto das penas, não pode nem de leve imaginar como são *duras* as pedras do pavimento, sem jamais tê-las experimentado. Não, não; de nada serve eu *lhe* falar a respeito de acrobatas. Eu deveria versar sobre dançarinos estrangeiros, sobre o *West End* de Londres, *Mayfair*, lordes, damas e pessoas ilustres.

— Eu creio, senhor — retorquiu a senhora Sparsit, com prudente demonstração de resignação —, que não seria necessário o senhor tratar de temas relativos à minha existência pregressa, pois espero ter aprendido a me adaptar às metamorfoses da vida. É grande meu interesse em escutar suas instrutivas experiências, e não me canso de ouvi-las; contudo, não vejo mérito nisso, já que esse deve ser um sentimento geral.

— Bem, madame — falou-lhe o patrão —, talvez algumas pessoas experimentem especial contentamento em dizer, em uma forma rude de expressão, que gostam de ouvir as histórias sobre os dias difíceis da vida de Josiah Bounderby de Coketown. Todavia, a senhora não pode deixar de confessar que nasceu em berço esplêndido. Não negue, madame; a senhora sabe que nasceu em berço esplêndido.

— Eu não nego, senhor — respondeu a senhora Sparsit, balançando a cabeça —, não nego.

O senhor Bounderby se sentiu impelido a levantar da mesa e se postar em pé diante do fogo, para observá-la melhor. A senhora Sparsit simbolizava um extraordinário aumento de prestígio na vida desse homem.

— E a senhora fazia parte da nata da sociedade; a demoníaca alta sociedade — acusou ele, enquanto aquecia as pernas.

— É verdade, senhor — concordou a senhora Sparsit, em uma pretensa manifestação de humildade, que contrastava nitidamente com a dele e, portanto, não chegava a causar perturbação.

— Seu padrão de vida era requintado, a senhora pertencia à elite — disse o senhor Bounderby.

— Sim, senhor — concordou mais uma vez a senhora Sparsit, com certo ar de viuvez social —; uma verdade inquestionável, sem dúvida alguma.

O senhor Bounderby inclinou-se para a frente e literalmente abraçou as pernas, soltando uma sonora risada de satisfação. Nesse momento foi anunciada a chegada do senhor Gradgrind e de sua filha Louisa. Bounderby os recebeu, cumprimentando o amigo com um aperto de mãos e a menina com um beijo.

— Você pode chamar Jupe, Bounderby? — pediu o senhor Gradgrind.

Ele aquiesceu e a menina foi então chamada. Ao chegar, ela cumprimentou com uma reverência o senhor Bounderby, bem como Tom Gradgrind (o amigo dele) e também a pequena Louisa. Contudo, dado o embaraço do momento, acabou se esquecendo da senhora Sparsit. Bounderby não perdeu a oportunidade de lhe passar uma severa descompostura. Disse ele:

— Saiba de uma coisa, minha garota. O nome daquela dama ao lado da mesa do chá é senhora Sparsit. Ela é uma pessoa muito bem relacionada, e a patroa desta casa. Consequentemente, se você algum dia entrar neste lugar outra vez, terá uma permanência muito breve se não demonstrar o mais profundo respeito para com a senhora. Quanto a mim, pouco importa o tratamento que você me dispense, porque não me considero alguém especial. Muito além do que não ter conexões na alta sociedade, simplesmente não tenho conexão alguma; sou nascido da escória da terra. Mas importam-me muito suas atitudes em relação àquela dama; e você deve agir de acordo com os padrões de deferência e respeito, ou nunca mais voltará a colocar os pés aqui.

— Eu acredito, Bounderby — falou o senhor Gradgrind em tom conciliador —, que a ocorrência foi fruto de mera distração.

— Meu amigo Tom Gradgrind está sugerindo, senhora Sparsit — ironizou Bounderby —, que isso não passou de distração. É muito provável que ele esteja certo. No entanto, como a senhora sabe muito bem, madame, eu não admito nem mesmo distrações no que lhe diz respeito.

— Muito amável de sua parte, senhor — retrucou a senhora Sparsit, balançando a cabeça em uma demonstração de altiva humildade. — Mas não vale a pena perder tempo com esse assunto.

Sissy, que durante esse interlúdio não parou de chorar e se desculpar, foi então entregue pelo dono da casa ao senhor Gradgrind. Ela permaneceu ali em pé, olhando-o atentamente, e Louisa ficou ao lado do pai, com os olhos baixos, enquanto ele proferia seu sermão:

— Jupe, tomei a decisão de trazê-la para dentro de minha casa. Quando você não estiver na escola, servirá à senhora Gradgrind, que é uma mulher doente. Eu expliquei à senhorita Louisa (esta aqui é a senhorita Louisa) o fim infeliz, porém natural, de sua última profissão; e você precisa compreender definitivamente que todo aquele assunto é passado e, portanto, não deve jamais voltar a ser mencionado. Sua história começa a partir deste momento, pois sei que atualmente você é ignorante.

— Sim, senhor; muito — respondeu ela fazendo uma reverência com o corpo.

— Terei a satisfação de fazer de você uma pessoa educada dentro do mais perfeito rigor; e para todos aqueles com quem vier a se relacionar, você será um testemunho vivo das vantagens proporcionadas pela educação que receberá. Nós a resgataremos e lhe daremos formação. Imagino que até aqui você estava acostumada a ler para o seu pai e para todas aquelas pessoas entre as quais eu a encontrei, estou certo? — questionou o senhor Gradgrind, abaixando a voz e acenando para que ela se aproximasse.

— Apenas para papai e Patas Alegres, senhor. Ou melhor, para papai, pois o cachorro estava sempre junto.

— Esqueça Patas Alegres, Jupe — advertiu o senhor Gradgrind, com uma carranca fugaz. — Ele agora não vem ao caso. Posso entender, então, que você costumava ler para seu pai; é isso?

— Oh, sim, senhor; muitas e muitas vezes. Essas eram as horas mais felizes – oh, que tempos felizes aqueles que passamos juntos, senhor!

Foi só nesse momento, quando a menina deu vazão à sua tristeza, que Louisa olhou para ela.

— E o que você lia para seu pai, Jupe? — perguntou o senhor Gradgrind, em um tom de voz ainda mais baixo.

— Histórias sobre Fadas, senhor; e também sobre Gnomos, Corcundas e Espíritos —respondeu ela em meio aos soluços—; e sobre...

— Chega! — ordenou o senhor Gradgrind. — Isso já basta. Nunca mais volte a pronunciar uma palavra sequer acerca desses disparates inúteis — depois, dirigindo-se a Bounderby, falou: — Este é um caso que merece rígida aplicação dos métodos educativos; vou acompanhá-lo com muito interesse.

— Muito bem — respondeu o senhor Bounderby —, já lhe dei minha opinião; e você sabe que eu agiria de outro modo. Mas, se é esse o seu desejo, então *assim* seja! Já que você abraçou o caso... vamos em frente!

Dito isso, o senhor Gradgrind e sua filha levaram Cecilia Jupe com eles para Stone Lodge. Ao longo de todo o caminho, Louisa permaneceu em completo silêncio. O senhor Bounderby retomou seus afazeres diários e a senhora Sparsit se fechou em si mesma, passando o resto do dia entregue a divagações acerca da melancolia daquela solidão.

CAPÍTULO VIII

Jamais faça conjecturas

Afinemos nossos instrumentos, antes de dar sequência à música.

Quando Louisa era seis anos mais nova, certo dia o senhor Gradgrind ouviu casualmente uma conversa dela com o irmão, e interrompeu-a no instante em que dizia:

— Tom, eu fico imaginando...

Ele se adiantou e ordenou:

— Louisa, jamais faça conjecturas!

É exatamente neste ponto que se apoiam a linha mestra da arte da mecanização e o segredo da educação ininterrupta da mente, sem espaço para o cultivo de sentimentos e afeições. Nunca faça conjecturas! Através das operações de adição, subtração, multiplicação e divisão, estabeleça todas as coisas e nunca se entregue a imaginações. M'Choakumchild diz "traga-me sua criança tão logo ela saiba andar, e eu me ocuparei de ensiná-la a jamais se deixar levar por fantasias".

Entretanto, além das muitas crianças que davam os primeiros passos, existia em Coketown uma considerável população de crianças que há vinte, trinta, quarenta, cinquenta anos, ou mais, caminhavam contra o tempo, na direção do mundo infinito. E as dezoito doutrinas religiosas viviam a se agredir mutuamente, a fim de chegar a um acordo quanto às medidas a serem tomadas com vistas ao aprimoramento desses infantes admiráveis, criaturas assustadas demais para se exibir em qualquer sociedade humana; mas o objetivo jamais era alcançado – uma condição bastante surpreendente, quando se considera a feliz acomodação dos meios para consecução dos fins pretendidos. Entretanto, muito embora essas doutrinas diferissem em muitos aspectos, concebíveis e inconcebíveis (em especial os inconcebíveis), elas concordavam quanto ao propósito de jamais permitir que essas crianças infelizes viessem a se perder em divagações. De acordo com o grupo número um, todas as coisas deviam ser interpretadas como um axioma. Para o grupo número dois, em tudo havia a interferência da economia política. O grupo número três produziu uns livrinhos, bastante pesados, mostrando que as crianças bem-criadas invariavelmente sabiam poupar, enquanto as malcriadas sempre acabavam seus dias nas colônias penais. O grupo número quatro, com o lamentável pretexto de ser jocoso (quando era na verdade deveras melancólico), lançava mão dos artifícios mais rasos para esconder arapucas do conhecimento, para dentro das quais esses bebês deviam ser contrabandeados e atraídos. Todos os grupos, no entanto, concordavam que tais infantes não deveriam nunca dar asas à imaginação.

Existia em Coketown uma biblioteca da qual todos podiam facilmente dispor. O senhor Gradgrind se inquietava, tentando entender que tipo de leitura atraía o interesse das pessoas que frequentavam aquele espaço – um aspecto sobre o qual minguados fluxos de dados devidamente sistematizados, alimentavam de quando em quando um abundante oceano de dados também devidamente sistematizados, em cujo conteúdo nenhum daqueles que mergulhou jamais retornou à tona com pleno domínio de suas faculdades mentais. Era no mínimo desalentador, senão um fato lamentável, a persistência do estado de curiosidade que dominava esses leitores. Eles matutavam acerca da natureza humana, das paixões humanas e dos mistérios que envolviam as esperanças e os medos, as lutas, os triunfos e as derrotas, os cuidados, as alegrias e tristezas, a vida e a morte de todos os seres humanos comuns! Algumas vezes, depois de uma longa jornada de quinze horas de trabalho, sentavam-se para ler fábulas simples sobre homens e mulheres semelhantes a eles, e sobre crianças semelhantes às suas crianças. Eles se deleitavam com a leitura de Defoe, em vez de Euclides; e pareciam mais satisfeitos pelo que lhes dizia Goldsmith do que com as palavras de Cocker. O senhor Gradgrind se debruçava permanentemente sobre esses estranhos textos (tanto os atuais como aqueles já fora de circulação), mas nunca conseguiu concluir como conduziam a esse inexplicável resultado.

— Estou cansado da minha vida, Loo. Odeio essa vida, odeio tudo, exceto você — confessou o extravagante garoto Thomas Gradgrind, na penumbra do aposento que parecia o salão de um cabeleireiro.

— Você não odeia a Sissy, Tom?

— Eu odeio ser obrigado a chamá-la de Jupe. E ela me odeia — falou Tom, melancolicamente.

— Não! Ela não o odeia, Tom; tenho certeza.

— Pois ela deveria, sim; deveria odiar e abominar todos nós. Eles vão azucrinar a infeliz, antes de resolver deixá-la em paz. Ela já anda pálida como cera, e tão desconsolada quanto eu.

Montado em uma cadeira diante do fogo, com os braços atrás do espaldar e o rosto amuado apoiado neles, o jovem Thomas deu vazão a seus sentimentos. Sua irmã, sentada no canto mais escuro, ao lado da lareira, ora olhava para ele, ora para as fagulhas brilhantes que caíam sobre a soleira.

— Quanto a mim — queixou-se Tom, revolvendo os cabelos para todos os lados com suas mãos letárgicas —, sou um asno; é isso que *sou*. Um sujeito tão obstinado como um asno; mais estúpido que um asno. Eu me divirto como um deles, e gostaria de também dar coices como eles.

— Não em mim, eu espero!

— Não, Loo! É claro que não! Eu jamais machucaria *você*. Não sei o que este cárcere caduco, cabresto... — Tom fez uma pausa, buscando um nome que expressasse satisfatoriamente seu sentimento em relação ao teto familiar, e pareceu aquietar sua mente por um instante, diante da forte aliteração que acabara de criar —, seria sem você.

— É verdade, Tom? Você diz isso sinceramente?

— Ora, é claro que sim. Mas, deixe pra lá, por que falar nisso? — respondeu Tom, esfregando o rosto na manga do casaco como se quisesse machucar sua carne tanto quanto estava machucado seu espírito.

— Porque, Tom — argumentou a irmã, depois de observar em silêncio por alguns instantes as fagulhas espalhadas pelo fogo —, agora que estou ficando mais velha – quase adulta – sento-me sempre aqui a imaginar como é triste para mim não poder ajudar você a se adaptar à vida nesta casa, do mesmo modo que eu me adaptei. Não conheço coisas que outras garotas conhecem; não sei brincar ou cantar com você; não sou capaz de conversar sobre assuntos que possam iluminar seu espírito, pois nunca vejo cenas divertidas, tampouco leio livros interessantes, coisas sobre as quais fosse prazeroso falar, ou que pudessem trazer alívio quando você estivesse cansado.

— Eu também não faço nada diferente. Sou tão carente quanto você a esse respeito; além do que sou um burro – e você não é. Papai decidiu fazer de mim um janota ou um burro; ora bolas, não sou um janota, então [...] só posso ser um burro — lamentou-se Tom.

— É uma pena — afirmou Louisa melancolicamente, depois de outra pausa. — Uma pena mesmo, Tom. Uma grande tristeza para nós dois.

— Ah! Você é uma garota — lamentou-se Tom. — Você é uma menina, Loo, e uma menina consegue se sair melhor do que um menino. Você não tem defeitos; você é a única coisa que me dá alegria nesta casa; você consegue iluminar até mesmo este lugar e pode sempre me conduzir como quiser.

— Você é um irmão muito querido, Tom; e, se você me considera capaz de todas essas coisas, não me importa saber mais nada. Mas eu sei; e me sinto triste por isso — ela se levantou, deu um beijo no irmão e retornou para seu canto.

— Eu queria poder reunir todos os Fatos sobre os quais tanto nos falam — disse Tom, cerrando os dentes com raiva —, todos os Números e todas as pessoas que os descobriram; e queria poder colocar milhares de barris de pólvora debaixo deles e mandar tudo junto pelos ares! Mas você pode ficar certa de uma coisa: quando eu for morar com o velho Bounderby, terei minha desforra.

— Sua desforra, Tom?

— Isto é, vou me divertir um pouco; vou sair, e ver e ouvir coisas diferentes. Vou me dar uma recompensa pela maneira como fui criado.

— Mas não se deixe iludir por suas expectativas, Tom, para não se decepcionar depois. O senhor Bounderby pensa do mesmo modo que papai, e é muito mais duro e muito menos bondoso.

— Oh, isso não me importa —retrucou Tom, dando uma risada. — Eu vou saber muito bem como amansar e controlar o velho Bounderby!

A sala se encontrava mergulhada em um emaranhado de sombras, que eram projetadas pelos armários imponentes ali existentes; e sobre elas, delineava-se nas paredes o vulto dos dois irmãos, fazendo parecer que eles estavam suspensos em uma caverna escura. Ou, quem sabe, uma imaginação fantasiosa (se houvesse espaço naquele local para tal perfídia) poderia interpretá-las como fantasmas do assunto que os meninos discutiam e de sua ameaçadora relação com o futuro dos dois.

— Qual é então seu método infalível de amansar e controlar, Tom? É um segredo?

— Oh! — falou Tom. — Se é um segredo, ele não está muito distante. É você. Você é a queridinha, a favorita dele. Por você, ele faz qualquer coisa. Quando o velho Bounderby me falar de que eu não gosto, eu direi, "Minha irmã Loo vai ficar triste e desapontada, senhor Bounderby. Ela sempre me disse que o senhor certamente não seria assim tão duro comigo". Se isso não conseguir amansá-lo, nada mais o conseguirá.

Tom esperou durante algum tempo, mas ela não fez o comentário algum; ele então sucumbiu outra vez à realidade presente e se enroscou com o espaldar da cadeira, bocejando e afundando a cabeça mais e mais, até que subitamente olhou para cima e perguntou:

— Você está dormindo, Loo?

— Não, Tom. Estou observando o fogo.

— Você parece encontrar nele muito mais do que eu jamais consegui encontrar — falou Tom. — Outra das vantagens de ser uma garota, penso eu.

— Tom — questionou a irmã, falando pausadamente e imprimindo à voz um tom bastante curioso, como se as palavras que ela pronunciava estivessem escritas sobre o fogo em uma caligrafia pouco legível —, você espera encontrar algum prazer com essa mudança para a casa do senhor Bounderby?

— Pois é — falou Tom, levantando-se e empurrando a cadeira para o lado —, existe aí uma coisa boa, que é ir embora de casa.

— Existe aí uma coisa boa — repetiu Louisa, no mesmo tom curioso de sua fala anterior —; que é ir embora de casa. Pois é!

— Mas existe outra coisa que me desagrada muito: deixar você, Loo, e acima de tudo, deixar você aqui. Mas, quer eu goste ou não, preciso ir, você sabe muito bem; e ir para um lugar onde a sua influência possa me garantir alguma vantagem é melhor do que outro onde não exista essa possibilidade. Dá pra entender?

—Sim, Tom.

A resposta demorou para ser pronunciada, embora não se percebesse nela qualquer sinal de hesitação. Durante os instantes de silêncio que a precederam, Tom aproximou-se da irmã, inclinou-se sobre o espaldar da cadeira em que ela estava sentada e ficou contemplando dali aquele fogo que tanto monopolizava a atenção da menina, para ver se, ao olhá--lo sob a mesma perspectiva, conseguia encontrar nele alguma coisa.

— Exceto pelo fato de ser um fogo — falou Tom —, ele me parece tão estúpido e vazio como todas as outras coisas. O que você vê nele? Por acaso é um circo?

— Não vejo nele nada especial, Tom. Mas, enquanto eu estava olhando as chamas, fiquei me perguntando como será quando você e eu formos adultos.

— Conjecturando outra vez! — exclamou Tom.

— Eu tenho pensamentos tão teimosos — respondeu Louisa —; que não consigo deixar de imaginar.

— Então eu lhe peço, Louisa, menina imprudente — advertiu a senhora Gradgrind, que abrira a porta sem ser percebida —, para não falar asneiras semelhantes a essa, pelo amor de Deus; nunca mais quero ouvi-la dizer tais impropérios sobre seu pai. Quanto a você Thomas, fiquei envergonhada! Não consigo entender que um menino criado como você tem sido, um menino cuja educação tem o custo da que você recebe, pudesse algum dia incentivar a própria irmã a fazer conjecturas, sabendo muito bem que seu pai determinou expressamente que não o fizesse.

Louisa negou a participação de Tom no ato de transgressão; mas sua mãe calou-a com uma afirmação inapelável:

— Louisa, não diga isso; respeite meu estado de saúde. É moral e essencialmente impossível que você tenha tido essa atitude, a menos que de algum modo incentivada.

— Não fui estimulada por ninguém, mamãe, apenas fiquei observando as fagulhas vermelhas do fogo que se apagam e morrem. Elas me fizeram pensar como pode ser curta minha vida e quão poucas coisas eu posso esperar fazer enquanto ela durar.

— Que disparate! — exclamou a senhora Gradgrind, com uma veemência quase inabalável. — Tremendo disparate! Não fique aí dizendo essas asneiras na minha frente, Louisa, quando você bem sabe que, se algum dia tivesse que levá-las ao conhecimento de seu pai, eu certamente me negaria a escutá-las. E tudo isso depois dos inestimáveis cuidados que dispensamos a você; de todas as preleções a que você assistiu e das experiências que presenciou! É inaceitável que, depois de tudo o que eu passei (apesar da paralisia que me imobiliza todo o lado direito), ouvindo-a falar com seu mestre sobre combustão, calcinação, produção de calor, além de toda sorte de exercícios capazes de enlouquecer uma pobre inválida, você venha agora me falar dessa maneira absurda sobre fagulhas e cinzas! Oxalá — lamentou-se a senhora Gradgrind, puxando uma cadeira e dando voz à parte culminante de seu descontentamento, antes de sucumbir sob o peso de fortuitas sombras dos fatos —; sim, se me fosse dado a escolher, oxalá eu nunca tivesse formado uma família; só assim vocês saberiam o que é viver sem mim!

CAPÍTULO IX

O progresso de Sissy

Nos primeiros meses de sua provação, ora entregue à tutela do senhor M'Choakumchild, ora sob os cuidados da senhora Gradgrind, a vida de Sissy não foi fácil, e ela se viu constantemente assaltada por um intenso desejo de fugir. Os dias eram preenchidos com implacáveis saraivadas de fatos e a vida se mostrou para ela como um livro de códigos rigidamente administrado. Não tivesse a menina sido refreada por uma circunstância inapelável, a fuga com toda certeza teria acontecido.

É doloroso pensar que esse impedimento não resultou de nenhum processo matemático, mas foi, pelo contrário, uma autoimposição que contestava toda e qualquer espécie de solução determinística e tabelas de probabilidades que qualquer estatístico seria capaz de deduzir a partir de premissas. A garota acreditava que o pai não a abandonara; ela alimentava a esperança de vê-lo outra vez e confiava na possibilidade de fazê-lo feliz permanecendo onde estava.

A triste ignorância que permitia a Jupe se agarrar a esse consolo, rejeitando o consumado conforto do conhecimento, pautado em sólida base aritmética, de que seu pai não passava de um vagabundo desnaturado, sensibilizava o senhor Gradgrind. No entanto, o que poderia ser feito? De acordo com os relatos de M'Choakumchild, a menina possuía uma mente obtusa no tocante a números; uma vez de posse de uma ideia geral sobre o globo terrestre, ela não se interessava pelos aspectos relativos às medidas exatas; era extremamente inepta na aquisição de datas, a menos que estivessem conectadas a algum lastimável incidente; ela se derramava em lágrimas quando solicitada a calcular, de cabeça, o preço de duzentas e quarenta e sete toucas de musselina ao custo unitário de catorze centavos e meio; ela passava os dias entregue a uma tristeza completa; no dia anterior, mesmo após oito semanas de introdução à Economia Política, ela fora corrigida por um baixinho tagarela quando deu à pergunta "Qual é o primeiro princípio da ciência?" esta absurda resposta: "Fazer para os outros o que eu gostaria que eles fizessem para mim".

Com um balanço da cabeça, o senhor Gradgrind demonstrou seu descontentamento. Ele identificou nas observações de M'Choakumchild a urgente necessidade de submeter a menina a um aprimoramento na usina do conhecimento, por meio de estudo sistematizado, dados estatísticos, relatórios e instruções organizadas em ordem alfabética, além do que ela "precisava ser forçada a cumprir esse programa". Então, Jupe foi forçada a cumprir esse programa e se tornou mais triste sem, contudo, ficar mais sábia.

— Eu acho que seria muito bom ser você, senhorita Louisa! — disse ela certa noite, quando Louisa se esforçava para ajudá-la a entender um pouco das atividades complicadas prescritas para o dia seguinte.

— Você acha?

— Eu decerto saberia tanta coisa, senhorita Louisa! Tudo o que agora é tão difícil para mim ficaria muito fácil.

— Você não seria melhor por causa disso, Sissy.

Depois de um instante de hesitação, Sissy afirmou:

— Eu não seria pior, senhorita Louisa.

E Louisa respondeu:

— Não estou certa disso.

Até então, a comunicação entre as duas fora muito limitada, não só em razão da monotonia da vida em Stone Lodge, que mais parecia a engrenagem de uma máquina na qual a interferência humana era desestimulada, como também em decorrência da proibição de tudo quanto dissesse respeito à antiga profissão de Sissy. Com isso, elas ainda se comportavam como estranhas. Sissy, procurando penetrar com seus olhos negros os mistérios ocultos por trás do rosto de Louisa, titubeou entre falar mais ou permanecer em silêncio.

— Você ajuda minha mãe e lhe proporciona mais deleite do que eu jamais conseguiria fazer — retomou Louisa. — Você é mais agradável com você mesma do que eu sou *comigo*.

— Mas, se você me permite dizer, senhorita Louisa — falou Sissy —, eu sou... obtusa demais!

Com uma risada mais ruidosa do que lhe era habitual, Louisa afirmou à menina que pouco a pouco ela ficaria mais sábia.

— Você não sabe — argumentou Sissy quase cedendo ao choro —, que garota burra eu sou. Eu cometo erros o tempo todo durante as aulas. O senhor e a senhora M'Choakumchild chamam minha atenção repetidas vezes por causa dos erros. Mas eu não consigo evitá-los. Eles parecem acontecer naturalmente.

— Por acaso, Sissy, o senhor e a senhora M'Choakumchild nunca cometem erros?

— Claro que não! — replicou ela com determinação. — Eles sabem todas as coisas.

— Conte para mim algum de seus erros.

— Eu tenho vergonha deles — falou Sissy com certa relutância. — Mas hoje, por exemplo, o senhor M'Choakumchild estava explicando para nós o que é Riqueza Natural.

— Nacional. Creio que ele deve ter falado Nacional — observou Louisa.

— Sim, foi isso. Mas... não é a mesma coisa? — perguntou a garota timidamente.

— É melhor você falar Nacional, como ele disse — respondeu Louisa, mantendo uma fria reserva.

— Riqueza Nacional, então. E ele disse, "Agora, esta sala de aula é uma nação. E esta nação dispunha de recursos monetários no valor de cinquenta milhões. Será ela uma nação próspera? Garota número vinte, para você esta nação é próspera ou não, e a situação em que você vive é ou não florescente?".

— E o que você respondeu, Sissy? — perguntou Louisa.

— Eu disse que não sabia, senhorita Louisa. Pensei que não poderia saber se a nação era próspera ou não e se eu tinha ou não uma vida florescente se não soubesse quem era o dono do dinheiro e se alguma parte desse dinheiro me pertencia. Mas isso não tinha nada a ver com a pergunta; o que eu respondi não tinha nada a ver com números — admitiu Sissy, enxugando os olhos.

— Foi um grande erro de sua parte — observou Louisa.

— Sim, senhorita Louisa, agora eu sei que foi. Então, o senhor M'Choakumchild disse que me faria outro teste; e falou, "Esta sala de aula é uma imensa cidade onde vive um milhão de habitantes; apenas vinte e cinco passam fome nas ruas, durante um período de um ano. O que você tem a dizer sobre essa proporção?". O que eu respondi, porque não encontrei uma resposta melhor, foi que o sofrimento daqueles que passavam fome era o mesmo, quer houvesse um milhão, quer muitos milhões de habitantes. E essa resposta também estava errada.

— Decerto que estava.

— Então, o senhor M'Choakumchild propôs mais um teste. Ele disse, "Aqui estão as estátuas..."

— Estatísticas — corrigiu Louisa.

— Sim, senhorita Louisa (essa palavra sempre me faz lembrar de estátuas, e esse é outro de meus erros), estatísticas sobre acidentes no mar. E o senhor M'Choakumchild falou "Em dado período, cem mil pessoas fizeram longas viagens por mar e apenas quinhentas delas morreram afogadas ou queimadas. Qual é a porcentagem?".

Em prantos, Sissy confessou seu erro mais lamentável:

— Eu respondi nenhuma.

— Nenhuma, Sissy?

— Nenhuma, senhorita; nenhuma para os parentes e amigos das pessoas que morreram. Nunca vou aprender — queixou-se Sissy. — E o pior de tudo isso é que não consigo gostar de estudar, apesar de eu querer tanto aprender, só para fazer feliz meu pobre paizinho; porque ele sempre desejou que eu estudasse.

A menina, envergonhada, abaixou sua cabecinha simples e encantadora, e Louisa permaneceu ali olhando, até que ela voltou a erguer os olhos e mirou-a no rosto. Então perguntou:

— Seu pai sabe muitas coisas, Sissy? E por isso quer que você também aprenda?

Sissy hesitou antes de responder, deixando evidente que elas estavam adentrando terreno proibido. Percebendo o receio da garota, Louisa adiantou-se para tranquilizá-la;

— Ninguém está nos ouvindo; e, mesmo que alguém escute, estou certa de que não há mal algum nessa pergunta inocente.

— Não, senhorita Louisa — respondeu Sissy sacudindo a cabeça —; na verdade, papai sabe muito pouco. É o bastante para ele poder escrever; e bem mais do que sabem as pessoas em geral, que quase não conseguem ler o que ele escreve. Muito embora, para *mim* seja tudo claro.

— Sua mãe?

— Papai diz que ela era uma pessoa muito instruída. Minha mãe morreu quando eu nasci. Ela era... — Sissy ilustrou sua fala com uma desajeitada expressão corporal — uma dançarina.

— Seu pai a amava? — A pergunta de Louisa vinha impregnada de um interesse ao mesmo tempo muito intenso e desatento, como lhe era característico; um interesse errante, semelhante a uma criatura desterrada que se esconde em recantos solitários.

— Oh, com certeza! Tão afetuosamente quanto a mim. Papai me amava acima de tudo por causa dela; e me levava com ele para todos os lados quando eu era ainda um bebê. Nunca mais ficamos longe um do outro, desde aquele tempo.

— Mas agora ele deixou você sozinha, Sissy!

— Mas foi para o meu bem. Ninguém o compreende como eu; ninguém o conhece como eu. Sei que ele me deixou pensando apenas em meu bem, e deve ter ido embora com o coração partido; pois jamais me deixaria por causa dele mesmo. Até que possa voltar, ele não se sentirá feliz por um instante sequer.

— Fale mais sobre ele — pediu Louisa —; prometo que depois disso nunca mais lhe farei perguntas. Onde você vivia?

— Nós viajávamos pelo país, sem ter um lugar fixo para morar. Papai é um... — Sissy sussurrou a terrível palavra —; um palhaço.

— Para fazer as pessoas rirem? — indagou Louisa, demonstrando com um aceno de cabeça que havia compreendido.

— Sim. Porém, algumas vezes elas não riam, e papai chorava por isso. Nos últimos tempos, elas raramente riam, e ele então voltava para casa muito aborrecido. Papai não é igual à maioria das pessoas. Aqueles que não o conheciam tão bem quanto eu, e não o amavam tão ternamente quanto eu amo, podiam pensar que ele estivesse errado. Algumas vezes essas pessoas faziam caçoadas; mas nunca souberam a dor que lhe causavam essas zombarias – ele sofria e se angustiava quando estava sozinho comigo. O constrangimento de meu pai era muito, muito maior do que todos podiam imaginar!

— E você era para ele o lenitivo contra todas as coisas?

Sissy fez que sim com a cabeça, enquanto as lágrimas lhe rolavam pela face.

— Eu imagino que sim; e papai sempre disse que eu era. Por ter-se tornado uma pessoa muito amedrontada e vacilante, e se considerar um homem pobre, fraco, ignorante e sem esperanças (costumavam ser essas suas palavras), meu pai desejava intensamente que eu soubesse muitas coisas, para ser diferente do que ele era. Eu queria ajudá-lo a ter mais coragem e, por isso, costumava ler para ele; e essas leituras lhe proporcionavam grande prazer. Eram livros impróprios (eu nunca falaria a respeito deles aqui), mas nós não sabíamos que podiam causar tanto mal.

— E seu pai gostava desses livros? — perguntou Louisa, mantendo sobre Sissy um olhar inquisitivo.

— Oh, muito, muito mesmo. Quase sempre, eles ajudavam a afastá-lo das coisas que o faziam infeliz. E, frequentemente, ele se esquecia por uma noite de todos os seus problemas, tentando descobrir, antes do final da história, se o Sultão libertaria a dama ou mandaria que lhe cortassem a cabeça.

— Seu pai sempre foi afetuoso? Até o fim? — perguntou Louisa, transgredindo a promessa anterior e deixando-se levar pelas conjecturas.

— Sempre, sempre! — respondeu Sissy, apertando as mãos. — Muito mais afetuoso do que eu sou capaz de dizer. Houve apenas uma noite em que ele ficou zangado, e não foi comigo, mas sim com o Patas Alegres... — a menina sussurrou a temível informação —; é o seu cachorro amestrado.

— E por que ele estava zangado com o cachorro? — indagou Louisa peremptoriamente.

— Logo que eles retornaram, depois de apresentar seu número, papai ordenou a Patas Alegres que subisse no espaldar das duas cadeiras e permanecesse ali, equilibrando-se entre elas (esse é um dos truques). Ele olhou para papai e não obedeceu imediatamente. Todas as proezas daquela noite tinham saído errado, e meu pai não conseguira agradar à plateia. Desesperado, ele gritou que até mesmo o cachorro estava consciente de seu fracasso e não sentia por ele nenhuma compaixão. Então, bateu em Patas Alegres; e eu, assustada, falei, "Papai, papai! Por favor, não machuque uma criatura que gosta tanto do senhor! Pare, pare! Que os Céus o perdoem, meu pai!". Ele parou; e ficou deitado no chão, chorando e segurando o cachorro nos braços; e o cachorro a lhe lamber a face.

Louisa viu que a menina estava soluçando; então, chegou perto, beijou-a, tomou-lhe a mão e sentou-se ao lado dela.

— Conte-me como seu pai abandonou você, Sissy. Agora que eu já lhe perguntei tantas coisas, conte-me o final. Se alguém tiver que ser repreendido por isso, serei eu, e não você.

— Querida senhorita Louisa — falou Sissy, cobrindo os olhos e ainda soluçando —; naquela tarde eu cheguei da escola, e papai também acabara de voltar do circo. Ele estava sentado, balançando-se na frente do fogo, como se estivesse sentindo dores. Então eu disse, "O senhor se machucou, papai?" (como era comum todos se machucarem algumas vezes). Ele respondeu, "Um pouco, minha querida". E, quando cheguei perto, me inclinei e olhei para ele, vi que estava chorando. Quanto mais eu falava, mais ele escondia o rosto; e, no começo, estremecia e não falava nada, exceto, "Minha querida!" e "Meu amor!".

Nesse instante, apareceu Tom. Ele chegou caminhando preguiçosamente, e olhou para as duas com uma frieza que não revelava interesse por qualquer coisa, exceto ele próprio; e mesmo assim, naquele momento, não muito.

— Estou fazendo umas perguntas para a Sissy, Tom — comentou a irmã. — Você não precisa ir embora, mas não nos interrompa por enquanto; está bem, querido Tom?

— É claro; tudo bem! — respondeu Tom. — Mas sabe de uma coisa? Papai trouxe o velho Bounderby com ele, e eu quero que você venha comigo até a sala de estar. Porque, se você vier, existe uma grande chance de o velho Bounderby me convidar para jantar; caso contrário, lá se vai minha chance.

— Já vou; espere só um minutinho.

— Esperarei por você — falou Tom —; pode ter certeza.

Sissy voltou a falar, em voz baixa.

— No final, meu pobre papai contou que mais uma vez não tinha conseguido agradar a plateia; e que, de uns tempos pra cá, nunca conseguia. E me falou que ele era uma vergonha, uma desgraça; que eu ficaria melhor longe dele. Eu lhe disse todas as palavras carinhosas que meu coração queria falar e, por fim, consegui deixá-lo um pouco mais tranquilo. Sentei-me no chão ao seu lado e contei sobre a escola e sobre todas as coisas que se passaram aqui. Quando não me restava nada mais para contar, ele passou os braços pelo meu pescoço e me beijou muitas vezes. Em seguida, pediu-me para ir buscar no lugar apropriado (que ficava do outro lado da cidade) a poção que ele costumava usar nos pequenos machucados; e, assim, beijou-me e me mandou sair. Depois de já ter descido a escada, voltei para trás, porque eu ainda poderia fazer um pouco mais de companhia para ele; olhei pela porta e perguntei, "Papai querido, devo levar Patas Alegres?". Meu pai sacudiu a cabeça e respondeu, "Não, Sissy querida; não leve nada meu". E eu o deixei sentado diante do fogo. Então, pobre papai... aí então ele deve ter tido a ideia de ir embora e tentar fazer alguma coisa por minha causa; pois, quando voltei, já não estava lá.

— Ei, Loo! Esqueceu-se do velho Bounderby? — reclamou Tom.

— Não há mais nada para contar, senhorita Louisa. Eu deixei o unguento guardado, esperando por ele; e sei que ele vai voltar. Todas as vezes que vejo uma carta nas mãos do senhor Gradgrind, mal consigo olhar e respirar, porque penso que foi enviada por meu pai, ou talvez pelo senhor Sleary, para falar sobre meu pai. O senhor Sleary prometeu escrever tão logo receba notícias dele; e eu sei que não deixará de cumprir a promessa.

— Esqueceu-se do velho Bounderby, Loo? — falou Tom, com um assobio de impaciência. — Ele vai embora se você não aparecer!

Depois desse dia, todas as vezes que, na presença da família, Sissy curvava-se diante do senhor Gradgrind e lhe dizia com voz gaguejante "Desculpe-me, senhor, por importuná-lo, mas o senhor recebeu alguma carta para mim?", Louisa parava o que quer que estivesse fazendo naquele momento e aguardava a reação do pai com tanta ansiedade quanto Sissy. E, diante da habitual resposta do senhor Gradgrind, "Não Jupe, não recebi nada", os lábios de Louisa reproduziam o mesmo tremor que abalava os de Sissy, e seus olhos enternecidos a acompanhavam até a porta. Normalmente, o senhor Gradgrind se valia dessas ocasiões para comentar, depois da saída da menina, que, se Jupe tivesse recebido uma educação adequada desde tenra idade, os sólidos princípios adquiridos lhe dariam condições de perceber como suas esperanças fantasiosas careciam completamente de fundamentos. No entanto, parecia (não para ele, um indivíduo incapaz de ver qualquer coisa nesse sentido) que as esperanças nascidas da imaginação podiam se arraigar de forma tão permanente quanto os Fatos.

Ele dirigia essas observações exclusivamente à filha. Quanto a Tom, o que se pode dizer é que o garoto começava a se revelar um prodigioso triunfo do cálculo, o que normalmente só se opera nos indivíduos portentosos. Quanto à senhora Gradgrind, se viesse a se pronunciar sobre o assunto, sairia um pouco de dentro de seu casulo, como uma ratazana, para dizer:

— Com a ajuda de meu bom Deus; como aborrece e atormenta minha pobre alma a insistência daquela garota, Jupe, que não desiste de perguntar sobre suas enfadonhas cartas! Que pobre destino o meu; ser obrigada a viver escutando coisas que não acabam jamais! Que situação inacreditável – parece-me que essa ladainha nunca terá um fim!

Nesse momento, os olhos do senhor Gradgrind pousaram sobre ela; e, sob a influência daquele Fato glacial, ela se entregou novamente à supremacia do torpor.

CAPÍTULO X

Stephen Blackpool

Eu alimento uma vaga ideia de que o povo inglês é tão esforçado no trabalho quanto qualquer povo que conhece a luz do sol. Atribuo a essa ridícula idiossincrasia a razão pela qual estou convencido de que ele merece um pouco mais de diversão.

Na parte de Coketown em que o trabalho era mais árduo; nas fortificações encravadas no âmago daquela feia cidadela, onde muralhas gigantescas rechaçavam a Natureza, ao mesmo tempo que confinavam gases funestos; no coração de um labirinto formado por uma infinidade de quintais estreitos e ruas fechadas, que foram surgindo pouco a pouco na esteira de uma urgência violenta engendrada por propósitos de uma perversa família de homens, que se empurram, pisoteiam e comprimem até a morte; no último recanto fechado desse receptáculo exaurido, onde as chaminés, pela necessidade de ar para criar uma corrente, foram construídas em uma imensa variedade de formas raquíticas e tortuosas, como se todas as casas revelassem o tipo de gente que ali nascia; entre a imensa multidão de Coketown, genericamente denominada "as Mãos" (uma raça de criaturas que sofreriam um pouco menos de desprezo por parte de algumas pessoas, tivesse a Providência sido justa e feito delas mais do que meras mãos ou, talvez, à maneira das criaturas inferiores das costas marítimas, constituídas apenas de mãos e estômago), vivia certo Stephen Blackpool, um sujeito de quarenta anos.

Stephen tinha uma aparência envelhecida, consequência da dureza que a vida lhe reservara. Costuma-se dizer que toda vida tem suas rosas e seus espinhos; parecia, no entanto, que no caso de Stephen as rosas couberam a outra pessoa qualquer, tendo restado a ele as duas parcelas de espinhos. Ele conheceu, de acordo com suas palavras, um sem-número de problemas. Conheciam-no como Velho Stephen, numa espécie de grosseira referência ao fato.

Com seu corpo bastante encurvado, as sobrancelhas emaranhadas, uma expressão meditativa e uma cabeça de aparência dura e suficientemente espaçosa, sobre a qual repousavam cabelos grisalhos longos e finos, o Velho Stephen poderia muito bem passar por um homem de especial inteligência. Contudo, ele não o era; e não tinha vez entre aquelas "Mãos" notáveis que, amealhando ao longo de muitos anos os retalhos de seus momentos de lazer, tornaram-se proficientes em certas ciências obscuras e adquiriram conhecimentos sobre coisas improváveis. No meio daquelas Mãos (capazes de fazer discursos e conduzir debates), não havia lugar para o Velho Stephen. Um grande número de seus camaradas sabia falar muito melhor do que ele em qualquer situação. Stephen era um homem íntegro e um fiandeiro capacitado a operar teares mecanizados. Se existiam outras características, quaisquer que fossem, vamos permitir que ele mesmo as revele.

As luzes de fábricas imensas, que quando acesas faziam-nas parecer palácios encantados (pelo menos assim relatavam as pessoas que costumavam avistá-las ao cruzar o lugar em trens expressos), extinguiram-se por completo; os sinos haviam badalado o derradeiro toque de recolher para a noite, e voltaram a se calar; e aquelas Mãos, homens e mulheres, meninos e meninas, conversavam ruidosamente a caminho de casa. O Velho Stephen, postado em pé à beira da rua, sentia a costumeira sensação estranha provocada pela paralisação das máquinas – a sensação de que o movimento e a quietude operavam dentro de sua própria cabeça.

— Mas ainda não vejo Rachael — falou ele.

Era uma noite úmida, e alguns grupos de mulheres jovens passavam por ele, com os xales enrolados sobre a cabeça nua e presos firmemente sob o queixo, para protegê-las da chuva. O Velho Stephen conhecia muito bem Rachael, de modo que um simples relancear dos olhos por esses grupos fora suficiente para comprovar a ausência da garota. Finalmente, todas já haviam passado, e ele se virou para ir embora, dizendo em tom de desapontamento:

— Ora! Eu a perdi!

Contudo, depois de caminhar menos de três quadras, surgiu logo à sua frente outro grupo de mulheres enrodilhadas em xales. Ele as fitou com tal intensidade que talvez as meras sombras indistintas refletidas no pavimento molhado (se fosse possível dissociá-las das figuras que, ao se movimentarem, entravam e saíam da região de luz das lamparinas, tornando-se visíveis e desaparecendo, alternadamente) bastassem para lhe contar quem estava ali. Acelerando o passo, ele percorreu rapidamente a distância que o separava dessa figura, e depois de retomar a marcha natural, chamou:

— Rachael!

Ela se voltou, bem no instante em que atravessava o espaço de luz de uma lamparina; e, levantando um pouco o capuz, deixou à mostra um rosto tranquilo e delicado, de formato oval e pele escura, iluminado por um par de olhos muito meigos, realçados pela perfeita arrumação de seus cabelos negros e brilhantes. Não era uma face recém-desabrochada; a mulher já chegara aos trinta e cinco anos de idade.

— Olá, rapaz! É você?

Quando pronunciou essas palavras, com um sorriso que se podia entrever, embora apenas seus olhos ternos estivessem à mostra, ela voltou a colocar o capuz, e eles continuaram juntos o caminho.

— Achei que você estava atrás de mim, Rachael!

— Não.

— Cedo esta noite?

— Às vezes, um pouco mais cedo, Stephen; às vezes, mais tarde. Não dá pra me esperar pra voltar pra casa.

— Nem na vinda, não é, Rachael?

— Não, Stephen.

Ele olhou para a moça com certo ar de desapontamento, mas seu rosto deixava transparecer, ao mesmo tempo, uma respeitosa e resignada convicção de que ela devia saber o que fazia. Rachael percebeu a expressão de Stephen, e pousou delicadamente a mão sobre o braço dele, como forma de demonstrar seu agradecimento.

— Nós somos tão bons amigos, rapaz, e tão velhos amigos que também estamos ficando velhos de verdade.

— Não, Rachael, você é tão jovem como sempre foi.

— Se nós dois estamos vivos, Stephen, como um vai envelhecer sem que o outro também envelheça? — observou ela rindo. — Mas, de qualquer forma, somos amigos demais para esconder uma palavra honesta um do outro; isso seria um pecado e uma pena. É melhor não andarmos muito juntos. Algumas vezes, pode ser! Ficaria mesmo difícil se nunca fosse possível — falou Rachael, tentando infundir nele um pouco de alegria.

— É difícil de qualquer maneira, Rachael.

— Tenta não pensar; e tudo vai parecer melhor.

— Tentei muito tempo; e não fica melhor. Mas tem razão; o povo pode falar, até mesmo de ti. É isso o que tem sido para mim, Rachael, por tantos anos! Faz-me tão bem e me alegra com teu jeito alegre; tua palavra é uma lei. Ah, garota, uma lei clara e boa! Melhor que muitas outras leis verdadeiras.

— Nunca se atormente com elas, Stephen — retrucou Rachael sem pestanejar e olhando apreensiva para ele. — Deixe as leis para lá.

— Sim — assentiu ele, balançando de leve a cabeça. — Que seja assim; deixemos tudo pra lá. É mesmo uma trapalhada.

— Sempre uma trapalhada? — disse Rachael, com um toque delicado no braço dele, como se quisesse fazê-lo despertar de um devaneio que o mantinha distante, enquanto caminhava distraído, mordendo as pontas de seu cachecol. O toque trouxe-o imediatamente de volta à realidade. Ele soltou o cachecol, olhou sorridente para ela e disse, em meio a uma risada bem-humorada:

— Ah, Rachael, sempre uma trapalhada, garota. É aí que eu fico preso. Nunca me livro dela.

Eles haviam caminhado uma boa distância e já estavam próximos de casa. A da mulher era a primeira. Ficava em uma das muitas ruazinhas onde o agente funerário preferido da vizinhança, aquele que oferecia seus pobres e sinistros cerimoniais em troca de algum dinheiro, mantinha uma escada de mão preta, com a qual podia retirar pelas janelas os que se despediam deste mundo de trabalho depois de ter zanzado para cima e para baixo pelos estreitos degraus da vida. Ela parou na esquina e, pousando a mão sobre a dele, desejou-lhe boa noite.

— Boa noite, querida garota; boa noite!

Rachael desceu a rua escura, com passos delicados e serenos – uma graciosa figura de mulher. E ele ficou ali parado, acompanhando-a com os olhos, até vê-la desaparecer em uma das casas pequeninas. Permaneceu em seus olhos a imagem daquele xale rústico agitando-se ao vento; e no mais íntimo recanto de seu coração restou o eco da voz da mulher.

Depois de perdê-la de vista, ele tomou o caminho de casa, olhando de quando em quando para o céu, onde as nuvens flutuavam freneticamente. Mas agora estavam dispersas – a chuva cessara e a lua já brilhava, mirando lá de cima as altas chaminés sobre as fornalhas de

Coketown, e projetando sombras colossais das máquinas a vapor nos muros que as enclausuravam. Enquanto andava, o homem parecia mais desanuviado, a exemplo da noite.

A casa dele, localizada em uma ruazinha que em tudo se assemelhava à primeira, exceto pelo fato de ser ainda mais estreita, ficava em cima de uma loja. Não vem ao caso saber por que alguém poderia considerar proveitoso vender ou comprar os miseráveis brinquedinhos que se misturavam na vitrine com jornais ordinários e carne de porco (havia ali um pernil para ser sorteado na loteria da noite seguinte). Stephen pegou na estante seu toco de vela, acendeu-a em outro toco colocado sobre o balcão e, sem perturbar a dona do estabelecimento, que dormia em seu pequeno quarto, subiu a escada.

O alojamento se resumia a um quarto, do qual a escada negra já havia retirado diversos inquilinos; e que, no presente momento, estava tão arrumado quanto um aposento desse tipo poderia estar. Em um dos cantos, em cima de uma escrivaninha, havia alguns livros e uns pedaços de papel rabiscado. A mobília, condigna, adequava-se perfeitamente ao local; e, a despeito do ar putrefato, o quarto revelava asseio.

Ao se dirigir até a lareira, para fixar a vela em uma mesa redonda de três pernas ali existente, ele trombou com alguma coisa. Retrocedendo uns passos, olhou para baixo e se deparou com um vulto de mulher, sentada no chão.

— Por Deus, mulher! — gritou Stephen, afastando-se da figura. — Você aqui outra vez?

Que mulher! Uma criatura ébria e inválida, que mal conseguia se manter sentada, apoiando-se com uma mão enegrecida sobre o chão, enquanto a outra tentava em vão afastar-lhe do rosto o cabelo emaranhado, cuja sujeira impregnada a deixava ainda mais cega. Uma criatura muito mais ignóbil em sua desonra moral do que na aparência já tão sórdida, com todos os seus farrapos cobertos de nódoas. Uma mulher de quem a mera visão causava um intenso sentimento de aversão.

Depois de proferir algumas impacientes imprecações, e ferir o próprio corpo com as unhas daquela mão de que não dependia para apoio, ela afastou dos olhos um tanto de cabelo suficiente para poder ver o homem à sua frente. Depois ficou sentada, oscilando o corpo de um lado a outro, e fazendo com o braço debilitado gestos que pareciam acompanhar um ataque de riso e contrastavam com seu semblante sonolento e impassível.

— Ei, rapaz? Ora essa, o que faz parado aí? — falou ela finalmente, com uma voz rouca e zombeteira, antes de deixar a cabeça cair para a frente sobre seu peito.

— Aqui outra vez? — vociferou a mulher depois de alguns instantes, como se ele tivesse acabado fazer a pergunta. — Sim! Aqui outra vez. Outra vez, e mais uma, mais uma, sempre. De volta? Sim, de volta. Por que não?

Excitada pela violência sem sentido com que gritara essas palavras, ela foi se arrastando até conseguir ficar em pé, apoiada pelos ombros contra a parede. E, balançando com uma das mãos o que restava de uma touca nojenta, tentou olhar para ele com desdém.

— Vendo-te outra vez; vendo-te muitas, muitas, muitas vezes — gritou ela, exibindo uma expressão que se traduzia tanto em furiosa ameaça como em um esforço para encenar uma dança provocadora. — Saia daí! — Ele estava sentado na beirada da cama, com o rosto escondido entre as mãos. — Saia daí. Essa cama é minha. É minha, por direito!

Enquanto a mulher se esforçava para chegar cambaleando até a cama, ele se esquivou, com um estremecimento, e andou até o lado oposto do quarto. Ela se jogou sobre a cama e logo estava roncando profundamente. Stephen afundou o corpo em uma cadeira e só se mexeu uma única vez durante toda a noite – para colocar uma coberta sobre ela, como se suas mãos não bastassem para escondê-la, mesmo naquela total escuridão.

CAPÍTULO XI

Sem esperanças

Os palácios encantados dominavam a paisagem com sua feérica iluminação antes de a pálida luz da manhã tornar visíveis as monstruosas serpentes de fumaça que rastejavam sobre Coketown. O alarido dos tamancos sobre o pavimento; o soar apressado dos sinos; e todas as máquinas melancolicamente desvairadas, polidas e lubrificadas para a monotonia do dia, estavam outra vez a pleno vapor.

Stephen inclinou-se sobre seu tear – tranquilo, atento e seguro. Um contraste extraordinário com todos os outros homens que, como ele, trabalhavam naquela selva de máquinas estrepitantes, destruidoras e torturantes. Todavia, uma gente boa e sempre inquieta não deve se afligir, não deve temer que a ciência confie a natureza ao esquecimento; pois, na comparação da obra de Deus com a obra do homem, avistadas lado a lado por toda parte, a primeira, muito embora represente uma tropa de Mãos de valor irrisório, será superior em dignidade.

Tantas centenas de Mãos nessa fábrica de tecidos! Tantas centenas de cavalos-vapor! Sabe-se perfeitamente determinar o quanto uma máquina pode produzir com a força de cada quilograma; contudo, todos os cálculos do Débito Nacional são incapazes de estimar o potencial que traz dentro da alma, em qualquer momento de sua vida, cada um desses tranquilos servos – com suas faces contidas e suas ações controladas –, para perpetrar o bem ou o mal, o amor ou o ódio, o patriotismo ou a falta de afeição pela pátria e a transformação da virtude em vício, ou seu contrário. Não existem mistérios nas engrenagens de ferro; enquanto o mais insignificante de seus operadores oculta um insondável e eterno enigma. Eis aí a razão pela qual devemos reservar nossa aritmética para as coisas materiais, e lançar mão de outros meios quando se trata de exercer controle sobre essas terríveis forças desconhecidas!

O dia venceu a noite, tornando-se mais claro do que as luzes que flamejavam do lado de dentro. Elas foram apagadas e o trabalho continuou. Chovia lá fora, e as serpentes de fumaça, submissas à maldição de toda aquela raça, rastejavam sobre a terra. No pátio destinado aos resíduos, o vapor da tubulação de descarga, o lixo formado por barris e ferro-velho, as pilhas de carvão em brasa e as cinzas que se espalhavam por toda parte ficavam amortalhados em um véu de névoa e chuva.

O trabalho seguiu seu curso, até o momento em que o sino noturno soou. De novo o ruído de pés nos pavimentos. Os teares, as rodas e as Mãos – tudo parado por um período de uma hora.

Stephen, abatido e fatigado, saiu do ambiente quente da fábrica para enfrentar o vento úmido e frio das ruas molhadas. Comendo apenas um pedaço de pão enquanto caminhava, ele deixou para trás sua gente e seu bairro, e foi na direção da colina, onde vivia o proprietário da fábrica em que ele trabalhava. Era uma casa vermelha, de janelas pretas com cortinas verdes no interior, e uma porta negra logo acima de dois degraus brancos, na entrada. Sobre essa porta, uma placa de bronze exibia o nome BOUNDERBY, gravado em letras muito parecidas com o próprio dono; e, embaixo dela, uma maçaneta redonda de bronze fazia o papel de um ponto final.

O senhor Bounderby estava em seu horário de almoço; portanto, Stephen precisou aguardar. O criado comunicou ao patrão que uma das Mãos pedia permissão para lhe falar. O nome de tal Mão foi solicitado e devidamente informado: Stephen Blackpool. Não havia questões desabonadoras contra Stephen Blackpool; então, ele podia entrar.

Stephen Blackpool adentrou a sala de estar. O senhor Bounderby (que ele só conhecia de vista) comia costeleta e bebia xerez. A senhora Sparsit, sentada de lado em uma cadeira junto à lareira, tricotava, com o pé apoiado em um estribo que mantinha a adequada tensão da linha. Sua dignidade e a função que desempenhava não lhe permitiam almoçar diante de espectadores. Ela supervisionava a refeição e tentava, com sua presença majestosa, mostrar-se invulnerável a uma pretensa fraqueza associada ao ato de comer.

— Diga, Stephen — falou o senhor Boundeby —, qual é *seu* problema?

Stephen fez uma reverência diante do senhor Bounderby. Não era uma demonstração de servilismo – um ser pertencente à coletividade das Mãos jamais o faria! O poderoso senhor nunca os apanharia em tal

93

atitude, nem que passassem vinte anos a seu serviço! Depois, fazendo uma mesura à senhora Sparsit, ele enfiou as pontas do lenço de pescoço dentro do bolso do colete.

— Você sabe muito bem — comunicou-lhe o senhor Bounderby, tomando um gole de xerez — que nunca nos causou problemas; nunca tomou parte no grupo dos irracionais. Você, ao contrário de boa parte deles, não anseia poder se locomover em uma carruagem puxada por seis cavalos e se alimentar de sopa de tartaruga e carne de cervo, servidos com talheres de ouro!

Para o senhor Bounderby, essa era sempre a única, imediata e mais direta aspiração de qualquer um entre aqueles indivíduos que compartilham dos valores da raça das Mãos e não se sentem plenamente satisfeitos. Continuou ele:

— Desse modo, eu sei que você não veio até aqui para fazer uma queixa. Estou certo?

— Sim, meu senhor, não me queixo de coisa alguma.

O senhor Bounderby pareceu agradavelmente surpreso, a despeito de sua firme convicção quanto à índole das criaturas dessa raça.

— Muito bem! — assentiu ele. — Você é uma Mão firme; eu não estava enganado. Agora, conte-me então; se não é isso, o que é? O que você tem para me dizer? Vamos rapaz, fale!

Stephen olhou casualmente na direção da senhora Sparsit, e ela, fazendo menção de se levantar, interveio dizendo:

— Eu posso sair, senhor Bounderby, se o senhor desejar.

Ele a deteve com um gesto de sua mão esquerda, suspendendo por um instante a mastigação de um bocado de carne de cervo que lhe enchia a boca. Então, depois de engolir, disse a Stephen:

— Você bem sabe que esta senhora é uma dama bem-nascida, uma dama da alta sociedade. Não se deve supor, pelo fato de ela se encarregar da manutenção de minha casa, que não ocupou uma posição elevada na hierarquia social. Ah! bem no topo, ela esteve bem no topo! Agora, se você tem para me dizer alguma coisa que não possa ser dita na frente de uma dama de berço, esta senhora deixará a sala. Se o que você quer me comunicar *pode* ser dito diante de uma dama, então ela permanecerá aqui.

— Senhor, nunca falei coisas impróprias para os ouvidos de uma dama de berço; nunca, desde que nasci — foi a resposta, acompanhada de um leve rubor.

— Muito bem! — aquiesceu o senhor Bounderby, empurrando seu prato e inclinando-se para trás na cadeira. — Fale então!

Após um momento de indecisão, Stephen ergueu os olhos e falou:

— Eu vim pra pedir um conselho do senhor. Preciso muito. Eu casei numa segunda-feira de Páscoa; já são dezenove anos de muito tédio. Ela era uma rapariga bonita, com boa fama. Bem! Ela endoidou logo depois; fugiu de mim. Deus sabe que fui um bom marido pra ela.

— Já ouvi tudo isso antes — protestou o senhor Bounderby. — Ela deu para beber, abandonou o emprego, vendeu os móveis, penhorou as roupas e destruiu lares.

— Fui paciente com ela.

("Acho que foi um palerma", falou o senhor Bounderby para seu copo de vinho.)

— Fui muito paciente com ela. Eu tentei ajudar, pra ela largar a bebida; tentei muitas vezes; tentei tudo. Muitas vezes, cheguei em casa e minhas coisas – tudo, tudo – tinham desaparecido; e ela estava jogada no chão, bêbada. Não foi uma vez, não foram duas – vinte vezes!

No semblante de Stephen, marcado por linhas profundas enquanto ele falava, estava estampado todo o sofrimento que o atormentara.

— Ela foi piorando; ficando cada vez pior; e me deixou. Ela desgraçou a vida dela de todas as formas – mulher cruel, nefasta! E voltava, voltava, sempre voltava. O que eu podia fazer pra impedir? Andava pelas ruas a noite toda, em vez de voltar pra casa. Certo dia, fui até a ponte – pra me jogar na água, sabe? E acabar com tudo! Eu achava que tinha sido amaldiçoado quando era mais jovem.

A senhora Sparsit, andando vagarosamente com suas agulhas de tricotar, ergueu as sobrancelhas romanas e balançou a cabeça, como se quisesse dizer, "Os grandes, tanto quanto os pequenos, também têm sua cota de problemas. Por favor, volte seus olhos humildes em minha direção".

— Eu dei dinheiro pra ela ficar longe de mim. Já faz cinco anos que dou dinheiro pra ela. Agora tenho umas coisinhas decentes. Minha vida é dura e triste, mas não preciso sentir vergonha de nada. Na noite passada, cheguei em casa e ela estava lá, jogada sobre meu chão de pedra! E continua lá!

A intensidade do sofrimento e a violência de sua aflição fizeram-no parecer, por um breve momento, um homem orgulhoso. Mas instantes depois ele voltou a assumir a postura encurvada e humilde que lhe era habitual. O rosto voltado para o senhor Bounderby exibia uma curiosa expressão de dúvida, na qual se misturavam angústia e perplexidade, como se sua mente tentasse deslindar alguma coisa complicada demais. O chapéu, ele segurava firme na mão esquerda, pousada sobre o quadril, e, com o braço direito, fazia gestos veementes e enérgicos, para enfatizar o que dizia – detendo-o brevemente durante as frequentes pausas, sem, contudo, deixá-lo cair por completo.

— Conheço muito bem tudo isso que você me diz — falou o senhor Bounderby. — Conheço, exceto a última frase, faz muito tempo. Foi um erro o que você fez. Seria melhor se tivesse se contentado com sua vida, como ela era, em vez de se casar. Todavia, agora já é tarde demais.

— Terá sido um casamento inadequado, senhor, em virtude de diferença de idade? — perguntou a senhora Sparsit.

— Você está ouvindo o que esta dama pergunta. Seu ato infeliz – esse casamento – era grande a diferença de idade? — questionou o senhor Bounderby.

— Penso que não. Eu tinha vinte e um anos, e ela, vinte e pouco.

— Mas, na verdade, senhor — interveio a senhora Sparsit, dirigindo-se a seu patrão com grande tranquilidade —, a desgraça desse casamento infeliz me leva a crer que a causa foi a disparidade de idades.

O senhor Bounderby olhou de esguelha para a boa dama, e seu olhar, apesar da aparente dureza, deixava transparecer uma estranha timidez. Ele buscou um pouco de vitalidade em um gole de xerez.

— Muito bem! Por que então você não leva a vida em frente? — perguntou ele, dirigindo-se a Stephen Blackpool, com certa irritação.

— Vim até aqui pra perguntar para o senhor como posso me livrar dessa mulher — explicou Stephen, acrescentando à já matizada expressão de seu rosto atento uma dose de profunda gravidade. A senhora Sparsit fez uma delicada exclamação, que pretendia traduzir sua indignação diante daquela afronta moral.

— O que você está dizendo? — esbravejou o senhor Bounderby, levantando-se, para apoiar as costas contra a parede da chaminé. — O que significa isso? Você se casou com ela, quer esteja feliz ou não.

— Preciso me livrar dela. Não consigo suportar mais essa vida. Vivo nessa miséria faz muito tempo. Só encontro coragem nas palavras de conforto de uma rapariga muito terna e gentil; a mulher mais compassiva que já existiu neste mundo. Não fosse por ela, eu já estaria completamente louco.

— Ele quer ficar livre para se casar com essa mulher. Creio que é essa a triste verdade, senhor — censurou a senhora Sparsit à meia-voz, mostrando-se escandalizada com a imoralidade do povo.

— É isso mesmo. O que a senhora diz é verdade. Quero me casar com essa mulher. Eu li no jornal que pessoas poderosas (é justo, não desejo mal a ninguém) não são obrigadas a ficar juntas pra sempre; elas podem se livrar dos *seus* casamentos infelizes e se casar outra vez. Quando elas não se dão bem, por causa de um temperamento ruim, têm outros quartos em suas casas, e podem viver separadas. Mas nós, do povo, temos um quarto só e, assim, não podemos fazer nada. E, se a separação dos quartos não dá certo, elas dividem as riquezas – "isso pra mim, aquilo pra você" –, e então cada uma segue seu caminho. Isso, nós também não podemos. Além de tudo, elas têm permissão para se livrar de um casamento por problemas muito menores do que o meu. Portanto, eu preciso ficar livre dessa mulher, e quero saber como.

— Simplesmente não é possível — protestou o senhor Bounderby.

— Se eu fizer algum mal a ela, senhor, existe uma lei pra me punir?

— É claro que existe.

— Se eu fugir dela, existe uma lei pra me punir?

— Sem dúvida alguma!

— Se eu casar com outra rapariga, existe uma lei pra me punir?

— Certamente.

— Se eu for viver com essa rapariga, sem me casar (não posso nem pensar uma coisa dessas, porque ela é uma moça boa demais), existe uma lei pra me punir e também todas as crianças inocentes que eu tiver?

— Decerto que sim.

— Então, em nome de Deus — rogou Stephen Blackpool —, existe uma lei pra me proteger?

— Bem, essa relação de vida é sagrada — respondeu o senhor Bounderby —, e precisa ser preservada.

— Não, não! Não diga isso, senhor. Não posso continuar assim. Não posso! Desse jeito não. Eu sou um fiandeiro, senhor, e trabalho nas fábricas desde pequeno. Eu tenho olhos pra ver e ouvidos pra ouvir. Eu leio nas seções do jornal (e o senhor também lê). Eu sei como essa tal impossibilidade de um se separar do outro, a qualquer preço, de qualquer forma, faz o sangue correr sobre esta terra, e leva muitos casais do povo a lutar, matar e morrer. Dê para nós esse direito. Meu caso é muito doloroso, e eu quero saber (se o senhor puder me dizer) qual é a lei que me ajuda.

— Fique sabendo de uma coisa! — esbravejou o senhor Bounderby, levando suas mãos aos bolsos. — *Existe* essa tal lei.

Stephen, aquietando seu ânimo exaltado, fez um sinal de concordância com a cabeça, sem desviar nem por um instante a atenção.

— Mas não está ao seu alcance, porque custa dinheiro. Custa muito dinheiro!

— Quanto é então? — perguntou Stephen calmamente.

— Ora! Você teria que ir ao Tribunal do Parlamento, para apresentar uma petição; depois, levar uma petição à corte do Direito Comum; e, ainda, à Câmara dos Lordes. No final, você teria que obter um Ato do Parlamento para ter o direito de casar novamente. Tudo isso lhe custaria muito dinheiro; digamos que algo em torno de mil a mil e quinhentas libras, se tudo caminhar de acordo com as expectativas, é claro! — argumentou o senhor Bounderby, acrescentando: — Talvez até mesmo o dobro.

— Não existe outra lei?

— Certamente, não.

— Oras, senhor — falou Stephen, com o rosto lívido de indignação e a mão direita agitada em um gesto de total desesperança —, *isso* é uma grande embrulhada; uma tremenda trapalhada; e quanto antes eu morrer, melhor.

(O semblante da senhora Sparsit deixava evidente, mais uma vez, seu desalento diante da impertinência do povo.)

— Ora, ora! meu bom rapaz — interveio o senhor Bounderby. — Não fale asneiras a respeito de assuntos que lhe são estranhos; e não qualifique de embrulhadas as Instituições de seu país, sob pena de um dia desses acabar se metendo em uma confusão de verdade. As instituições de seu país não são os fios que você tece; e só neles deve concentrar sua atenção. Você não se casou para ser irresponsável e descuidado com sua esposa; mas sim para estar ao lado dela em qualquer situação. Se ela se revelou uma pessoa má, o que se pode fazer? Também poderia ter acontecido o contrário.

— Isso é uma trapalhada — lamentou-se Stephen, balançando a cabeça, enquanto se dirigia para a porta —; uma grande trapalhada!

— Vou lhe dizer uma coisa, rapaz! — retomou o senhor Bounderby, fazendo seu discurso de conclusão. — Você, com suas opiniões profanas, ofendeu esta senhora; uma dama bem-nascida (como eu já lhe disse); uma mulher (vou lhe dizer agora) cujo casamento lhe reservou muitos infortúnios, que lhe custaram dezenas de milhares de libras: De-ze-nas de Mi-lha-res! — (ele repetiu, frisando as sílabas com grande prazer) — Mas até aqui você foi uma Mão dócil; então, vou deixar clara minha opinião: para mim, você está tomando o caminho errado. Algum estranho pernicioso deve ter lhe falado coisas (eles estão sempre por aí), e o melhor a fazer é esquecê-las. Agora — nesse momento o semblante do senhor Bounderby exibiu uma notável sutileza —, saiba que posso enxergar muito longe como qualquer homem; talvez, mais longe de que um bom número deles, porque conheci tudo isso de perto quando era jovem. Vejo aí traços da sopa de tartaruga, da carne de cervo e dos talheres de ouro. Sim, estou vendo! — bradou o senhor Bounderby, sacudindo a cabeça com obstinada astúcia. — Por Lorde Harry, estou vendo!

Com um balanço de cabeça muito diferente, e um suspiro profundo, Stephen saiu.

— Obrigado, senhor. Eu lhe desejo um bom dia — dizendo isso, ele deixou o senhor Bounderby todo enfunado na contemplação do próprio retrato pendurado na parede, como se fosse explodir dentro dele; e a senhora Sparsit ainda a vagar, com o pé em seu estribo de lã, parecendo bastante deprimida com o vício do povo.

CAPÍTULO XII

A velha senhora

O velho Stephen desceu os dois degraus brancos e, com a ajuda do puxador de bronze – aquele que mais parecia um ponto final –, fechou atrás de si a porta negra sobre a qual ficava pendurada a placa de identificação, também confeccionada em bronze. Ao passar, observou que o calor de sua mão deixara uma mancha no metal do puxador e, então, poliu-o ligeiramente com a manga do casaco. Ele atravessou a rua com os olhos baixos e caminhava com ar pesaroso quando sentiu um toque em seus braços.

Não era o toque de que ele mais necessitava naquele momento – o toque capaz de serenar as águas revoltas de sua alma, do mesmo modo que a mão erguida do mais sublime amor e da resignação poderia amainar a fúria do oceano; todavia, tratava-se da mão de uma mulher. Era uma senhora idosa, de boa estatura, que, apesar das marcas deixadas pelo Tempo, ainda parecia visualmente atraente. Stephen parou, virou-se para trás e seus olhos pousaram sobre ela. A mulher, de aparência bem cuidada, vestia-se com simplicidade, trazia barro nos sapatos e acabara de chegar de uma viagem. Tudo nela, desde o nervosismo, em meio ao barulho das ruas, com o qual não estava habituada; o xale sobressalente, que levava desdobrado sobre os braços; o pesado guarda-chuva e a pequena cesta; as luvas amplas de dedos longos, que pareciam em desacordo com suas mãos; tudo evidenciava que ali se via uma camponesa idosa trajada em suas roupas simples de festa e chegada a Coketown em um tipo de excursão, de que só raramente tomava parte. Observando de relance esses detalhes, com a mordacidade característica dos indivíduos de sua classe, Stephen Blackpool inclinou o rosto para escutar melhor o que ela lhe perguntava – aquele rosto que, à semelhança dos de tantos outros entre seus pares, por força das longas horas de trabalho desenvolvido com os olhos e as mãos dentro de um ambiente extraordinariamente barulhento, havia adquirido a aparência de concentração observada no semblante dos surdos.

— Por favor, senhor — falou a idosa, apontando para a residência do senhor Bounderby —; por acaso, foi o senhor que eu vi saindo da casa daquele cavalheiro? Acredito que era o senhor mesmo, a menos que eu tenha tido a má sorte de confundir a pessoa ao segui-la.

— Sim, minha senhora — respondeu Stephen —; eu mesmo.

— Perdoe a curiosidade de uma velha mulher, mas o senhor viu o cavalheiro?

— Sim, minha senhora.

— E como ele lhe pareceu, senhor? Corpulento, corajoso, sincero e amável?

Enquanto ela endireitava o corpo e erguia a cabeça, com o intuito de traduzir suas palavras por meio de gestos, Stephen teve a nítida impressão de que já vira antes aquela mulher, e dela não gostara.

— Oh, sim — retomou ele, observando-a com mais atenção —, exatamente assim.

— Saudável — indagou a mulher —, como o vento fresco?

— Sim — respondeu Stephen. — Ele estava comendo e bebendo, tão avantajado e tão ruidoso quanto um moscão.

— Muito obrigada! — agradeceu a senhora, bastante satisfeita. — Muito obrigada!

Com certeza, Stephen nunca vira aquela mulher anteriormente. No entanto, uma imagem muito vaga pairava em sua mente, fazendo-o pensar que mais de uma vez houvesse sonhado com alguma senhora idosa como ela.

A mulher seguiu caminhando ao seu lado; e, para lhe ser gentil e compartilhar de seu estado de espírito, ele puxou conversa, comentando que achava Coketown um lugar agitado demais; e perguntou se ela concordava.

— Ora! Decerto! — respondeu a senhora; e emendou contando que vinha do campo — Você notou?

— Sim — confirmou Stephen.

— Cheguei esta manhã, em um trem de segunda classe. Viajei mais de sessenta quilômetros em um trem de segunda classe, esta manhã, e vou percorrer de volta a mesma distância no final da tarde. Andei quinze quilômetros até a estação, na parte da manhã, e, se eu não encontrar quem me ofereça uma carona, terei que andar os mesmos quinze quilômetros na volta, à noite. Mas isso está bem de acordo com minha idade, não é mesmo, senhor? — falou a senhora tagarela, com os olhos brilhantes de exultação.

— Verdade? Não deve fazer isso com muita frequência, minha senhora.

— Não, não! Apenas uma vez por ano — respondeu ela, balançando a cabeça. — É quando eu gasto minhas economias – uma vez a cada ano. Venho aqui regularmente, para perambular pelas ruas e ver os cavalheiros.

— Só para vê-los? — questionou Stephen.

— Isso basta para mim — retrucou a mulher, com uma marcante expressão de veemência e gravidade. — Não preciso de nada mais! Eu fico aqui, desse lado da rua, esperando para ver aquele cavalheiro sair — ela se virou e apontou na direção da casa do senhor Bounderby. — Mas este ano ele se atrasou, e eu não o vi. Em vez dele, quem saiu foi o senhor. Agora sou obrigada a ir embora, sem sequer entrever a figura dele (pois um simples vislumbre é suficiente para mim). Mas eu vi o senhor, e o senhor o viu; portanto, preciso me contentar com isso.

Ao pronunciar essas palavras, a mulher olhou para Stephen, como se desejasse fixar a imagem dele em sua mente; e, nesse momento, os olhos dela perderam o brilho de antes.

Concedendo o devido desconto para a diferença de preferências, e todo o respeito a que faziam jus os aristocratas de Coketown, pareceu-lhe tão desmesurado o sacrifício para satisfação desse estranho interesse que ele ficou perplexo. Mas os dois estavam agora passando na frente da igreja e, ao bater os olhos no relógio, Stephen acelerou o passo.

A senhora quis saber se ele estava indo para o trabalho, e também andou mais depressa para acompanhá-lo. "Sim, já estava quase na hora", respondeu ele. Quando Stephen contou onde trabalhava, a velha senhora assumiu um ar ainda mais estranho do que antes.

— E você é feliz? — ela quis saber.

— Pois então! Quase todas as pessoas têm problemas, minha senhora.

Stephen foi bastante evasivo na resposta, porque não pretendia desapontar aquela mulher que parecia tê-lo na conta de um sujeito muito feliz. Ele tinha consciência de que o mundo estava cheio de problemas; e, se a velha senhora havia chegado a essa idade avançada e era capaz de pensar que a ele coubessem tão poucos, então, melhor assim para ela; quanto ao que lhe dizia respeito, não poderia ficar pior.

— Ai, ai! O senhor tem seus problemas em casa, é isso? — indagou a mulher.

— Algumas vezes. Só de vez em quando — respondeu Stephen, com indiferença.

— Mas, trabalhando sob as ordens desse cavalheiro, seus problemas devem continuar também na Fábrica, não é verdade?

— Não, não! — Stephen afirmou que lá não tinha problemas; todos o tratavam bem; tudo era perfeito.

Ele não chegou ao ponto de afirmar, para satisfazê-la, que havia naquele espaço uma espécie de Direito Divino, muito embora nos últimos anos tivesse ouvido testemunhos quase tão surpreendentes.

Eles agora caminhavam por uma viela escura das redondezas, onde as Mãos se encontravam reunidas. O sino badalava, a Serpente era uma Serpente enrolada em longo espiral e o Elefante estava quase pronto. A estranha senhora idosa ficou encantada com aquele sino, que para ela era o mais belo e o mais admiravelmente melodioso.

Quando Stephen, bem-humorado, parou e estendeu a mão para se despedir da mulher antes de seguir seu caminho, ela lhe perguntou há quanto tempo ele trabalhava ali.

— Uma dúzia de anos — foi a resposta.

— Preciso beijar suas mãos — confessou ela —; as mãos que trabalham nessa conceituada fábrica há doze anos!

E, dizendo isso, levantou a mão de Stephen, apesar da resistência dele, e encostou-a em seus lábios. Emanava daquela mulher uma tranquilidade nascida de algo mais profundo do que simplesmente a idade e a simplicidade; mas ele não sabia definir. No entanto, mesmo nesse ato bizarro, havia alguma coisa que não estava fora de lugar nem fora de tempo – algo que o revestia de um caráter tal como se ninguém mais pudesse fazê-lo com tanta seriedade e de um jeito assim tão natural e comovente.

Já fazia meia hora que Stephen estava diante de seu tear, sem conseguir afastar de seu pensamento a figura daquela mulher, quando, ao dar uma volta no equipamento para ajustá-lo, olhou através da janela localizada no canto próximo e a viu lá fora, ainda entregue a seus devaneios, com os olhos fixos naquela grande massa de tijolos. Indiferente à fumaça, à lama e à umidade, bem como à longa distância que percorrera na viagem de vinda e percorreria na volta, ela permanecia ali, contemplando o edifício, como se o som do pesado tamborilar que saía de seus pavimentos fosse para ela uma música sublime.

Pouco a pouco, a senhora foi-se afastando, e o dia terminando. As luzes surgiram novamente, o Trem passou ligeiro, cruzando as arcadas diante do Palácio Encantado, quase despercebido e inaudível em meio ao barulho estridente das máquinas que estalavam e crepitavam. Muito antes disso, contudo, os pensamentos de Stephen já haviam encontrado o caminho de volta até o quarto sombrio sobre a pequena loja e se concentrado naquela figura infame cujo corpo inerte pesava sobre a cama e lhe oprimia o coração.

As máquinas foram perdendo a velocidade; as pancadas enfraquecendo como uma pulsação que perde a energia; e finalmente tudo parou. Mais uma vez, o sino; o brilho de luz e calor se dissipou; as fábricas se transformaram em vultos sombrios e gigantescos na noite escura e molhada, com suas chaminés imponentes erguidas nas alturas como se rivalizassem com a Torre de Babel.

Era verdade que ainda na noite anterior ele falara com Rachael, e até mesmo caminhara alguns passos ao lado dela; mas agora havia essa nova desgraça a atormentá-lo, um infortúnio para o qual ninguém mais poderia lhe oferecer um momento de alívio. Por esse motivo, aliado ao fato de saber que só a voz dela seria capaz de lhe trazer o lenitivo de que tanto necessitava para abrandar sua raiva, Stephen decidiu que deveria desconsiderar o que a moça dissera quanto a ele esperá-la na saída. Então, ficou esperando; mas ela enganou-o – foi embora. Em nenhuma outra noite do ano, ele sentiu tanta falta da face paciente e bondosa de Rachael.

Oh! Melhor seria não ter uma casa onde se abrigar e descansar a cabeça, do que tê-la e não poder usufruir desse descanso em virtude do temor inspirado pelos problemas que ela representa. Vencido pela exaustão, ele comeu e bebeu; contudo, não tinha consciência daquilo que comia e bebia. Depois, vagou sem rumo debaixo da chuva gelada, mergulhado em pensamentos tristes e sombrios.

Até então, Stephen jamais havia falado a respeito de um novo casamento com Rachael. Todavia, anos atrás, a moça se mostrara solidária com seu infortúnio, e ele, na ocasião, revelou-lhe as misérias que havia tanto tempo trazia no coração, e que nunca tivera coragem de contar a ninguém. Acima de tudo, ele sabia que, se fosse livre e se declarasse a Rachael, ela o aceitaria. Stephen pensou a respeito do lar para o qual, naquele momento, sentiria enorme prazer e orgulho em retornar; imaginou o homem diferente que ele poderia ser naquela noite; pensou acerca da leveza que existiria em seu coração, hoje tão pesado; imaginou como seria bom recuperar a honra, a tranquilidade e o respeito próprio – tão dilacerados naquela hora. Stephen refletiu sobre o desperdício da melhor parte de sua vida; sobre a transformação – para pior – que seu temperamento experimentava dia após dia; sobre a temível condição de sua existência – completamente presa a uma mulher morta e atormentada pelo demônio que nela vivia. Ele pensou em Rachael – tão jovem quando, nessas circunstâncias, encontraram-se pela primeira vez; e hoje, tão madura e mais velha, dada a inexorável sucessão dos dias. Stephen pensou no número de garotas e mulheres, cujo casamento ela presenciara; nos muitos lares repletos de crianças que ela vira florescer ao redor de si mesma; na sua forma despreocupada de buscar o próprio caminho, isolado e tranquilo – por causa dele; e na dor que o remorso e o desespero o fizeram algumas vezes sentir, ao ver uma sombra de melancolia nublando o rosto abençoado daquela mulher. Ele colocou lado a lado a imagem de Rachael e a cena deplorável da noite anterior, e pensou "Seria possível que toda a vida terrena de uma pessoa bondosa, gentil e abnegada fosse subjugada por uma desgraça como aquela?".

Com a mente repleta de pensamentos – tão repleta a ponto de fazê-lo experimentar a deletéria sensação de que seu corpo se dilatava, de que vivia uma nova e mórbida relação com os objetos pelos quais passava e via se avermelharem os círculos luminosos ao redor das luzes enevoadas –, ele foi para casa, em busca de refúgio.

CAPÍTULO XIII

Rachael

A luz tênue de uma vela iluminava aquela janela através da qual a escada negra tantas vezes fizera passar tudo o que havia de mais precioso neste mundo para uma esposa e uma ninhada de crianças famintas; e Stephen, em meio a suas reflexões, viu-se atormentado pelo sentimento de que, entre todos os infortúnios existentes sobre a face da terra, nenhum era repartido com mãos tão desiguais quanto a Morte. A iniquidade da hora do Nascimento não era nada diante da assimetria no momento da morte. Por exemplo, se imaginarmos que nesta noite, exatamente no mesmo instante, nasceram o filho de um Rei e o de um Fiandeiro, que comparação poderia haver entre esse evento e a dor de uma mulher que continua vivendo depois da morte de uma criatura que a vida toda a serviu e foi por ela amada?

Embalado por sentimentos sombrios, Stephen caminhou para dentro de casa e, com a respiração suspensa, subiu pé ante pé até seu quarto, abriu a porta e entrou.

Reinava ali uma atmosfera de silêncio e paz. Rachael estava sentada ao lado da cama.

Ela virou a cabeça, e a luz de sua face iluminou as trevas da mente de Stephen. Sentada junto à cama, Rachael observava e vigiava a esposa dele; ou melhor, a pessoa que ele via ali deitada e sabia muito bem que só poderia ser ela. Mas, como as mãos de Rachael formavam uma cortina a encobrir a criatura, ele não conseguia vê-la por inteiro. Suas roupas vergonhosas haviam sido retiradas e algumas das de Rachael podiam ser vistas ali. Tudo se encontrava em perfeita ordem, nos devidos lugares, como ele sempre mantinha. A pequena lareira acabara de ser varrida e o fogo avivado. Stephen tinha a impressão de ver tudo isso na face de Rachael, e não olhava para mais nada. Enquanto contemplava o rosto da mulher, lágrimas macias lhe encheram os olhos e turvaram sua visão; mas não o impediram de perceber a intensidade do sentimento com que ela o olhava e as lágrimas que também lhe corriam pela face.

Rachael olhou outra vez para a cama e, depois de se certificar de que tudo ali estava tranquilo, falou em voz baixa, calma e animada.

— Estou feliz que você finalmente tenha chegado, Stephen. Você demorou.

— Eu fiquei andando por aí.

— Imaginei que estivesse. Mas isso é muito ruim numa noite como esta. Chove forte e o vento aumentou.

O vento? É verdade; ele agora soprava com força. Escute só como ressoa na chaminé, e o barulho cada vez mais alto! Pois andar na rua nessa ventania e não perceber que estava soprando tão forte!

— Já estive aqui outra vez hoje, Stephen. A senhoria me procurou na hora do jantar. Alguém aqui precisava de cuidado, ela disse; e estava certa. Perdida, Stephen, totalmente sem rumo; machucada e cheia de escoriações.

Ele andou vagarosamente até uma cadeira e se sentou diante de Rachael, com a cabeça abaixada.

— Eu vim pra fazer o que podia, Stephen; primeiro, porque ela trabalhou comigo no tempo em que nós duas éramos jovens; foi quando vocês dois namoraram e se casaram.

Ele cobriu com as mãos a testa enrugada e gemeu baixinho.

— Depois, porque eu conheço seu coração, e sei muito bem que ele é misericordioso demais para deixar que ela morra ou mesmo que sofra por falta de assistência. Você conhece estas palavras, "Que atire a primeira pedra, aquele entre vós que não tem pecado!". Muitos já fizeram isso. Mas você não é o tipo de homem que atiraria a última pedra, Stephen, agora que ela está nessa condição tão triste.

— Oh, Rachael, Rachael!

— Você tem sofrido demais; os Céus o recompensarão! — disse ela, em tom compassivo. — Eu te ofereço minha pobre amizade; ofereço de todo o coração.

As feridas das quais ela falou pareciam estar na região do pescoço da mulher que se fizera uma pária. Rachael as cobriu, para que Stephen não as visse. Ela mergulhou um pedaço de algodão dentro do líquido existente em uma bacia, e com essa compressa cobriu gentilmente o ferimento. Na mesinha de três pernas que fora arrastada até a cabeceira da cama, havia dois frascos, e um deles continha esse líquido.

O frasco não estava muito distante, mas Stephen, acompanhando com os olhos as mãos de Rachael, conseguiu ler o que o rótulo trazia escrito em letras grandes. Ele ficou lívido e, repentinamente, o horror pareceu dominá-lo.

— Vou permanecer aqui, Stephen — disse Rachael, retornando calmamente para sua cadeira —, esperando que o sino badale as três horas. Esse procedimento deve ser feito outra vez às três, e depois ela poderá repousar aí até amanhã cedo.

— Mas você precisa descansar, minha querida, vai ter que trabalhar amanhã.

— Eu dormi bem a última noite; e posso passar em claro muitas noites quando estou descansada. É você quem precisa de descanso; está parecendo tão pálido e exausto! Tente dormir naquela cadeira enquanto eu vigio. Aposto que não dormiu nada a noite passada. O trabalho de amanhã é muito mais duro pra você do que pra mim.

Stephen escutou o barulho do vento e das trovoadas do lado de fora e sentiu como se o rancor das últimas horas tentasse dominá-lo outra vez. Ela conseguira dissipar essa raiva e a manteria distante. Ele confiava que a presença de Rachael seria capaz de protegê-lo dele mesmo.

— Ela não me reconhece, Stephen; apenas fita e balbucia algumas palavra languidamente. Eu fico falando com ela, mas não percebo sinais de que saiba quem eu sou! Mas é melhor que seja assim. Quando retomar o controle sobre si mesma, eu terei feito o que pude, e ela nunca saberá.

— Depois de quanto tempo, Rachael, pode-se esperar que ela se recupere?

— O doutor diz que, com sorte, já amanhã terá recuperado a consciência.

Os olhos de Stephen pousaram outra vez sobre o frasco, e um estremecimento lhe percorreu o esqueleto, deixando arrepiados todos os seus membros. Rachael imaginou que o tremor fosse consequência do frio provocado pela umidade.

— Não — afirmou ele —, não é isso — ele se assustara.

— Assustou-se?

— Ai, ai! Quando entrei em casa. Enquanto caminhava e pensava. Enquanto eu...

O sentimento de apreensão dominou-o novamente. Ele então se levantou segurando na beirada da lareira, e amassou o cabelo frio e úmido com a mão, que tremia como se estivesse paralisada.

— Stephen!

Rachael levantou-se para ir até ele, mas Stephen esticou o braço e a deteve.

— Não! Por favor, não! Deixe-me ver você sentada junto à cama. Deixe-me ver você; tão bondosa e tão indulgente. Deixe-me ver você, como vi no momento em que entrei. Não posso guardar de você uma imagem melhor do que essa. Nunca, nunca, nunca!

Um tremor violento lhe percorreu todo o corpo e, em seguida, ele se deixou afundar em sua cadeira. Depois de algum tempo, recuperou o controle sobre si mesmo e permaneceu ali, com os cotovelos apoiados sobre os joelhos e a cabeça entre as mãos, contemplando Rachael. Observando-a através da luz fraca da vela que lhe iluminava os olhos úmidos, parecia que ela tinha a cabeça circundada por um brilho celestial. E, apesar do barulho do vento que fazia tremer a janela, sacudia a porta lá embaixo e penetrava na casa, protestando e lamentando, Stephen imaginou que estivesse de fato no paraíso.

— Quando ela melhorar, Stephen, é possível que vá embora novamente e não volte a machucar você. De qualquer modo, vamos esperar por isso. Agora, vou ficar quieta, porque quero que você durma.

Ele fechou os olhos, mais para agradá-la do que para descansar sua cabeça exausta; contudo, aos poucos, foi deixando de escutar o barulho forte do vento. É possível que tivesse se transformado no som de seu tear ou, quem sabe, nas vozes do dia (inclusive a dele) repetindo o que havia sido realmente dito. No final, também esse nível de semiconsciência se dissipou, e ele teve um sonho longo e agitado.

Stephen imaginou que ele e alguém a quem seu coração havia muito tempo se entregara (não era Rachael, o que o surpreendeu mesmo naquela atmosfera de felicidade imaginária) estavam se casando diante de um altar. Enquanto acontecia a cerimônia e ele reconhecia entre os convidados alguns que sabia estarem vivos e outros que sabia mortos, a escuridão tomou conta do ambiente, para logo em seguida se converter em uma luz extremamente brilhante. Era um raio que nascia na tábua dos mandamentos, sobre o altar, e se espalhava pelo edifício com as palavras ali escritas, fazendo-as ressoar através da igreja como se as letras ígneas fossem dotadas de vozes. Nesse momento, tudo o que o cercava se transformou por completo; nada permanecia como era antes, exceto ele e o sacerdote. Era dia claro, e eles se encontravam diante de uma multidão tão imensa que, se toda a população do mundo pudesse ser reunida em um mesmo espaço, não pareceria mais numerosa; e todas as pessoas o abominavam; ninguém, entre os milhares de seres ali postados, dirigia-lhe um olhar amigo e compassivo. Ele estava em pé sobre um tablado elevado, debaixo de seu tear. E, observando a forma assumida pelo tear, e ouvindo nitidamente a leitura do serviço fúnebre, ele sabia que estava ali para enfrentar a morte. Depois de alguns instantes, o estrado que o sustentava se abriu e ele desapareceu.

Que espécie de mistério trouxe-o de volta à vida costumeira e aos lugares que lhe eram familiares, Stephen não conseguia entender; mas algo o fizera retornar àqueles locais, e o fazia se sentir condenado a nunca mais, neste mundo ou no próximo, no decurso de todas as inimagináveis eras da eternidade, olhar para o rosto de Rachael ou ouvir a sua voz. Vagando a esmo – sem destino e sem esperanças –, em busca de alguma coisa que não lhe era dado saber do que se tratava (sabia apenas que estava condenado a buscar essa coisa desconhecida), ele era perseguido por um pavor medonho, um medo mortal de determinada forma que todas as coisas assumiam. O que quer que ele olhasse, mais cedo ou mais tarde tomava essa forma. Sua existência miserável passou a girar em torno do objetivo de impedir que ela fosse reconhecida pelos indivíduos com quem se encontrasse. Tarefa desalentadora! Era inútil conduzi-los para fora das salas onde a figura se achava; inútil fechar gavetas e armários nos quais ela ficava; inútil afastar os curiosos dos lugares onde sabia que ela se escondia, e levá-los para as ruas; inútil, porque, ainda assim, as próprias chaminés das fábricas assumiam a tal forma e, em torno delas, via-se a palavra impressa.

O vento estava soprando outra vez; a chuva batia sobre o telhado das casas; e os espaços mais amplos dentro dos quais ele se perdera converteram-se na área limitada pelas paredes de seu quarto. Com exceção do fogo, que se havia extinguido, tudo continuava exatamente igual ao que era no instante em que ele fechou os olhos. Rachael, sentada imóvel na cadeira ao lado da cama, enrolada em seu xale, parecia ter sucumbido a um cochilo. A mesa permanecia no mesmo lugar, bem próxima à cabeceira da cama, e sobre ela encontrava-se, com a proporção e a aparência reais, a forma tantas vezes repetida em seu sono.

Stephen imaginou que vira o cortinado se movimentar; olhou novamente e certificou-se de que isso de fato ocorrera. Ele viu então uma mão sair de dentro e tatear no espaço. Depois, o cortinado se mexeu mais nitidamente, e a mulher que estava na cama puxou-o para trás e se sentou.

Seus olhos miseráveis, tão desfigurados e selvagens, tão pesados e inchados, olharam ao redor do quarto e passaram pelo canto onde ele dormira em uma cadeira. Em seguida, ela colocou as mãos acima dos olhos, como um anteparo, e voltou a olhar na direção do canto. Depois, esquadrinhou novamente todo o quarto, quase sem perceber a presença de Rachael, e tornou a mirar o canto. No momento em que ela protegeu outra vez os olhos com as mãos (não tanto olhando para ele, mas procurando-o, movida pelo instinto animal de saber que ele estava lá), Stephen pensou que naquelas feições devassas ou na mente que as habitava não restava o menor traço da mulher com que se casara dezoito anos antes. Embora tivesse acompanhado de perto essa paulatina metamorfose, ele custava a acreditar que se tratasse da mesma pessoa.

Durante todo o tempo, como se estivesse preso por um feitiço, ele permaneceu imóvel e incapaz de fazer outra coisa, senão observá-la.

Dormitando pateticamente, ou conversando sobre coisa alguma com uma abstração incapacitada de si mesma, a mulher permaneceu sentada por um breve tempo, com a cabeça apoiada nas mãos e estas a lhe cobrir as orelhas. Logo depois, ela voltou a esquadrinhar o quarto. Em seguida, pela primeira vez seu olhar se deteve na mesa sobre a qual repousavam os frascos de medicamento.

Imediatamente, ela olhou para o canto onde estava Stephen, com a mesma expressão de desafio da noite anterior e, movimentando-se devagar e cuidadosamente, estendeu sua mão voraz. Ela puxou uma caneca e ficou sentada por um momento, tentando decidir qual dos dois frascos deveria escolher. Por fim, agarrou aquele cujo conteúdo era sinônimo de morte rápida e certa e, diante dos olhos de Stephen, arrancou a rolha com os dentes.

Sonho ou realidade? Ele perdera a voz e a capacidade de se mexer. Se isto for real, e a hora desta mulher não tiver chegado ainda, acorde, Rachael, acorde!

A mulher tivera o mesmo pensamento. Ela olhou para Rachael e devagar, muito devagar e cautelosamente, verteu o conteúdo. O gole estava próximo de seus lábios. Um instante mais, e não haveria ajuda capaz de salvá-la, e o mundo despertaria e a envolveria com todo o seu imenso poder. Mas, naquele momento, Rachael despertou com o grito abafado. A criatura se debateu, agrediu-a e a agarrou pelos cabelos; mas Rachael conseguiu apanhar a caneca.

Stephen levantou incontinente da cadeira e perguntou em tom de desespero:

— Estou acordado, Rachael, ou sonhando? Esta noite terrível é real?

Está tudo bem, Stephen; eu adormeci. Já são quase três. Depressa! Já escuto os sinos.

O vento fez ressoarem na janela as badaladas do relógio da igreja. Eles escutaram – três horas. Stephen olhou para ela e viu que estava muito pálida, tinha os cabelos despenteados e exibia marcas vermelhas de dedos sobre a testa; percebeu então que seus sentidos de visão e audição já haviam despertado. A caneca ainda estava nas mãos de Rachael.

— Eu acho que já são três horas — falou ela, despejando calmamente na bacia o conteúdo da caneca e embebendo o algodão como fizera antes. — Valeu a pena eu ter ficado! Quando eu colocar essa compressa, estará tudo acabado. Três! E agora ela se acalmou novamente. Vou jogar fora as gotas que sobraram na bacia; isso é muito perigoso para ficar aí, mesmo sendo tão pouco.

Enquanto falava, Rachael despejou o líquido da bacia sobre as cinzas do fogo e quebrou o frasco na lareira. Ela não tinha nada mais a fazer naquele lugar, exceto enrolar o xale no corpo antes de enfrentar o vento e a chuva do lado de fora.

— Já é tarde, deixe-me acompanhar você, Rachael.

— Não, Stephen. Em um minuto estarei em casa.

— Você não tem medo — comentou ele em voz baixa, enquanto caminhavam até a porta —; de me deixar sozinho com ela?

Rachael o olhou e exclamou:

— Stephen!

Ele ajoelhou-se aos pés da mulher, nos degraus deteriorados da escada, e trouxe aos lábios uma das pontas do xale que ela usava.

— Você é um anjo; que Deus a abençoe, Deus a abençoe!

— Eu já disse a você, Stephen, que sou apenas sua pobre amiga. Os anjos não são como eu. Existe uma grande diferença, um abismo enorme, entre anjos e uma mulher trabalhadora e cheia de defeitos. Minha irmãzinha está no meio deles, mas ela é diferente.

Ao pronunciar essas palavras, Rachael ergueu os olhos por um momento na direção do céu e, então, fitou de novo o rosto dele, com toda ternura e suavidade.

— Eu era ruim, e você me transformou em um homem bom; me fez desejar humildemente ser semelhante a você, e ter medo de te perder quando esta vida estiver acabada e toda essa trapalhada também. Você é um Anjo; um anjo que salvou e deu vida à minha alma!

Stephen permaneceu ali ajoelhado aos pés de Rachael, com a ponta do xale ainda nas mãos. Ela o observou e percebeu a expressão de sofrimento em seu rosto; as palavras de censura morreram-lhe nos lábios.

— Voltei pra casa desesperado; em profundo desalento; e atormentado com a ideia de não poder lamentar, pra não ser considerado uma Mão irracional. Eu te contei que tinha um medo; foi o vidro de Veneno em cima da mesa. Nunca causei mal a criatura alguma; mas aconteceu tão de repente! Eu pensei "Como vou dizer o que poderia ter feito pra mim, pra ela ou pros dois!".

Com uma expressão de horror estampada no rosto, Rachael colocou as duas mãos sobre os lábios de Stephen, para impedi-lo de continuar falando. Ele segurou-as com a mão que estava desocupada e, ainda agarrando a ponta do xale com a outra, disse apressadamente:

— Mas eu vi você, Rachael; sentada ao lado da cama. Vi você, a noite toda. Em meu sono atormentado, eu sabia que ainda continuava lá. Eu sei que você estará sempre lá. Toda vez que eu enxergar a figura daquela mulher, ou pensar nela, sei que você estará ali ao lado. Nunca mais verei coisas que me fazem sentir raiva, nem pensarei nelas. Em meu coração, só tenho lugar para você, uma pessoa muito melhor do que eu, que quer ficar ao meu lado, não é? E tentarei esperar pelo dia, e acreditar que esse dia virá, quando você e eu finalmente vamos caminhar juntos para longe, muito além do abismo profundo; para aquele país onde vive sua irmã.

Ele beijou mais uma vez a ponta do xale e deixou que ela fosse embora. Com a voz embargada, Rachael lhe desejou boa noite e tomou o caminho de casa.

O vento ainda soprava forte, vindo daquele lado onde logo o dia iria nascer. A escuridão do céu já havia dado lugar para um pouco de claridade, a chuva se esgotara ou tomara o rumo de outras paragens, e as estrelas ainda brilhavam. Ele permaneceu em pé na rua, com a cabeça descoberta, vendo-a desaparecer rapidamente. Na inculta fantasia desse homem, a imagem de Rachael contrastava com as experiências ordinárias de sua vida, da mesma forma que as estrelas luminosas contrastavam com a tosca luz de vela projetada na janela.

CAPÍTULO XIV

O grande agente de transformações

O tempo em Coketown seguia seu ritmo, do mesmo modo que as próprias máquinas: tanto material produzido, tanto combustível consumido, tanta energia esgotada, tanto dinheiro gerado. Contudo, menos inexorável do que o ferro, o aço e o bronze, ele produzia suas diferentes estações, mesmo em meio àquela vastidão de fumaça e tijolos, e operava a única transgressão, *jamais* ousada, à terrível uniformidade do lugar.

— Louisa está se tornando uma jovem mulher — disse o senhor Gradgrind.

O tempo, com seus incontáveis cavalos-vapor, sempre trabalhando diligentemente e indiferente aos acontecimentos, agora fizera de Thomas um jovem trinta centímetros mais alto do que era na última vez que seu pai o observou com especial atenção.

— Thomas já é quase um rapaz — comentou o senhor Gradgrind.

Enquanto o pai pensava, o tempo havia submetido Thomas à ação de suas engrenagens; e lá estava ele, vestindo um casaco de cauda longa e uma camisa de colarinho duro.

— De fato — constatou o senhor Gradgring —, é chegada a hora de Thomas passar para os cuidados de Bounderby.

O tempo continuou sua ação sobre o garoto. E, assim, ele foi levado para o Banco de Bounderby, passou a morar na casa de Bounderby, precisou comprar sua primeira navalha de barbear e foi diligentemente exercitado nos cálculos reservados para o número um.

O mesmo grande agente de transformações, tão rico na ampla variedade de medidas empregadas em todos os estágios do desenvolvimento, submeteu Sissy à sua mecânica, e fez dela um exemplar verdadeiramente encantador.

— Eu imagino, Jupe — falou o senhor Gradgrind —, que sua permanência na escola por mais tempo possa ser inútil.

— Temo que sim, senhor — concordou Sissy, fazendo uma reverência com o corpo.

— Não posso esconder de você, Jupe — declarou o senhor Gradgrind, enrolando a ponta da sobrancelha —, que o resultado de seu período de experiência me decepcionou; na verdade, decepcionou demais. Você não conseguiu assimilar, sob a orientação do senhor e da senhora M'Choakumchild, nem uma parcela do conhecimento exato que eu esperava. Falta-lhe uma bagagem consistente em relação a fatos. Sua familiaridade com números é muito limitada. Com isso, você ficou para trás, e abaixo da meta.

— Sinto muito, senhor — desculpou-se a menina —; sei que isso é verdade. Mas eu me esforcei bastante, senhor.

— Sim — concordou o senhor Gradgrind —, sim. Eu sei que você se esforçou; eu a observei e, quanto a isso, não tenho motivos para repreendê-la.

— Obrigada, senhor. Eu imaginei algumas vezes — Sissy falou, sem conseguir esconder o grande embaraço que lhe embargava a voz —; que talvez eu tenha me esforçado demais para tentar aprender e, quem sabe, se tivesse pedido para me esforçar um pouco menos, eu poderia...

— Não, Jupe, não! — contestou o senhor Gradgrind, sacudindo a cabeça do jeito profundo e eminentemente prático que lhe era peculiar — Não! O direcionamento que você seguiu foi ditado pelo sistema – o sistema –, e não há mais nada a ser dito sobre isso. Posso apenas supor que as condições da vida que você levava anteriormente foram muito desfavoráveis ao desenvolvimento de sua capacidade de raciocinar, e que nós começamos tarde demais. Ainda assim, como eu disse antes, estou decepcionado.

— Eu queria ter demonstrado um reconhecimento maior por sua bondade, senhor; por sua benevolência para com uma pobre garota abandonada que não fez por merecer sua proteção e seus cuidados.

— Não chore — pediu o senhor Gradgrind. — Não chore. Não estou me queixando. Você é uma jovenzinha muito afetuosa, diligente e bondosa – e nós precisamos fazer dar certo.

— Obrigada, senhor; muito obrigada — agradeceu Sissy, com uma reverência.

— Você é muito prestativa para a senhora Gradgrind, e, de modo geral, também para a família – assim me disse a senhorita Louisa e, outrossim, eu mesmo observei. Espero, portanto — falou o senhor Gradgrind —, que você se sinta feliz com esse relacionamento.

— Eu não poderia desejar mais nada, senhor, se...

— Compreendo — interrompeu o senhor Gradgrind —; você ainda pensa em seu pai. A senhorita Louisa me contou que você ainda mantém guardada aquela garrafa. Muito bem! Se seu treinamento na ciência dos resultados exatos tivesse produzido melhores frutos, você entenderia melhor esses pontos. Não direi nada mais.

Na verdade, o senhor Gradgring sentia um afeto grande demais por Sissy para desprezá-la; e deve ter chegado a tal conclusão em virtude da avaliação negativa que fazia da capacidade de cálculo da menina. De uma forma ou de outra, ele se rendera à ideia de que havia nela alguma coisa que não se prestava a uma verificação por meios estatísticos. Em uma escala numérica, a capacidade de definição da garota situava-se em um nível muito baixo e seu conhecimento matemático no zero. Entretanto, ele duvidava da própria aptidão em descrever detalhadamente o perfil de Jupe, se assim lhe fosse solicitado.

Em alguns estágios de sua produção de tecido humano, os processos do Tempo são muito rápidos. O jovem Thomas e a menina Sissy encontravam-se em uma etapa tal de desenvolvimento na qual essas mudanças se operavam em questão de um ano ou dois. Por sua vez, o senhor Gradgrind parecia ter atingido um ponto em que não mais experimentava qualquer modificação.

Havia aí uma única exceção, e ela não tinha relação alguma com sua necessária evolução na tecelagem da vida. O tempo empurrou-o para dentro de uma máquina um tanto barulhenta e suja, instalada em um canto insignificante; e fez dele Membro do Parlamento de Coketown: um parlamentar respeitável nas questões relacionadas a pesos e medidas; um dos representantes das tábuas de multiplicação; um entre os honoráveis cavalheiros surdos, mudos, cegos, aleijados e mortos, no que diz respeito a tantas outras coisas. De outro modo, por que vivemos nós em uma nação cristã, dezoito séculos e tanto depois da vinda de nosso Mestre?

Nesse ínterim, Louisa passara para outras mãos – tão quieta e retraída e tão inclinada a se isolar e ficar observando na hora do crepúsculo as fagulhas caírem sobre a grelha e se extinguirem que, desde a ocasião em que o pai lhe disse que ela já era quase uma moça (o que parecia ter sido ontem), ele praticamente não voltou a notá-la, até o dia em que descobriu nela uma mulher.

— Uma jovem mulher — exclamou o senhor Gradgrind, pensativo. — Meu Deus!

Depois dessa descoberta, ele passou diversos dias mais abstraído e mergulhado em seus pensamentos do que lhe era habitual, e parecia haver um assunto especial que absorvia sua atenção. Certa noite, quando estava prestes a sair e Louisa veio lhe dar adeus (pois ele ficaria fora de casa até tarde e ela só voltaria a vê-lo na manhã seguinte), ele a prendeu entre os braços, olhou-a de uma forma muito carinhosa e disse:

— Minha querida Louisa, você se transformou em uma mulher!

Ela respondeu com o mesmo olhar ligeiro e penetrante daquele dia em que ele a encontrou no circo; então, abaixou os olhos e falou:

— Sim, papai.

— Minha querida — comunicou-lhe o senhor Gradgrind —, preciso conversar com você a sós e seriamente. Venha ter comigo em meu escritório amanhã depois do café. Está bem?

— Sim, papai.

— Suas mãos estão muito frias, Louisa. Você está se sentindo bem?

— Sim, papai; muito bem.

— E feliz?

Ela olhou para ele novamente e sorriu daquele jeito que lhe era peculiar.

— Estou tão feliz como normalmente estou, papai, ou como sempre tenho estado.

— Então, está bem —respondeu o senhor Gradgrind.

Em seguida, ele deu um beijo na filha e saiu. Louisa retornou para aquele sereno aposento com aparência de salão de cabeleireiro e, com os braços cruzados, ficou outra vez observando as fagulhas efêmeras que logo se transformavam em cinzas.

— Você está aí, Loo? — perguntou o irmão, espiando pela porta. Ele era agora um jovem cavalheiro bastante alegre, mas carecia de atrativos.

— Meu querido Tom! — exclamou Louisa, levantando-se para abraçá-lo —, quanto tempo faz que você não vem me ver!

— Ora, eu tenho estado ocupado durante as noites, Loo; e, de dia, fico preso com o velho Bounderby. Mas eu recorro ao seu nome quando ele exagera e, assim, nós nos entendemos. É isso! Por acaso, ontem ou hoje papai falou alguma coisa em particular para você, Loo?

— Não, Tom. Mas hoje à noite ele me disse que quer conversar comigo amanhã de manhã.

— Ah! É isso aí! Você sabe onde ele está agora? — perguntou Tom, com uma expressão muito séria.

— Não.

— Então vou lhe contar. Ele está com o velho Bounderby. Eles estão confabulando, lá em cima, no Banco. Você sabe por que no Banco? Bem, vou contar. Para ficar o mais longe possível dos ouvidos da senhora Sparsit, acho eu.

Louisa permaneceu junto à lareira, contemplando o fogo, com as mãos apoiadas sobre os ombros do irmão. Ele observou o rosto da garota com um interesse maior do que de costume e, envolvendo-lhe a cintura com os braços, puxou-a carinhosamente para junto de si.

— Você gosta muito de mim, não é, Loo?

— É claro, Tom; apesar de você ficar tanto tempo sem vir me ver.

— Bem, irmãzinha — falou Tom —, quando você diz isso, está pensando como eu. Nós devíamos ficar mais tempo juntos; com mais frequência, não é verdade? Sempre juntos, você concorda? Me faria um grande bem se eu soubesse no que você pensa, Loo. Seria muito bom; extraordinariamente bom!

O estado de profunda reflexão em que Louisa estava mergulhada desconcertava Tom e escapava à sua astuta perscrutação. O rosto dela não lhe dava indicações que lhe permitissem chegar a alguma conclusão. O rapaz apertou-a entre os braços e lhe deu um beijo na bochecha. Ela retribuiu o beijo, porém sem desviar o olhar do fogo.

— Sabe, Loo! Eu pensei que devia vir até aqui e contar pra você o que está se passando – embora eu imagine que você provavelmente descobriria, mesmo sem saber. Não posso ficar, porque vou encontrar uns amigos esta noite. Você não vai se esquecer do quanto gosta de mim, não é?

— Não, querido Tom; não esquecerei.

— Aí está uma garota fenomenal! — falou Tom. — Adeus, Loo.

Louisa respondeu com um afetuoso boa-noite e acompanhou o irmão até a porta, de onde era possível observar as tochas de fogo que iluminavam Coketown e formavam, a distância, um espetáculo sombrio. Ela permaneceu ali, com o olhar fixo naquele cenário, enquanto escutava os passos de Tom a se afastar rapidamente, feliz por deixar Stone Lodge para trás. E ela ainda continuou lá, mesmo depois que ele se foi e o silêncio tomou conta de tudo. Era como se, tanto em seu próprio fogo, no interior da casa, quanto em meio à névoa ígnea que cobria o ambiente exterior, ela tentasse descobrir que espécie de tecido o Velho Tempo, aquele notável e consagrado Fiandeiro de todas as coisas, teceria com os fios que ele mesmo já urdira dentro de uma mulher. No entanto, é secreta a localização de sua fábrica, silencioso o seu trabalho e caladas as suas Mãos.

CAPÍTULO XV

Pai e filha

Muito embora o senhor Gradgrind não tivesse qualquer semelhança com o Barba Azul, seu escritório ficava mergulhado em uma atmosfera azul decorrente da abundante presença de Livros Azuis, os conhecidos almanaques de estatísticas e informações do Parlamento. O que quer que eles pudessem demonstrar (e em geral podia ser qualquer coisa), era ali, naquele exército em permanente crescimento pela incorporação de novos recrutas, que se encontravam as demonstrações. Nesse aposento fascinante, as mais intrincadas questões sociais eram lançadas, reduzidas a totais exatos e finalmente resolvidas; infelizmente, a solução não chegava até aqueles a quem interessaria saber. O mesmo assombro que despertaria a construção de um observatório de astronomia desprovido de janelas, dentro do qual um astrônomo pudesse organizar o universo de estrelas usando apenas caneta, tinta e papel, também causava o senhor Gradgrind, que, sentado em *seu* Observatório (e existem muitos como este), traçava em uma lousa de pedra o destino de uma fecunda multidão de seres humanos, e lhes enxugava as lágrimas com um pequeno pedaço de esponja suja, sem sequer observar o que com eles se passava.

Foi para esse observatório, uma sala austera, dentro da qual o compasso das horas era marcado pelas badaladas de um relógio estatístico cujo som implacável evocava o de batidas sobre a tampa de um ataúde que Louisa se dirigiu na manhã estipulada. Uma janela se abria sobre Coketown; e, quando a garota se sentou ao lado da mesa de seu pai, ela contemplou as altas chaminés e as longas colunas de fumaça que assomavam melancolicamente a distância.

— Minha querida Louisa — falou o pai —, preparei você na noite passada para que concentre toda a sua atenção na conversa que agora vamos ter. Fico bastante feliz em dizer que você sabe fazer jus à educação primorosa que tem recebido e eu tenho, portanto, total confiança em seu bom senso. A impulsividade e o romantismo não fazem parte de seu caráter, além do que você está acostumada a olhar todas as coisas pela perspectiva consistente e desapaixonada da razão e do cálculo. Por esse motivo, estou certo de que você se apoiará nesses princípios ao analisar aquilo que eu vou lhe comunicar.

Ele aguardou, dando a impressão de que ficaria feliz se ela dissesse alguma coisa. Mas a garota permaneceu calada.

— Louisa, minha querida, você é o objeto de uma proposta de casamento que me foi apresentada.

O senhor Gradgrind esperou novamente, e mais uma vez ela não disse uma palavra sequer. A reação o surpreendeu, e ele então repetiu com toda calma:

— Uma proposta de casamento, minha querida.

E ela respondeu, sem manifestar o menor sinal de emoção:

— Eu escutei, papai. Estou atenta; garanto ao senhor.

— Muito bem! — retrucou o senhor Gradgrind, abrindo um sorriso depois de um momento de abstração. — Você reagiu com uma impassibilidade ainda maior do que eu imaginava, Louisa. Ou, quem sabe, você já estivesse preparada para o anúncio que me incumbiram de fazer?

— Não posso dizer isso, papai; eu só soube agora. Preparada ou não, eu quero ouvir tudo o que o senhor tem a dizer. Quero que seja o senhor a me contar, papai.

Por mais estranho que possa parecer, o senhor Gradgrind não se mostrou nesse momento tão seguro de si como sua filha. Ele tomou uma espátula de cortar papéis, revirou-a nas mãos, colocou-a sobre a mesa, voltou a pegá-la, e ainda levou um tempo observando a lâmina do objeto enquanto decidia a melhor forma de continuar.

— O que você diz, minha querida Louisa, é perfeitamente razoável. Eu fui incumbido de lhe comunicar que... Bem, o senhor Bounderby me informou que há tempos vem acompanhando seu desenvolvimento com especial interesse e satisfação, esperando chegar o ansiado momento de me pedir sua mão em casamento. Pois, esse dia, que ele certamente aguardava com grande obstinação havia muito tempo, agora chegou. O senhor Bounderby me transmitiu essa proposta de casamento e me encarregou de levá-la ao seu conhecimento, esperando que você a receba com solicitude.

Um pesado silêncio se seguiu, quebrado apenas pelo som cavernoso do implacável relógio estatístico. Ao longe, subia uma fumaça densa e escura.

— Papai — falou Louisa —, o senhor acredita que eu ame o senhor Bounderby?

O senhor Gradgrind ficou bastante desconcertado com essa pergunta inesperada.

— Bem, minha criança — respondeu ele —; na verdade, eu não saberia dizer.

— Papai — perguntou Louisa no mesmo tom de voz anterior —, o senhor está me pedindo para amar o senhor Bounderby?

— Não, querida Louisa. Não. Não estou lhe pedindo nada.

— Papai — insistiu ela —, o senhor Bounderby espera que eu o ame?

— Realmente, minha querida — falou o senhor Gradgrind —, é muito difícil responder a sua pergunta.

— É difícil falar apenas Sim ou Não, papai?

— Com certeza, minha filha, porque...

Nesse momento, ele se levantou para representar alguma coisa com gestos.

— Porque a resposta, Louisa, depende inteiramente do sentido dado à expressão. Decerto, o senhor Bounderby não seria injusto com você nem com ele, fingindo alguma coisa fantasiosa, fantástica ou (estou empregando termos sinônimos) sentimental. De nada valeria ele ter acompanhado de perto o seu crescimento se agora esquecesse o que é devido ao seu sentido utilitário e, em especial ao dele, e demonstrasse esse tipo de comportamento em relação a você. Portanto, parece-me que a expressão (apenas faço uma sugestão, minha querida) pode estar um tanto equivocada.

— Que termos o senhor me aconselha então a usar, papai?

— Ora, querida Louisa — retrucou o senhor Gradgrind, já plenamente dono de si outra vez —, eu a aconselharia (já que você me pediu) a analisar essa questão do mesmo modo que costuma analisar todas as outras, ou seja, simplesmente como um Fato tangível. Uma pessoa ignorante ou leviana pode embaralhar tais assuntos com fantasias irrelevantes e outros absurdos que não existem do ponto de vista da adequação (de fato, não existem). Mas não lhe faço elogio algum dizendo que você sabe disso muito melhor. Quais são, então, os Fatos envolvidos nesse caso? Você tem, em números redondos, vinte anos de idade. O senhor Bounderby – também em números redondos –, cinquenta. Há certa disparidade entre a sua idade e a dele; porém, no tocante aos seus meios e à sua posição, não existe discrepância; muito pelo contrário, o que há é uma grande conformidade. Daí surge a questão "A diferença de idades pode ser considerada uma barreira para esse matrimônio?". Para responder a essa questão, é importante que se leve em conta as estatísticas relativas a matrimônios, que foram desenvolvidas até os dias de hoje na Inglaterra e no País de Gales. Analisando os números, eu identifico que uma imensa proporção de tais casamentos é realizada entre parceiros de idades muito diferentes, sendo, em mais do que setenta e cinco por cento desses casos, o noivo quem tem a idade maior. É surpreendente observar, como nos mostram os resultados obtidos pelos melhores recursos de cálculo que até hoje nos forneceram os viajantes, que nas populações nativas das possessões britânicas na Índia e também em considerável porção da China, assim como entre os calmucos da Tartária, há ampla prevalência dessa lei. Assim sendo, a disparidade que eu mencionei quase deixa de ser uma disparidade e (virtualmente) desaparece por completo.

— O que o senhor me recomenda, papai? — perguntou Louisa, sem demonstrar a menor alteração em sua postura reservada depois da apresentação desses gratificantes resultados. — Que substituto eu deveria usar no lugar do termo que mencionei? Em vez daquela expressão inadequada?

— Louisa — respondeu o pai —, parece-me que a questão não poderia estar mais clara. Atendo-se rigidamente aos Fatos, a pergunta que você se fez é: "O senhor Bounderby me pediu em casamento?". Sim, ele pediu. Então, a única dúvida que resta é a seguinte: "Eu devo me casar com ele?". Como você vê, não há nada mais evidente do que isso.

— Devo me casar com ele? — repetiu Louisa com determinação.

— Exato. E, na qualidade de seu pai, querida Louisa, sinto-me bastante satisfeito em saber que você, ao avaliar essa questão, não se deixou influenciar pelas ideias que habitam a mente e orientam a vida de muitas jovens.

— Não, papai — concordou ela —; não.

— Agora, vou deixá-la, para que julgue por você mesma — falou o senhor Gradgrind. — Expus o caso da maneira como esse tipo de caso costuma ser exposto entre indivíduos eminentemente práticos. Apresentei-o da mesma forma com que foi apresentado à sua mãe e a mim, em nossa época. Quanto ao resto, minha querida Louisa, cabe a você decidir.

124

Ela permaneceu o tempo todo sentada, olhando fixamente para o pai. Mas, quando ele se inclinou para trás na cadeira e voltou seus olhos profundos na direção da filha, é provável que tenha percebido nela um momento de hesitação, exatamente no instante em que ela se sentiu compelida a correr para o colo do progenitor e lhe confessar os segredos reprimidos em seu coração. Contudo, para perceber essa tênue vacilação seria necessário que ele tivesse transposto as barreiras que havia tantos anos vinham sendo erguidas e o separavam daquelas sutis essências de humanidade que escapam à mais extrema astúcia da álgebra e sempre escaparão, até que a última trombeta que um dia soará faça naufragar a própria álgebra. As barreiras eram muitas e altas demais para um salto como esse. O rosto do senhor Gradgrind, já tão inflexível, utilitário e prosaico, assumiu uma expressão ainda mais impassível, e o momento se perdeu nas profundezas insondáveis do passado, onde se misturou a todas as oportunidades perdidas que lá se afogaram.

Afastando o olhar, Louisa permaneceu em silêncio, contemplando a cidade; depois de um longo tempo, o pai finalmente perguntou:

— Você está consultando as chaminés das fábricas de Coketown, Louisa?

— Parece não haver nada lá, além da fumaça lânguida e monótona. Entretanto, quando cai a noite, o Fogo irrompe, papai! — respondeu ela, virando-se rapidamente.

— Decerto, Louisa; eu sei disso. Só não vejo cabimento para o comentário.

Mas, na verdade, ele não sabia – não se pode deixar de lhe fazer justiça.

Fazendo um leve movimento com a mão, para dar o assunto por encerrado, a garota voltou a fitar o pai e disse:

— Papai, tenho pensado frequentemente que a vida é muito curta.

Como era esse um dos assuntos de seu interesse, ele interrompeu-a e completou:

— É curta, minha filha; não há dúvidas. No entanto, está provado que a duração média da vida humana vem aumentando nos últimos anos. Os cálculos de diversos seguros de vida e pecúlios estabeleceram esse fato – entre outros números que não podem estar errados.

— Eu falo da minha vida, papai.

— Oh! é mesmo? Ainda assim — insistiu o senhor Gradgrind —, não preciso lhe dizer, Louisa, que ela também é regida pelas mesmas leis que governam todas as vidas.

— Enquanto ela durar, eu gostaria de fazer as poucas coisas que eu posso e para as quais tenho inclinação. Isso não importa?

O senhor Gradgrind pareceu confuso demais para entender as três últimas palavras e repetiu:

— Importa? O que importa, minha querida?

— O senhor Bounderby — continuou ela de forma firme e direta, sem prestar atenção no que ele dizia — pediu-me em casamento. A questão que eu preciso responder para mim mesma é "Eu devo me casar com ele?". É isso, não é papai? Foi o que o senhor me disse, não é mesmo?

— Certamente, minha querida.

— Então que seja desse modo. Já que o senhor Bounderby deseja se casar comigo assim como eu sou, eu aceito a proposta. Diga a ele, papai, tão logo o senhor achar conveniente, que é essa a minha resposta. Repita-a, palavra por palavra, se o senhor puder, porque quero que ele saiba o que eu disse.

— Está muito certo, minha querida — concordou ele, com uma expressão de aprovação. — Observarei sua justa solicitação. Você tem algum desejo no que se refere à época de seu casamento, minha criança?

— Nenhum, papai. Isso não importa!

O senhor Gradgrind havia aproximado sua cadeira da de Louisa e segurado as mãos da garota. Contudo, a repetição dessas palavras pareceu um tanto dissonante em seus ouvidos. Ele fez uma pausa, olhou para ela e, ainda segurando suas mãos, falou:

— Louisa, há uma pergunta que a princípio julguei não ser essencial, porque a possibilidade nela implícita me pareceu remota demais. No entanto, talvez eu deva fazê-la. Você alguma vez já recebeu e manteve em segredo alguma outra proposta?

— Papai — respondeu ela, com certa ironia —, que outra proposta pode ter sido feita *a mim*? Que outras pessoas eu já vi? Em que outros lugares eu estive? Quais são minhas experiências sentimentais?

— Minha querida Louisa — retrucou o senhor Gradgrind, tranquilizado e satisfeito —, você me repreende com razão. Eu precisava apenas cumprir meu dever.

— O que eu sei, papai — questionou Louisa, com o jeito sereno que lhe era peculiar —, de preferências e fantasias; de aspirações e afeições; de todos esses sentimentos delicados que podiam ser acalentados no íntimo de meu ser? O que poderia me libertar dos problemas passíveis de demonstração e das realidades que podem ser compreendidas?

Enquanto falava, ela cerrou inconscientemente a mão, fazendo parecer que apertava um objeto sólido, e devagar voltou a abri-la, como se deixasse escorrer de dentro dela poeira ou cinzas.

— Minha querida — aquiesceu o pai eminentemente prático —, muito justo, muito justo.

— Ora, papai — continuou Louisa —, que estranha questão! As predileções infantis, que se sabem bastante comuns entre crianças, jamais encontraram um refúgio inocente em meu peito. O senhor foi tão cuidadoso em relação à minha criação que eu nunca tive um coração de criança. O senhor me treinou tão bem que eu nunca sonhei um sonho de criança. O senhor lidou tão sabiamente comigo, papai, desde o berço até os dias de hoje que as crenças e os medos naturais em qualquer criança nunca tiveram espaço na minha vida.

O senhor Gradgrind se sentiu bastante sensibilizado com seu sucesso, que esse testemunho comprovava.

— Minha querida Louisa — afirmou ele —, você recompensa sobejamente meus cuidados. Beije-me, minha querida menina.

Então, a filha lhe deu um beijo. Segurando-a em um abraço, ele disse:

— Posso lhe assegurar agora, minha criança querida, que sua sábia decisão deixou-me muito feliz. O senhor Bounderby é um homem extraordinário; e qualquer pequena diferença que porventura exista entre vocês fica plenamente contrabalançada pelo caráter que sua mente adquiriu. Minhas ações sempre foram norteadas pelo objetivo de proporcionar a você uma educação tal que lhe desse condições de ser madura independentemente de sua idade. Beije-me outra vez, Louisa. Agora, vamos encontrar sua mãe.

Dito isso, eles desceram para a sala de estar, onde aquela ilustre senhora, destituída de qualquer capacidade de autocrítica, estava recolhida como de costume. Ao lado dela, Sissy fazia seu trabalho. Quando entraram, a senhora Gradgrind reacomodou-se na cadeira, deixando transparecer um débil sinal de entusiasmo.

— Senhora Gradgrind — falou o marido, que aguardava com bastante impaciência para anunciar o fato extraordinário —, permita-me lhe apresentar a senhora Bounderby.

— Oh! — exclamou a senhora Gradgrind. — Quer dizer que vocês já acertaram tudo! Muito bem, espero mesmo que você esteja bem de saúde, Louisa; porque, se sua cabeça começar a perder o juízo logo após o casamento, como aconteceu comigo, não posso dizer que deva ser invejada, muito embora não me restem dúvidas de que você pensa assim – todas as garotas pensam! No entanto, desejo-lhe felicidades, minha querida; e espero que agora você possa fazer bom uso de todos os seus estudos da ciência; de verdade, espero mesmo! Preciso lhe dar um beijo de congratulações, Louisa; mas não toque meu ombro direito, pois há alguma coisa errada com ele. Então — sussurrou a senhora Gradgrind ajeitando o xale depois de uma afetuosa formalidade —, vou me inquietar todos os dias, desde o amanhecer até altas horas da noite, procurando saber como chamá-lo!

— Senhora Gradgrind — perguntou-lhe solenemente o marido —, o que a senhora quer dizer com isso?

— Como devo me dirigir a ele depois que estiver casado com Louisa? Preciso tratá-lo de alguma forma. Não será possível — queixou-se ela com um misto de angústia e polidez — falar constantemente com ele sem nunca lhe dar um nome. Não posso chamá-lo de Josiah, pois esse nome me é insuportável; e você sabe muito bem que não toleraria ouvir o nome Joe. Deveria eu tratar meu genro como *Mister*? Acredito que não, a menos que chegue um tempo no qual, na condição de inválida, eu deva ser espezinhada por meus parentes. Então, como devo me dirigir a ele?

Não tendo nenhum dos presentes se manifestado no sentido de oferecer alguma sugestão capaz de ajudar a senhora Gradgrind nessa extraordinária emergência, ela se fechou em seus pensamentos, depois de acrescentar o seguinte aditamento às observações que já fizera:

— Quanto ao casamento, tudo o que eu lhe peço, Louisa (e o faço com um estremecimento que nasce em meu peito e se estende até os pés) é que seja realizado o mais brevemente possível. De resto, sei que será um assunto sobre o qual nunca mais ouvirei falar coisa alguma.

Quando o senhor Gradgrind apresentou a senhora Bounderby, Sissy havia se voltado na direção de Louisa, olhando-a com uma expressão que era ao mesmo tempo de surpresa, pena, tristeza e dúvida. Louisa percebera esse estado de grande perturbação da garota sem nem mesmo precisar olhar para ela. A partir daquele momento, ela se transformou completamente e assumiu uma postura impassível, orgulhosa e fria – mantendo Sissy a distância.

CAPÍTULO XVI

Marido e mulher

A primeira inquietação do senhor Bounderby ao tomar conhecimento da decisão que significava sua felicidade surgiu da necessidade de comunicá-la à senhora Sparsit. Ele não sabia como fazê-lo, nem tampouco imaginava que consequências essa comunicação poderia desencadear. O senhor Bounderby não conseguia prever se ela tomaria a decisão de partir sem demora, de mala e cuia, para a casa de Lady Scadgers, ou se recusaria terminantemente a se abalar do local; se sua reação seria lamentosa ou ofensiva, chorosa ou violenta; se ela se mostraria desolada ou quebraria o espelho. No entanto, não restava a ele outra alternativa senão levar a notícia à senhora Sparsit. Assim sendo, depois de diversas tentativas frustradas de fazê-lo por meio de uma carta, decidiu anunciar pessoalmente a novidade.

A caminho de casa, na noite preestabelecida para ter lugar esse importante evento, ele tomou o cuidado de passar pela loja do boticário e comprar um vidro de um sal muito forte. "Por Deus!", pensou o senhor Bounderby. "Se ela desmaiar, vou lhe esfregar isso no nariz, aconteça o que acontecer!" Contudo, apesar de toda a precaução, ele entrou em casa munido de nada mais, exceto um ar de coragem; e apareceu na frente do objeto de sua inquietação, do mesmo modo que faria um cachorro que sabe perfeitamente estar saindo da despensa.

— Boa noite, senhor Bounderby!

— Boa noite, madame, boa noite.

Ele puxou para a frente sua cadeira e a senhora Sparsit empurrou a dela para trás, como quem dissesse "A lareira é toda sua, senhor. Cedo-a de bom grado. Sirva-se dela, se assim lhe parecer apropriado".

— Não é necessário ir até o polo norte, madame! — falou o senhor Bounderby.

— Obrigada, senhor — respondeu a senhora Sparsit, retornando para uma posição um pouco mais próxima da que ocupava antes.

O senhor Bounderby ficou sentado, observando-a, enquanto ela fazia, com uma tesoura pontuda e afiada, alguns buracos em um pedaço de cambraia – uma peça cujo propósito decorativo não era possível compreender. Essa operação, conjugada com aquelas sobrancelhas espessas e o nariz de perfil romano, poderia sugerir, com certa concessão do espírito, a ideia de um falcão curvado sobre os olhos de um passarinho valente. A mulher estava de tal forma abstraída em sua tarefa que muitos minutos se passaram antes que ela levantasse os olhos do trabalho. Ao fazê-lo, o senhor Bounderby, com um movimento de cabeça, pediu-lhe um instante de atenção.

— Senhora Sparsit — declarou o senhor Bounderby, enfiando as mãos nos bolsos e assegurando a si mesmo que a rolha do pequeno frasco estava pronta para uso —; não tenho tido oportunidade de lhe dizer, madame, que a senhora não é apenas uma dama de nascimento e criação, como também uma mulher de diabólica sensibilidade.

— Senhor — retrucou a dama —; esta não é, na verdade, a primeira ocasião em que o senhor me honra com essa opinião auspiciosa a meu respeito.

— Senhora Sparsit — continuou o senhor Bounderby —; vou surpreendê-la, madame, com o que tenho a dizer.

— Pois não, senhor! — respondeu ela com ar interrogativo, tentando demonstrar serenidade. Ela estava de luvas, e nesse momento abaixou seu trabalho e alisou as mãos.

— Madame — falou o senhor Bounderby —, eu vou me casar com a filha de Tom Gradgrind.

— Verdade, senhor? — exclamou a senhora Sparsit. — Eu lhe desejo muitas felicidades, senhor Bounderby. Oh, espero realmente que o senhor seja feliz!

Ela pronunciou essas palavras com tal demonstração de complacência e comiseração que Bounderby (muito mais desconcertado do que se ela tivesse atirado seu trabalho sobre o espelho, ou desfalecido sobre o tapete) apertou firme a rolha do frasco que se encontrava em seu bolso e pensou, "Mulher desgraçada! Quem poderia imaginar que ela reagiria dessa forma?".

— Desejo do fundo de meu coração — continuou a senhora Sparsit com seu ar de superioridade — que o senhor seja muito feliz em todos os aspectos.

De algum modo, ela pareceu por um momento sentir-se no direito de apiedar-se dele para sempre.

— Muito bem, madame — respondeu o senhor Bounderby, com certo tom de ressentimento, que ele procurou disfarçar abaixando a voz —, sou-lhe muito grato. Também espero ser feliz.

— *Será*, senhor! — afirmou a senhora Sparsit amavelmente. — Decerto o senhor será; sem dúvida alguma.

O senhor Bounderby interrompeu por alguns momentos a conversa, e a senhora Sparsit retomou tranquilamente seu trabalho. Durante esse tempo, o embaraçoso silêncio só foi quebrado algumas vezes pelo som do pigarrear da senhora, uma atitude que parecia revelar a consciência de sua força e tolerância.

— Muito bem, madame — retomou o senhor Bounderby —, nessas circunstâncias, eu imagino que uma pessoa com o caráter que a senhora tem não se sentiria à vontade permanecendo aqui, embora seja sempre bem-vinda.

— Oh, não; eu não poderia em hipótese alguma pensar assim, senhor!

A senhora Sparsit balançou a cabeça, mantendo ainda seu ar de superioridade e pigarreando de um modo um pouco diferente (uma tosse cujo som fazia parecer que o espírito da profecia se manifestava dentro dela, mas era obrigado a se recolher).

— Contudo, madame — insistiu o senhor Bounderby —, existem aposentos no Banco, para os quais seria um achado ter como governanta uma dama assim tão bem-nascida e educada; e, se as mesmas condições...

— Perdão! O senhor foi muito condescendente em prometer que sempre empregaria a expressão recompensa anual.

— Muito bem, madame; recompensa anual. Se a mesma recompensa anual puder ser aceita lá, não vejo razão para nos separarmos, a menos que seja seu desejo.

— Senhor — respondeu a senhora Sparsit. — A proposta é semelhante ao senhor, e se a posição que eu deverei assumir no Banco não representar uma decadência na escala social...

— Oras, sem dúvida não representa — retrucou o senhor Bounderby. — Se não fosse assim, madame, a senhora não imagina que eu a ofereceria para uma dama que frequentou a alta sociedade como a senhora. Não que tal sociedade tenha alguma importância para mim, não é mesmo? Mas *a senhora* compartilhou daquele ambiente.

— É muita gentileza de sua parte, senhor Bounderby.

— A senhora terá um aposento particular, com o seu carvão, suas lamparinas e todo o resto; e haverá uma criada para servi-la e um contínuo para ajudá-la. Além do mais (tomo a liberdade de dizer), a senhora ficará extremamente confortável — afirmou o senhor Bounderby.

— Senhor — retomou a senhora Sparsit —, não diga nada mais. Pelo ato de renunciar à minha obrigação aqui, eu não estarei livre da necessidade de comer o pão da submissão — ela deveria ter dito, moleja de vitela, pois aquele delicado alimento, preparado com um saboroso açúcar marrom, era seu banquete favorito —; e deveria, pelo contrário, recebê-lo de suas mãos, e não de outras quaisquer. Portanto, senhor, aceito sua encantadora oferta; e o faço com o mais sincero reconhecimento pelos favores do passado. E espero, senhor — acrescentou ela, concluindo seu discurso de uma forma carregada de compaixão —, espero do fundo de meu coração, que a senhorita Gradgrind corresponda a tudo o que o senhor deseja e merece!

Não houve como demover a senhora Sparsit daquela exagerada demonstração de altruísmo. Bounderby vociferou e protestou da maneira explosiva que lhe era característica – mas isso de nada valeu. Ela estava decidida a tratá-lo como uma Vítima, um homem digno de compaixão; e se comportava de maneira educada, subserviente, cordial, otimista. Mas quanto mais educada, quanto mais subserviente, quanto mais cordial, quanto mais otimista, quanto mais exemplarmente inteira ela se mostrava, mais ele parecia uma Vítima desamparada, imolada em Sacrifício. Era tal a comiseração da senhora Sparsit pelo melancólico destino do senhor Bounderby que, ao se perceber observado por ela, seu grande rosto vermelho se banhava em fria transpiração.

A celebração do matrimônio foi marcada para oito semanas depois e, durante todo o tempo que precedeu à solenidade, o senhor Bounderby dirigia-se todas as noites até Stone Lodge, para representar seu papel de pretendente aceito. O amor, nessas ocasiões, ele traduzia em braceletes; e, ao longo de todo o período do noivado, reinou um clima de intensa preparação. Vestidos, joias, bolos e luvas foram confeccionados; os acordos financeiros, estabelecidos e uma extensa lista de Fatos, devidamente contemplados nos contratos. Todo o negócio se resumia em Fatos, do início ao fim. As Horas não eram preenchidas por meio de cenas cor-de-rosa, que poetas ingênuos reservavam para esses momentos; tampouco os relógios andavam mais devagar ou mais depressa do que nas outras estações. O diabólico instrumento estatístico do observatório de Gradgrind marcava o nascimento de cada segundo como sempre o fizera, e o sepultava com a costumeira regularidade.

E, nesse compasso, o dia chegou – do mesmo modo que todos os outros dias chegam para as pessoas que se subordinam aos rígidos princípios da razão. E, quando ele chegou, casaram-se na igreja das pernas de madeira ornamentadas – aquela conhecida ordem da arquitetura – Josiah Bounderby, escudeiro de Coketown, e Louisa, a filha mais velha de Thomas Gradgrind, escudeiro de Stone Lodge, e Membro do Parlamento daquele município. Depois de unidos pelo sagrado matrimônio, eles foram fazer a refeição matinal em Stone Lodge.

Nessa auspiciosa ocasião, reuniu-se um grupo de indivíduos refinados, que sabia reconhecer os ingredientes utilizados na preparação dos quitutes e das bebidas servidos, e conhecia perfeitamente todos os detalhes sobre eles: se nativos ou estrangeiros, importados ou exportados, em que quantidades, em quais embarcações, e tudo o mais. As damas de honra de todas as idades – até a pequena Jane Gradgrind –, entendidas sob um ponto de vista intelectual, não passavam de companheiras convenientes para os garotos judiciosos; e não se observava contrassenso algum em relação a quem quer que fosse dentro do grupo.

Após a refeição matinal, o noivo dirigiu-se aos convivas nos seguintes termos:

— Damas e cavalheiros, eu sou Josiah Bounderby de Coketown. Em primeiro lugar, quero agradecer e retribuir a honra que os senhores concederam à minha esposa e a mim comparecendo aqui para brindar à nossa saúde e felicidade. Muito embora todos me conheçam, e saibam quem eu sou e qual é minha origem, não esperam ouvir um discurso de um homem que, quando vê um Pilar, diz "aquele é um Pilar", e, quando vê uma Bomba, diz "aquela é uma Bomba"; e jamais será pego chamando um Pilar de Bomba, uma Bomba de Pilar ou qualquer um dos dois de Palito. Se os senhores desejam ouvir um discurso esta manhã, sabem onde encontrar meu sogro e amigo, Tom Gradgrind, que é um Membro do Parlamento. Eu não sou o homem que os senhores procuram. Contudo, peço-lhes desculpas por me sentir um pouco dono de mim mesmo ao passar hoje os olhos por essa mesa e pensar que,

134

quando eu era um maltrapilho garoto de rua, que lavava o rosto quando muito uma vez a cada quinze dias – se calhasse de passar ao lado de uma bomba d'água –, eu jamais poderia imaginar vir a me casar com a filha de Tom Gradgrind. Estou muito feliz por tê-lo conseguido, pois há muito tempo era esse o meu desejo. Eu a vi crescer e acredito que ela me merece. Ao mesmo tempo – para não decepcioná-los –, acredito que também eu sou digno dela. Desse modo, agradeço aos senhores, em nome de nós dois, pela honra de sua presença; e desejo que todos os rapazes solteiros aqui presentes encontrem uma esposa tão virtuosa quanto a minha, e as garotas solteiras, um marido tão digno quanto o que minha esposa encontrou.

Pouco tempo depois dessa prédica, o feliz casal dirigiu-se à estação para tomar o trem que os levaria em viagem de núpcias a Lyon, onde o senhor Bounderby pretendia aproveitar a oportunidade e verificar como as Mãos se comportavam naquela região e se, também lá, exigiam ser servidas com talheres de ouro. Quando a noiva desceu a escada, já em trajes de viagem, encontrou Tom que, ruborizado devido a seus sentimentos ou, talvez, ao vinho da refeição, aguardava por ela.

— Que garota decidida você é, Loo; uma irmã extraordinária! — sussurrou Tom.

Ela o abraçou como teria abraçado naquele dia outra pessoa qualquer de boa índole, e sua postura reservada foi pela primeira vez abalada.

— O velho Bounderby já está pronto — falou Tom. — Chegou a hora. Adeus! Estarei esperando você voltar, minha querida Loo! Este momento não lhe PARECE invulgarmente feliz?

LIVRO SEGUNDO

Colheita

CAPÍTULO I

Ativos bancários

Era um dia ensolarado, em pleno verão. Mesmo em Coketown, pairava às vezes alguma coisa no ar.

Vista a distância, em uma atmosfera assim, Coketown jazia amortalhada na própria bruma, uma névoa que os raios de sol pareciam incapazes de atravessar. Só era possível saber que a cidade ali estava, porque sem ela não existiria tal mancha carrancuda destacada na paisagem. Um borrão de fuligem e fumaça, que ora se deslocava desordenadamente para essa direção, ora para aquela, ora buscava o caminho da abóbada Celeste, ora rastejava melancolicamente sobre a terra, à medida que o vento soprava mais forte, amainava, ou mudava de quadrante: um emaranhado denso e disforme, permeado por lâminas de luz que conseguiam apenas evidenciar aglomerados de escuridão. Observada a distância, Coketown era percebida exatamente como ela é, muito embora tijolo algum estivesse ao alcance da vista.

O surpreendente é que ela de fato estava lá. Causava admiração perceber que uma cidade submetida a permanente devastação fosse capaz de suportar incólume tantos abalos. Com toda certeza, nunca existiu uma porcelana tão frágil como aquela de que são feitos os moleiros de Coketown. Mesmo tratados com extrema delicadeza, vêm abaixo com tal facilidade que se chega até a suspeitar da existência prévia de defeitos. Eles estavam arruinados quando surgiu a exigência de mandarem crianças trabalhadoras para a escola; estavam arruinados quando da chegada de inspetores com o propósito de examinar o trabalho executado; estavam arruinados quando tais inspetores questionaram se havia justificativa para que dilacerassem as pessoas com suas máquinas; estavam completamente arruinados quando se levantou a hipótese de que não havia motivo para a contínua produção de tanta fumaça. Além dos talheres de ouro do senhor Bounderby, uma história comentada por quase todos em Coketown, corria por lá outra ficção bastante conhecida. Ela tomava a forma de uma ameaça. Toda vez que um cidadão de Coketown se sentia explorado – isto é, sempre que não o deixassem cuidar da própria vida e se propusesse fazê-lo assumir a responsabilidade pelas consequências de todos os seus atos –, ele se saía com a terrível ameaça de que "não tardaria a lançar seus bens no Atlântico".

Em diversas ocasiões, tal ameaça levou o Ministro do Interior a ver de perto a figura da morte.

Entretanto, os cidadãos de Coketown eram, apesar de tudo, muito patriotas, e nenhum deles havia ainda atirado seus bens no Atlântico; muito pelo contrário, eles demonstravam extremo cuidado com aquilo que tinham. Assim, lá estavam as propriedades – na bruma distante; e não paravam de crescer e se multiplicar.

As ruas eram quentes e empoeiradas nos dias de verão, e o sol brilhava com tal intensidade que seus raios podiam ser vistos até mesmo através dos pesados vapores que cobriam toda Coketown; e não era possível olhá-los diretamente. Fornalheiros atravessavam a soleira das portas subterrâneas, entravam no pátio das fábricas e ficavam sentados nos degraus, nos postes e nas paliçadas, enxugando seu rosto enegrecido e contemplando a brasa. Parecia que a cidade inteira ia sendo fritada em óleo. Um cheiro forte de óleo quente se espalhava por toda parte. Ele fazia brilhar o vapor das máquinas, manchava a vestimenta das Mãos, exsudava e gotejava dos diversos pavimentos das fábricas. A atmosfera daqueles palácios Encantados se assemelhava ao hálito do simum; e seus habitantes, exaustos por causa do calor, labutavam languidamente no deserto. No entanto, nenhuma temperatura tornava mais insanos ou mais sensatos os enormes engenhos mecânicos enlouquecidos por causa da melancolia. Eles abaixavam e levantavam a cabeça entediada, sempre no mesmo compasso, estivesse o tempo quente ou frio, úmido ou seco, agradável ou repugnante. Em Coketown, o movimento rítmico da sombra dessas máquinas projetada nas paredes substituía as sombras dos bosques farfalhantes; enquanto, no lugar do zum-zum dos insetos de verão, ouvia-se o ano todo, desde o raiar da manhã de segunda-feira até o anoitecer do sábado, o zumbido de rodas e eixos.

Sonolentamente, eles zuniam o dia inteiro, sem trégua, intensificando ainda mais o sono e o calor dos transeuntes que passavam pelos muros sussurrantes das fábricas. Toldos e borrifadores de água minimizavam um pouco o calor das ruas e das lojas; mas as fábricas, os pátios e as vielas ardiam debaixo daquele calor feroz. Descendo pelo rio, cujas águas eram negras e espessas devido às tinturas, alguns dos garotos de Coketown que se encontravam em liberdade – uma situação rara naquele lugar – remavam um barco tresloucado, que avançava deixando atrás de si um rastro de espuma, enquanto cada mergulho do remo fazia exalar um cheiro abjeto. Até mesmo o sol, embora clemente de modo geral, demonstrava em Coketown menos docilidade do que o gelo severo, e raramente lançava seu olhar atento a qualquer uma de suas regiões mais próximas sem engendrar mais morte do que vida. Assim, quando mãos incapazes ou sórdidas se interpunham entre os olhos do próprio Firmamento e as coisas para as quais ele olhava com a intenção de abençoar, sua expressão assumia uma aparência demoníaca.

Ao cair da tarde, a senhora Sparsit sentou-se em seu aposento do edifício do Banco, localizado em uma região de sombras daquela rua que ardia sob o sol. O horário do expediente já estava encerrado; e, naquele período do dia, quando o tempo era ameno, ela costumava enfeitar com sua presença refinada a sala do conselho administrativo situada no lado oposto dos escritórios do serviço público. Sua sala de estar particular ficava um andar acima, e era na janela desse posto de observação que ela ficava de prontidão todas as manhãs, para, com aquele compassivo reconhecimento característico de uma Vítima, cumprimentar o senhor Bounderby logo que ele atravessava a rua. Já se passara um ano da realização do casamento, mas, em nenhum momento desde então, a senhora Sparsit o deixara livre de sua determinada compaixão.

O prédio do Banco não destoava da perfeita monotonia da cidade. Era apenas mais uma edificação de tijolos vermelhos, com janelas pretas, cortinas verdes e uma porta de entrada negra com dois degraus brancos, uma placa de identificação feita de bronze e uma maçaneta, também de bronze, no formato de um ponto final. Esse edifício tinha o dobro do tamanho da residência do senhor Bounderby, enquanto outras casas tinham dimensões que variavam desde a metade até a sexta parte dela, sendo obedecidos em todos os demais aspectos os padrões vigentes.

A senhora Sparsit estava ciente de que, ao se deslocar, no final da tarde, entre as escrivaninhas e os apetrechos de escrita, ela derramava sobre o ambiente sua graça feminina – para não dizer, aristocrática. Sentada junto à janela, na companhia de seus tecidos e acessórios de bordado, ela demonstrava ter consciência de que com sua conduta elegante e sóbria mitigava o rude aspecto empresarial do lugar; e se congratulava por isso. Imbuída da convicção de ser uma pessoa especial, a senhora Sparsit considerava-se uma espécie de Fada do Banco. Os cidadãos, que em suas idas e vindas observavam-na na janela, viam nela o Dragão do Banco, aquele que mantinha vigilância constante sobre os tesouros da mina.

O que vinham a ser de fato tais tesouros, tanto a senhora Sparsit como todas as demais pessoas sabiam quase nada. Moedas de ouro e de prata, papéis valiosos e segredos que, se divulgados, provocariam uma onda de destruição na vida de indivíduos não identificados (pessoas pelas quais a dama não costumava, no entanto, ter apreço) constituíam os principais itens no catálogo por ela idealizado. Quanto ao resto, a senhora sabia apenas que depois do expediente era sua pessoa quem reinava suprema em meio a todo o mobiliário do escritório e também sobre um aposento de ferro trancado com três cadeados, na porta do qual o contínuo descansava sua cabeça em uma cama de rodízios que desaparecia ao raiar da aurora. Além disso, a senhora imperava sobre certos cofres do subsolo, fortemente isolados de qualquer comunicação com o ambiente predatório do mundo exterior; e sobre as relíquias do corrente dia de trabalho, constituídas de borrões de tinta, canetas gastas, migalhas de bolacha e pedaços de papel transformados em fragmentos tão miúdos que ela não tinha condições de decifrar neles nenhuma informação interessante. Por último, a senhora Sparsit assumia o papel de guardiã de um pequeno arsenal de cutelos e carabinas, implacavelmente organizados em cima de uma das lareiras oficiais; e sobre aquela respeitável tradição jamais desvinculada de um local de negócios que se pretende próspero: uma fileira de baldes para combater incêndios – reservatórios absolutamente inúteis em qualquer ocasião, porém dotados da capacidade de exercer na maioria dos observadores uma influência moral tão forte quanto a de barras de ouro.

O contínuo e uma criada surda completavam o império da senhora Sparsit. Corriam boatos dando conta de que a empregada era rica, e comentava-se havia anos entre os menos favorecidos de Coketown que, por causa de suas posses, ela seria assassinada uma noite qualquer quando o Banco estivesse fechado. De fato, todos concordavam que o evento já deveria ter ocorrido há muito tempo; mas ela continuava viva e preservava sua situação com toda a perversa tenacidade responsável por tanto ultraje e desapontamento.

O chá da senhora Sparsit acabara de ser servido em uma mesinha elegante de três pernas que ela sorrateiramente trazia para a sala, no centro da qual ficava uma mesa longa e austera, com tampo revestido em couro – ritual diário que sucedia ao horário de expediente. O contínuo colocou a bandeja do chá sobre a mesinha e fez uma continência em sinal de respeito.

— Obrigada, Bitzer — agradeceu a senhora Sparsit.

— Às suas ordens, madame — respondeu o contínuo.

Ele era, na verdade, um empregado brilhante; tão brilhante como na ocasião em que, de maneira bastante evasiva, definiu um cavalo para a garota número vinte.

— Está tudo fechado, Bitzer? — indagou a senhora Sparsit.

— Sim, madame; tudo fechado.

— E quais são as notícias de hoje? Há algo novo? — perguntou ela, despejando o chá.

— Bem, madame, não ouvi nada especial. Nossa gente é imprestável; mas não há novidades, infelizmente.

— O que os miseráveis buliçosos estão fazendo agora? — perguntou a senhora Sparsit.

— Apenas continuam do mesmo jeito de sempre. Unindo-se, organizando-se em confederações, engajando-se para permanecerem juntos.

— Deve-se lamentar — comentou ela, acentuando ainda mais o perfil romano de seu nariz e o delineamento das sobrancelhas, ao expressar toda a sua austeridade —, que a associação de patrões permita essas assembleias de classe.

— Sim, madame — concordou Bitzer.

— Se os patrões fossem unidos, teriam condições de se posicionar contrariamente à contratação de homens que participam de assembleias com outros homens — afirmou a senhora Sparsit.

— Eles fizeram isso, madame — ratificou o contínuo —; mas o resultado foi desastroso.

— Não consigo entender essas coisas — falou ela, com expressão de dignidade —, pois minha gente originalmente convivia em um meio muito diferente; e o senhor Sparsit, na qualidade de um Powler, mantinha-se bastante distante desse tipo de divergência. Sei apenas que esse povo precisa ser dominado de uma vez por todas, e já passou da hora de alguma coisa ser colocada em prática.

— Sim, madame — assentiu Bitzer, procurando demonstrar um profundo respeito pela dogmática autoridade da senhora Sparsit. — A senhora não poderia ter sido mais clara, madame; estou certo disso.

Como era esse o momento em que Bitzer costumava manter certa conversa confidencial com a senhora Sparsit, depois de olhar para ela e perceber que estava prestes a lhe perguntar alguma coisa, ele fingiu ajeitar a disposição das réguas, dos tinteiros e de outros apetrechos do escritório sobre a mesa, enquanto a dama tomava seu chá, e observou através da janela o movimento da rua.

— O dia hoje foi muito agitado, Bitzer? — perguntou ela.

— Não muito, minha lady. Apenas o movimento habitual.

De quando em quando, ele empregava o tratamento minha lady em vez de madame, simulando um reconhecimento involuntário da dignidade pessoal da senhora Sparsit e da reverência por ela exigida.

— Imagino que os funcionários sejam confiáveis, pontuais e laboriosos; estou certa? — indagou ela, removendo delicadamente um pedacinho quase imperceptível de pão com manteiga que ficara grudado em sua luva esquerda.

— Decerto, madame; bastante. Com as exceções de praxe.

Ele desempenhava a respeitável função de espião geral e informante da classe dominante, e por esse serviço voluntário, na época do Natal um presente adicional vinha se somar a seu salário da semana. Bitzer se transformou em um rapaz extremamente equilibrado, cauteloso e prudente, com condições de progredir na vida. Era tal a exatidão das regras que lhe governavam a mente que não havia espaço para afeições ou paixões. Toda a sua conduta era ditada pelo mais rigoroso e frio processo de cálculo; e, não sem motivo, a senhora Sparsit frequentemente lhe segredava que o tinha na conta de um rapaz cuja vida era pautada pelos princípios mais rígidos de que ela já tivera conhecimento. Convencido, quando do falecimento do pai, de que a mãe tinha direito a se estabelecer em Coketown, o jovem e brilhante economista reivindicou esse direito com tal fidelidade aos princípios aplicados ao caso que ela foi trancafiada em um asilo pelo resto da vida. É necessário reconhecer que ele lhe concedeu a regalia de receber cerca de duzentos gramas de chá por ano, o que revela uma fraqueza do rapaz: em primeiro lugar, porque toda dádiva carrega consigo a inevitável tendência de pauperizar o favorecido e, em segundo, porque a única transação razoável para esse tipo de mercadoria seria adquiri-la pelo menor preço possível e vendê-la pelo mais alto que se pudesse obter, pois foi claramente comprovado pelos filósofos que nisso consiste todo o dever do homem – não apenas uma parte, mas sim todo o dever do homem.

— É isso mesmo, madame; com as exceções de praxe — repetiu Bitzer.

— Ah, ah! — exclamou a senhora Sparsit, sacudindo a cabeça e sorvendo um longo gole do chá.

— O senhor Thomas, madame; não confio muito no senhor Thomas, madame; eu simplesmente não aprecio os modos dele.

— Bitzer — falou a senhora Sparsit com grande determinação —, você se lembra do que falei sobre qualquer referência a nomes?

— Peço-lhe desculpas, madame. De fato, a senhora desaprova o uso de nomes; e é sempre melhor evitá-los.

— Lembre-se, por favor, de que eu exerço uma função aqui —advertiu ela, com seu ar formal. — Eu tenho uma responsabilidade aqui, Bitzer; cumpro ordens do senhor Bounderby. Embora anos atrás nenhum de nós dois pudesse imaginar que ele viria a ser meu patrão e me compensaria com um mimo anual, eu só posso enxergá-lo dessa forma. O senhor Bounderby sempre demonstrou reconhecer minha posição social, assim como minha ascendência familiar, muito mais do que eu jamais poderia esperar. Mais, muito mais! Portanto, sou fiel ao meu patrão em todos os aspectos, por mínimos que sejam; e não considero, não considerarei, não posso considerar — frisou a senhora Sparsit, enfatizando com um movimento das mãos o caráter de honra e moralidade de sua expressão —, que seria incontestavelmente fiel a ele se admitisse a menção a nomes sob esse teto, que está – sem dúvida alguma – conectado a ele.

Bitzer fez de novo uma continência e, mais uma vez, pediu desculpas.

— Não, Bitzer — continuou a senhora Sparsit. — Diga um indivíduo, e eu o escutarei; diga senhor Thomas e terá que me perdoar.

— Com a exceção de praxe, madame — falou Bitzer, tentando recuar —, quanto ao indivíduo.

145

— Ah, ah! — exclamou ela, repetindo o mesmo balanço com a cabeça e sorvendo outro longo gole de chá, como se tentasse retomar a conversa no ponto em que fora interrompida.

— Um indivíduo, madame — falou Bitzer —, que nunca foi o que deveria ser, desde que entrou aqui pela primeira vez. Ele é um sujeito ocioso, devasso e esbanjador. Não é digno do nome que tem, madame. E seria um zé-ninguém se não tivesse amigos e boas relações na corte, minha lady.

— Ah, ah! — exclamou a senhora Sparsit, com outro melancólico movimento da cabeça.

— Eu só espero, madame — continuou Bitzer —, que o amigo, e também parente, não lhe proporcione os meios para continuar assim. De resto, madame, nós sabemos muito bem de que bolso sai esse dinheiro.

— Ah, ah! — suspirou novamente a senhora Sparsit, com mais um balanço desconsolado da cabeça.

— Ele é digno de pena, madame. O último indivíduo a que me referi é digno de pena, madame — afirmou Bitzer.

— Sim, Bitzer — concordou a senhora Sparsit. — Sempre lamentei o engano, sempre.

— Quanto ao indivíduo, madame — sussurrou Bitzer, aproximando-se dela —, ele é tão imprevidente quanto qualquer pessoa nessa cidade. E a senhora sabe como eles são imprevidentes, madame. Ninguém mais poderia saber melhor do que sabe uma dama eminente como a senhora.

— Eles fariam melhor se tomassem você como exemplo, Bitzer — afirmou a senhora Sparsit.

— Obrigado, madame. Como a senhora se referiu a mim, então veja o meu exemplo, madame. Já consegui economizar um pouco. Guardei intocada aquela gratificação que recebi no Natal, madame. Não uso todo o meu salário, embora ele não seja alto. Por que então eles não podem fazer como eu faço, madame? O que uma pessoa é capaz de fazer, outras também são.

Essa era outra das ficções que se disseminavam em Coketown. Qualquer capitalista do local que tivesse conseguido transformar alguns centavos em diversos milhares sempre se mostrava surpreso e inconformado com o fato de milhares de Mãos não serem capazes do mesmo feito. O que eu fiz, vocês podem fazer. Por que então não o fazem?

146

— No que diz respeito à necessidade de recreação, madame — continuou Bitzer —, não passa de uma tolice. Eu não preciso de recreações. Nunca precisei e nunca precisarei. Simplesmente não gosto e não sinto falta delas. Quanto ao fato de eles se reunirem, existem muitos – não tenho dúvidas disso – que poderiam ganhar de quando em quando umas ninharias – em dinheiro ou benevolências – observando uns aos outros e fornecendo informações sobre eles; e com isso melhorar seu padrão de vida. Então, por que não progridem, madame? Esse é o primeiro propósito de uma pessoa racional, e eles fingem que desejam progredir.

— É verdade, eles fingem! — concordou a senhora Sparsit.

— Chega até mesmo a causar repugnância ouvi-los falar frequentemente sobre as esposas e a família. Oras, olhe para mim, madame! Eu não preciso de uma esposa, nem de família. Por que eles deveriam precisar? — observou Bitzer.

— Porque são imprevidentes — concluiu a senhora Sparsit.

— Sim, madame — concordou Bitzer —, é isso que eles são. Se fossem menos incautos e menos perversos, madame, o que fariam? Eles pensariam, "Enquanto meu chapéu cobre minha família" ou "Enquanto meu gorro cobre minha família" – dependendo do caso – "tenho apenas um para alimentar, e essa é a pessoa que eu mais desejo alimentar".

— Decerto — aquiesceu a senhora Sparsit, comendo um bolinho.

— Obrigado, madame — agradeceu Bitzer, fazendo outra vez uma continência em reconhecimento pela generosidade dessa conversa edificante com a senhora Sparsit. — A senhora deseja um pouco mais de água quente, madame; ou haveria qualquer coisa mais que eu lhe pudesse trazer?

— Agora nada, Bitzer.

— Obrigado, madame. Eu não gostaria de perturbá-la durante as refeições, madame; em especial na hora do chá, por saber como a senhora aprecia esse momento — falou Bitzer, esticando-se um pouco para, do lugar onde estava, conseguir enxergar a rua. — Mas há um cavalheiro que já faz algum tempo está olhando para cá, madame, e ele atravessou para esse lado como se fosse bater à porta. Creio que está batendo, madame.

Ele caminhou até a janela, olhou para fora e, virando-se para dentro novamente, confirmou sua suspeita dizendo:

147

— Sim, madame. A senhora deseja que o cavalheiro seja recebido aqui?

— Não sei quem pode ser — falou a senhora Sparsit, enxugando os lábios e ajeitando as luvas.

— Um estranho, madame; evidentemente.

— O que um estranho pode desejar no Banco a essa hora da noite? Não consigo imaginar. A menos que venha por conta de algum negócio; mas o horário para isso já se encerrou — afirmou a senhora Sparsit. — Todavia, o senhor Bounderby me atribuiu certa responsabilidade sobre esse estabelecimento, e eu jamais me furtaria a desempenhá-la. Se receber o cavalheiro é parte do dever que aceitei, então o receberei. Seja discreto, Bitzer.

Nesse momento, o visitante, ignorando completamente as magnânimas palavras da senhora Sparsit, bateu na porta, dessa vez com muita força, forçando o contínuo a correr para abri-la. Nesse ínterim, a senhora tomou a precaução de esconder sua mesinha em um armário, junto com todos os apetrechos que estavam em cima dela, e então subiu a escada pela qual deveria descer, se necessário, com toda dignidade.

— Com sua licença, madame, o cavalheiro deseja lhe falar — anunciou Bitzer, olhando pelo buraco da fechadura do aposento em que ela se fechara, e onde aproveitava para retocar o chapéu antes de descer imponentemente a escada e adentrar a sala do conselho com sua postura de matrona romana que deixa os muros da cidade para discutir com o general invasor.

O visitante, que havia se dirigido até a janela e de lá olhava distraidamente para fora, ficou tão impassível com essa entrada solene quanto um homem poderia ficar. Ele permaneceu ali, absolutamente indiferente, com o chapéu ainda sobre a cabeça, assobiando para si mesmo. Percebia-se nele certo ar de exaustão, decorrente não só do forte calor de verão, como também de sua marcante fidalguia. Bastava olhá-lo de relance para notar que era um perfeito cavalheiro, em completa harmonia com o modelo da época; cansado de todas as coisas e totalmente descrente de tudo, com exceção de Lúcifer.

— Eu acredito, cavalheiro — falou a senhora Sparsit, dirigindo-se a ele —, que o senhor desejava me ver.

— Peço-lhe perdão, senhora — falou ele, virando-se e retirando o chapéu —; por favor, desculpe-me.

"Uma ova!" pensou a senhora Sparsit, ao mesmo tempo que inclinava o corpo em uma pomposa reverência. "Trinta e cinco, bem-apessoado, charmoso, dentes perfeitos, bem-educado, elegantemente vestido, cabelos escuros, olhar atrevido", foram observações ditadas pelo lado feminino da senhora Sparsit, em uma passada de olhos muito ligeira, como o Sultão que mergulha a cabeça em um balde de água, submergindo-a e retornando à tona em questão de segundos.

— Sente-se, por favor, senhor — disse a senhora Sparsit.

— Obrigado. Com sua licença — ele puxou uma cadeira para ela, e permaneceu em pé, negligentemente encostado na mesa. — Deixei meu criado na estação, cuidando das bagagens (a senhora sabe como é: pesadas demais, grande quantidade), e vim caminhando e contemplando a paisagem. Que lugar estranho este aqui! A senhora me permitiria perguntar se ele é sempre assim tão escuro?

— Em geral, muito mais escuro — respondeu a senhora Sparsit, em um tom firme.

— Seria possível? Perdoe-me; a senhora não é nativa do lugar, imagino!

— Não, senhor — respondeu ela. — Já tive a boa, ou talvez má sorte (antes de enviuvar) de conviver em um círculo bastante diferente. Meu marido era um Powler.

— Perdão! — falou o estranho. — Era um...

A senhora Sparsit repetiu:

— Um Powler.

— Família Powler — ecoou o estranho, depois de refletir alguns instantes.

A senhora Sparsit assentiu com a cabeça, e o estranho lhe pareceu um pouco mais fatigado do que inicialmente.

— A senhora deve se sentir muito entediada aqui! — inferiu o homem a partir do comentário feito por ela.

— Sou uma criada das circunstâncias, senhor — falou ela —, e há muito já me adaptei ao poder dominador de minha vida.

— Bastante filosófico — retrucou o estranho —, bem como exemplar e digno de louvor; e...

Dando a impressão de que não valia a pena dar-se ao trabalho de completar a frase, ele ficou ali, com ar cansado, mexendo na pulseira do relógio.

— Posso me permitir lhe perguntar, senhor — inquiriu a senhora Sparsit —, a que devo o privilégio de...

— Certamente — interrompeu o estranho. — Grato por me lembrar. Sou portador de uma carta de apresentação ao senhor Bounderby, o banqueiro. Caminhando por esta cidade extraordinariamente escura, enquanto aguardava a preparação do jantar no hotel, perguntei a um indivíduo com quem encontrei no caminho, um dos operários – um sujeito que me pareceu ter acabado de tomar um banho de alguma coisa lanosa, que eu acredito ser a matéria-prima...

A senhora Sparsir inclinou a cabeça.

— Pois perguntei a ele onde residia o senhor Bounderby. E creio que, sem dúvida, induzido a erro pela palavra Banqueiro, ele me indicou o Banco. Na verdade, presumo que o senhor Bounderby, o Banqueiro, não reside no edifício no qual eu tenho a honra de agora estar e apresentar essa explicação.

— Não, senhor — respondeu a senhora Sparsit —; ele não mora aqui.

— Obrigado. Eu não pretendia, e tampouco pretendo, entregar minha carta neste momento. Contudo, andando até o Banco, com o intuito de matar o tempo, e brindado pela sorte de enxergar na janela — na direção da qual ele acenou languidamente a mão antes de fazer uma sutil reverência com o corpo — uma dama de aparência tão sublime e encantadora, imaginei que poderia ser conveniente tomar a liberdade de perguntar a essa dama onde de fato reside o senhor Bounderby. E é isso que, portanto, aventuro-me a fazer; com o apropriado pedido de desculpas.

No modo de ver da senhora Sparsit, o ar de distanciamento e apatia evidenciado no comportamento do estranho era suficientemente atenuado por uma serena galhardia, que se traduzia em demonstração de respeito por ela. E lá se encontrava ele, naquele momento, meio sentado sobre a mesa e preguiçosamente inclinado sobre a dama, como se reconhecesse nela certa atração peculiar que a fazia atraente.

— Bancos, eu sei, são sempre desconfiados; e oficialmente devem mesmo sê-lo — declarou o estranho, cuja fala era, ao mesmo tempo, clara, suave e agradável, e sugeria algo muito mais sensato e bem-humorado do que ela de fato escondia – provavelmente um astuto estratagema do fundador dessa facção numerosa, não importando quem tenha sido esse homem notável.

— Portanto — continuou ele —, devo esclarecer que minha carta – ei-la aqui – é assinada pelo senhor Gradgrind, um membro dessa comunidade que eu tive o prazer de conhecer em Londres.

A senhora Sparsit reconheceu a caligrafia e, declarando que tal confirmação não se fazia necessária, forneceu o endereço do senhor Bounderby, com todas as orientações porventura essenciais para que o estranho pudesse se localizar.

— Muito, muito obrigado — agradeceu o estranho. — Creio que a senhora conhece bem o Banqueiro!

— Sim, meu senhor — confirmou a senhora Sparsit. — Meu vínculo de dependência em relação a ele já vem de longos dez anos.

— Uma eternidade! Ele se casou com a filha de Gradgrind, estou certo?

— Sim — respondeu a senhora Sparsit, comprimindo subitamente os lábios. — Ele teve essa... honra.

— Fiquei sabendo que a dama tem uma forte inclinação pela filosofia.

— De fato, senhor — confirmou a senhora Sparsit. — Ela é uma filósofa!

— Desculpe minha impertinente curiosidade — prosseguiu o estranho, com ar conciliador, vasculhando com os olhos as sobrancelhas da mulher —, mas a senhora conhece a família e conhece o mundo. Estou prestes a conhecer a família e posso vir a ter muita coisa a tratar com eles. A dama desperta mesmo tanta inquietação? O pai lhe atribui tal prodigiosa reputação de mulher pragmática que eu alimento um ardente desejo de conhecê-la. Ela é de fato absolutamente inatingível? Impassível e assombrosamente inteligente? Posso ver, por seu sorriso, que a senhora não pensa assim. Isso é um bálsamo para a ansiedade que me consome a alma. E quanto à idade; quarenta? Trinta e cinco?

A senhora Sparsit deu uma risada franca.

— Uma criança insolente! — falou ela. — Ainda não completara vinte quando se casou.

— Palavra de honra, senhora Powler? — exclamou o estranho, afastando-se da mesa —; nunca, em toda a minha vida, senti-me mais atônito do que agora!

Parecia que ele realmente ficara impressionado demais, muito mais do que sua capacidade de assimilação; e permaneceu uns bons segundos observando sua informante, sem conseguir disfarçar a perplexidade que o tomara de assalto.

— Asseguro à senhora — falou ele finalmente, já esgotado —, que as atitudes do pai me prepararam para encontrar uma pessoa austera e inflexivelmente madura. Sou-lhe muito grato, além de todas as coisas, por esclarecer um absurdo tão grande. Desculpe-me pela intromissão. Muito obrigado. Bom dia!

Ele fez uma reverência e saiu; e a senhora Sparsit, escondida atrás da cortina da janela, viu-o descer a rua e desaparecer no lado sombreado da via, observado por toda a cidade.

— O que você achou do cavalheiro, Bitzer? — perguntou ela ao contínuo, quando ele chegou para completar o serviço.

— Gasta dinheiro demais para se vestir, madame.

— Mas deve-se admitir — retrucou ela — que tem muito bom gosto.

— Sim, madame — concordou Bitzer —, se tudo aquilo valer o dinheiro empregado. Além do que, madame — retomou Bitzer, enquanto limpava a mesa —, pareceu-me que ele estava jogando.

— Mas jogar é uma imoralidade — denunciou a senhora Sparsit.

— É absurdo, madame — falou Bitzer —, porque as chances correm contra os jogadores.

Quer tenha sido o calor o que impediu a senhora Sparsit de trabalhar, ou o cansaço de suas mãos, o fato é que naquela noite ela não trabalhou. Sentou-se junto à janela na hora em que o sol começou a descer no horizonte, e ali ainda estava quando a fumaça se tingiu de vermelho, quando perdeu a cor e quando parecia que a escuridão ia brotando de dentro da terra e subindo vagarosamente até o telhado das casas, o campanário da igreja e o topo das chaminés das fábricas, para no fim alcançar o céu. Sem uma lamparina na sala, a senhora Sparsit ficou sentada ao lado da janela, com as mãos à frente, sem dar muita importância para os sons do anoitecer: a algazarra dos meninos, o latido dos cachorros, o estrépito das rodas, os passos e as vozes das pessoas que por ali passavam, a aglomeração no pavimento quando era chegada a hora de elas irem embora, os gritos estridentes da rua, o abrir e fechar das venezianas das lojas. A entrada do contínuo, para comunicar que a refeição noturna já estava servida, colocou um fim a esse devaneio. A senhora Sparsit, com as densas sobrancelhas negras amarfanhadas devido à longa meditação, levantou os olhos na direção da escada.

— Oh, que Idiota! — exclamou ela enquanto ceava sozinha. De quem se tratava, ela não disse; mas dificilmente seria a moleja servida na refeição.

CAPÍTULO II

O senhor James Harthouse

Os integrantes da organização Gradgrind precisavam de ajuda em sua tarefa de cortar as Graças pela raiz. Então, partiram para o recrutamento; e onde poderiam eles arregimentar novos membros senão entre aqueles cavalheiros refinados que, depois de descobrir que tudo valia nada, mostravam-se igualmente preparados para qualquer coisa?

Além do mais, os espíritos saudáveis que haviam chegado a esse sublime apogeu exerciam forte atração sobre muitos dos frequentadores da escola Gradgrind. Eles apreciavam cavalheiros valorosos – fingiam que não, mas apreciavam; e se exauriam na tentativa de imitá-los, entortando a boca para falar com a mesma entonação de voz; e, sempre aparentando total languidez, regalavam seus discípulos com uma pequena ração miserável de economia política. Jamais existiu sobre a face da terra uma raça híbrida tão extraordinária quanto essa assim criada.

Entre os valorosos cavalheiros que não frequentavam regularmente a escola Gradgrind, havia um que pertencia a uma boa família e tinha excelente aparência. Esse sujeito, dono de venturoso senso de humor, havia arrebatado a Câmara dos Comuns na ocasião em que lá expôs sua opinião (e a do Conselho de Administração) sobre um acidente ferroviário no qual os mais cuidadosos oficiais que já se conhecera, empregados pelos mais liberais administradores de que se tinha notícia, assistidos pelos mais precisos artefatos mecânicos jamais imaginados, operando sobre a melhor linha já construída, havia matado cinco pessoas e ferido trinta e duas, por uma fatalidade sem a qual a excelência do sistema como um todo seria, sem dúvida alguma, imperfeita. Entre os mortos, estava uma vaca e, no meio dos objetos sem dono espalhados pelo local, a touca de uma viúva. O valoroso cavalheiro colocou então a touca na vaca, e foi tal a hilaridade da cena, que os membros daquela Casa (sujeitos dotados de apurado senso de humor) dispensaram os testemunhos do Inquérito e deram por encerrado o caso da Ferrovia, entre Risadas e Aplausos.

Esse cavalheiro tinha um irmão mais novo, ainda mais bem-apessoado do que ele mesmo. Tal jovem havia tentado a vida como Oficial da Cavalaria, mas abandonou a carreira por considerá-la enfadonha demais.

Depois, experimentou tomar parte da comitiva de um ministro inglês no exterior, mas também se entediou. Fez, então, um passeio a Jerusalém, e o tédio voltou a assaltá-lo. Decidiu viajar de navio pelo mundo, mas, como nas outras vezes, enfastiou-se com todos os lugares. Foi para esse irmão que o honorável e jovial membro da escola Gradgrind disse certo dia:

— Jem, há uma boa oportunidade entre os companheiros que se dedicam a Fatos concretos, e eles necessitam de homens. Fico pensando se você não poderia tentar a estatística.

Jem, incitado pela novidade da ideia e premido pela necessidade de mudança, mostrou-se pronto a "abraçar" a estatística tanto quanto qualquer outra coisa. Assim sendo, ele aceitou a oferta. Depois de se preparar com um ou dois livros azuis, o irmão colocou-o diante dos companheiros de Fatos concretos e proclamou:

— Se os senhores desejam admitir, para qualquer função, um patife formoso e capaz de lhes fazer um discurso diabolicamente notável, cuidem de meu irmão Jem, pois ele é o homem que procuram.

Após algumas investidas no estilo de reuniões públicas, o senhor Gradgrind e um conselho de sábios políticos aprovaram a entrada de Jem, e ficou decidido enviá-lo a Coketown para se tornar conhecido na cidade e nas vizinhanças. Portanto, a carta que Jem apresentara na noite anterior à senhora Sparsit, carta esta que agora o senhor Bounderby tinha em mãos, trazia sobrescrito: "Josiah Bounderby, Escudeiro, Banqueiro, Coketown. Com o específico propósito de apresentar James Harthouse, Escudeiro. Thomas Gradgrind".

Depois de uma hora do recebimento desse despacho e do cartão de apresentação do senhor James Harthouse, o senhor Bounderby colocou seu chapéu e dirigiu-se ao Hotel. Lá, encontrou o jovem postado junto à janela; e era tal o seu desconsolo que ele já havia quase se decidido a "abraçar" qualquer coisa que lhe propusessem.

— Meu nome, senhor — falou o visitante —, é Josiah Bounderby de Coketown.

Embora quase imperceptível, o semblante do senhor James Harthouse revelava certo ar de felicidade por um prazer que havia muito ele esperava.

— Coketown, senhor — frisou Bounderby, puxando obstinadamente uma cadeira —, é um lugar bastante diferente de todos aqueles com os quais o senhor está acostumado. Portanto, com sua permissão – ou mesmo sem ela, pois sou um homem direto – vou lhe contar algo a respeito da cidade, antes de avançarmos em nossas tratativas.

O senhor Harthouse se disse encantado.

— Não esteja assim tão certo — advertiu o senhor Bounderby. — Eu não asseguro que assim seja. Em primeiro lugar, observe a fumaça. Ela é a carne que comemos e o líquido que sacia nossa sede. É a coisa mais saudável do mundo em todos os aspectos, mas especialmente para os pulmões. Se o senhor compartilha da opinião daqueles para quem nós deveríamos extingui-la, devo dizer que discordo. Nós não pretendemos exaurir o fundo de nossas caldeiras mais depressa do que fazemos agora, apesar de todo o sentimento hipócrita que impera na Grã-Bretanha e na Irlanda.

Com o propósito de levar o assunto às últimas consequências, o senhor Harthouse respondeu:

— Senhor Bounderby, eu lhe asseguro que concordo plena e categoricamente com sua maneira de pensar.

— Alegro-me em sabê-lo — afirmou o senhor Bounderby. — O senhor deve ter ouvido falar muita coisa a respeito de nossas fábricas, estou certo? Muito bem. Vou então lhe expor a realidade dos fatos. Lá se realiza o trabalho mais aprazível e menos opressivo que existe, assim como o mais bem pago. Além de tudo, nós não teríamos como melhorar o ambiente das fábricas, a menos que forrássemos todo o chão com tapetes persas; o que, certamente, não temos intenção de fazer.

— Muito justo, senhor Bounderby; certíssimo!

— Por último — continuou o senhor Bounderby —, resta falar de nossas Mãos. Não existe uma única Mão nesta cidade, senhor – seja homem, mulher ou criança –, que não acalente na vida o inapelável objetivo de se alimentar de sopa de tartaruga e carne de cervo, servidos com talheres de ouro. Entretanto, eles jamais se alimentarão de sopa de tartaruga e carne de cervo, servidos com talheres de ouro – nenhum deles. Agora o senhor já pode dizer que conhece este lugar.

O senhor Harthouse declarou-se plenamente esclarecido e satisfeito com essa síntese da vida em Coketown.

— Ora, saiba o senhor — falou o senhor Bounderby — que sinto imensa satisfação em me entender claramente com um homem logo

156

que com ele travo conhecimento, em especial um homem público. Tenho apenas uma coisa mais a lhe dizer, senhor Harthouse, antes de lhe assegurar do prazer com que responderei, até onde minha limitada capacidade permitir, a carta de apresentação de meu amigo Tom Gradgrind. O senhor é um homem de família. Não suponha por um momento sequer, sob pena de se decepcionar, que eu também seja um homem de família. Eu tenho um pé entre a gentalha suja, sou um genuíno rebotalho, um farrapo, a escória da sociedade.

Nada poderia exaltar mais o interesse de Jem pelo senhor Bounderby do que essa precisa circunstância. Pelo menos, assim disse ele.

— Então — prosseguiu o senhor Bounderby —, agora podemos apertar as mãos em igualdade de condições. Faço questão de frisar "em igualdade de condições", porque, embora eu saiba quem sou e conheça melhor do que qualquer outro homem a profundidade exata da sarjeta de onde saí, por esforço próprio, também sou vaidoso como você. Tão vaidoso quanto você. Nesse caso, depois de deixar clara minha condição de independência, podemos saber como o senhor está; e espero que esteja muito bem.

Ao se apertarem as mãos, o senhor Harthouse garantiu que estava melhor ainda, devido ao ar revigorante de Coketown. O senhor Bounderby aprovou a resposta.

— Talvez o senhor saiba — falou ele —, ou talvez não, que eu me casei com a filha de Tom Gradgrind. Agora então, se o senhor não tiver nada melhor a fazer e quiser caminhar até a cidade comigo, terei imenso prazer em lhe apresentar a ela.

— Senhor Bounderby — declarou Jem —, o senhor adivinhou meu mais caro desejo.

Eles saíram sem mais delongas; e o senhor Bounderby conduziu o novo conhecido, que com ele tanto contrastava, à residência particular de tijolos vermelhos, com janelas pretas protegidas por cortinas verdes, e uma porta de entrada também preta que encimava dois degraus brancos. Na sala de estar da mansão, encontrava-se a mais extraordinária garota que o senhor Harthouse tivera oportunidade de conhecer em toda a sua vida. Ao observá-la, ele experimentou uma nova sensação. Ela se mostrava a um só tempo subjugada e descuidada; tão reservada quanto alerta; tão fria e orgulhosa, mas também sensivelmente envergonhada da jactanciosa humildade do marido – que a fazia encolher como se a cada manifestação de pretensa bravura ela fosse atingida por um golpe certeiro. O rosto da garota revelava-se não menos extraordinário do que suas maneiras. Ela tinha um semblante encantador, atrás do qual as emoções ficavam de tal modo sufocadas que tornava-se impossível descobrir sua genuína expressão. Ela parecia ao mesmo tempo total e absolutamente indiferente e autoconfiante; nunca aturdida, mas também nunca à vontade. Sua presença entre eles era apenas física, pois a alma vagava solitária – ninguém conseguia penetrar, nem mesmo por um breve instante, a barreira que a mantinha afastada do mundo real.

O olhar do visitante moveu-se da dona da casa para o ambiente propriamente dito. Não se identificava ali o menor sinal da mão de uma mulher. Nenhum ornamento gracioso, nenhum aparato caprichoso, mesmo que trivial, denunciava sua influência. Sombrio e sem conforto, desdenhado e abandonado, arrogante e obstinadamente rico, o aposento não revelava a seus ocupantes qualquer traço de uma intervenção feminina. E o senhor Bounderby se postava no meio de seus deuses domésticos, enquanto aquelas incansáveis divindades ocupavam os devidos lugares ao redor de seu senhor, pois eles se mereciam e se igualavam.

— Esta, senhor — falou o dono da casa —, é minha esposa, senhora Bounderby – a filha mais velha de Tom Gradgrind. Loo, este é o senhor James Harthouse. Ele se inscreveu no grupo de seu pai. Se não vier logo a ser colega de Tom Gradgrind, acredito que, pelo menos, ouviremos falar dele no que diz respeito aos assuntos relacionados a uma de nossas cidades vizinhas. Observe, senhor Harthouse, que minha esposa é mais jovem do que eu. Não sei o que ela viu em mim quando aceitou se casar comigo, mas suponho que viu alguma coisa, caso contrário não me teria tomado como marido. Ela recebeu uma formação muito custosa, e tem sólidos conhecimentos de política e outras disciplinas. Se o senhor tiver intenção de fazer um estudo intensivo de alguma coisa, eu não lhe poderia recomendar ninguém melhor do que Loo Bounderby.

O senhor Harthouse jamais poderia ter sido entregue aos cuidados de um conselheiro mais cordato ou de alguém com quem pudesse aprender melhor.

— Venha — disse o anfitrião. — Se o senhor é do tipo dado a cortesias, estará bem aqui, pois não encontrará quem lhe faça concorrência. Nunca consegui aprender, bem como não entendo a arte de fazer mesuras. A bem da verdade, desprezo-a. Mas sei que sua educação foi diferente da minha – fui criado na sarjeta; santo Deus! O senhor é um cavalheiro, e eu não tenho a pretensão de sê-lo. Sou Josiah Bounderby de Coketown, e isso já me basta. No entanto, embora atitudes e posições não representem nada para mim, o mesmo pode não ser verdadeiro para Loo Bounderby. Ela não usufruiu dos mesmos privilégios (o senhor pode denominá-los desvantagens, mas para mim são privilégios), portanto ouso dizer que seus esforços não serão desperdiçados.

— O senhor Bounderby — falou Jem, voltando-se para Louisa com um sorriso no rosto —, é um ser nobre, em um estado relativamente bruto, e livre das amarras com as quais opera um burro velho comum como eu.

— O senhor demonstra muito respeito pelo senhor Bounderby — respondeu ela calmamente. — E é natural que assim o seja.

Ele ficou perturbado demais para um cavalheiro conhecedor das coisas do mundo, e pensou: "E agora, como devo interpretar isso?".

— A apresentação feita pelo senhor Bounderby me leva a crer que o senhor tenciona dedicar sua vida à tarefa de servir ao nosso país. E penso que já tomou a decisão — continuou Louisa, em pé no mesmo lugar em que estava desde o princípio, deixando transparecer toda a incongruência entre o pretenso autodomínio e seu óbvio embaraço —, de mostrar a toda a nação o caminho para a solução dos problemas que a afligem.

— Não, senhora Bounderby — respondeu ele, sorrindo —, não é isso; palavra de honra. Não vou dissimular diante da senhora. Tive oportunidade de ver algumas coisas, aqui e acolá; e descobri, como todo mundo descobriu (e alguns o confessam enquanto outros se negam a fazê-lo), que elas não têm valor algum. Assim, vou buscar a opinião de seu respeitado pai; porque eu, de fato, não tenho opiniões próprias e tanto me faz endossar as dele como outras quaisquer.

— O senhor não chegou a formar uma opinião? — questionou Louisa.

— Tenho, quando muito, uma sutil predileção. Asseguro à senhora que não atribuo importância alguma a qualquer opinião. Os diversos aborrecimentos pelos quais já passei produziram em mim uma convicção (talvez convicção seja uma palavra intensa demais para o sentimento indigno que alimento sobre o assunto), de que, qualquer que seja o conjunto de ideias assumido, resultam dele não apenas benefícios como também prejuízos. Há uma família inglesa que adota um encantador lema italiano. O que será, será. Essa é a única verdade!

O senhor Harthouse observou que essa perversa apropriação da honestidade pela desonestidade – um vício tão perigoso, tão mortal e tão comum – parecia ter causado nela uma impressão positiva. Ele não deixou escapar a vantagem e declarou de maneira encantadora (maneira esta à qual ela poderia atribuir maior ou menor significado, a seu bel-prazer):

— Senhora Bounderby, o método capaz de demonstrar qualquer coisa em termos de unidades, dezenas, centenas ou milhares, parece-me ter mais condições de proporcionar diversão a um homem e lhe oferecer as melhores oportunidades. Sinto-me inclinado a defendê-lo como se nele eu acreditasse. Estou pronto a segui-lo, da mesma forma que faria se nele acreditasse. E o que mais eu poderia fazer se de fato nele acreditasse?

— O senhor é um político extraordinário — falou Louisa.

— Perdoe-me; não me cabe esse mérito. Eu lhe asseguro, senhora Bounderby, que nós formaríamos o grupo mais numeroso da nação, caso nos despíssemos de nossa eminência e nos submetêssemos conjuntamente a um minucioso exame.

O senhor Bounderby, que mal conseguia se manter em silêncio, interrompeu a conversa, propondo que o jantar da família fosse postergado até as seis e meia, para que nesse intervalo ele conduzisse o senhor Harthouse a um circuito de visitas às personalidades votantes e interessantes de Coketown e das vizinhanças. As visitas foram feitas; e o senhor James Harthouse, aproveitando prudentemente a assistência de seu austero guia, saiu triunfante, a despeito de todo o seu tédio.

Ao anoitecer, encontrou a mesa de jantar posta para quatro pessoas, mas foram apenas três que se sentaram. Essa era uma oportunidade excelente para o senhor Bounderby discorrer sobre o sabor da miserável porção de enguias ensopadas que ele, então um menino de oito anos de idade, comprou nas ruas para comer; e também falar da água deteriorada, que só prestava para fazer abaixar a poeira no pavimento, e lhe servira para ajudar a engolir aquele repasto. Durante o jantar, em que foram servidos sopa e peixe, o senhor Bounderby entreteve seu convidado com histórias segundo as quais, na época da juventude, ele havia comido pelo menos três cavalos disfarçados por uma profusão de molhos e temperos. Jem, que não conseguia esconder seu estado de desânimo, escutou as narrativas, limitando-se a interromper de quando em quando para dizer "fascinante!". E, não fosse sua curiosidade em relação a Louisa, tais histórias provavelmente o teriam convencido a "partir" novamente no dia seguinte para Jerusalém.

Observando Louisa, sentada ali à cabeceira da mesa, uma jovem pequena, delicada e extremamente encantadora, que parecia ao mesmo tempo tão atraente e tão destoante naquele meio, o senhor Harthouse pensou, "não haverá nada capaz de imprimir emoção àquele rosto?".

Por Júpiter! Havia sim alguma coisa; e lá estava ela, personificada em uma figura inesperada! Tom apareceu na sala. A garota se transformou assim que a porta foi aberta, e um sorriso lhe iluminou a face.

Um belo sorriso. E talvez não tivesse representado tanto para o senhor Harthouse se não fosse o contraste com o rosto até então impassível de Louisa. Ela estendeu a mão (uma mãozinha muito suave), e seus dedos se fecharam sobre os do irmão, como se ela os quisesse levar até os lábios.

O senhor Harthouse pensou, "Ai, ai! Esse moleque é a única criatura com quem ela se importa. Ora, ora!".

O moleque foi apresentado e tomou seu lugar na mesa. A alcunha não era lisonjeira, mas também não deixava de ser merecida.

— Quando eu tinha a sua idade, jovem Tom — falou Bounderby —, se não fosse pontual, ficava sem o jantar!

— Quando o senhor tinha a minha idade — retrucou Tom —, também não tinha saldos errados para corrigir, além do que não precisava se vestir depois de fazê-lo.

— Isso não vem ao caso agora — admoestou Bounderby.

— Muito bem — resmungou Tom. — Então não comece a me perturbar.

— Senhora Bounderby — falou Harthouse, com um ouvido ainda ligado naquele desentendimento —; o rosto de seu irmão me parece muito familiar. Teria eu estado com ele no exterior? Ou, quem sabe, em alguma escola pública?

— Não — respondeu Louisa, com certo interesse —, ele nunca viajou para o estrangeiro, e foi educado aqui mesmo – em casa.

E dirigindo-se ao irmão ela falou:

— Tom, meu querido; estou dizendo ao senhor Harthouse que ele não poderia ter conhecido você no estrangeiro.

— Não tive essa sorte, senhor — afirmou Tom.

Não se observava no rapaz alguma coisa que justificasse o brilho revelado no rosto da irmã, pois ele não passava de um jovem taciturno e descortês em suas maneiras – mesmo quando se dirigia a ela. Muito grande devia ser a solidão da garota, bem como sua necessidade de contar com alguém com quem pudesse dividi-la. "Certamente, esse moleque é a única criatura que a ela sempre importou. Sem dúvida alguma!". Tal pensamento ficou martelando na cabeça do senhor James Harthouse.

Tanto na presença da irmã como depois que ela deixou a sala, o moleque não fez o menor esforço para esconder seu desprezo pelo senhor Bounderby e, pelo contrário, fazia questão de manifestá-lo por meio de caretas e trejeitos, sempre que aquele tirano não o estava observando. Sem dar importância a esses sinais telegráficos, o senhor Harthouse teceu elogios a Tom durante toda a noite, demonstrando por ele uma simpatia incomum. Finalmente, quando se levantou para retornar ao hotel e pareceu incerto quanto a saber encontrar sozinho o caminho àquela hora, o rapaz imediatamente se ofereceu como guia e o acompanhou até lá.

CAPÍTULO III

O moleque

Causava espanto o fato de que um jovem cavalheiro criado debaixo de um sistema de permanente e perversa repressão pudesse se revelar um hipócrita; mas certamente assim era Tom. Podia-se estranhar que um jovem cavalheiro que jamais fora deixado por mais de alguns minutos à mercê da própria vontade fosse afinal incapaz de dominar a si mesmo; mas assim era Tom. Também não havia como explicar que um jovem cavalheiro, cuja capacidade de imaginação fora estrangulada ainda no berço, continuasse a ser molestado pelos fantasmas dessas quimeras, disfarçados na forma de abjeta sensualidade; mas tal monstro, longe de qualquer dúvida, era Tom.

— Você fuma? — perguntou o senhor James Harthouse quando chegaram ao hotel.

— Com certeza! — falou Tom.

Ele não podia fazer menos do que convidar Tom a subir; e este último, menos do que aceitar. Devido a um drinque refrescante adaptado ao clima, mas não tão fraco quanto gelado; e a um tabaco de rara qualidade, impossível de se encontrar naquelas paragens, Tom logo deixou de lado sua atitude defensiva e se colocou à vontade em uma das pontas do sofá, mais do que nunca disposto a admirar o novo amigo, sentado na ponta contrária.

Tom soprou a fumaça para o lado, depois de ter dado algumas baforadas, e ficou observando o amigo e pensando, "Ele não parece se preocupar com suas roupas; mas se veste muito bem! Que sujeito requintado!".

O senhor James Harthouse, ao cruzar o olhar com o de Tom, comentou que ele não bebera nada, e encheu-lhe o copo, sem dar muita atenção ao que fazia.

— Obrigado — falou Tom —, obrigado. Bem, senhor Harthouse, espero que o senhor tenha tido nesta noite uma mostra do que é o velho Bounderby.

Tom pronunciou essas palavras com um dos olhos fechado, enquanto com o outro olhava deliberadamente para seu anfitrião através do copo.

— Um sujeito muito interessante! — respondeu o senhor James Harthouse.

— O senhor pensa assim, de verdade? — perguntou Tom, voltando a fechar o olho.

O senhor James Harthouse sorriu; e, levantando-se do sofá, foi se postar ao lado da chaminé, apoiado sobre ela, de forma a ficar à frente de Tom e diante da grelha do fogo enquanto fumava. Olhando do alto para o rapaz, ele comentou:

— Que cunhado curioso você é!

— Creio que o senhor quis dizer, que cunhado curioso é o velho Bounderby — retrucou Tom.

— Você é um tanto mordaz, Tom — respondeu o senhor James Harthouse.

Havia algo deleitante demais em gozar da intimidade de um indivíduo que vestia um colete como aquele; em ser chamado de Tom dessa forma tão íntima, por uma voz como aquela; em se sentir tão rapidamente à vontade com um sujeito que exibia um par de suíças como aquelas. Esse conjunto de coisas levou Tom a se perceber satisfeito consigo mesmo.

— Oh! não se preocupe com o velho Bounderby — disse ele —; se é isso que o senhor quis dizer. Sempre que me referi ao velho Bounderby chamei-o por esse nome, e sempre tive sobre ele a mesma opinião; portanto, não vou começar agora a ser mais educado quando falar dele. Já é tarde demais para isso.

— Não se preocupe comigo — respondeu James —; mas seja mais cuidadoso quando a esposa dele estiver por perto; sabe como é, não?

— A esposa dele! — exclamou Tom. — Minha irmã Loo! Sim, ela mesma.

Ele riu e tomou mais um gole do drinque refrescante.

James Harthouse continuou recostado no mesmo lugar, fumando seu charuto do mesmo modo tranquilo, e olhando prazerosamente para o moleque, como se reconhecesse em si uma espécie de demônio camarada que precisava apenas pairar sobre ele, para convencê-lo a abrir mão da própria alma. Não havia a menor dúvida de que o moleque se rendera à influência de Harthouse. Tom observou seu companheiro com olhar sorrateiro; depois, com admiração e, por fim, com coragem, acabando por se sentir à vontade e esticar uma das pernas sobre o sofá.

— Minha irmã Loo! — falou Tom. — *Ela* nunca gostou do velho Bounderby.

— Isso é passado, Tom — replicou o senhor James Harthouse, batendo a cinza do charuto com o dedo mínimo. — Estamos vivendo o presente agora.

— Verbo neutro, não gostar. Estado de espírito indicativo, tempo presente. Primeira pessoa do singular, eu não gosto; segunda pessoa do singular, tu não gostas; terceira pessoa do singular, ela não gosta — respondeu Tom.

— Muito bom! Muito curioso! — comentou o amigo. — Embora você não queira dizer isso.

— Mas é isso mesmo — reclamou Tom. — Palavra de honra! O senhor não quer me dizer, senhor Harthouse, que realmente imagina ser possível minha irmã gostar do velho Bounderby.

— Meu caro amigo — respondeu o outro —, o que então devo supor se encontro um casal que vive em harmonia e felicidade?

A essa altura, Tom já estava com as duas pernas em cima do sofá. Mas, se a segunda delas ainda permanecesse no chão quando ele foi chamado de caro amigo, sem dúvida naquele importante estágio da conversa já não mais ali ficaria. Percebendo a necessidade de tomar uma atitude qualquer, ele esticou o corpo, apoiou a parte posterior da cabeça sobre o braço do sofá e fumando, em uma tentativa de demonstrar pouco caso, voltou os olhos já não tão sóbrios na direção daquele que o observava do alto de forma tão descuidada, mas também tão poderosa.

— O senhor conhece nosso comandante, senhor Harthouse — falou Tom —, e, portanto, não precisa se surpreender pelo fato de Loo ter se casado com o velho Bounderby. Ela nunca amou ninguém; assim, quando o comandante propôs o velho Bounderby, ela aceitou.

— Muito obediente sua atraente irmã — ironizou o senhor James Harthouse.

— Sim, mas ela não teria sido tão obediente e aceitado tudo com tanta facilidade — retrucou o moleque — se não fosse por minha causa.

O capeta se limitou a erguer as sobrancelhas; e o moleque teve que continuar.

— Eu a persuadi — falou Tom, com um edificante ar de superioridade. — Fui empurrado para o banco do velho Bounderby (onde eu jamais gostaria de estar), e sabia muito bem que lá eu me acabaria se ela recusasse o velho Bounderby. Por isso, contei-lhe meus desejos e ela resolveu me ajudar. Minha irmã faz qualquer coisa por mim. Muito corajoso da parte dela, não é?

— Fascinante, Tom!

— Não que isso fosse tão importante para ela como era para mim — continuou Tom friamente —, porque minha liberdade, meu bem-estar, e talvez minha vida, dependiam dessa decisão; e ela não tinha outro amor, além do que ficar em casa era o mesmo que estar em uma prisão — em especial depois que eu saí. Se ela tivesse desistido de outro amor para ficar com o velho Bounderby, seria outra coisa; mas, mesmo não sendo esse o caso, merece ser aplaudida.

— Magistralmente encantador! E ela se mantém tão serena.

— Oh! — falou Tom, com desdenhoso ar de protetor — ela é uma mulher normal, e uma mulher se dá bem em qualquer lugar. Ela se adaptou a essa maneira de viver e não costuma fazer queixas. É uma vida igual a muitas outras. Além do mais, embora seja uma garota, Loo não é um tipo comum de garota. Ela consegue se fechar em si mesma e ficar horas a fio pensando, sentada diante da lareira – como eu muitas vezes presenciei.

— Oras, oras! Uma mulher com talento próprio — exclamou Harthouse enquanto fumava tranquilamente.

— Não tanto como o senhor pode imaginar — retrucou Tom —; porque nosso comandante entulhou-a com toda sorte de ossos ressequidos e serragem. Funciona assim o sistema dele.

— Fez da própria filha uma reprodução dele mesmo? — sugeriu Harthouse.

— Sua filha? E todas as outras pessoas! Ora bolas, ele também Me criou segundo aquele modelo — declarou Tom.

— Impossível!

— Mas foi o que ele fez — falou Tom, balançando a cabeça. — Quero dizer, senhor Harthouse, que, quando saí de casa pela primeira vez e passei à tutela do velho Bounderby, eu era tão raso quanto uma frigideira e sabia sobre a vida tanto quanto sabe uma ostra.

— Vamos lá, Tom! Não dá para acreditar nisso. Só pode ser uma piada.

— Juro por minha alma! — protestou o moleque. — Estou falando a verdade; estou mesmo!

Tom permaneceu alguns instantes fumando, com ar de profunda gravidade e dignidade; depois acrescentou em tom complacente:

— Na verdade, eu aprendi um pouco desde então; não nego. Mas aprendi por conta própria; não devo isso ao comandante.

— E sua irmã inteligente?

— Minha irmã inteligente está mais ou menos onde estava. Loo vivia se queixando para mim de que não podia contar com os mesmos meios que outras garotas; e não sei o que ela poderia fazer para resolver essa questão. Mas ela não se importa — completou ele astutamente, dando uma baforada no charuto.

— Ontem à noitinha, quando fui ao Banco procurar o endereço do senhor Bounderby, encontrei uma velha senhora que me pareceu nutrir grande admiração por sua irmã — observou o senhor Harthouse, atirando a ponta do charuto que ele fumara até o final.

— Mãe Sparsit? — falou Tom. — Veja só! Quer dizer então que o senhor já a conheceu?

O amigo fez que sim com a cabeça. Tom tirou o charuto da boca, fechou os olhos (que já não o obedeciam) e ficou batendo o dedo indicador sobre o nariz.

— Eu acredito que o sentimento de Mãe Sparsit pela Loo é muito mais do que admiração — falou Tom. — Talvez afeição e devoção. Ela nunca tentou atrair Bounderby quando ele era solteirão. Decerto, não!

Essas foram as últimas palavras pronunciadas pelo moleque antes de ser tomado por um vertiginoso torpor, seguido de completo esquecimento. Uma perturbadora sensação de estar sendo atiçado por um par de botas e o som de uma voz que dizia "Vamos indo, já é muito tarde. Fora!" vieram tirá-lo desse estado de semiconsciência.

— Muito bem! — falou ele, levantando-se cambaleante do sofá. — Agora preciso ir embora. Seu tabaco é excelente; porém, suave demais.

— Sim, ele é suave demais — concordou o anfitrião.

— É absurdamente suave — falou Tom. — Onde é a porta? Boa noite!

O garoto teve outro sonho estranho, no qual um garçom o conduzia através de um nevoeiro, que, depois de lhe causar certo embaraço, acabou se dissipando quando ele chegou na rua principal, onde agora estava sozinho. E sozinho caminhou para casa com relativa facilidade, muito embora ainda sentindo a presença e a influência do novo amigo, como se ele pairasse em algum lugar no espaço, observando-o com o mesmo olhar e a mesma atitude negligente.

O moleque chegou em casa e foi para a cama. Se ele tivesse a menor noção do que havia feito naquela noite e fosse menos um moleque e mais um irmão, teria tomado o rumo do rio fedorento, deitado sobre seu leito tingido de negro e coberto para sempre a cabeça com essas águas imundas.

CAPÍTULO IV

Homens e irmãos

— Salve, meus amigos – operários oprimidos de Coketown! Salve, meus amigos e concidadãos – escravos de um despotismo opressivo, exercido por mãos de ferro! Salve, meus amigos e correligionários; sofredores e trabalhadores; meus companheiros! Eu digo a vocês que é chegada a hora de nos unirmos para formar um poder único e transformar em poeira nossos opressores, aqueles que já há muito tempo prosperam, dia após dia, às custas da espoliação de nossas famílias, do suor de nossas frontes, da labuta diária de nossas mãos, da energia de nossos tendões, dos direitos gloriosos da Humanidade criada por Deus e dos sagrados e eternos privilégios da Fraternidade!

— Muito bom! Ouçam, ouçam, ouçam! Hurra!

E outros gritos se fizeram ouvir, vindos de diversas partes daquele Saguão abarrotado e asfixiante, no qual o orador, empoleirado em um palanque dava voz a seu sentimento de revolta, proferindo toda sorte de ideias vazias de significado e repletas de fúria. A rouquidão e a fisionomia encolerizada do tribuno denunciavam o furor de seu discurso. Totalmente esgotado pelo esforço daquela investida, bradando a plenos pulmões debaixo da luz flamejante dos lampiões com os punhos e os dentes cerrados, esmurrando o ar e franzindo as sobrancelhas, ele fez uma pausa e pediu um copo de água.

Enquanto o orador permanecia ali, tentando arrefecer o calor ardente de sua face com alguns goles de água, não havia como evitar uma comparação entre ele e a multidão de rostos atentos que o observava – e, nesse cotejo, coube-lhe uma flagrante desvantagem. Julgando-o através das evidências da Natureza, sua supremacia em relação à massa devia-se única e exclusivamente à elevação do palanque sobre o qual se encontrava. Em outros tantos e importantes aspectos, ele ocupava uma posição inferior. Faltava-lhe boa dose de honestidade, masculinidade e bom humor. Nele, a astúcia era o substituto da marcante simplicidade daquela multidão, e a paixão, da consistente e inofensiva sensibilidade desse povo. Um homem grosseiro, de ombros erguidos e sobrancelhas cerradas, que tinha a fisionomia desfigurada por uma costumeira expressão de amargor, ele contrastava de maneira muito desfavorável, até mesmo no tocante às suas roupas de origem indefinida, com a grande massa de ouvintes, que vestiam seus trajes de trabalho. É sempre muito estranho contemplar qualquer grupo de indivíduos em seu ato de se consignar submissamente à insipidez de um ser presunçoso – seja ele um lorde, seja um homem do povo –, cujo nível intelectual, atolado em futilidades, nenhum expediente humano conseguiria equiparar ao de boa parcela dessa gente. Era, contudo, especialmente estranho e comovente perceber a agitação produzida pela retórica de tal líder, em uma multidão de rostos fervorosos e exaltados, de cuja honestidade, acima de tudo, nenhum observador competente e desprovido de preconceitos poderia duvidar.

— Muito bom! Ouçam, ouçam! Hurra!

A ânsia exibida no semblante de todos, uma mistura de atenção e determinação, criava ali um quadro impressionante. Não havia sinais de descuido, langor ou curiosidade infundada. Não se observava naquela congregação, por um instante sequer, uma das muitas sombras de indiferença tão comuns em tantas outras assembleias. Para quem quer que se dispusesse a compreender o que ali existia, ficava tão evidente quanto as vigas nuas do telhado e as paredes caiadas, que todos os homens reputavam sua condição, de uma forma ou de outra, muito pior do que de fato ela era; que todos os homens consideravam-se responsáveis por se unirem aos demais com o objetivo de alcançar uma condição melhor; que todos os homens depositavam sua única esperança de salvação na aliança com os companheiros à sua volta; e que nessa crença, certa ou errada (infelizmente errada naquela situação), toda aquela multidão estava solene, profunda e sinceramente envolvida. Tampouco poderia qualquer um dos espectadores negar, no fundo de seu coração, que esses homens revelavam, através dos próprios enganos, excelentes qualidades aptas a serem convertidas nas mais felizes e proveitosas vantagens; e que fingir (pela força de axiomas arrebatadores, de um modo ou de outro triviais) que seguiram pelo caminho errado por livre e espontânea vontade, e totalmente sem razão, era o mesmo que admitir a possibilidade de existir fumaça sem fogo, morte sem nascimento, colheita sem semeadura, ou seja, a condição de qualquer coisa advir do nada.

Depois de se refrescar, o orador enxugou a testa franzida, esfregando-a diversas vezes da esquerda para a direita com o lenço dobrado, e concentrou toda a sua energia revigorada em uma expressão zombeteira impregnada de desprezo e mordacidade.

— Salve, meus amigos e irmãos! Salve, homens comuns e cidadãos ingleses – operários oprimidos de Coketown! O que podemos dizer a respeito daquele homem (aquele trabalhador cujo glorioso nome me parece necessário aqui desacreditar), um indivíduo conhecedor do sofrimento e das iniquidades a que vocês, medula e seiva aniquiladas desta terra, são submetidos; um sujeito plenamente ciente da decisão tomada por uma assembleia, e aprovada por nobre e majestosa unanimidade (uma unanimidade capaz de fazer os Tiranos estremecerem), no sentido de contribuir para os fundos do Tribunal da Massa Unida e obedecer às deliberações feitas por esse organismo em benefício de todos (independentemente do que sejam tais deliberações)? Eu lhes pergunto, então, o que vocês dirão de tal trabalhador, um homem que em certo momento abandonou seu posto, prostituiu sua bandeira e se transformou em um traidor, um apóstata, um covarde; aquele que não se envergonha de fazer a vocês a ignóbil e humilhante confissão de que se manterá distante e não se associará à valorosa plataforma de defesa da Liberdade e do Direito?

Nesse momento, o grupo se dividiu. Ouviram-se alguns murmúrios e assobios, mas o sentido de honra geral foi forte demais para admitir a condenação de um homem que não teve o direito de se manifestar.

— Comprove que você está certo, Slackbridge!

— Chame o homem ao palanque!

— Vamos ouvi-lo!

Essas frases foram repetidas por todos os lados e, finalmente, uma voz enérgica pronunciou:

— O homem está aqui? O homem está aqui, Slackbridge? Vamos ouvi-lo nós mesmos.

E a proposta foi acatada com aplausos.

Slackbridge, o orador, olhou à sua volta, com um sorriso embaraçoso estampado no rosto. Em seguida, ergueu o braço direito estendido (uma atitude característica de todo homem que se presta a esse papel), para conter aquele oceano revolto. E esperou até que se instalasse um silêncio profundo.

— Salve, meus amigos e companheiros! — falou então Slackbridge, balançando a cabeça com uma acentuada expressão de desdém —, não me admira que vocês, os humilhados filhos da labuta, duvidem da existência de tal homem. Mas ele existe, assim como existiu aquele que vendeu seu direito de nascimento por um guisado, como existiu Judas Iscariotes, e como também existiu o visconde Castlereagh!

Depois de um breve instante de tensão junto à plataforma, o próprio objeto da discussão se postou ao lado do orador, diante daquele aglomerado de pessoas. Ele tinha o rosto pálido e os lábios revelavam certo sinal de perturbação; mas permaneceu tranquilo, com a mão esquerda apoiada no queixo, esperando para ser ouvido. Com o propósito de ordenar os procedimentos, um indivíduo assumiu o papel de presidente e tomou então o caso em suas mãos.

— Meus amigos — disse ele —, por força de meu ofício de presidente, convido nosso amigo Slackbridge, que pode estar um pouco exasperado com essa questão, a tomar assento, enquanto ouvimos o que esse homem – Stephen Blackpool – tem a nos dizer. Não é segredo para ninguém que ele tem um bom nome e há muito tempo padece com seus infortúnios.

Dito isso, o presidente da sessão cumprimentou-o com um sincero aperto de mãos e se sentou outra vez. Slackbridge, enxugando a testa sempre da esquerda para a direita e nunca no sentido contrário, também se sentou.

— Meus amigos — começou Stephen em meio a um absoluto silêncio —; eu escutei o que falaram de mim, e é provável que eu não consiga retificar esse julgamento. Mas eu gostaria que vocês ouvissem a verdade a meu respeito dita por meus lábios, e não pelos de outro homem, muito embora eu nunca tenha sido capaz de falar na frente de tanta gente sem me sentir perturbado e confuso.

Bastante contrariado, Slackbridge balançou a cabeça com tal fúria que parecia querer se livrar dela.

— Eu sou a única Mão na fábrica de Bounderby, entre todos os homens que lá trabalham, que não apoiou as regras propostas. Não posso concordar com elas. Eu não acredito, meus amigos, que serão boas pra vocês. Ao contrário, penso que serão ruins.

Slackbridge riu, cruzou os braços e franziu a testa sarcasticamente.

— Mas não é só por causa dessas regras que fiquei de fora. Se isso fosse tudo, eu apoiaria. A questão é que eu tenho meus motivos – só meus – pra me sentir prejudicado; não só agora. Sempre foi assim, sempre, a vida toda!

Slackbridge levantou-se de um salto e, colocando-se ao lado dele, deu vazão à sua fúria e falou:

— Meus amigos, o que senão exatamente isso eu falei pra vocês? Oh, meus companheiros, que advertência, senão essa mesma eu lhes fiz? E o que revela a conduta desse homem sobre quem a iniquidade das leis pesou com tanta força? Oh, vocês ingleses! Eu lhes pergunto como esse falso testemunho se apresenta a cada um de vocês, que, assim agindo, consentem com a destruição desse homem, com a própria destruição e também a de seus filhos e a dos filhos de seus filhos?

Alguns dos presentes aplaudiram, e ouviram-se gritos de "Que grande vergonha!". Mas a maior parte dos espectadores permaneceu em silêncio. Eles observaram o rosto cansado de Stephen, ainda mais patético devido à singela emoção que deixava transparecer. E, movidos pela bondade que lhes era peculiar, sentiram-se mais pesarosos do que indignados.

— A função desse Delegado é falar — declarou Stephen —; ele é pago pra falar; e conhece seu trabalho. Deixem que ele continue. Deixem que ele ignore as coisas que eu não apoiei. Isso não é para ele. Isso serve apenas pra mim, pra mais ninguém.

As palavras de Stephen guardavam certo decoro, para não dizer dignidade, e os ouvintes ficaram mais silenciosos e atentos. A mesma voz enérgica ressoou dizendo:

— Slackbridge, cale a boca e deixe o homem falar!

Seguiu-se um silêncio extraordinário.

— Meus irmãos — disse Stephen, em voz baixa, porém nitidamente ouvida por todos —, e meus companheiros de trabalho (pois é isso que vocês são para mim; e sei muito bem que não são para esse delegado aqui), eu tenho apenas uma palavra pra dizer, e mesmo que tivesse que falar até nascer o dia não teria mais nada além dela. Sei muito bem o que me espera. Eu sei muito bem que vocês já decidiram se apartar de um homem que não está junto com vocês nessa questão. Sei muito bem que, se me encontrasse morrendo no seu caminho, julgariam correto me deixar ali como se eu fosse um forasteiro ou um estranho qualquer. Preciso me arranjar da melhor maneira com aquilo que consegui até aqui.

— Stephen Blackpool — chamou o presidente, levantando-se —, pense bem mais uma vez. Pense bem, camarada, antes de se afastar de seus velhos amigos.

Houve um murmúrio geral de aprovação, muito embora ninguém pronunciasse uma única palavra. Todos os olhos estavam fixos no rosto de Stephen. Se ele retrocedesse de sua decisão, tiraria um peso de cima de todas aquelas cabeças. Ele olhou ao redor, e percebeu que assim o seria. Não havia em seu coração o menor sinal de rancor por aqueles companheiros. Stephen os conhecia como só um amigo de trabalho poderia conhecer; ele sabia o que aqueles homens guardavam por trás de suas fraquezas e suas ideias equivocadas.

— Eu já pensei bastante, senhor; e simplesmente não posso tomar parte. Preciso seguir o caminho que tenho diante de mim. Preciso ir embora daqui.

Ele ergueu os braços e fez uma espécie de reverência diante de todos, permanecendo calado por alguns instantes naquela posição, até que vagarosamente deixou os braços caírem ao lado do corpo.

— Ouvi aqui muitas palavras agradáveis e vi muitos dos rostos que encontrei quando eu era mais jovem e tinha o coração menos pesado do que agora. Desde quando eu nasci, nunca tive desentendimentos com nenhum homem igual a mim. Deus sabe que agora também não tenho. Você me chamará de traidor, você — falou ele apontando para Slackbridge —; mas é mais fácil acusar do que provar. Então, que seja assim.

Ele já havia dado um ou dois passos para descer do palanque, quando lembrou que tinha algo mais a dizer; e então retornou.

— Se porventura — disse ele, virando devagar o rosto cheio de rugas, de modo a falar a cada um dos espectadores, não só os que estavam bem próximos, como também os mais distantes —; se acaso depois que essa questão for discutida, chegarem à conclusão de que eu seria uma ameaça se continuasse a trabalhar entre vocês – eu preferia morrer antes que isso acontecesse –; mas, se eu não for essa ameaça, trabalharei sozinho no meu lugar, sem importunar ninguém; pois eu preciso trabalhar, meus amigos; não para desafiar vocês, mas sim para

174

viver. Só tenho o trabalho com que me sustentar; e onde mais eu posso ir – eu que trabalho aqui em Coketown desde pequenino? Não me queixarei se, de hoje em diante, vocês me ignorarem ou me deixarem de lado, mas espero que me permitam trabalhar. Se ainda tenho algum direito, meus amigos, acredito que seja esse.

Nenhuma palavra foi proferida; e o único ruído ouvido no edifício foi o ligeiro farfalhar produzido pela movimentação dos homens ao se afastarem do centro da sala para dar passagem àquele a cujo companheirismo eles haviam decidido renunciar. Evitando olhar para os lados, o Velho Stephen seguiu firme e humildemente seu caminho, carregando sobre os ombros todo o peso de suas aflições, sem fazer qualquer protesto ou reivindicação.

Em seguida, Slackbridge, que, como se pretendesse conter a impetuosa paixão daquela multidão através de uma demonstração de desmesurado desvelo e admirável poder moral, mantivera seu braço retórico estendido até a completa saída de Stephen, entregou-se à tarefa de animar o espírito dessa gente. Pois (oh, meus compatriotas britânicos!), o Bruto Romano não condenou o próprio filho à morte? E as mães Espartanas (oh, meus amigos prestes a experimentarem o sabor da vitória!), não conduziram seus filhos até a ponta da espada dos inimigos? Não era então um dever sagrado dos homens de Coketown, em relação a seus antepassados, aos admiráveis companheiros ali presentes e à posteridade que um dia chegaria, afastar os traidores do espaço de luta por uma causa sagrada e divina, espaço este que eles haviam estabelecido? Os ventos celestes responderam Sim; e sopraram Sim, a leste, a oeste, ao norte e ao sul. A resposta foi ouvida na forma de três vivas para o Tribunal da Massa Unida!

Slackbridge assumiu o papel de porta-voz e aguardou um momento. A multidão de rostos indecisos (de certo modo perturbados por um rasgo de consciência) desanuviou-se ao ouvir a aclamação e fez coro a ela. Sentimentos pessoais deviam ceder espaço à causa comum. Hurra! O telhado ainda vibrava com a saudação quando o grupo se dispersou.

E, dessa forma, Stephen Blackpool transformou-se no mais solitário dos homens – um sujeito entregue a uma vida de isolamento em meio a uma multidão de conhecidos. O estranho que procura em milhares de semblantes uma resposta, sem jamais encontrá-la; vive em meio a gente bastante animada se comparada com ele, que é diariamente evitado pelas faces que outrora foram faces amigas. Stephen experimentava agora essa realidade em todos os momentos de sua vida – no trabalho, no caminho de ida e de volta, em sua porta, sua janela, por toda parte. Por consenso geral, os trabalhadores evitavam até mesmo o lado da rua no qual o banido costumava caminhar; e o deixavam exclusivamente para ele.

Durante muitos anos, Stephen fora um homem tranquilo e silente, que pouco partilhava da companhia dos demais, estando sempre entregue aos próprios pensamentos. Mas até então ele jamais experimentara tal carência de aceitação como a que agora oprimia seu coração, fosse ela expressa por um aceno de cabeça, um olhar ou uma simples palavra; e desejava intensamente o alívio que esses pequenos gestos poderiam despejar na forma de minúsculas gotas dentro de sua alma. Era ainda mais difícil do que ele jamais imaginara separar conscientemente o abandono a que os companheiros o sujeitavam de um infundado sentimento de vergonha e desonra.

Os primeiros quatro dias desse sofrimento foram longos e pesados demais, a ponto de Stephen começar a temer o futuro que se descortinava à sua frente. Ele não apenas se via impossibilitado de ver Rachael, como também evitava qualquer oportunidade de encontrá-la; pois, embora soubesse que a proibição formalmente não se estendia às trabalhadoras da fábrica, era evidente a mudança de atitude em relação a ele por parte de algumas daquelas que conhecia. E, portanto, temia se aproximar das outras. Além disso, horrorizava-o a possibilidade de Rachael vir a ser segregada se ela fosse vista em sua companhia. E, assim, depois de quatro dias confinado em seu isolamento, sem falar com ninguém, certa noite, no momento em que saía do trabalho, Stephen foi abordado na rua por um jovem de pele muito clara.

— Seu nome é Blackpool, estou certo? — perguntou o jovem.

Stephen corou ao se perceber com o chapéu na mão, sem saber se fora motivado pela necessidade de ser cortês com aquele que lhe dirigia a palavra ou pela simples imprevisibilidade do acontecimento – ou quem sabe por ambos. Ele simulou ajeitar a fita do chapéu e disse:

— Sim.

— Digo, você é a Mão que eles condenaram ao ostracismo? — perguntou Bitzer, o jovem de pele muito clara.

— Sim — confirmou Stephen.

— Eu imaginei que assim fosse, porque todos eles parecem evitar qualquer proximidade com você. O senhor Bounderby deseja lhe falar. Você conhece a casa dele, não é?

— Sim — respondeu Stephen novamente.

— Então, vá imediatamente para lá, entendeu? — ordenou Bitzer. — Você está sendo esperado e, ao chegar, só precisa se identificar para o empregado. Eu sou do Banco; assim, se você for direto para lá sem que eu precise acompanhá-lo (fui enviado para buscá-lo), poderá poupar-me alguns passos.

Stephen, que caminhava no sentido oposto, fez meia-volta e, compelido pela força do dever, tomou o rumo do castelo de tijolos vermelhos do gigante Bounderby.

CAPÍTULO V

Homens e mestres

— Muito bem, Stephen — falou Bounderby, naquele seu modo jactancioso —, explique-me de que se trata essa conversa que escutei por aí. O que esses flagelos da terra fizeram a *você*? Vamos! Conte-me!

Ele fora conduzido até sala de estar, onde a mesa do chá estava posta e encontravam-se presentes o senhor Bounderby, sua jovem esposa e seu irmão, e um eminente cavalheiro vindo de Londres. Depois de fechar a porta, Stephen fez uma mesura para esse senhor e permaneceu ao lado dela com o chapéu na mão.

— Esse é o homem acerca de quem eu lhe falava, Harthouse — declarou o senhor Bounderby.

O cavalheiro, que estava sentado no sofá, conversando com o senhor Bounderby, levantou-se e disse de forma pausada:

— Oh, verdade? — e andou devagar até o tapete da lareira, onde o senhor Bounderby permanecia em pé.

— Agora — ordenou Bounderby —, fale!

Depois do isolamento daqueles quatro dias, essa ordem soou rude e dissonante nos ouvidos de Stephen. Além de ser um tratamento grosseiro para seu espírito machucado, parecia trazer implícita a certeza de que ele era de fato o desertor interesseiro de que fora acusado.

— O que aconteceu, senhor — perguntou Stephen —, para eu ser chamado até aqui?

— Ora rapaz; eu já lhe disse — retrucou Bounderby. — Fale como homem, pois você é um homem; e conte-nos tudo o que aconteceu entre você e essa Associação.

— Com seu perdão, senhor — desculpou-se Stephen Blackpool —, não tenho nada a dizer sobre isso.

O senhor Bounderby, cujos modos costumavam reproduzir a fúria de um Vendaval, ao se deparar nesse momento com um obstáculo em seu caminho, começou a soprar.

— Veja bem, Harthouse — disse ele —, eis aqui um belo exemplar dessa gente. Quando esse homem esteve aqui anteriormente, eu o preveni em relação aos perniciosos estranhos que andam sempre por aí (e devem ser enforcados toda vez que forem encontrados). Eu avisei a esse indivíduo que ele havia tomado o rumo errado. Seria possível, então, alguém acreditar que, apesar da desonra que lhe imputaram, ele continua ainda tão escravizado a ponto de se negar a abrir a boca e denunciar seus detratores?

— Eu falei apenas que não tenho nada a dizer, senhor. Isso não significa que estou com medo de abrir a boca.

— Ah, você falou! Eu sei o que você falou. Mais ainda do que isso, eu sei o que você quis dizer, está vendo? E nem sempre é a mesma coisa. Oh Deus! São coisas muito diferentes. Eu preferia ouvir de você, agora mesmo, que aquele sujeito, o Slackbridge, não está na cidade atiçando as pessoas para se amotinarem; e que ele não é um líder qualificado dessa gente – ou seja, o mais amaldiçoado dos canalhas. Seria melhor se você nos dissesse isso, imediatamente. Não me decepcione! Sei que você deseja nos contar. Por que razão não o faz?

— Eu lamento tanto quanto o senhor quando os líderes dos trabalhadores são canalhas — declarou Stephen, balançando a cabeça. — Eles escolhem seus líderes entre aqueles que existem; e a desgraça de não terem outros melhores para escolher não é a menor de todas elas.

O vendaval começou a se agitar.

— Agora, Harthouse, o que o senhor pensa disso? Parece-lhe certo? — questionou o senhor Bounderby. — O senhor dirá que é razoavelmente consistente. O senhor dirá que esse é um espécime comportado daquilo com que meus amigos precisam lidar; mas isso não é nada, senhor! Ouça a pergunta que vou fazer a esse homem.

— Por Deus, Blackpool — o vento soprou com muita fúria —, posso tomar a liberdade de lhe perguntar como é possível você se recusar a tomar parte em tal Associação?

— Como é possível?

Com os polegares apoiados na manga do casaco, ao mesmo tempo que sacudia a cabeça e fechava os olhos como se confidenciasse alguma coisa à parede oposta, o senhor Bounderby exclamou:

— Ah! Como é possível?

— Eu preferia não chegar a isso, senhor; mas já que o senhor colocou a questão, e eu não quero faltar com o respeito, vou responder. Eu fiz uma promessa.

— Não me venha com essa história — esbravejou Bounderby. (Uma tempestade entremeada de enganosa calmaria. E nesse momento prevalecia uma delas.)

— Oh, não senhor. Não para o senhor.

— Nada disso tem qualquer coisa a ver com minha pessoa — falou Bounderby, ainda trocando confidências com a parede. — Se a questão dissesse respeito a Josiah Bounderby de Coketown, você teria se juntado a eles, sem fazer objeção alguma.

— Pois sim, senhor. Isso é verdade.

— No entanto, ele sabe — afirmou o senhor Bounderby, agora soprando como uma ventania —, que esses indivíduos são um grupo de patifes e rebeldes, para quem o banimento é uma pena boa demais! Diga-me então, Harthouse, o senhor que já vagou algum tempo pelo mundo, se porventura encontrou fora de nosso abençoado país um espécime semelhante a esse?

Pronunciando essas palavras em meio a um acesso de fúria, o senhor Bounderby apontou o dedo na direção de Stephen.

— Não, madame — protestou com firmeza Stephen Blackpool contra a acusação levantada, dirigindo-se instintivamente a Louisa, depois de olhar de relance para ela. — Não são rebeldes, nem patifes. Nada disso, madame, nada disso. Eles não foram bondosos comigo; eu bem sei; senti na pele. Mas não há uma dúzia deles, madame, talvez nem mesmo seis, que não acredite ter cumprido seu dever, em nome de todos e de si mesmos. Deus não permita que eu, que convivi com esses homens durante toda a minha vida, que tantas vezes comi e bebi com eles, sentei e labutei ao lado deles e amei todos, cometa o erro de não defender a verdade, mesmo depois de eles terem feito comigo o que fizeram!

Stephen se expressou com o fervor rude típico das pessoas que têm a mesma posição social e o mesmo caráter que ele – mais acentuado, provavelmente, pela altiva convicção de ter sido fiel à sua gente a despeito de toda a suspeita sobre ele levantada. Contudo, por um instante sequer deixou de lembrar quem era e, assim sendo, não levantou o tom de voz.

— Não, madame, não. Eles são leais entre si; não traem a confiança uns dos outros, e têm afeição pelos seus companheiros, até mesmo diante da morte. Todo aquele que já foi pobre entre eles, que ficou

180

doente entre eles, que sofreu no meio deles por qualquer das muitas causas que levam sofrimento à porta dos homens pobres, conheceu o carinho, a bondade e o conforto que, tal qual um cristão, são capazes de oferecer. Esteja certa, madame, que, mesmo sob pena de serem reduzidos a trapos, jamais agiriam de maneira diferente.

— Em suma — exclamou o senhor Bounderby —, eles o abandonaram à mercê da própria sorte só porque são assim tão plenos de virtudes! Pois, então, agora que você começou, conclua. Vá em frente!

— O que eu não consigo entender, madame — retomou Stephen, parecendo ainda encontrar um refúgio natural no semblante de Louisa —, é como as coisas boas que nossa gente tem podem nos causar problemas e infortúnios e nos levar a cometer erros. Mas é assim. Eu sei disso, como sei que acima da fumaça existe um céu sobre a minha cabeça. Mas nós somos resignados, e queremos fazer as coisas certas. E eu não posso pensar que os erros são todos nossos.

— Agora, meu amigo — falou o senhor Bounderby, tomado de grande irritação pelo fato de Stephen, mesmo inconscientemente, ter dirigido seu apelo a outra pessoa —, se me for possível contar com um minuto de sua atenção, eu gostaria de trocar umas palavrinhas com você. Eu o ouvi declarar, há poucos instantes, que não havia nada para ser dito a respeito desse assunto. Antes de prosseguirmos, quero saber se você está bem certo disso.

— Sim, senhor, estou bem certo.

— Está aqui presente um cavalheiro vindo de Londres — o senhor Bounderby apontou para trás com o polegar, na direção do senhor James Harthouse —, um homem do Parlamento. Eu gostaria que ele escutasse o diálogo entre nós dois, em vez de simplesmente tirar uma conclusão (pois, de antemão, eu sei muito bem qual será – ninguém sabe melhor do que eu; tome nota!), em vez de tomar como verdade o que ouvir de minha boca.

Stephen cumprimentou o cavalheiro de Londres com uma ligeira inclinação de cabeça, e mostrou-se mais desconcertado do que lhe era habitual. Ele voltou instintivamente os olhos na direção de seu recém--descoberto refúgio, mas, reagindo à indicação do olhar dela (expressivo, embora muito rápido), ele virou-se para o senhor Bounderby.

— Então, do que você se queixa agora? — perguntou este.

— Eu não vim até aqui, senhor — Stephen lembrou a ele —, para reclamar. Vim, porque fui chamado.

— De que sua gente se queixa, de um modo geral? — repetiu o senhor Bounderby, cruzando os braços.

Stephen olhou para ele, abalado por uma momentânea hesitação. Mas, logo em seguida, pareceu tomar uma decisão.

— Senhor, nunca fui capaz de falar disso, embora eu tenha minha parcela nesse sofrimento. Nós somos vítimas de uma enorme perversidade, senhor. Olhe para toda a cidade – tão rica – e veja o número de pessoas que pra cá vieram – para tecer, preparar o algodão e ganhar a vida – sempre do mesmo modo, desde o berço até a sepultura. Veja como e onde nós vivemos. Veja quantos nós somos, as oportunidades que temos e a mesmice de nossa vida. Veja como as fábricas trabalham sem parar, sem qualquer esperança para nós – próxima ou distante –, exceto exclusivamente a Morte. Veja a consideração que vocês têm por nós, as coisas que escrevem e falam sobre nós, as comitivas que enviam até os Secretários de Estado para falar sobre nós. Veja como vocês estão sempre certos e nós sempre errados, desde que nascemos. Veja como isso tudo vem aumentando, sem parar, tornando-se cada vez mais intenso, mais penoso, ao longo de anos e anos, gerações e gerações. Quem poderia olhar para essas coisas, senhor, e dizer honestamente que isso não é uma perversidade?

— Sem dúvida — respondeu o senhor Bounderby. — Agora, então, você poderia contar ao cavalheiro de que forma pretende converter em justiça esse estado de perversidade (assim como você prefere chamar).

— Eu não sei, senhor. Não sou a pessoa certa pra isso. Quem pode achar uma solução são aqueles que estão acima de mim e de todos os meus companheiros. Não são eles, senhor, que se dizem capazes de corrigir erros?

— De qualquer maneira, vou lhe dizer uma coisa sobre isso —retrucou o senhor Bounderby. — Nós transformaremos em exemplo dezenas de Slackbridges. Nós acusaremos todos os patifes de terem cometido crime grave e os despacharemos para as colônias penais.

Stephen balançou solenemente a cabeça.

— Não me diga, homem — esbravejou o senhor Bounderby, a essa altura bufando como um furacão —, que nós não o faremos, porque faremos sim; eu lhe asseguro!

— Senhor — retrucou Stephen, embalado pela serena confiança em sua absoluta convicção —, se o senhor tomar uma centena de Slackbridges (todos que lá estão, talvez um número até cem vezes maior) e amarrá-los em sacos separados e atirá-los ao oceano mais profundo que existe, aquele cujas águas jamais secarão, a perversidade continuará exatamente como sempre tem sido. Forasteiros perniciosos! — exclamou Stephen, com um sorriso ansioso —; estou certo de que sempre ouvimos falar, desde quando consigo me lembrar, de forasteiros perniciosos! Mas os problemas não são criados por *eles*. Os problemas não começam com *eles*. Não pretendo favorecê-los (não tenho motivo nenhum para isso), mas é inútil, impossível mesmo, sonhar em afastá-los de seus ofícios, em vez de levar esses ofícios para longe deles! Tudo o que está nesta sala já estava quando aqui cheguei, e estará depois que eu for embora. Se aquele relógio for embarcado em um navio e enviado para a Ilha Norfolk, as horas continuarão passando como sempre passaram. A mesma coisa acontece com Slackbridge.

Voltando-se por alguns instantes para seu antigo refúgio, ele observou um movimento admonitório dos olhos da dama na direção da porta. Dando um passo para trás, Stephen colocou a mão sobre a maçaneta. Mas ele não havia falado aquilo que ditava sua livre vontade; e sentiu no fundo do coração o nobre desejo de responder ao tratamento injurioso de que pouco antes fora vítima, e mostrar sua fidelidade ao último daqueles que o haviam repudiado. Então, ficou para concluir o que lhe passava pela mente.

— Senhor, sou um homem de conhecimentos limitados e, portanto, não posso dizer para o cavalheiro o que seria bom para melhorar a situação (embora possam alguns trabalhadores desta cidade, que conhecem mais do que eu). Entretanto, posso dizer a ele o que não seria bom. A mão violenta jamais o fará. Vitória e triunfo jamais o farão. Acordos que, contrariando a natureza, proclamam um dos lados certo para todo o sempre, e o outro, errado por toda a eternidade, nunca será bom, nunca. Tampouco o abandono será bom. Deixando milhares e milhares de seres à mercê da própria sorte, todos vivendo a mesma espécie de vida e todos sujeitos à mesma espécie de perversidade, eles se unirão e vocês serão o outro, com um mundo negro e impraticável a separá-los, por um tempo tão breve ou tão longo quanto essa miséria durar.

Sem acolher essa gente com atitudes bondosas, pacientes e cordiais, como eles acolhem uns aos outros em suas infinitas preocupações e se acalentam uns aos outros quando necessitam de consolo, oferecendo aquilo de que também carecem (como eu humildemente acredito que nenhuma pessoa entre aquelas que o cavalheiro viu em todas as suas viagens seria capaz de fazer), jamais, até que o Sol se transforme em gelo, haverá uma solução. Acima de tudo, avaliando esses trabalhadores em função de seu Vigor e controlando-os como se fossem números de uma soma – ou talvez máquinas –, que desconhecem o amor e a afeição, carecem de memórias e predileções, são desprovidos de uma alma que se consome ou uma alma que alimenta esperanças – quando tudo se transforma em silêncio e os arrasta como se não fossem nada; tudo é quietude e os repreende por sua necessidade de sentimentos humanos no relacionamento com vocês – nunca se encontrará uma solução, senhor, até que o trabalho de Deus esteja concluído.

Stephen permaneceu em pé, segurando com a mão a porta aberta e aguardando um sinal que indicasse se ele tinha alguma coisa mais a fazer ali.

— Espere um momento — falou o senhor Bounderby, com o rosto em brasa. — Na última vez que você esteve aqui para se queixar de uma injustiça, eu lhe disse que melhor seria dar meia-volta e deixar tudo isso de lado. Eu também lhe disse, se é que você se recorda, que estou atento à questão dos talheres de ouro.

— Não me interesso por eles, senhor. Dou-lhe minha palavra.

— Agora está claro para mim — concluiu o senhor Bounderby — que você é um daqueles sujeitos sempre dispostos a se queixar. E você anda por aí semeando o descontentamento e colhendo os frutos. Esse é o propósito de *sua* vida, meu amigo.

Stephen balançou a cabeça, como forma de dizer por meio de um protesto mudo que ele tinha outras coisas importantes a fazer na vida.

— Você é um sujeito petulante, atrevido, inconveniente — vociferou o senhor Bounderby —; um sujeito que não tem o apoio nem mesmo dentro do próprio Sindicato, entre os homens que o conhecem. Nunca imaginei que um dia aqueles homens pudessem fazer alguma coisa direito, mas preciso lhe dizer, rapaz, esse dia chegou, pois agora concordo com eles – eu também não dou importância alguma a você.

Stephen ergueu os olhos e fitou rapidamente o rosto de seu interlocutor.

— Você pode terminar o que veio fazer aqui — falou o senhor Bounderby, com um significativo movimento de cabeça —, e depois ir embora para onde bem entender.

— Mas o senhor bem sabe que, se eu não conseguir um trabalho na sua firma — afirmou Stephen enfaticamente —, não conseguirei em parte alguma.

— O que eu sei é assunto meu. E o que você sabe é problema seu. Não tenho mais nada a dizer sobre isso — foi a resposta de Bounderby.

Stephen olhou novamente na direção de Louisa; porém, ela havia abaixado o olhar. Não lhe restando mais nada a fazer, ele deu um suspiro e partiu murmurando baixinho:

— Que Deus ajude todos nós a viver neste mundo!

CAPÍTULO VI

A partida

Quando Stephen saiu da casa do senhor Bounderby, a claridade do dia já havia dado lugar para as sombras da noite, que se acumularam rapidamente. Ao fechar a porta, ele não olhou ao redor; limitou-se apenas a seguir em frente, caminhando em uma marcha lenta e penosa, com o pensamento perdido na curiosa figura da velha senhora com quem se encontrara em sua última visita a essa mesma casa. Nesse instante, Stephen escutou atrás de si passos conhecidos e, virando-se, deparou-se com a tal senhora na companhia de Rachael.

Ele viu Rachael em primeiro lugar, pois só escutara a aproximação dela.

— Ah, Rachael, minha querida! Olá! A senhora aqui com ela?

— Bem, decerto você está surpreso, e com razão — respondeu a senhora. — Eis-me aqui outra vez, está vendo?

— Mas, com Rachael? Não entendo — questionou Stephen, acertando o passo com o delas e olhando de uma para a outra enquanto caminhava no meio das duas.

— Oras, vim a conhecer essa boa moça da mesma forma que conheci você — falou alegremente a velha senhora, tomando para si a ocasião de responder. — Este ano, em virtude de uma terrível falta de ar, que tanto tem me importunado, acabei postergando minha visita à cidade para esperar que o tempo estivesse mais firme e ameno. Por idêntica razão, dividi a viagem em dois dias, em vez de fazê-la em um só como é meu costume. Portanto, reservei uma cama para passar a noite na Taberna dos Viajantes, ao lado da via férrea (uma casa muito limpa e agradável), e deixei para retornar no trem de segunda classe às seis da manhã. Muito bem! Você pode então me perguntar o que tudo isso tem a ver com essa boa moça, não é mesmo? Pois vou lhe contar. Ouvi falar que o senhor Bounderby havia se casado. Na verdade, li sobre isso no jornal. O evento me pareceu grandioso, muito elegante!

Demonstrando em sua expressão um estranho entusiasmo, a velha senhora continuou:

— Assim, senti vontade de conhecer a esposa dele. Eu ainda não a conhecia. Entretanto, ela não saiu daquela casa desde hoje ao meio-dia, acredite-me! Como não sou de desistir tão facilmente, fiquei esperando um minutinho mais na redondeza, e assim passei por esta boa moça umas duas ou três vezes. No final, o ar de cordialidade de seu rosto encorajou-me a lhe falar, e ela falou comigo. Pois, está aí! — exclamou a velha senhora, dirigindo-se a Stephen. — O resto você pode concluir por si mesmo; e mais depressa do que eu lhe contaria, estou certa!

Mais uma vez, Stephen precisou se esforçar para conseguir controlar uma instintiva aversão que sentia por essa velha senhora, a despeito do ar de honestidade e simplicidade que ela deixava transparecer em seus modos. Com os modos delicados que eram característicos tanto dele como de Rachael, Stephen procurou conhecer o assunto que motivava o interesse daquela mulher.

— Bem, minha senhora — disse ele —, eu estive diante da dama. Ela é jovem e formosa. Tem olhos negros, muito bonitos e pensativos; e uma maneira tão serena, Rachael, como eu nunca vi igual.

— Jovem e formosa. Pois sim! — exclamou a velha senhora, encantada. — Tão bela quanto uma rosa! Uma esposa muito feliz!

— Sim, minha senhora. Suponho que ela seja — afirmou Stephen, ao mesmo tempo que olhava para Rachael com expressão de dúvida.

— Você imagina que seja? Ela deve ser. É a esposa de seu patrão — retrucou a velha senhora.

Stephen acenou afirmativamente com a cabeça.

— Quanto ao patrão — falou o rapaz, olhando de novo para Rachael —, ele não é mais meu patrão. Está tudo acabado entre ele e eu.

— Você deixou o trabalho na fábrica dele, Stephen? — perguntou Rachael, em tom aflito e impaciente.

— Oras, Rachael — respondeu ele —; tanto faz se eu deixei o trabalho ou fui despedido. Eu já não tenho mais nada lá. Está tudo bem. Assim é melhor. Era nisso que eu estava pensando quando encontrei com você. Se eu ficasse, teria problemas em cima de problemas. Talvez seja bom para muitos que eu vá. Talvez seja bom para mim. De qualquer modo, tinha que ser assim. Preciso me afastar de Coketown por algum tempo e procurar minha sorte, querida, começando tudo de novo.

— Para onde você vai, Stephen?

— Ainda não sei — respondeu ele, tirando o chapéu e alisando os ralos fios de cabelo com a palma da mão. — Mas não vou esta noite,

Rachael; nem amanhã. Não é fácil decidir para onde ir; mas sei que um coração bondoso me ajudará.

Mais uma vez, a consciência de uma forma altruísta de encarar a vida serviu-lhe de consolo. Antes mesmo de ter fechado a porta da casa do senhor Bounderby, Stephen pensou que o fato de ser obrigado a deixar Coketown poderia, pelo menos, ser benéfico para ela, pois a pouparia do problema de ser questionada por não se afastar dele. Embora soubesse com certeza que sentiria uma dor imensa ao deixá-la e que não encontraria um lugar onde o sentimento de rejeição não mais o perseguisse, ele encarou a situação como uma possível libertação do sofrimento dos últimos quatro dias, a despeito das dificuldades e angústias desconhecidas que o aguardavam. E, assim, fiel aos seus princípios, ele falou:

— Estou mais mortificado, Rachael, do que jamais poderia acreditar.

Ela se limitou a lhe responder com um sorriso confortador; pois seu único intuito era não tornar mais pesada a carga do amigo. E os três continuaram caminhando juntos.

Os idosos, especialmente quando se esforçam para ser independentes e cordiais, encontram acolhimento entre os mais pobres. Assim, a velha senhora, uma pessoa tão digna, solícita e extremamente capaz de não se deixar abater por suas enfermidades, apesar de estas só terem feito aumentar desde o último encontro com Stephen, acabou despertando o interesse dele e de Rachael. Ela era uma mulher jovial demais e não permitiu que eles reduzissem o passo por sua causa. Além do mais, gostava de falar bastante e se mostrou grata pela disposição dos dois em conversar com ela. Desse modo, ao chegarem à área da cidade para onde se dirigiam, a velha senhora estava mais alegre e animada do que nunca.

— Venha à minha casa humilde, senhora — convidou Stephen —, e tome uma xícara de chá. Rachael também irá. E depois eu a acompanharei em segurança até a Pousada dos Viajantes. Pode ser que demore muito, Rachael, para eu ter de novo a sua companhia.

Elas concordaram; e os três se dirigiram para a casa onde ele morava. Quando entraram na rua estreita, Stephen olhou para sua janela e, como sempre, foi assaltado pelo fantasma do medo que aquela casa desoladora despertava. Mas a janela continuava aberta, exatamente como ele deixara ao sair – não havia ninguém lá. Meses atrás, o espírito demoníaco de sua vida fugira em segredo outra vez, e desde então ele não soubera nada mais sobre a mulher. Os únicos sinais que permaneceram depois que ela lá esteve pela última vez eram a escassez ainda maior de móveis em seu quarto e os cabelos mais brancos em sua cabeça.

Stephen acendeu uma lamparina, colocou a pequena mesa para o chá, foi buscar água quente no andar de baixo e trouxe do armazém mais próximo uma pequena porção de chá, açúcar, broa e manteiga. A broa, recém-assada, estava bem crocante; a manteiga, fresca; e o açúcar, como não podia deixar de ser, para que se confirmasse a declaração habitual dos magnatas de Coketown, para quem o povo da cidade vivia como vive a realeza, vinha aglomerado na forma de torrões. Rachael preparou o chá e a visitante se deliciou com ele. Como o grupo era grande, foi necessário pedir emprestada uma xícara. Esse foi o primeiro vislumbre de camaradagem que o anfitrião teve depois de muitos dias. Ele também, apesar do mundo que se abria diante de seus olhos como uma vasta área de terra inculta, apreciou a refeição (um exemplo, segundo o dito dos magnatas, da total falta de previdência por parte dessa gente).

— Até agora não me lembrei de perguntar seu nome, minha senhora — falou Stephen.

A velha senhora se apresentou como "Senhora Pegler".

— Viúva, acredito eu — sugeriu o rapaz.

— Oh, sim. Há muitos anos!

A senhora Pegler disse que, pelos seus cálculos, quando o marido dela morreu (um dos melhores homens que esse mundo já conheceu), Stephen ainda não tinha nascido.

— Que grande infortúnio; perder uma pessoa tão boa — afirmou Stephen. — Tem filhos?

A xícara da senhora Pegler, tilintando em contato com o pires que ela segurava na mão, deixou transparecer certa inquietação.

— Não — respondeu ela. — Não agora, não agora.

— Morto, Stephen — Rachael sugeriu, compassivamente.

— Sinto muito ter falado sobre isso — desculpou-se Stephen. — Eu deveria me lembrar de que podia tocar em alguma ferida. Tenho que pedir perdão por isso.

À medida que ele se desculpava, o pires na mão da senhora Pegler tremia cada vez mais.

Assaltada por uma estranha perturbação, uma forma de angústia diferente da habitual manifestação de pesar, a senhora Pegler falou:

— Eu tive um filho, e ele se saiu muito bem na vida, extraordinariamente bem. Mas, com sua licença, não quero falar sobre isso. Ele está — apoiando a xícara, ela fez um movimento com as mãos, para acrescentar uma representação gestual da conclusão de sua frase — morto!

Em seguida, falou em voz alta:

— Eu o perdi.

Stephen ainda não conseguira se recuperar do constrangimento de ter causado dor à velha senhora quando sua senhoria subiu cambaleando pela escada, bateu à porta dele e lhe sussurrou alguma coisa ao ouvido. A senhora Pegler, que estava longe de ser surda, entendeu uma das palavras assim que foi pronunciada.

— Bounderby! — gritou ela, com a voz contida, levantando-se imediatamente da mesa. — Oh, escondam-me! Não permitam que eu seja vista. Não deixem que ele suba antes de eu ir embora. Por favor, por favor!

A senhora Pegler tremia e estava muito agitada; e quando Rachael tentou tranquilizá-la, ela se escondeu atrás da moça, parecendo não saber ao certo o que fazer.

—Escute, minha senhora, escute — disse Stephen, atônito. — Não se trata do senhor Bounderby; quem está aí é a esposa dele. Há apenas uma hora, a senhora estava falando entusiasmada sobre ela. Não tem por que ficar com medo agora.

— O senhor tem certeza de que se trata da dama, e não do cavalheiro? — perguntou ela, ainda muito trêmula.

— Absolutamente certo!

— Muito bem. Então não fale comigo, nem chame a atenção para minha presença aqui — pediu a velha senhora. — Deixe-me quieta neste canto.

Stephen assentiu, com um movimento da cabeça, e olhou interrogativamente para Rachael, buscando na expressão da moça uma explicação, que ela não foi capaz de lhe dar. Em seguida, tomou a lamparina, desceu a escada e retornou depois de alguns instantes, introduzindo Louisa na sala. Ela veio acompanhada do moleque.

Quando Stephen entrou, profundamente surpreso com essa visita, e colocou a lamparina sobre a mesa, Rachael estava em pé, um pouco afastada para o lado, segurando o xale e o capuz nas mãos. Stephen ficou em pé, com as duas mãos apoiadas na mesa, esperando que a visitante se dirigisse a ele.

Pela primeira vez em toda a sua vida, Louisa entrou na casa de uma das Mãos de Coketown. Pela primeira vez em toda a sua vida, ela via essa gente como indivíduos, cada qual com a própria singularidade. Louisa sabia da existência de centenas ou milhares desses seres; sabia quais eram os resultados produzidos pelo trabalho de certo número deles em dado período; ela reconhecia neles uma multidão que saía de seus ninhos e para eles retornava, como uma colônia de formigas ou de escaravelhos. Contudo, as leituras haviam proporcionado à garota um conhecimento muito maior a respeito dos insetos trabalhadores do que dos homens e das mulheres que labutam.

Para ela, as Mãos de Coketown eram apenas e tão somente criaturas fadadas a trabalhar muito em troca de algum pagamento; criaturas infalivelmente subordinadas às leis da oferta e da demanda; criaturas que se insurgem contra essas leis e se debatem com as dificuldades; criaturas que sofrem com rigoroso racionamento quando o trigo tem preço elevado e se banqueteiam quando ele está barato; criaturas que formam populações progressivamente mais numerosas, mais predispostas a cometer crimes e mais sujeitas à pauperização; criaturas forjadas no atacado e empregadas para a geração de imensas fortunas; criaturas que ocasionalmente se levantam como as ondas do oceano, produzem algum dano e desperdício (principalmente para si mesmas) e voltam a cair. No entanto, não lhe passava pela cabeça a ideia de individualizar esses seres, assim como não lhe ocorria separar a água do oceano em suas gotículas constituintes.

Louisa permaneceu alguns instantes em pé, percorrendo a sala com os olhos. Depois de observar as poucas cadeiras, os escassos livros, as pinturas comuns e a cama, ela olhou para as duas mulheres e para Stephen.

— Vim até aqui para falar com você, em virtude do que ocorreu agora há pouco. Se você permitir, eu gostaria de ajudá-lo. Esta é sua esposa?

Rachael limitou-se a levantar os olhos, em um não silencioso, e voltou a abaixá-los.

— Agora me lembro — falou Louisa, ruborizando por causa do erro cometido — de ter ouvido comentários sobre seus infortúnios domésticos, muito embora eu não tenha prestado atenção aos pormenores naquela época. Não era minha intenção fazer uma pergunta capaz de causar o sofrimento de quem quer que fosse. Se eu perguntei alguma coisa que trouxe tal consequência, acredite-me, por favor, foi por não saber falar a vocês como deveria.

Da mesma forma que poucos instantes atrás Stephen havia instintivamente se dirigido a Louisa, também ela agora dirigia-se a Rachael, falando de maneira lacônica e apressada, mas, ao mesmo tempo, tímida e vacilante.

— Ele lhe contou o que ocorreu em sua última conversa com meu marido? Imagino que você deve ser a primeira pessoa a quem ele recorre.

— Fiquei sabendo apenas como terminou, jovem senhora — respondeu Rachael.

— Será que eu entendi direito que, uma vez recusado por um empregador, ele provavelmente será recusado por todos? Creio que foi isso o que ele disse.

— São muito pequenas (eu diria mesmo quase nulas), jovem senhora, as chances de um homem que adquire má fama entre eles.

— O que devo entender quando você fala em má fama?

— A fama de ser perturbador da ordem vigente.

— Quer dizer então que ele é sacrificado tanto em virtude do preconceito dos indivíduos de sua própria classe como também dos da outra? São esses dois grupos tão separados assim aqui em Coketown, a ponto de não restar um espaço sequer entre eles para um trabalhador honesto?

Rachael balançou a cabeça em silêncio.

— Ele ganhou a desconfiança de seus companheiros tecelões — falou Louisa — porque fez uma promessa de não se unir a eles. Imagino que essa promessa tenha sido feita a você. Posso lhe perguntar o que o levou a prometer?

Rachael se desmanchou em lágrimas, e falou:

— Eu não queria que ele fizesse isso, pobre rapaz. Eu lhe pedi que evitasse se envolver em problemas, mas foi pensando nele apenas. Nunca imaginei que acabaria se encrencando por minha causa. Mas sei que ele preferiria mil vezes morrer do que faltar com a palavra. Eu o conheço muito bem.

Stephen havia permanecido calado e pensativo, com o queixo apoiado nas mãos, como habitualmente fazia em tais situações. Então, começou a falar; mas sua voz não tinha a firmeza usual.

— Ninguém, exceto eu mesmo, pode entender a consideração, o amor e o respeito que eu tenho por Rachael, nem mesmo por quê. Quando fiz aquela promessa, eu jurei que ela era o Anjo da minha vida. Foi um juramento solene, que vou levar comigo para sempre.

Louisa voltou a cabeça na direção dele e curvou-a em uma atitude de respeito inédita nela. Os olhos da garota passaram de Stephen para Rachael, e suas feições ganharam mais suavidade.

— O que você vai fazer? — perguntou Louisa, com a voz também mais suave.

— Bem, minha senhora — falou ele sorrindo e buscando a melhor resposta —, depois que eu terminar tudo, vou precisar deixar este lugar e procurar outro. Feliz ou infelizmente, a única coisa que um homem pode fazer é tentar; nada se consegue sem tentar – exceto deitar e morrer.

— E como você vai viajar?

— A pé, minha cara senhora; a pé.

Louisa enrubesceu e tomou nas mãos uma carteira. Era possível escutar o ruído farfalhante das notas de dinheiro, à medida que ela as desdobrava e colocava sobre a mesa.

— Rachael, você pode dizer a ele (pois só você sabe como fazer sem ofendê-lo) que isso é para ajudá-lo em sua jornada? Por favor, convença-o a aceitar.

— Não posso fazer isso, jovem senhora — respondeu Rachael, virando a cabeça para o lado. — Deus a abençoe por demonstrar tanto carinho pelo pobre rapaz. Mas só ele sabe o que traz dentro do coração e o que é certo de acordo com seus princípios.

Louisa foi tomada por um repentino sentimento de afeição, misturado com certa dose de incredulidade e apreensão, quando esse homem austero, cuja atitude fora tão íntegra e determinada por ocasião da conversa com o marido dela, de repente perdeu por alguns instantes a compostura, para em seguida se recompor e ficar ali, com o rosto escondido entre as mãos. Ela estendeu as suas mãos, como se quisesse tocá-lo; mas recuou e permaneceu em silêncio.

— Nem mesmo as palavras carinhosas de Rachael seriam capazes de fazer uma oferta tão bondosa — falou Stephen, descobrindo o rosto. — Para não parecer que eu seja um homem desajuizado e mal-agradecido, vou tomar emprestado duas libras; para pagar depois. Não existe alegria maior para mim do que poder demonstrar meu reconhecimento e minha eterna gratidão por esse ato.

Louisa foi forçada a apanhar as notas e substitui-las pela quantia muito menor que ele havia mencionado. Esse homem não era, em aspecto algum, cortês, formoso ou atraente; no entanto, sua maneira de aceitar o dinheiro e agradecer com poucas palavras revelava uma graça que Lorde Chesterfield jamais conseguiria ensinar a seus filhos, nem no decurso de um século.

Até então, Tom estava sentado na cama, balançando indiferentemente uma das pernas e lambendo a extremidade de sua bengala. Ao perceber que a irmã se preparava para partir, ele se levantou, bastante apressado, e falou:

— Espere um momento, Loo! Antes de irmos embora, eu gostaria de trocar uma palavrinha com ele. Algo me ocorreu, Blackpool, e se você nos acompanhar até a escada eu lhe contarei. Não se preocupe em trazer a luz, rapaz!

Tom se mostrou muito impaciente quando Stephen caminhou até o armário para pegar uma lamparina.

— Não preciso de uma luz!

Depois de chegarem ao lado de fora, Tom fechou a porta e ficou segurando a maçaneta.

— Escute! —falou ele em voz sussurrada. — Eu acho que posso fazer um favor a você. Não me pergunte o que é, porque pode não dar em nada. Mas não faz mal algum tentar.

A respiração do rapaz estava tão quente que penetrou como labaredas no ouvido de Stephen.

— Foi o nosso contínuo do Banco que trouxe a mensagem até você esta noite — disse Tom. — Eu o chamo de nosso contínuo porque também faço parte do Banco.

O rapaz falava atabalhoadamente, e Stephen pensou, "Quanta pressa tem esse moço!".

— Muito bem! — continuou Tom. — Preste atenção! Quando você vai embora?

— Hoje é segunda-feira — respondeu Stephen, enquanto pensava. — Oras, senhor, por volta de sexta-feira ou sábado à noite.

— Sexta-feira ou sábado — repetiu Tom. — Então, escute bem! Não sei se vou conseguir fazer para você o favor que desejo. Trata-se de minha irmã; aquela que está na sua sala. Mas pode ser que eu consiga; e também, se não conseguir, não faz mal. Agora, preste atenção: você acha que seria capaz de reconhecer nosso contínuo se o visse outra vez?

— Certamente, senhor — confirmou Stephen.

— Muito bem! — retomou Tom. — Quando você sair do trabalho qualquer noite dessas, entre hoje e o dia de sua partida, fique um tempo ali pela redondeza do Banco, talvez uma hora ou pouco mais, entendeu? Se acontecer de ele ver você vagando por ali, faça de conta que não está procurando nada; porque só vou instrui-lo a falar com você se eu tiver certeza de que consigo fazer o serviço. Nesse caso, ele vai lhe entregar um bilhete ou uma mensagem; do contrário, não. Diga então, você entendeu direitinho?

Tom havia enfiado um dedo em uma das casas de botão do casaco de Stephen e estava torcendo de um modo muito estranho aquela beirada da roupa.

— Eu compreendo, senhor — falou Stephen.

— Agora, olhe aqui! — repetiu Tom. — Certifique-se de não cometer nenhum erro; e não se esqueça. No caminho de casa, vou contar pra minha irmã a ideia que tenho na cabeça, e sei que ela vai aprovar. Então veja! Está tudo certo? Você entendeu direitinho? Muito bem. Vamos embora, Loo!

Tom abriu a porta para chamar a irmã, mas não voltou a entrar na sala, e desceu a escada sem esperar que alguém trouxesse uma lamparina para iluminar os degraus. Quando Louisa começou a descer, ele já havia chegado embaixo e alcançara na rua, antes mesmo que ela pudesse se aproximar e segurar em seu braço.

A senhora Pegler permaneceu em seu canto até que os dois irmãos tivessem partido e Stephen retornado, trazendo a lamparina. Ela estava profundamente encantada com a senhora Bounderby e se pôs a chorar de um modo bastante enigmático, dizendo sem parar:

— Como ela é encantadora!

No entanto, a senhora Pegler estava tão agitada, por medo de que o objeto de sua admiração pudesse retornar a qualquer momento ou outra pessoa chegar, que sua alegria terminou por ali. Além do mais, já era tarde para pessoas que levantam cedo e trabalham duro. Portanto, o grupo se desfez. Rachael e Stephen acompanharam sua misteriosa conhecida até a porta da Taberna dos Viajantes, onde a deixaram.

Os dois fizeram juntos o caminho de volta, até a esquina da rua onde Rachael morava. À medida que se aproximavam, deixaram de falar. Ao chegarem à esquina escura onde sempre terminavam seus raros encontros, pararam, ainda em silêncio, como se tivessem medo de dizer alguma coisa.

— Antes de ir embora, Rachael, vou fazer de tudo pra ver você de novo, mas se não conseguir...

— Você não vai conseguir, Stephen, eu sei. É melhor sermos honestos um com o outro.

— Você está certa; sempre está. É melhor e mais corajoso. Como falta apenas um dia, ou talvez dois, estive pensando que é melhor você não ser vista comigo, minha querida. Isso pode só causar problemas, e nada mais.

— Não foi isso que eu quis dizer, Stephen. Você se lembra de nosso velho acordo, não é? Pois foi por causa dele.

— Bem, bem — disse Stephen. — De qualquer modo, assim é melhor.

— Você vai escrever pra mim e contar tudo o que estiver acontecendo, Stephen?

— Sim. Mas agora só posso dizer que peço para os Céus ficarem ao seu lado; para abençoarem, protegerem e recompensarem você.

— Que eles também o protejam, Stephen, na sua peregrinação. Quem sabe, finalmente, você vai encontrar paz e descanso!

— Naquela noite, minha querida, eu lhe falei que nunca mais pensaria nas coisas que me causam raiva, nem as olharia — afirmou Stephen Blackpool —, exceto você, uma pessoa muito melhor do que eu. Você é uma exceção. Você me faz ver as coisas com outros olhos. Deus a abençoe. Boa noite. Adeus!

Foi uma despedida apressada em uma rua comum; no entanto, uma lembrança sagrada para essas duas pessoas também comuns. Não se esqueçam, Economistas adeptos do utilitarismo, esqueletos de professores, Comissários dos Fatos, infiéis refinados e desgastados, charlatões vinculados a tantos credos banais, que esses pobres sempre estarão por perto. Cultivem neles, enquanto ainda é tempo, as mais sublimes graças da fantasia e da afeição, de sorte a lhes adornar a vida tão carente de ornamentos; caso contrário, no dia em que vocês triunfarem e eles, com a alma totalmente destituída da capacidade de sonhar e imaginar, virem-se frente a frente com uma existência vazia, a Realidade dará uma guinada cruel e não restará mais nada de vocês – será o seu fim!

Stephen ainda trabalhou no dia seguinte e no outro, sem receber uma única palavra de apoio de quem quer que fosse; e, como antes, apartado de todos em suas idas e vindas. No final do segundo dia, partiu. Ao se encerrar o terceiro, seu tear estava vazio.

Nas duas primeiras noites, ele permaneceu um tempo maior na rua, do lado de fora do Banco; mas nada aconteceu – de bom ou de ruim. Como não poderia negligenciar sua parte no acordo, Stephen decidiu esperar duas horas completas, também na terceira e na quarta noites.

Nas duas vezes, lá estava, sentada junto à janela do primeiro andar, como ele já vira anteriormente, a dama que outrora tomava conta da casa do senhor Bounderby. Via-se também o contínuo, que às vezes conversava com a senhora, outras vezes espiava através da persiana embaixo da qual havia o letreiro Banco, e outras, ainda, chegava até a porta e ali permanecia sobre os degraus para respirar um pouco. Quando o contínuo saiu pela primeira vez, Stephen imaginou que poderia estar procurando por ele, e passou mais perto; porém, o empregado se limitou a observá-lo de relance, sem dizer coisa alguma.

Duas horas era um tempo longo demais para perambular depois de um cansativo dia de trabalho. Stephen sentou-se nos degraus de uma porta, recostou-se na parede sob uma arcada, caminhou de um lado a outro, escutou a batida das horas no relógio da igreja, parou e ficou observando as crianças que brincavam na rua. Para algumas pessoas, é tão natural ter uma ocupação que o simples fato de andar à toa por alguns momentos parece algo fora do comum. Depois de passada a primeira hora, Stephen começou a sentir uma desconfortável sensação de ser um indivíduo desonrado.

Depois, chegaram os acendedores de lampiões e duas extensas fileiras de luz, que acompanhavam o traçado da rua, podiam ser vistas até onde os olhos alcançavam. A senhora Sparsit fechou a janela do primeiro andar, desceu a cortina e subiu as escadas. Atrás dela, vinha uma luz, que a acompanhou escada acima, passando primeiro pela claraboia da porta e depois pelas duas janelas da escadaria no caminho de subida. Passados alguns instantes, um canto da cortina do segundo andar se mexeu, como se os olhos da senhora Sparsit de lá estivessem espiando; e também o outro canto, como se o contínuo olhasse daquele lado. No entanto, Stephen não recebeu qualquer sinal. Sentindo-se aliviado, ele finalmente foi embora depois de transcorridas as duas horas, e caminhou a passos acelerados, como compensação por tanta ociosidade.

A trouxa já estava preparada para a manhã seguinte e tudo providenciado para sua partida. Desse modo, ele precisava apenas se despedir da senhoria e deitar em sua cama temporária sobre o chão. Stephen pretendia estar distante da cidade logo cedo; antes que as Mãos tivessem saído para as ruas.

O dia ainda começava a raiar quando, lançando um olhar de despedida para seu quarto e perguntando-se pesarosamente se algum dia voltaria a vê-lo, o rapaz partiu. A cidade estava tão deserta como se todos os habitantes a tivessem abandonado, em vez de ficar para falar com ele. Tudo parecia sem cor àquela hora. Até mesmo o sol nascente não passava de uma pálida mancha sobre o céu, como se fosse um oceano triste.

Depois de passar pelo lugar onde Rachael morava (embora ele não fizesse parte de seu caminho); de atravessar as ruas de tijolos vermelhos; sentir o pesado silêncio das fábricas ainda sem movimento; cruzar a estrada de ferro, na qual as luzes de perigo perdiam a cor à medida em que as do dia se tornavam mais fortes; percorrer a insólita vizinhança da ferrovia, parcialmente destruída, parcialmente em construção; andar pelas dispersas vilas de tijolo vermelho, nas quais as esfumaçadas sempre-vivas ficavam borrifadas com um pó sujo, como desmazelados fumadores de rapé; e passar pelos caminhos cobertos de poeira de carvão e por tantas outras feiuras diferentes, Stephen subiu até o cume da colina e olhou para trás.

Àquela hora, o dia já brilhava radiante sobre a cidade e os sinos logo marcariam o início do turno de trabalho da manhã. Os fogões domésticos ainda não estavam acesos e as chaminés dominavam soberanas nas alturas, senhoras absolutas do céu. Mas não tardariam a escondê-lo, depois de começar a expelir seu venenoso conteúdo. Todavia, durante cerca de meia hora, algumas das muitas janelas, através de cujo vidro esfumaçado o povo de Coketown via um sol em eterno eclipse, exibiam o brilho do ouro.

Como era estranho olhar para o céu e ver os pássaros, em vez das chaminés! Como era estranho ter sob os pés a poeira da estrada, em vez do pó de carvão! Como era estranho ter vivido até essa altura da vida e estar ainda começando como um garoto nessa manhã de verão! Com esses devaneios a lhe ocupar a mente e sua trouxa debaixo dos braços, Stephen olhou atentamente para a estrada diante de si. E as árvores se curvaram sobre ele, sussurrando, para fazê-lo lembrar que deixara para trás um verdadeiro e afetuoso amor.

CAPÍTULO VII

A pólvora

Logo que passou a "fazer parte" de seu grupo adotivo, o senhor James Harthouse começou a marcar pontos. Com a ajuda de um pouco mais de doutrinamento dos sábios da política, um pouco mais de educada indiferença pela sociedade em geral e uma forma razoável de manter sob controle uma enganosa retidão na desonestidade – o mais efetivo e mais favorecido de todos os elegantes pecados mortais –, ele não tardou a ser considerado uma promessa extraordinária. O fato de carecer de qualquer espécie de compromisso com a seriedade contava muitos pontos a seu favor, permitindo-lhe, do mesmo modo, transitar com notável facilidade entre os indivíduos devotados aos Fatos rigorosos, como se pertencesse à tribo desde o nascimento, e livrar-se dos membros de todas as outras tribos, rotulando-os de hipócritas conscientes.

— Aqueles em quem nenhum de nós acredita, minha cara senhora Bounderby, e que não acreditam em si mesmos. A única diferença entre nós e os que professam a virtude, a benevolência ou a filantropia (não importa o nome) é que temos perfeita ciência do total absurdo de tudo isso e damos voz à nossa opinião, enquanto eles sabem tanto quanto nós, porém nunca o dizem.

Por que deveria a senhora Bounderby ficar abalada com essa reafirmação ou se sentir advertida por ela? Afinal, não diferia muito dos princípios de seu pai e da educação que recebera desde tenra idade a ponto de sobressaltá-la. Onde se encontrava a grande diferença entre as duas escolas, quando as duas a acorrentavam à realidade material e não lhe inspiravam confiança em qualquer outra coisa? O que teria Thomas Gradgrind alimentado em sua alma quando ainda na idade da inocência que agora James Harthouse poderia destruir?

Louisa sentia-se nesse momento acossada pela percepção de que as dúvidas e os ressentimentos travavam em sua mente uma perene batalha contra uma enérgica disposição (lá incutida antes mesmo de seu pai eminentemente pragmático começar a formá-la) a acreditar em uma humanidade mais ampla e nobre do que ela jamais ouvira falar. Por um lado, surgiram as dúvidas, porque as aspirações haviam sido completamente aniquiladas na juventude; e, por outro, os ressentimentos, devido ao mal a ela causado – se de fato representava um vestígio da verdade. Sobre uma natureza assim dilacerada e dividida, há tanto tempo habituada à autorrepressão, a filosofia de Harthouse significava uma libertação e uma desculpa. Se tudo era vazio e carecia de valor, ela não perdera, nem tampouco sacrificara coisa alguma. Isso não importa, disse Louisa ao pai quando ele lhe comunicou a proposta de casamento do senhor Bounderby. O que poderia importar, ela ainda se perguntava. Com uma desdenhosa confiança em si mesma e sempre se perguntando: "Que importância pode haver em todas as coisas?", ela seguia em frente.

Na direção do quê? Passo a passo, para a frente e para baixo, a caminho de algum objetivo; mas tão gradativamente, que ela se acreditava parada. Quanto ao senhor Harthouse, ele não pensava para onde ia, tampouco com isso se importava. Ele não estabelecera uma meta nem um plano – nenhuma diligente iniquidade perturbava sua lassidão. No momento, estava tão entretido e interessado quanto seria esperado de um cavalheiro encantador; talvez até mesmo mais do que sua reputação permitia confessar. Logo depois de chegar, o senhor Harthouse escreveu desinteressadamente ao irmão, o membro honorável e chistoso da assembleia, para contar que Bounderby era "muito divertido" e tinha uma esposa jovem e formosa, o que contrariava sua expectativa de ser ela uma Pessoa intratável. Depois disso, ele não escreveu nada mais sobre o casal, dedicando seu tempo livre aos detalhes da casa, um local que costumava visitar frequentemente em suas andanças pelo distrito de Coketown. Tais visitas eram incentivadas pelo senhor Bounderby, um homem que estrepitosamente, como lhe era característico, alardeava mundo afora seu desapreço pelo convívio com as pessoas da elite, dizendo que, apesar disso, recepcionava-as com prazer para satisfazer à sua esposa, a filha de Tom Gradgrind, a quem agradava esse tipo de companhia.

O senhor James Harthouse deu asas à imaginação e se pôs a pensar na agradável sensação que teria se aquele rosto se transformasse ao olhar para ele, adquirindo a mesma rara expressão que demonstrava ao ver o moleque.

Ele foi rápido em suas observações; pois tinha uma excelente memória e não esqueceu uma palavra sequer das revelações feitas pelo irmão, as quais, entremeadas com todas as coisas que via em Louisa, proporcionaram-lhe elementos para começar a entendê-la. Na verdade, a parte melhor e mais profunda do caráter da moça lhe fugia à percepção; porque, assim como nos oceanos, é também no recôndito da alma que residem os mistérios. Mas a parte acessível ele logo começou a esquadrinhar com olhos de aprendiz.

O senhor Bounderby tinha alguns terrenos e uma casa situados a cerca de vinte quilômetros da cidade. As propriedades podiam ser acessadas por uma linha ferroviária que passava a dois ou quatro quilômetros de distância e cruzava, por meio de diversas pontes, um terreno degradado e coberto de minas de carvão abandonadas, sobre o qual se distinguiam à noite o fogo e a silhueta negra de máquinas imobilizadas junto à boca de escavações. À medida que se chegava às vizinhanças do refúgio do senhor Bounderby, essa região ia perdendo seu aspecto desolador e acabava produzindo uma paisagem rústica na qual ouro se misturava com pântano, a neve com os espinheiros por ocasião da primavera e, no verão, as folhas tremulavam com a própria sombra. Essa propriedade situada em local tão encantador fora hipotecada por um dos magnatas de Coketown que, movido pela firme determinação de multiplicar sua fortuna, envolveu-se em especulações pouco ortodoxas e terminou enrolado em uma dívida de alguns milhares de libras. O banco executou então a hipoteca e tomou posse do imóvel. Tais acidentes aconteciam algumas vezes nas famílias mais bem administradas de Coketown, mas as falências não tinham qualquer conexão com as classes menos previdentes.

O evento proporcionou ao senhor Bounderby a imensa satisfação de se instalar nessa pequena e aconchegante propriedade rural e ali humildemente cultivar repolhos no jardim. Ele se deleitava em levar uma vida estilo caserna entre móveis elegantes e nem mesmo os quadros se livravam do enfado de ouvi-lo falar sobre sua origem. Aos visitantes, costumava dizer:

— Veja só, senhor; ouvi contar que Nickits (o antigo proprietário) pagou setecentas libras por aquele quadro, o "Praia do mar". Oras, para ser muito sincero, o máximo que eu me permitiria fazer, no curso de toda a minha vida, seria olhar para ele sete vezes, por cem libras cada olhada. Oh não, por Deus! Não esqueço que sou Josiah Bounderby de Coketown. Durante anos e anos, os únicos quadros que os meios com que eu contava me permitiram ter (a menos que eu roubasse para ter outros) foram as gravuras de um homem que se barbeava usando uma bota como espelho e vinham coladas nas garrafas pretas cujo conteúdo eu usava para limpar botas, e depois de vazias vendia por um centavo cada; dando-me por feliz em obter isso!

Em seguida, ele se dirigiu ao senhor Harthouse no mesmo estilo jactancioso.

— Harthouse, você tem lá embaixo um par de cavalos. Traga mais meia dúzia, se quiser, e nós encontraremos espaço para eles. Há estábulos neste lugar para uma dúzia desses animais, a menos que Nickits tenha mentido. Ele afirmou que são doze, senhor. Quando aquele homem era ainda menino, frequentou a Escola de Westminster. Foi para a Escola de Westminster na qualidade de Aluno do Rei, em uma época na qual eu vivia essencialmente de lixo e dormia nas caixas do mercado. Pois bem, se eu resolvesse manter doze cavalos (o que não desejo fazer, pois um já me basta), creio que não suportaria vê-los aqui em seus estábulos e ao mesmo tempo lembrar como era o abrigo em que eu vivia. Seria impossível ver tal coisa sem sentir um forte desejo de mandá-los embora. Mas o mundo dá voltas. Você está vendo este lugar. Você sabe que tipo de lugar é este, e tem plena ciência de que não existe neste reino ou em outro qualquer (não me importa onde) um lugar mais completo do que este. E aqui, bem no meio dele, como uma larva dentro de uma noz, está Josiah Bounderby. Enquanto isso (de acordo com o que me contou ontem um homem em meu escritório), Nickits, aquele que costumava representar em latim seus papéis no teatro da Escola de Westminster, diante de uma plateia formada por nobres e magistrados que o aplaudiam até a exaustão, ficou maluco – isso mesmo, senhor, maluco. E vive hoje em Antuérpia no quinto andar de um prédio em uma rua estreita e escura.

Foi entre as sombras frondosas desse refúgio, durante os longos e sufocantes dias de verão, que o senhor Harthouse se entregou à tarefa de testar aquele semblante que o deixara tão intrigado logo na primeira vez que o contemplara, e tentar identificar nele sinais de uma mudança motivada por sua presença.

— Senhora Bounderby, que feliz casualidade encontrá-la aqui sozinha! Já há algum tempo que desejo mesmo lhe falar.

Na verdade, o encontro não foi fruto de nenhuma feliz casualidade, pois àquela hora do dia ela costumava procurar isolamento na privacidade de seu refúgio favorito. O local era uma clareira no meio de um bosque escuro, onde jaziam algumas árvores cortadas e onde ela se sentava para contemplar as folhas caídas do ano que passou, do mesmo modo que em sua casa se entregava à contemplação das fagulhas da lareira.

Harthouse sentou ao lado de Louisa e olhou de relance para o rosto dela.

— Seu irmão... meu jovem amigo Tom...

A face de Louisa se iluminou, e seu interlocutor percebeu ali uma expressão de interesse quando ela se virou para olhá-lo. Ele pensou: "Nunca em toda a minha vida vi nada assim tão cativante e singular como o brilho desse semblante!".

O rosto de Harthouse, provavelmente obedecendo a um comando deliberado da razão, deixou transparecer seus pensamentos.

— Perdoe-me. Mas a expressão de seu interesse fraternal é tão bela (Tom deve sentir muito orgulho) que, apesar se tratar de um ato imperdoável, não posso deixar de admirá-la.

— Sendo assim tão impulsivo! — comentou ela serenamente.

— Não, senhora Bounderby, não! A senhora sabe que não uso disfarces na sua presença. Sou um sórdido exemplar da natureza humana, sempre pronto a me vender a qualquer momento, por qualquer soma considerável. Sou também totalmente incapaz de uma ação idílica, seja ela o que for.

— Estou esperando — falou Louisa — que o senhor conclua suas referências ao meu irmão.

— A senhora é muito rigorosa comigo; mas bem sei que o mereço. Sou um cachorro tão imprestável quanto lhe sugere sua convicção; porém, não uso de falsidade – de modo algum. Mas a senhora me surpreendeu e me desviou do assunto inicial, que é seu irmão. Tenho interesse por ele.

— O senhor tem interesse por alguma coisa, senhor Harthouse? — perguntou Louisa entre incrédula e agradecida.

— Se a senhora me fizesse essa pergunta logo que aqui cheguei, minha resposta seria não. Agora, contudo, preciso dizer que sim, mesmo correndo o risco de parecer falso e de despertar na senhora uma justa desconfiança.

Ela fez um leve movimento, como se quisesse falar alguma coisa, mas a voz lhe faltasse. Finalmente disse:

— Senhor Harthouse, dou-lhe um crédito em virtude desse interesse que o senhor afirma ter pelo meu irmão.

— Obrigado. Espero não desmerecê-lo. A senhora sabe quão pequeno é meu crédito, mas nesse caso vou fazer por não decepcioná-la. Eu sei que o estima muito, e fez muito por ele. A vida toda, senhora Bounderby, seu altruísmo levou-a a colocar a vontade dele acima de tudo. Perdoe-me mais uma vez; estou fugindo do assunto. Tenho interesse por seu irmão, porque quero o bem dele.

Louisa fizera menção de se levantar rapidamente e ir embora, mas, como naquele exato instante ele mudou o rumo da conversa, então ela permaneceu.

— Senhora Bounderby — retomou Harthouse, esforçando-se para parecer natural, mas deixando ainda mais evidente o intuito que pretendia ocultar —, o fato de um jovem da idade de seu irmão ser estouvado, imprudente e inconveniente (um pouco dissoluto) não constitui uma transgressão imperdoável. Ele é assim?

— Sim.

— Permita-me ser franco. A senhora acha que ele costuma jogar?

— Acredito que ele faz apostas — respondeu Louisa.

E como o senhor Harthouse parecesse esperar por uma complementação da resposta, ela acrescentou:

— Eu sei que ele faz.

— E perde. Não é mesmo?

— Sim.

— Quem aposta sempre perde. Eu estaria correto em deduzir que algumas vezes a senhora provê a ele o dinheiro para essas apostas?

Ela estava sentada, olhando para baixo; mas, ao ouvir essa pergunta, ergueu os olhos de um modo perscrutador, e mostrando-se um pouco ofendida.

— Perdoe-me, por favor, por essa impertinente curiosidade, minha cara senhora Bounderby. Eu acredito que Tom pode estar gradativamente se enrodilhando em problemas, e desejo estender a ele uma mão amiga, pois sinto que o peso de minhas ultrajantes experiências me credencia para isso. Seria necessário repetir que é para o bem dele?

A expressão de Louisa levava a crer que ela procurou uma resposta, mas não a encontrou.

— Para ser muito sincero em relação a tudo o que aconteceu comigo — falou James Harthouse, mais uma vez deixando evidente que se esforçava para parecer despreocupado —, vou lhe confidenciar minhas dúvidas. Eu não acredito que ele tenha obtido muitas vantagens na vida, bem como não acho provável que entre ele e seu valoroso pai possa existir uma sólida relação de confiança.

— Não me parece provável — falou Louisa, com o rosto ruborizado pela lembrança da própria experiência naquela questão.

— Ou, talvez, entre ele e o cunhado pelo qual nutre grande estima (estou certo de que a senhora compreende perfeitamente o que quero dizer).

Com a face muito corada e ardente, ela respondeu em voz baixa, quase sussurrando:

— Também isso eu não creio que seja provável.

— Senhora Bounderby — voltou a falar Harthouse depois de um breve silêncio —, poderia eu lhe perguntar mais francamente se Tom tomou emprestado da senhora uma quantia considerável?

Louisa, que havia se mostrado um tanto incerta e perturbada durante toda a conversa, embora conseguindo de certo modo manter sua postura reservada, acabou respondendo depois de um instante de indecisão:

— Peço-lhe que compreenda, senhor Harthouse, que o fato de lhe contar aquilo que o senhor parece tão ansioso em saber não pode ser interpretado como queixa ou arrependimento. Eu nunca me queixaria de coisa alguma e não me arrependo de nada do que fiz.

Ele não pôde deixar de pensar: "Muito briosa também".

— Quando me casei, descobri que meu irmão já devia uma pesada soma de dinheiro. Isto é, pesada para ele. Para saldá-la, fui obrigada a vender algumas bugigangas, o que não representou nenhum sacrifício, pois eu não atribuía a elas valor algum. Vendi aquilo tudo de livre vontade.

Pode ser que Louisa tenha percebido na expressão do senhor Harthouse que ele sabia se tratar de presentes dados a ela pelo marido, ou talvez fosse apenas um temor ditado por sua consciência; mas o fato é que ela se calou e corou novamente. Se ele não sabia antes, decerto entendeu nesse momento, embora agisse como um homem muito mais embotado do que realmente o era.

— Desde então, em diversas ocasiões dei para meu irmão todo o dinheiro de que eu podia dispor, ou seja, todo o dinheiro que eu tinha. Não vou contar apenas parte da história, pois quero acreditar no interesse que o senhor afirma ter pelo Tom. Desde que o senhor começou a frequentar esta casa, ele já precisou de uma quantia na ordem de cem libras, e eu não tive condições de obter esse valor. Fiquei preocupada com as consequências que toda essa dívida poderia trazer para ele, mas mantive a questão em segredo até agora, quando a confio à sua honra. Não a confidenciei a mais ninguém, porque... bem, o senhor desvendou minhas razões agora mesmo.

Abruptamente, Louisa parou de falar.

O senhor Harthouse era um homem sempre atento e logo percebeu e agarrou a oportunidade de apresentar à moça uma imagem de si mesmo ligeiramente travestida com traços do irmão dela.

— Senhora Bounderby, saiba que, embora eu seja a pessoa mais deselegante e profana deste mundo, sinto o mais elevado interesse por tudo isso que a senhora me relata. Não posso ser duro com seu irmão. Compreendo a prudente avaliação que a senhora faz dos erros dele e compartilho totalmente de sua opinião. Com todo o respeito que devo ao senhor Gradgrind e ao senhor Bounderby, não posso deixar de pensar que eles não foram muito felizes na formação que deram ao jovem Tom. Criado em condições inadequadas para viver na sociedade em que precisa viver, ele foge dos limites que durante muito tempo lhe foram impostos (com a melhor das intenções, estou certo) e se entrega a outros diametralmente opostos. A retórica independência inglesa de que o senhor Bounderby tanto se vangloria, ainda que uma característica bastante encantadora, não inspira confiança (como nós concordamos). Se eu me aventurasse a observar que ela é a menos carente daquela sutileza para a qual um jovem equivocado, insensato e influenciado por aptidões mal direcionadas se voltaria em busca de alívio e orientações, eu estaria apenas expondo minha opinião pessoal.

Louisa estava sentada, contemplando a variação dos reflexos luminosos sobre a grama, na escuridão do bosque ao longe. Com isso, ele conseguiu identificar o efeito que suas palavras, pronunciadas com toda clareza, produziram sobre ela.

— Eu preciso admitir — continuou Harthouse — que Tom cometeu um grande erro (a meu ver imperdoável), pelo qual o condeno peremptoriamente.

Louisa olhou para ele e quis saber que falta grave era essa.

— Talvez — respondeu Harthouse —, eu já tenha falado o suficiente; ou, quem sabe, teria sido melhor não deixar escapar alusão alguma a esse fato.

— O senhor me deixou preocupada, senhor Harthouse. Por favor, permita-me saber do que se trata.

— Em nome dessa confidência que partilhamos e que eu prezo acima de todas as coisas, e para livrá-la da angústia que qualquer preocupação desnecessária a respeito de seu irmão poderia causar à senhora, vou atender ao seu pedido. Não posso perdoá-lo por ele não saber corresponder em suas palavras e seus atos à afeição e dedicação dos melhores amigos, ao sacrifício e altruísmo da senhora. Na minha opinião, o jovem Tom lhe paga esse sacrifício com ingratidão. O que a senhora fez por ele só pode ser devolvido com amor e reconhecimento para todo o sempre, e não com mau humor e caprichos. Por mais desatento que eu seja, senhora Bounderby, não sou indiferente a ponto de negligenciar esse defeito de seu irmão ou considerá-lo apenas uma ofensa sem importância.

O bosque flutuava diante de Louisa, pois as lágrimas lhe nublavam a visão. Elas brotaram de um poço profundo, onde há muito se escondiam; mas não conseguiram aliviar a dor aguda que machucava seu coração.

— Em poucas palavras, senhora Bounderby, meu desejo é corrigir esse comportamento de seu irmão. O fato de eu conhecer melhor as circunstâncias que o cercam, aliado às minhas orientações e meus conselhos no sentido de libertá-lo (orientações estas que, acredito, serão muito úteis, por partirem de um patife em maior escala), permitirá que eu exerça certa influência sobre ele. E tudo o que eu conseguir certamente empregarei com o propósito de endireitá-lo. O que eu falei já basta; é mais do que suficiente. Pode parecer que eu procuro me apresentar como uma espécie de bom companheiro, todavia não tenho qualquer intenção de fazê-lo (dou-lhe minha palavra) e, portanto, declaro abertamente que não sou assim.

Até então, ele falara olhando atentamente para Louisa, mas, em seguida, ergueu os olhos e, percebendo a aproximação de Tom, acrescentou:

— Veja quem vem caminhando ali entre as árvores! Seu irmão. Sim, é ele mesmo. Como parece que se dirige para cá, creio que talvez seja conveniente irmos ao encontro dele. Tom tem andado muito calado e melancólico ultimamente. É possível que sua consciência fraterna o esteja atormentando – se é que existe essa coisa chamada consciência. De minha parte, palavra de honra, ouço falar sobre ela com demasiada frequência para acreditar que exista de fato.

Harthouse ajudou Louisa a se levantar e, com ela apoiada em seu braço, eles foram ao encontro de Tom. Ele vinha caminhando indolentemente, chutando os galhos que encontrava pelo caminho ou abaixando-se para arrancar, com crueldade, o musgo das árvores com sua bengala. O jovem estava abstraído nesse ato de retirar o musgo e ficou muito pálido em consequência do susto que levou quando os dois dele se aproximaram.

— Olá! Eu não sabia que vocês estavam aqui — gaguejou Tom.

Colocando a mão sobre o ombro do rapaz, de sorte que eles caminhassem juntos na direção da casa, James Harthouse indagou:

— O nome de quem você estava esculpindo nas árvores?

— O nome de quem? — retrucou Tom. — Ah! você quer saber o nome de qual garota?

— Sua aparência, Tom, denuncia que você andou escrevendo na casca da árvore o nome de alguma honesta criatura.

— Nem tanto assim, senhor Harthouse, a menos que alguma honesta criatura, dona de uma formidável fortuna, da qual tenha condições de dispor, encante-se por mim. Mas também poderia ser tão feia quanto rica, e não ter medo de me perder. Eu esculpiria seu nome sempre que ela desejasse.

— Temo que você seja um mercenário, Tom.

— Mercenário — repetiu o jovem. — Quem não é mercenário? Pergunte à minha irmã.

— Tom, você entende que esse é um defeito meu? — questionou Louisa, sem demonstrar que percebia o caráter insatisfeito e daninho do irmão.

— Só você pode saber se a carapuça serve em sua cabeça, Loo — respondeu o irmão, com mau humor. — Se servir, pode usá-la.

— Assim como todas as pessoas entediadas, Tom está padecendo hoje de uma intensa misantropia — cutucou o senhor Harthouse. — Não lhe dê ouvidos, senhora Bounderby. Tom sabe muito bem que, se

209

não abrandar seus modos eu posso revelar algumas das opiniões que ele tem sobre a senhora, e me confiou em caráter privado.

— Por falar nisso, senhor Harthouse — declarou Tom, moderando seus modos em respeito a seu benfeitor; mas, ao mesmo tempo, balançando a cabeça em sinal de irritação —, você não pode dizer que eu algum dia atribuí a ela qualidades de mercenária; muito pelo contrário, eu sempre a elogiei exatamente por ser o oposto disso. E o faria mais uma vez se tivesse uma boa razão para tanto. Mas agora não vem ao caso. Não lhe interessa. E eu já estou cansado desse assunto.

Eles caminharam até a casa. Ao chegar, Louisa soltou o braço do visitante e entrou. Ele acompanhou-a com os olhos até ela terminar de subir a escada e passar pela porta, desaparecendo na sombra do lado de dentro. Harthouse apoiou então a mão no ombro de Tom e, com um movimento de cabeça que sugeria uma sigilosa cumplicidade, convidou-o para um passeio no jardim.

— Tom, meu caro amigo, quero trocar uma palavra com você.

Eles haviam passado através de um mal-arranjado canteiro de rosas (a humildade do senhor Bounderby recomendava manter as rosas de Nickit em pequena escala) e Tom sentou-se no parapeito de um terraço, onde se entretinha arrancando e despedaçando pequenos botões da flor. Enquanto isso, seu poderoso Amigo permaneceu na frente dele, com um pé apoiado no parapeito e o corpo descansando tranquilamente no braço suportado pelo joelho dessa perna. Da janela de seu quarto, Louisa poderia vê-los; e talvez de lá os observasse.

— Tom, qual é o problema?

— Ora, senhor Harthouse — falou Tom, com um suspiro —, estou sem dinheiro e cansado da vida que levo.

— Meu caro amigo, também eu estou.

— O senhor! — exclamou Tom. — O senhor é a independência em pessoa. E eu, estou em uma encrenca terrível. O senhor não faz ideia da confusão em que me meti; e minha irmã me livraria disso se ela tivesse condições de fazê-lo.

Nesse momento, Tom começou a rasgar os botões de rosa com os dentes e jogar fora os pedaços, com as mãos trêmulas como as de um homem doente. Depois de observá-lo atentamente durante alguns instantes, Harthouse assumiu um ar mais relaxado.

210

— Tom, você é imprudente e espera demais de sua irmã. Ela lhe deu dinheiro, seu cachorro; você sabe que sim.

— Bem, senhor Harthouse, eu sei que recebi dinheiro dela. De que outro modo eu poderia obtê-lo? De um lado, vem o velho Bounderby sempre se vangloriando de que na minha idade vivia com alguns trocados por mês. De outro, o meu pai, estabelecendo o que ele chama de limites, e me prendendo a eles através do pescoço e dos calcanhares como se eu fosse um bebê. De outro ainda, vem a minha mãe, que nunca tem nada a oferecer exceto suas queixas. O que então um sujeito pode fazer aqui para conseguir dinheiro, e onde me restaria procurá-lo senão com minha irmã?

Tom mal conseguia conter o choro e jogou para todos os lados um punhado de botões de rosa. O senhor Harthouse segurou-o energicamente pelo casaco.

— Meu caro Tom. E se a sua irmã não tivesse o dinheiro...

— Não tivesse, senhor Harthouse? Eu não digo que ela tinha. A questão é que eu podia precisar de uma quantia maior do que Loo dispunha; e então ela teria que obtê-lo. Ela podia obtê-lo. De nada adianta fingir fazer segredo das coisas agora depois de tudo que eu já lhe contei. O senhor sabe que minha irmã não se casou com o velho Bounderby por vontade própria, ou por ele. Foi por minha causa. Desse modo, por que ela não tiraria dele o que eu preciso; pra me ajudar? Loo não é obrigada a dizer o que vai fazer com o dinheiro; ela é suficientemente inteligente, e poderia persuadi-lo se quisesse. Então, por que não age assim quando eu lhe digo a importância que isso tem? Mas não; ela fica lá sentada na companhia dele, como se fosse uma pedra, em vez de tentar agradá-lo para conseguir com mais facilidade o que eu preciso. Não sei que nome o senhor dá pra isso; pra mim, é uma conduta estranha.

Do outro lado, logo abaixo do parapeito, havia uma espécie de fonte ornamental dentro da qual o senhor James Harthouse sentia uma vontade quase incontrolável de atirar o senhor Thomas Gradgrind Junior, fazendo como os homens ofendidos de Coketown, que ameaçavam atirar suas propriedades no Atlântico. Contudo, ele manteve o ar de descontração, e a única coisa sólida que cruzou a balaustrada de pedra foram os fragmentos de botões de rosa que agora flutuavam, formando uma pequena ilha.

— Meu caro Tom — falou o senhor Harthouse —, deixe-me tentar ser seu banqueiro.

— Por Deus! — exclamou Tom subitamente, e seu rosto empalideceu. Ficou muito lívido; mais branco ainda do que as rosas. — Não me fale sobre banqueiros!

Não era de se esperar que o senhor Harthouse, um homem de educação refinada e acostumado ao convívio com a nata da sociedade, viesse a se mostrar surpreso e impressionado, mas ele ergueu um pouco mais as pálpebras, como se reagisse a um débil aguilhão de perplexidade. Não obstante, o fato de se admirar, nessas circunstâncias, fosse tão incompatível com os preceitos de sua própria escola como o era em relação às doutrinas do Colégio Gradgrind.

— De quanto você necessita no momento, Tom? Qual é o montante? Vamos logo, diga quanto é.

— Já é tarde demais, Senhor Harthouse — respondeu Tom, debulhado em lágrimas. E, na verdade, suas lágrimas eram mais significativas do que suas injúrias, apesar da triste figura que ele fazia.

— De nada mais me adianta o dinheiro neste momento; o prazo já se esgotou. De qualquer modo, fico muito grato. O senhor se mostrou um verdadeiro amigo.

O senhor Harthouse pensou consigo mesmo: "Um verdadeiro amigo! Oh, moleque, moleque! Que perfeito Idiota você é!".

— Para mim, sua oferta é uma amostra de grande generosidade — complementou Tom, apertando a mão de seu interlocutor. — Uma grande generosidade, senhor Harthouse.

— Muito bem — respondeu o outro —, mais tarde poderá ter uma utilidade maior. Escute, meu bom amigo. Se você se abrir comigo quando estiver metido em complicações, eu posso lhe mostrar outras formas melhores do que as que você conseguiria encontrar sozinho, para se livrar dessas situações.

— Obrigado — falou Tom, balançando sombriamente a cabeça, enquanto mastigava botões de rosa. — Quem me dera eu o tivesse conhecido mais cedo, senhor Harthouse!

O senhor Harthouse, arremessando alguns botões de rosa e assim contribuindo também para a formação da ilha de pétalas, que em seu

212

movimento contínuo na direção da parede parecia querer se incorporar à terra firme, encerrou a fala dizendo com um ar lânguido e ardente:

— Agora, escute bem. Todo homem é interesseiro em todas as coisas que faz, e eu sou exatamente igual às outras criaturas. O que me move hoje é o desejo imperioso de ver você tratar sua irmã com mais brandura (o que é sua obrigação) e ser um irmão mais amoroso e cordato (o que também é sua obrigação).

— Eu serei, senhor Harthouse.

— O melhor momento é o agora, Tom. Comece imediatamente.

— Começarei, sem dúvida. E minha irmã, a Loo, vai lhe contar.

— Depois desse acordo, Tom, vamos nos separar até a hora do jantar — sugeriu o senhor Harthouse, dando um tapinha no ombro do garoto, com a intenção de levá-lo a pensar (como ele de fato fez, pobre rapaz) que essa condição não passava de mera bondade, uma simples barganha – o pagamento pela ajuda oferecida.

Quando Tom apareceu antes do jantar, embora tivesse a mente pesada demais, seu corpo estava alerta; e ele chegou antes de o senhor Bounderby entrar.

— Eu não pretendia magoar você, Loo — falou Tom, estendendo-lhe a mão e beijando a dela. — Sei que você gosta de mim e também sabe que eu gosto muito de você.

Depois disso, o rosto de Louisa passou a estampar um sorriso para mais alguém. Infelizmente... para mais alguém!

E James Harthouse, reinterpretando a percepção formada quando viu pela primeira vez o belo rosto da garota, pensou "certamente não é o moleque a única criatura pela qual ela se interessa. Certamente não!".

CAPÍTULO VIII

A explosão

O dia seguinte amanheceu radioso e James Harthouse preferiu acordar bem cedo. Ele levantou e se sentou na agradável janela da sacada de seu quarto de vestir, fumando um tabaco excelente, que havia exercido uma saudável influência em seu jovem amigo. Repousando à luz do sol, com a fragrância de seu cachimbo oriental a acompanhá-lo, e a fumaça etérea se espalhando no ar, tão impregnado com os suaves odores do verão, ele calculou suas vantagens como um ganhador desocupado conta seus lucros. Naquele momento, Harthouse não se sentia entediado e, então, entregou-se a esses devaneios.

Ele havia estabelecido com Louisa um pacto de confidência, do qual o marido dela fora excluído. Um pacto absolutamente dependente da indiferença da moça em relação ao marido e da total e imorredoura ausência de identidade de interesses entre os dois. Harthouse a convenceu, com muita astúcia, mas também sinceridade, que conhecia os mais delicados recessos de seu coração, dentro do qual fez despertar os sentimentos mais ternos e com eles se associou, logrando assim estreitar os laços de afeição com ela e dissolver a barreira atrás da qual ela se protegia. Tudo muito singular, e muito conveniente!

No entanto, ele não era movido por propósitos perversos. Na idade em que se encontrava, tanto ele como a legião de seus iguais tinham muito mais a lucrar agindo deliberadamente, tanto em público como no ambiente privado, de forma a serem considerados maus em vez de indiferentes e carentes de objetivo. Afinal, são os icebergs à deriva nas correntes marítimas os que destroem navios.

Quando o Demônio vagueia como um leão furioso, ele assume uma forma pela qual poucos, exceto silvícolas e caçadores, são atraídos. Porém, quando ele está adornado, plácido e disfarçado de acordo com os padrões da moda, quando está entediado dos vícios e das virtudes, cansado do odor de enxofre e da bem-aventurança, então, quer se preste a servir à burocracia ou a acender o fogo vermelho, ele é o verdadeiro Demônio.

Entregue a seus pensamentos, James Harthouse reclinou-se preguiçosamente sobre a janela, desfrutando do tabaco e computando a distância que percorrera na estrada pela qual havia chegado. O fim a que ela conduzia estava ali à sua frente – muito simples. Mas ele não se abalou com reflexões sobre isso. O que tiver de ser, será.

Como uma longa cavalgada o esperava naquele dia (pois um ato público "se realizaria" a certa distância dali, proporcionando uma razoável oportunidade de encontro com os homens de Gradgrind), Harthouse se vestiu e logo desceu para o café da manhã, ansioso para averiguar se ela sofrera alguma recaída desde a noite anterior. Não! Ele a reencontrou exatamente como havia deixado – ainda brilhava no olhar da moça o mesmo sinal de interesse.

No transcurso do dia, a satisfação do senhor James Harthouse foi proporcional às fatigantes circunstâncias. Então, às seis horas da tarde, retornou cavalgando. Havia entre a pousada e a casa um trecho de aproximadamente um quilômetro, coberto por um macio cascalho e outrora pertencente a Nickit. Harthouse o percorria, em ritmo de caminhada, quando repentinamente o senhor Bounderby irrompeu à sua frente, saindo do meio dos arbustos, com um ímpeto tal que fez o cavalo refugar assustado.

— Harthouse! — gritou o senhor Bounderby. — Você escutou?

— Escutou o quê? — questionou ele, acalmando seu cavalo e sentindo-se intimamente bastante irritado com a presença do outro.

— Então, você *não ouviu*?

— Percebi a sua chegada, bem como esse animal percebeu; e nada mais além disso.

O senhor Bounderby, vermelho e acalorado, postou-se no meio do caminho, bem na frente da cabeça do animal, para causar mais impacto com a notícia bombástica que revelaria.

— O Banco foi roubado!

— Não acredito!

— Na noite passada, senhor; em uma ação extraordinária – com uso de uma chave falsa.

— Quanto foi levado?

O senhor Bounderby, atendendo a seu impulso de dar o máximo destaque ao caso, fez ares de estar realmente mortificado em ter que responder:

— Oh, não! Não foi muito. Mas poderia ter sido.

215

— Quanto?

— Oh! um montante não superior a cento e cinquenta libras — falou Bounderby, com certa manifestação de impaciência. — Todavia, o que importa é o fato em si, e não a quantia levada. É o fato de o Banco ter sido roubado. Surpreende-me você não ter percebido esse lado da questão.

— Meu caro Bounderby — retrucou James, apeando do cavalo e entregando a rédea nas mãos do serviçal que o acompanhava —, eu *compreendi* esse aspecto, e estou tão chocado com a cena que visualizo em minha mente quanto seria de se esperar. Não obstante, peço que me permita cumprimentá-lo (o que eu faço de todo o coração, acredite) por não ter ocorrido uma grande perda.

— Obrigado — respondeu Bounderby, de forma lacônica e descortês. — Mas vou lhe dizer uma coisa. Eu poderia ter perdido algo em torno de vinte mil libras.

— Imagino que sim.

— Imagino que sim! Santo Deus! Você acha que pode supor! — exclamou o senhor Bounderby, balançando a cabeça e fazendo com ela sinais ameaçadores. — Poderia ter sido duas vezes vinte. Não há como calcular a quanto esse valor chegaria caso os ladrões não tivessem sido perturbados.

Nesse momento, Louisa, Bitzer e a senhora Sparsit chegaram.

— Eis aqui a filha de Tom Gradgrind. Ao contrário de você, ela sabe muito bem quanto poderiam ter roubado de mim — vociferou Bounderby. — Quando lhe contei, ela desabou, senhor, como se tivesse recebido um tiro! Eu jamais a imaginei capaz de ter tal reação. Creio que, dadas as circunstâncias, isso conta muito a favor dela!

Louisa ainda estava pálida e parecia sem forças. James Harthouse ofereceu-lhe o braço e, enquanto caminhavam muito devagar, perguntou a ela como acontecera o roubo.

— Oras, eu vou lhe contar — falou Bounderby muito irritado, dando o braço à senhora Sparsit. — Se você não se tivesse prendido à questão da importância levada, eu já teria começado a contar. Você conhece esta dama (pois ela é uma dama), a senhora Sparsit?

— Já tive a honra.

— Muito bem. E quanto a este jovem rapaz, o Bitzer. Você também o conheceu na mesma ocasião?

O senhor Harthouse inclinou a cabeça em sinal de concordância, e Bitzer bateu uma continência.

— Muito bem. Eles residem no Banco. Creio que você sabe disso. Pois bem! Ontem, no final do expediente, todas as coisas foram guardadas, de acordo com os procedimentos habituais. Na sala de ferro, em cuja porta dorme este rapaz, havia uma quantia que agora não importa saber qual era. No pequeno cofre localizado no quarto de Tom – um cofre utilizado para coisas de pequeno valor –, havia cento e cinquenta libras.

— Cento e cinquenta e quatro libras, sete xelins e um pêni — corrigiu Bitzer.

— Vamos! — interrompeu o senhor Bounderby, parando para virar o corpo e olhá-lo de frente. — Não me venha com suas interrupções. Já basta ter sido roubado enquanto você dormia e roncava confortavelmente. Não preciso que me venha com esse detalhe de quatro libras, sete xelins e um pêni. Saiba que eu não roncava quando tinha a sua idade; não comia o suficiente para me fazer roncar. E não corrigia ninguém; nem se eu soubesse.

Bitzer bateu outra vez uma discreta continência, e se mostrou especialmente impressionado e acabrunhado em virtude do exemplo contido na virtuosa abstinência do senhor Bounderby.

— Cento e cinquenta inestimáveis libras — retomou este. — Essa quantia, o jovem Tom trancou em seu cofre, que não é totalmente seguro (mas isso não vem ao caso agora). Tudo foi deixado em ordem. Em algum momento durante a noite, enquanto este jovem aqui roncava ... senhora Sparsit, a senhora diz, madame, que o ouviu roncar?

— Senhor — respondeu ela —, não tenho certeza de que o escutei precisamente roncar e, portanto, não posso fazer tal afirmação. Contudo, nas noites de inverno, quando ele cai no sono em sua mesa, já tive oportunidade de escutar o que prefiro descrever como uma respiração asfixiada. Em tais ocasiões, eu o ouvi produzir sons de natureza semelhante àquela dos relógios cuco. Não faço com isso — disse ela, com o ar altivo de quem fornece evidências terminantes —, nenhum julgamento moral do caráter de Bitzer. Muito pelo contrário, sempre o considerei um jovem dotado dos mais elevados princípios. Assim, peço que o senhor considere esse aspecto de meu depoimento.

— Muito bem! — declarou o exasperado Bounderby. — Enquanto ele estava roncando, asfixiando-se, badalando como um relógio cuco ou qualquer coisa que se traduza em estar dormindo, alguns sujeitos (ainda nos resta saber se já escondidos na casa ou não) tiveram de alguma forma acesso ao cofre do jovem Tom, arrombaram-no e retiraram todo o seu conteúdo. Sobressaltados por algum movimento, eles fugiram pela porta principal, voltando a fechá-la com trava dupla por meio de uma chave falsa (pois a chave original permanece sob o travesseiro da senhora Sparsit), que foi encontrada por volta do meio-dia de hoje em uma rua nas proximidades do Banco. Nada foi percebido, até o momento em que este indivíduo, Bitzer, começou de manhã a preparar o escritório para o início das atividades. Foi então que ele encontrou o cofre de Tom aberto, com a fechadura arrombada e completamente vazio.

— Onde está Tom, por falar nisso? — perguntou Harthouse, olhando em volta.

— Ele estava ajudando a polícia — respondeu Bounderby —, e por isso permaneceu no Banco. Quem me dera esses sujeitos tivessem tentado me roubar quando eu tinha a mesma idade que Tom! Eles teriam perdido tudo o que investiram no negócio, qualquer que fosse a quantia. Isso eu garanto.

— Existe algum suspeito?

— Suspeito? É lógico que há. Oras bolas! — vociferou o senhor Bounderby, soltando o braço da senhora Sparsit para enxugar o suor de sua testa. — Você pensa que Josiah Bounderby de Coketown seria roubado e não haveria suspeitos? Oras, oras!

O senhor Harthouse perguntou se poderia saber Quem era o suspeito?

— Bem — respondeu Bounderby, parando para olhá-lo de frente —, vou lhe dizer. Isso não deve ser mencionado por toda parte. Não deve ser mencionado em lugar algum – para que os canalhas envolvidos (há uma gangue deles) sejam pegos de surpresa. Portanto, mantenha em segredo. Agora, veja bem.

O senhor Bounderby enxugou a testa novamente e falou:

— O que você diria — nesse ponto ele deu vazão a um violento acesso de cólera — de uma Mão estar implicada nisso?

— Eu espero — falou Harthouse, com uma voz preguiçosa — que não seja nosso amigo Blackpot.

218

— O nome do homem é Pool, e não Pot, senhor — corrigiu Bounderby.

Louisa falou alguma coisa, com uma débil expressão de incredulidade e surpresa.

— Oh, claro! Eu sei! — afirmou Bounderby, tendo imediatamente interpretado o som. — Estou acostumado com isso. Sei muito bem de quem se trata. Esses indivíduos são as pessoas mais encantadoras do mundo. Eles foram brindados com a dádiva da tagarelice. Esperam apenas que alguém explique para eles quais são seus direitos. Mas vou lhe dizer uma coisa. Mostre-me uma Mão insatisfeita e eu lhe mostrarei um homem capaz de praticar qualquer ato condenável, não importando o que seja.

Essa era outra das histórias muito difundidas em Coketown, um enredo que alguém se deu ao trabalho de disseminar e no qual algumas pessoas de fato acreditavam.

— Mas eu conheço esses indivíduos — declarou Bounderby — e sou capaz de ler o que se passa na mente deles do mesmo modo que leio um livro. Diga-me, senhora Sparsit: que advertência eu fiz àquele sujeito quando, na primeira vez que ele colocou os pés na casa, deixou claro que o objetivo de sua visita era saber como fazer calar a Religião e pisotear a Igreja Estabelecida? Senhora Sparsit, em se tratando de conexões ilustres, a senhora se iguala à aristocracia. Diga-nos, então, se eu falei ou não àquele camarada, "Você não consegue esconder de mim a verdade. Você não pertence à mesma laia de indivíduos que eu pertenço, e não se sairá bem"?

— Sem dúvida alguma — confirmou a senhora Sparsit. — O senhor de fato fez a ele essa categórica advertência.

— No momento em que ele a chocou, madame — continuou Bounderby —; no momento em que ele feriu os seus sentimentos?

— Sim. Isso mesmo, senhor — concordou a senhora Sparsit, com um dócil balanço de cabeça. — Ele de fato o fez. Contudo, quero apenas registrar que meus sentimentos são mais vulneráveis em tais questões (mais tolos, talvez) do que seriam se eu tivesse a vida toda ocupado a posição que ocupo hoje.

Mal conseguindo conter o orgulho, o senhor Bounderby olhou para o senhor Harthouse como se quisesse dizer, "Sou o proprietário dessa fêmea, e você deve prestar atenção nela". Depois, retomou seu discurso.

— Você pode se recordar, Harthouse, do que eu falei a Blackpool naquela ocasião em que o viu. Não medi as palavras quando me dirigi a ele. Sou sempre explícito com essa gente. Eu os conheço muito bem. Então, senhor, três dias depois do ocorrido, o rapaz sumiu subitamente. Foi embora, e ninguém sabe para onde. Como fez minha mãe quando eu era criança. Com a única diferença que ele é pior do que minha mãe – como se isso fosse possível! E o que o indivíduo fez antes de ir embora? O que você acha — perguntou o senhor Bounderby, balançando o chapéu para enfatizar cada palavra pronunciada, como se batesse em um pandeiro — de ele ter sido visto, noite após noite, observando o movimento do Banco? De ficar espreitando todas as noites depois de escurecer, a ponto de despertar na senhora Sparsit a suspeita de que ele tinha más intenções, levando-a a alertar Bitzer e os dois ficarem atentos aos movimentos? E do fato de ter surgido hoje na averiguação a informação de que o rapaz foi visto rondando pela vizinhança?

Depois de atingir o clímax de sua encenação, o senhor Bounderby, a exemplo de um dançarino oriental, colocou o chapéu na cabeça.

— Suspeito — declarou James Harthouse. — Certamente, suspeito.

— Compartilho de sua opinião, senhor — falou Bounderby, com um movimento provocador da cabeça. — Penso da mesma forma. Contudo, a questão não se encerra aí. Há também uma velha senhora, de cuja existência só viemos a saber depois do roubo (depois que o cavalo é roubado, encontra-se toda sorte de defeito na porta do estábulo). Apareceu agora uma velha senhora que parece ter andado pairando pela cidade em um cabo de vassoura. Ela observa o lugar durante um dia inteiro, antes de esse sujeito começar. Na noite em que você o viu, os dois agiram juntos, às escondidas (eu suponho), e ela passou para ele um relatório de seu trabalho.

Louisa lembrou que naquela noite havia, de fato, na sala da casa de Stephen uma pessoa com essas características; e que ela se manteve afastada para não ser observada.

— Isso não é tudo, como nós já sabemos — falou Bounderby fazendo muitos gestos de cabeça que guardavam um significado pouco explícito. — Mas, por enquanto, basta o que eu já falei. Espero que vocês tenham a gentileza de guardar segredo e não revelar a mais ninguém o que aqui foi dito. É possível que leve algum tempo, mas nós vamos pegá-los. A estratégia é deixar que eles se sintam livres para agir; e eu não me oponho.

— Certamente, serão punidos de acordo com os rigores da lei, como se vê estampado nos quadros de aviso — observou James Harthouse —, e fazem jus a isso. Todos aqueles que invadem um Banco devem sofrer as consequências de seu ato. Se não houvesse consequências, todos nós faríamos a mesma coisa.

Nesse momento, muito embora o sol já tivesse baixado, Harthouse tomou gentilmente a sombrinha das mãos de Louisa e a abriu, para que ela caminhasse protegida na sombra.

— Por enquanto, Loo Bounderby — declarou o marido —, você deve dar atenção à senhora Sparsit. Ela ficou com os nervos muito abalados por essa história e permanecerá aqui por um ou dois dias. Faça com que ela se sinta à vontade.

— Muito obrigada, senhor — agradeceu a discreta dama —; mas, por favor, não se preocupe com Minha comodidade. Qualquer coisa será conveniente para Mim.

Logo ficou evidente que, se havia algum equívoco na relação da senhora Sparsit com esse ambiente doméstico, ele decorria do fato de ela se mostrar tão excessivamente descuidada de si mesma e cheia de atenções para com os outros, a ponto de se converter em um estorvo. Ao tomar conhecimento dos aposentos que a ela foram designados, mostrou-se tão sensibilizada com o conforto do local que alguém poderia interpretar sua reação como uma demonstração de que preferia passar a noite na calandra da lavanderia. Sem dúvida alguma, os Powlers e os Scadgers estavam mesmo habituados ao esplendor; mas a senhora Sparsit gostava de comentar, com uma altiva elegância (em especial na presença de qualquer um dos empregados domésticos), "É meu dever lembrar que não sou mais aquilo que um dia fui". Ela disse:

— Se eu pudesse apagar completamente a lembrança de que eu fui uma Powler, ou que tenha algum tipo de vínculo com a família Scadger, ou se, pelo menos, pudesse abolir esse fato e me tornar uma pessoa descendente de gente comum, com conexões simples, eu o faria de bom grado. Penso que, nas circunstâncias atuais, essa é a coisa certa a fazer.

O mesmo estado de espírito incompreensível era o pano de fundo de uma atitude habitual da senhora Sparsit, que se furtava a fazer seu prato ou se servir de vinho antes que o senhor Bounderby assim determinasse. Em tais situações, ela costumava dizer "O senhor é deveras um homem muito bom" e abria mão da decisão que havia formalmente tornado pública de "aguardar pela carne simples de carneiro". De acordo com um preceituário semelhante, ela pedia sinceras desculpas quando precisava solicitar que lhe passassem o sal; e sentia-se na obrigação de cordialmente corroborar a declaração feita pelo senhor Bounderby segundo a qual os nervos dela encontravam-se em frangalhos. Então, vez por outra, encostava-se no espaldar da cadeira e chorava em silêncio. Nesses momentos, era possível ver (ou melhor, forçoso ver, já que ostensiva) uma lágrima de grandes dimensões, como uma pedra de cristal, rolar pelo nariz de perfil romano da senhora.

Todavia, o mais importante objetivo da senhora Sparsit (primeiro e definitivo) era apiedar-se do senhor Bounderby. Havia ocasiões em que, ao observá-lo, ela era involuntariamente induzida a balançar a cabeça, como se quisesse dizer, "Ai de mim, pobre Yorick!". E, depois de se permitir ser traída por esses sinais de emoção, ela simulava uma vivacidade exuberante, alternada com certo estado de desalento, e dizia: "O senhor ainda mantém o bom humor; isso me alegra muitíssimo", e parecia saudar o feito como uma benção da Providência. Curiosamente, essa dama tinha o hábito de se referir à senhora Bounderby como "senhorita Gradgrind" e o fazia três a quatro vezes no decorrer de uma única noite. Essa era uma idiossincrasia pela qual a senhora sempre se desculpava, pois se considerava incapaz de dominá-la. A reiteração desse equívoco causava-lhe certo mal-estar, e ela se justificava dizendo que considerava muito natural chamar a jovem de senhorita Gradgrind; mas, na verdade, parecia-lhe quase impossível aceitar o fato de que aquela moça, que ela tivera a felicidade de conhecer desde criança, fosse agora verdadeira e genuinamente a senhora Bounderby. Esse caso invulgar guardava outra singularidade: quanto mais a senhora Sparsit matutava sobre a situação, mais impossível lhe parecia, dadas "as marcantes diferenças entre os dois".

Na sala de estar, após o jantar, o senhor Bounderby avaliou o caso do roubo, como o faria um juiz. Analisou as testemunhas, fez anotações a respeito das provas, concluiu que os suspeitos eram de fato culpados e os condenou aos rigores da lei. Feito isso, Bitzer foi enviado à cidade,

222

munido de recomendações para que Tom voltasse para casa no trem do serviço postal.

No instante em que as luzes foram acesas, a senhora Sparsit murmurou:

— Não se deixe abater, senhor. Por favor, conceda-me a graça de vê-lo animado, como era antes.

O senhor Bounderby, tentando desajeitada e obstinadamente dissimular certa comoção que essas palavras de consolo nele começavam a despertar, deu um suspiro profundo, como se fosse um enorme animal marinho.

— Não consigo suportar vê-lo assim, senhor — falou a senhora Sparsit. — Tente jogar uma partida de gamão, como o senhor costumava fazer na época em que eu tive a honra de viver sob seu teto.

— Desde aquele tempo, nunca mais joguei gamão, senhora — respondeu o senhor Bounderby.

— Eu sei disso, senhor — retrucou ela, com voz conciliadora. — Estou ciente desse fato. Lembro-me bem de que a senhorita Gradgrind não se interessa pelo jogo. Mas eu ficaria muito feliz se o senhor concordasse em jogar comigo.

Eles jogaram ao lado de uma janela que se abria para o jardim. A noite estava agradável – sem luar; porém, quente e perfumada. Louisa e o senhor Harthouse desfrutavam de uma caminhada pelo jardim. A quietude da noite permitia ouvir som de suas vozes, mas não era possível entender o que falavam. A senhora Sparsit, de seu lugar na mesa de gamão, não parava de espichar os olhos na tentativa de perscrutar as sombras do lado de fora.

— Qual é o problema, madame? — perguntou o senhor Bounderby. — Não está havendo um incêndio lá fora, não é mesmo?

— Oh não, senhor! — respondeu ela. — Eu estava apenas pensando no sereno da noite.

— E por que o sereno da noite a preocupa, madame? — indagou o senhor Bounderby.

— Não é por minha causa, senhor. Temo que a senhorita Gradgrind pegue um resfriado — justificou a senhora Sparsit.

— Ela nunca se resfria — afirmou ele.

223

— É mesmo, senhor? — admirou-se ela, sendo logo em seguida tomada por um acesso de tosse.

Quando chegou a hora de se retirar, o senhor Bounderby tomou um copo de água.

— Oh, senhor! — surpreendeu-se a senhora Sparsit. — Por que não toma seu xerez reconfortante com casca de limão e noz-moscada?

— Porque perdi o hábito de tomá-lo, madame — respondeu o senhor Bounderby.

— É uma grande pena que o senhor esteja perdendo os bons hábitos de outrora — retrucou ela. — Anime-se! Se a senhorita Gradgrind me permitir, eu gostaria de prepará-lo para o senhor, como sempre fiz.

Com o pronto consentimento da senhorita Gradgrind para que a senhora Sparsit fizesse o que bem lhe aprouvesse, essa atenciosa dama preparou a bebida e a entregou ao senhor Bounderby.

— Isso lhe fará bem, senhor. Aquecerá seu coração. É o tipo de coisa que lhe faz falta, e deveria se conceder esse prazer.

Ele bebeu e levantou um brinde, dizendo:

— À sua saúde, madame!

— Obrigada, senhor. Também eu lhe desejo saúde e felicidades — retribuiu ela, bastante sensibilizada.

Finalmente vieram as despedidas. Muito emocionada, ela lhe desejou boa-noite, e ele se recolheu a seu quarto, com a sentimental convicção de que havia tocado em algo delicado; muito embora pelo resto de seus dias jamais tenha conseguido revelar de que se tratava.

Muito tempo depois de ter vestido a camisola e se deitado, Louisa ficou escutando os ruídos da noite e aguardando que seu irmão voltasse para casa. Ela sabia perfeitamente que isso não ocorreria antes de uma hora da madrugada; porém, no silêncio do campo, que lhe acalmava a mente perturbada por pensamentos turbulentos, as horas se arrastavam. Por fim, quando a escuridão e a quietude pareciam se multiplicar mutuamente, ela ouviu o toque do sino do portão e sentiu que ficaria mais feliz se a campainha permanecesse tocando até o amanhecer. Mas o toque cessou e os derradeiros sons se espalharam pelo ar em círculos cada vez mais desmaiados e abertos, até que um profundo silêncio voltou a reinar.

Louisa aguardou ainda algum tempo, que lhe pareceu cerca de um quarto de hora. Então, levantou-se, vestiu seu robe e saiu do quarto, atravessando o corredor escuro até o quarto do irmão. A porta estava fechada. Ela abriu-a delicadamente e falou com o rapaz, aproximando-se com passos silenciosos. Junto à cama, ajoelhou-se, passou os braços em torno do pescoço do irmão e encostou o rosto no dele. Ela sabia que ele estava apenas fingindo dormir, mas ficou ali em silêncio, sem falar nada.

Aos poucos, como se tivesse acabado de despertar, Tom começou a se mexer. Perguntou então quem estava ali e o que desejava.

— Tom, você tem alguma coisa pra me contar? Se você sente qualquer afeição por mim e tem algum segredo que outras pessoas não devem saber, então, conte-me. Estou aqui para ouvi-lo.

— Não sei do que você está falando, Loo. Acho que andou sonhando.

Louisa recostou a cabeça no travesseiro e seu cabelo encobriu o rosto de Tom, como se ela quisesse ocultá-lo de todos exceto dela mesma. Então falou:

— Meu querido irmão, você não está escondendo alguma coisa de mim? Não existe alguma coisa pra me contar? Não importa o que seja; nada mudará o que sinto por você. Por favor, Tom, conte-me a verdade!

— Eu já disse que não sei do que você está falando, Loo!

— Do mesmo modo que nessa noite melancólica você está aqui, meu querido, estará em algum outro lugar uma noite qualquer, quando até mesmo eu – se ainda estiver viva – o terei deixado. Da mesma forma que estou aqui a seu lado – descalça, despida e envolta no véu da escuridão –, assim permanecerei durante todo o anoitecer de minha vida, até me transformar em pó. Em nome desse tempo que virá, Tom, conte-me a verdade agora!

— O que é essa coisa que você quer saber?

Com toda a força de seu amor, Louisa puxou-o para junto de seu peito, como se ele fosse uma criança, e falou:

— Você pode estar certo de que eu não o repreenderei. Pode contar com a certeza de que serei compassiva e sincera. Pode confiar na minha determinação de salvá-lo, custe o que custar. Oh, Tom! Você não está escondendo de mim alguma coisa? Sussurre em meu ouvido. Diga apenas "Sim", e eu o compreenderei!

Ela encostou o ouvido nos lábios do irmão, mas ele permaneceu obstinadamente calado.

— Nem uma palavra, Tom?

— Como eu posso dizer "Sim" ou "Não" se não sei do que você está falando? Você é uma garota muito valente e bondosa, Loo. Chego até a pensar que merece um irmão melhor do que eu. Mas não tenho nada a dizer. Volte para a sua cama. Vá dormir.

— Você está cansado — sussurrou Louisa no ouvido dele, como costumava fazer.

— Sim, estou bastante cansado.

— Você correu e se agitou tanto hoje. Houve alguma nova descoberta?

— Apenas aquelas de que Ele já lhe falou.

— Tom, você contou pra alguém que nós fizemos uma visita àquela gente e vimos aqueles três juntos?

— Não; pois não foi você mesma que pediu explicitamente para manter segredo quando me convidou para acompanhá-la até lá?

— Sim. Mas eu não sabia então o que estava para acontecer.

— Tampouco eu. Como poderia saber? — respondeu ele, rápida e incisivamente.

— Depois do que aconteceu — falou Louisa, que já estava se afastando dele e acabou levantando —, deveria eu contar que fiz aquela visita? Devo contar? Será necessário?

— Por Deus, Loo — exclamou Tom —, você não costuma me pedir conselhos. Faça o que achar melhor. Se mantiver em segredo, *eu* também manterei. Se você decidir revelar, tudo bem. É só.

A intensa escuridão do quarto não permitia que um enxergasse o semblante do outro; mas os dois pareciam muito atentos e cuidadosos na escolha das palavras.

— Tom, você acredita que o homem para quem eu dei o dinheiro está realmente implicado nesse crime?

— Não sei. Não vejo por que ele não estaria.

— Ele me pareceu um homem honesto.

— Outra pessoa pode parecer desonesta para você, sem que na verdade o seja.

Tom hesitou e parou de falar durante alguns instantes. Depois, como se tivesse chegado a alguma conclusão, retomou dizendo:

— Em suma, se você quer saber, eu tinha uma opinião tão desfavorável sobre esse sujeito que resolvi levá-lo pra fora e lhe confidenciar que a meu modo de ver ele devia se considerar satisfeito de ter conseguido aquele dinheiro com minha irmã e, portanto, que fizesse bom uso dele. Você se lembra de que eu o levei para fora, não? Pois, então, não digo coisa alguma contra o homem. Ele pode ser um sujeito de bem. Espero que seja de fato.

— Ele ficou ofendido com o que você disse?

— Não. Ele aceitou passivamente; foi muito educado. Onde está você, Loo? — perguntou Tom, sentando-se na cama e beijando a irmã. — Boa noite, minha querida. Boa noite!

— Você não tem nada mais pra me dizer?

— Não. O que eu poderia ter? Você não iria querer que eu lhe contasse alguma mentira, não é?

— É claro que não. Em especial nesta noite, Tom. Esta, entre todas as noites de sua vida. Muitas e muito felizes, como espero que todas serão.

— Obrigado, querida Loo. Estou tão cansado que me causa surpresa eu não pedir que você me deixe dormir. Vá para a cama, vá para a cama.

O irmão beijou-a mais uma vez, virou-se para o outro lado, cobriu a cabeça com a colcha e permaneceu tão imóvel como se tivesse chegado aquele tempo ao qual ela se referira um pouco antes. Louisa ficou mais alguns momentos parada junto à cama, e depois saiu de mansinho. Ao abrir a porta, ela se deteve, olhou para trás e perguntou se ele a havia chamado. Não ouvindo resposta, a garota fechou a porta e retornou para o seu quarto.

Após alguns minutos, o miserável procurou se certificar de que ela já havia saído e, então, pulou para fora da cama, trancou a porta e voltou a se enroscar entre os travesseiros. Ele ficou ali, arrancando os cabelos, chorando sua melancolia e dando-se conta de que sentia por si mesmo um desprezo embalado por muito ódio e pouco remorso; que nutria por todas as pessoas boas do mundo um desdém rancoroso e infrutífero; e que, embora a contragosto, amava a irmã.

CAPÍTULO IX

As últimas palavras

Aproveitando momentos de repouso no refúgio do senhor Bounderby, durante os quais procurava serenar seus nervos, a senhora Sparsit permanecia noite e dia em tal estado de ativo alerta, tendo os olhos como duas sentinelas debaixo daquelas sobrancelhas romanas, que, não fosse pela placidez de suas maneiras, qualquer marinheiro prudente veria neles um par de faróis rigidamente presos à costa, advertindo para o perigo representado pela brava rocha de seu nariz romano e pela negra e escarpada região do entorno. Embora fosse difícil acreditar que o ato de se recolher para dormir não passasse de mera formalidade, dada a rigorosa e permanente vigilância em que se mantinham seus olhos de perfil clássico, e a total impossibilidade de alguém imaginar que seu rígido nariz pudesse sucumbir a qualquer espécie de ação relaxante, ela tinha ainda assim uma forma tão impecavelmente serena de se sentar, alisando as luvas desconfortáveis, para não dizer poeirentas (elas eram confeccionadas com um tecido semelhante ao de um saco de guardar carne), ou de andar a passos lentos para destinos desconhecidos, com o pé em seu estribo de algodão, que a maioria dos observadores se sentiria compelida a identificá-la com uma pomba, que por alguma aberração da natureza havia se consubstanciado no mundano corpo de um pássaro pertencente à classe dos de bico curvado.

A senhora Sparsit perambulava pela casa de um jeito notável. De que maneira ela subia de um pavimento a outro era para todos um mistério sem solução. Ninguém haveria de conceber a ideia de que uma dama tão respeitável e tão bem relacionada na alta sociedade se permitisse saltar ou escorregar sobre o corrimão da escada, não obstante sua extraordinária facilidade de locomoção assim sugerisse. Outro aspecto admirável na conduta dessa senhora residia no fato de suas ações nunca deixarem transparecer afobação. Ela podia descer em grande disparada do telhado até o salão, porém demonstrava total controle de seu fôlego e sua dignidade no momento de adentrar o recinto. Também, jamais foi vista por ser humano algum caminhando em passos acelerados.

228

Logo depois de sua chegada, ela já havia estabelecido com o senhor Harthouse um relacionamento muito amável e, em algumas ocasiões, entabulou com ele colóquios bastante agradáveis. Certa manhã, pouco antes do desjejum, a senhora Sparsit cumprimentou-o no jardim com uma pomposa reverência, e falou:

— Até parece que foi ontem que o senhor esteve no Banco para amavelmente apresentar seu interesse em saber o endereço do senhor Bounderby; e eu tive a honra de atendê-lo.

— Uma ocasião que eu jamais esquecerei no curso de toda a minha vida — afirmou o senhor Harthouse, inclinando a cabeça em sinal de respeito, com a mais indolente de todas as expressões.

— Nós vivemos em um mundo bastante singular — falou ela.

— Por uma coincidência de que me orgulho muito, tive a honra de fazer um comentário similar, embora não tão incisivamente expresso.

Depois de agradecer o cumprimento com um ligeiro movimento de suas sobrancelhas negras, não tão suave na expressão quanto o doce tom de sua voz, a senhora Sparsit continuou:

— Um mundo singular, senhor, diria eu, no tocante às intimidades que estabelecemos em certo momento com indivíduos que em outros nos eram praticamente estranhos. Eu relembro que naquela oportunidade o senhor chegou a comentar que sentia certa inquietude em relação à senhorita Gradgrind.

— Sua memória me confere uma honra maior do que minha insignificância pode merecer. Eu me vali de seus prestativos conselhos para remediar minha hesitação. E me parece desnecessário acrescentar que eles foram absolutamente perfeitos. Seu talento, senhora Sparsit, para qualquer coisa que demande acuidade, um talento resultante da associação entre força de vontade e Estirpe, é desenvolvido demais para aceitar questionamentos.

O senhor Harthouse estava quase caindo no sono ao concluir esse elogio; pois exigiu dele um grande esforço para deter sua mente que o tempo todo insistia em vagar sem controle.

— A senhorita Gradgrind (eu realmente não consigo chamá-la de senhora Bounderby, porque é para mim um grande absurdo) lhe pareceu tão jovem quanto na descrição que fiz para o senhor? — perguntou docemente a interlocutora.

— A senhora traçou um retrato perfeito — respondeu James Harthouse. — Uma imagem sem vida.

— Muito cativante, senhor — falou ela, roçando vagarosamente as luvas, uma sobre a outra.

— Muito. Muito mesmo.

— Dizia-se que a senhorita Gradgrind carecia de vivacidade — comentou a senhora Sparsit —; todavia, eu confesso que ela hoje me parece significativa e surpreendentemente melhor nesse aspecto. A propósito, veja quem vem aí: o senhor Bounderby! — exclamou ela, acenando sem parar com a cabeça, como se estivesse naquele momento falando e pensando nele.

— Como o senhor está esta manhã? Conceda-nos a alegria de vê-lo animado.

Nos últimos tempos, esse obstinado intento de abrandar a miséria do senhor Bounderby e lhe aliviar o peso da carga começava a ter reflexos no comportamento do homem, reflexos estes que se traduziam em maior afabilidade do que a habitual em relação à senhora Sparsit e mais rigidez com outras pessoas, a começar por sua esposa. Desse modo, quando aquela dama falou com forçada tranquilidade,

— O senhor deseja que seu desjejum seja servido? Mas que ideia! Creio que a senhorita Gradgrind logo chegará para assumir seu lugar na cabeceira da mesa.

Ele respondeu:

— Se eu esperar pelos cuidados de minha esposa, madame, a senhora bem sabe que ficarei aqui esperando até o dia do juízo final. Assim, vou me servir de seus préstimos e pedir que se incumba do chá.

A senhora Sparsit aquiesceu e assumiu sua antiga posição na mesa.

Mais uma vez, aquela mulher exemplar mostrou-se exageradamente sentimental. Era tal sua demonstração de humildade que, quando Louisa apareceu, ela se levantou e declarou solenemente que, nas atuais circunstâncias, jamais pensaria em se sentar naquele lugar, mesmo tendo tido tantas vezes a honra de preparar o desjejum do senhor Bounderby antes da vinda da "senhora Gradgrind... perdão, senhorita Bounderby... mil perdões...". Muito embaraçada, a senhora Sparsit continuou a se desculpar, alegando que não conseguia de

230

fato aprender o nome correto, mas que esperava aos poucos se familiarizar com ele, e se justificou dizendo que só tomara a liberdade de atender à solicitação do senhor Bounderby (tantos anos uma lei para ela) porque sabia que o tempo dele era precioso demais para ser perdido com delongas na hora do desjejum; e a senhorita Gradgrind estava atrasada.

— Alto lá! Pare onde a senhora está, madame — exigiu o senhor Bounderby. — Pare onde está! Creio que a senhora Bounderby ficará muito feliz de ser dispensada do aborrecimento.

— Não diga isso, senhor — respondeu a senhora Sparsit, tentando parecer severa —, porque é muita indelicadeza para com a senhora Bounderby. E o senhor não tem o hábito de ser indelicado.

— Pode ficar descansada, madame — respondeu ele.

E, dirigindo-se a Louisa com modos arrogantes, perguntou:

— Você não se incomoda com isso, não é, Loo?

— Decerto que não. Não tem a menor importância para mim. Por que deveria de ter?

— Por que isso deveria ter alguma importância para alguém, senhora Sparsit? — indagou o senhor Bounderby, sem tentar esconder um sentimento de desdém. — A senhora atribui muita importância para essas coisas, madame. Por Deus! Aqui, terá que abrir mão de alguns de seus conceitos; eles são antiquados demais. Sua época é muito antiga para o padrão dos jovens Gradgrind.

Surpresa com a advertência do marido, Louisa perguntou friamente:

— Qual é o motivo de sua queixa? O que foi que o ofendeu?

— Ofender! — repetiu ele. — Você pensa que, se eu me sentisse ofendido por alguma coisa, deixaria o fato passar incólume, sem exigir que a ofensa fosse reparada? Eu me considero um homem franco. Não costumo me valer de subterfúgios.

— Imagino que a ninguém possa algum dia ter ocorrido considerá-lo tão ressabiado ou tão sensível — afirmou Louisa placidamente. — Eu jamais fiz a você uma condenação dessas, nem quando criança, tampouco depois que me tornei uma mulher. Não entendo o que aconteceu.

231

— O que aconteceu? — retrucou o senhor Bounderby. — Absolutamente nada. Caso contrário, você sabe muito bem, Loo Bounderby, que eu, Josiah Bounderby de Coketown, não deixaria passar despercebido. Estou certo?

Louisa olhou para o marido com um rubor altivo em sua face, enquanto ele, para dar vazão à contrariedade, desferiu um soco sobre a mesa, fazendo as xícaras de chá tilintarem. O senhor Harthouse viu na expressão de Louisa o sinal de uma nova mudança.

— Você está agindo de modo incompreensível esta manhã — falou ela. — Deixe de lado suas explicações, por favor. Não é necessário se esforçar para tanto. Não estou curiosa em saber o que está havendo. Que importância poderia ter?

Nada mais foi falado sobre o assunto, e o senhor Harthouse logo se entregou alegremente à discussão de outros temas de menor importância. Contudo, desse dia em diante, o poder de influência da senhora Sparsit sobre o senhor Bounderby acabou contribuindo para estreitar o vínculo de Louisa com James Harthouse e acentuar o perigoso afastamento dela em relação ao marido. Além do mais, intensificaram-se as confidências trocadas entre os dois, confidências estas das quais Bounderby era o objeto principal. Louisa foi se deixando envolver por esse laço de intimidade tão gradativamente que não saberia explicar onde começou. Todavia, se ela algum dia tentou entender ou não, é uma questão que permaneceu soterrada no fundo de seu coração.

A senhora Sparsit estava de tal modo emocionada com o desenrolar dos acontecimentos nessa ocasião especial que, ao se ver sozinha com o senhor Bounderby no saguão, depois do café da manhã, beijou-lhe recatadamente a mão quando o ajudou a colocar o chapéu, e murmurou:

— Meu benfeitor!

Em seguida, ela se retirou, devastada pela angústia. No entanto, até onde é cabível no contexto desta história, não se pode deixar de registrar o fato de que, cinco minutos depois de Bounderby ter saído, vestindo o mesmo chapéu, a descendente dos Scadgers, ligada por matrimônio aos Powlers, balançou sua mão direita enluvada diante do retrato dele, fez uma careta de desdém por aquele objeto de arte e falou:

— Você bem que merece, seu pateta; e eu fico feliz por isso!

O senhor Bounderby ainda não havia se distanciado muito quando, de repente, Bitzer apareceu. Ele viera de trem, rangendo e crepitando sobre a longa fileira de arcos que se estendem através da inóspita área de poços de carvão perfurados em dias passados e presentes, e trazia uma mensagem de Stone Lodge. Tratava-se de uma nota urgente, dando conta de que a senhora Gradgrind se encontrava gravemente enferma. Até onde Louisa conseguia recordar, a mãe nunca desfrutara de boa saúde; porém, no decorrer dos últimos dias, houve um agravamento gradativo, que se acentuou durante a noite passada. No momento, dada sua limitadíssima capacidade de recuperação, ela estava à beira da morte.

Acompanhada pelo mais ligeiro dos contínuos, um pálido serviçal que mais parecia o porteiro encarregado de abrir as portas da Morte quando a senhora Gradgrind nela batesse, Louisa rumou para Coketown, atravessando as presentes e passadas minas de carvão e sendo projetada como um turbilhão em suas mandíbulas fuliginosas. Na cidade, ela dispensou o mensageiro e caminhou sozinha até sua antiga casa.

Depois do casamento, Louisa fazia apenas visitas esporádicas. O pai passava os dias em Londres, obstinadamente entregue ao ofício de chafurdar suas pilhas de inutilidades no parlamento (jamais se soube que tivesse encontrado artigos preciosos no meio de tanto lixo). A mãe, recostada sobre o sofá, não se esforçava para esconder o desprazer que sentia em receber visitas. Quanto aos mais jovens, Louisa não tinha qualquer afinidade com eles. E o relacionamento com Sissy nunca mais recuperara a amenidade anterior, desde o dia em que a filha do ator ambulante levantara os olhos para fitar a futura esposa do senhor Bounderby. Desse modo, faltava a ela motivação para lá voltar, e, assim, raramente o fazia.

Agora, ao se aproximar da casa, Louisa tampouco se sentia tocada por qualquer uma das mais puras formas de emoção normalmente associadas com o antigo lar. De que lhe poderiam valer os sonhos da infância, com suas fantasias etéreas e seus adereços belos, graciosos, humanos, mas tão impossíveis e distantes – muito belos. Nós acreditamos neles uma vez e os guardamos para sempre na memória, pois é depois de adultos que os mais insignificantes ressurgem e fazem do coração um grande refúgio de Misericórdia, permitindo que as crianças pequeninas o adentrem e, com a pureza de suas mãos, cultivem nos empedernidos meandros deste mundo um jardim onde todos os filhos de Adão podem se expor mais amiúde aos raios do sol, livres do ônus da sabedoria mundana e imbuídos de simplicidade e confiança. De que lhe valeria lembrar como viajara pelas estradas encantadas da imaginação para chegar até o pouco que sabia daquilo com o que ela e milhares de criaturas inocentes um dia sonharam? Como, ao descobrir a Razão através da doce luz da Fantasia, tomou-a por um deus benfazejo submisso a deuses tão grandes quanto a própria razão, e não um Ídolo austero, frio e cruel que aprisiona suas vítimas – um ídolo de proporções colossais e patéticas, e olhar invisível, que não deve se curvar diante de nada, exceto as tantas toneladas calculadas do poder de influência? As recordações que Louisa guardava da infância e da casa paterna falavam apenas de fontes e riachos forçados a secar dentro ainda de seu coração, antes mesmo de começarem a jorrar. As águas douradas não moravam lá. Elas fluíam para a fertilização da terra onde uvas brotam dos espinhos, e figos, dos cardos.

A garota entrou na casa, carregando nas costas o pesado fardo da melancolia, e foi direto até o quarto da mãe, onde encontrou sua irmã Jane, agora com dez ou doze anos, e Sissy, que estava sentada ao lado da senhora. Desde que Louisa se casara, Sissy ali vivia com o resto da família, como se dela fizesse parte.

Não foi fácil fazer a senhora Gradgrind entender que sua filha mais velha havia chegado. Ela estava recostada em uma poltrona (como habitualmente costumava fazer), porém escorada, dada sua incapacidade física. Ela se recusara terminantemente a ficar na cama, alegando que, se o fizesse, nunca mais de lá sairia.

A voz frágil da senhora Gradgrind parecia brotar de muito longe, saída de dentro do emaranhado de xales em que ela estava embrulhada. E a das pessoas que lhe falavam dava a impressão de levar um tempo muito longo para chegar aos seus ouvidos, como se ela estivesse deitada no fundo de um poço. Nunca, no decorrer de toda a vida, a pobre senhora se acercara tanto da Verdade, o que decorria das próprias circunstâncias.

Ao ser informada da presença da filha, ela entendeu se tratar do senhor e não da senhora Bounderby e fez saber a todos que nunca mais se referira a ele por esse nome, desde que ele se casara com Louisa; e que, na ausência de outra opção apropriada, ela por enquanto não abria mão de chamá-lo simplesmente de J. Passou-se algum tempo antes que a senhora Gradgrind reconhecesse Louisa, que ficou sentada ao lado dela e lhe dirigiu a palavra diversas vezes. Subitamente, ela pareceu compreender quem ali estava, e falou:

— Olá, minha querida! Eu espero que você esteja bem. Foi tudo um arranjo de seu pai. Ele se empenhou por isso; e devia saber o que estava fazendo.

— Quero saber da senhora, mamãe, não de mim.

— Você quer saber como eu estou, querida? Parece-me de fato um tanto inédito alguém se preocupar em saber de mim. Não muito bem, Louisa. Fraca demais, com muitas vertigens.

— A senhora sente dores, mãezinha?

— Sinto que há alguma dor pairando pelo quarto — respondeu a senhora Gradgrind —, mas não sei dizer com certeza se ela se instalou em mim.

Depois dessa estranha fala, ela permaneceu calada por algum tempo. Louisa, que segurava a mão da mãe, não conseguia lhe sentir o pulso; porém, ao beijá-la, pôde perceber um tênue fio de vida tremulando no ar.

— Você encontra raramente com sua irmã — disse a senhora Gradgrind. — Ela está crescendo como você e eu gostaria que a visse. Sissy, traga-a até aqui.

A menina foi trazida e permaneceu em pé segurando a mão da irmã. Louisa observou que ela abraçara o pescoço de Sissy, e sentiu uma diferença nessa atitude.

— Você percebeu a semelhança, Louisa?

— Sim, mamãe. Eu diria que ela é como eu. Mas...

A senhora Gradgrind interrompeu-a, falando com uma celeridade inesperada.

— Sim, sim! Sempre digo isso. E me faz lembrar que... Eu quero falar com você, minha querida. Sissy, minha boa garota, deixe-nos um pouco a sós.

Louisa soltara a mão da menina, e estava pensando que o rosto dela revelava uma vivacidade e uma bondade de que o seu sempre carecera. Louisa viu nele, não sem experimentar certo sentimento de despeito (mesmo naquele lugar e naquela hora), um pouco da ternura expressa pelo outro rosto no quarto: a face doce com olhos sinceros, que os cabelos fartos e negros tornavam mais pálida do que a vigia e a compaixão eram capazes de fazê-lo.

Deixada sozinha na companhia da senhora Gradgrind, Louisa observou no rosto dela uma estranha calma, como a de alguém que flutua sobre imensa massa de água, sem opor resistência e feliz de ser carregada pela correnteza. Ela aproximou levemente a mão dos lábios da mãe e lembrou a ela:

— A senhora disse que queria falar comigo, mamãe.

— Sim! Isso mesmo, minha querida. Você sabe bem que seu pai passa a maior parte do tempo longe de casa e, portanto, eu preciso escrever para ele sobre isso.

— Sobre o que, mamãe? Não se agite. Sobre o quê?

— Você se lembra, minha querida, de que todas as vezes em que eu tentei falar alguma coisa, sobre qualquer assunto, nunca consegui chegar ao fim. Assim, há muito tempo desisti de falar.

— Estou escutando a senhora, mamãe.

Contudo, só às custas de se curvar sobre os ouvidos da mãe e lhe observar atentamente o movimento dos lábios, ela foi capaz de conectar um significado àqueles sons débeis e truncados.

— Você aprendeu muita coisa, Louisa; do mesmo modo que seu irmão. Logias de toda sorte, desde logo cedo até o anoitecer. Se ainda sobrou alguma Logia de qualquer espécie, que não tenha sido esmiuçada nos mínimos detalhes dentro desta casa, tudo o que eu posso dizer é que espero nunca ouvir o nome dela.

Para evitar que a mãe fugisse do assunto, Louisa falou:

— Quando a senhora tiver forças pra continuar, mamãe, estou aqui, pronta para escutá-la.

236

— Mas existe uma coisa (não é forma alguma de Logia) que seu pai esqueceu ou deixou passar, Louisa. Não sei de que se trata. Tenho sentado todos os dias ao lado de Sissy e pensado sobre o assunto. Não vou conseguir encontrar um nome para essa coisa agora; mas seu pai pode. Isso me deixa inquieta. Quero escrever para ele e descobrir o que é. Dê-me uma pena. Por favor, dê-me uma pena.

Nem mesmo a inquietação tivera forças para vencer a debilidade daquele corpo, e apenas a cabeça conseguia se mover de um lado a outro.

No entanto, ela imaginava que sua solicitação fora atendida e suas mãos seguravam a pena que jamais conseguiriam segurar. Ela começou a traçar sobre as vestes figuras (pouco importa quais) extraordinariamente carentes de significado. De repente, cessou o movimento de sua mão, apagou-se a luz débil e indistinta por trás da frágil transparência e a própria senhora Gradgrind, emergindo das sombras nas quais o homem caminha e se inquieta em vão, assumiu a terrível austeridade dos sábios e dos patriarcas.

CAPÍTULO X

A escadaria da senhora Sparsit

Como os nervos da senhora Sparsit continuassem ainda abalados por tensões interiores, a valorosa dama estendeu em algumas semanas sua permanência no retiro do senhor Bounderby. A despeito da opção que fizera por uma vida solitária, ditada pela consciência da transformação operada em sua condição social, ela foi vencida por uma nobre determinação e se resignou em ser hóspede naquele ambiente de opulência, onde todos se alimentavam da rica produção da terra. Durante todo o período em que ficou afastada de sua função de guardiã do Banco, a senhora Sparsit foi um modelo de coerência: quando se encontrava diante do senhor Bounderby, não tinha fim sua demonstração de compaixão por ele – um gesto raramente endereçado a um homem – e, quando longe dele, insultava-lhe o retrato, com grande animosidade e desdém, chamando-o de Néscio.

O senhor Bounderby concluiu, em toda a sua intemperança, que a senhora Sparsit era uma mulher superior demais para ser capaz de perceber a carga pesada que ele carregava (embora não soubesse bem ao certo de que se tratava) e, acima de tudo, entendeu que Louisa poderia opor objeções à presença constante dessa senhora, tivesse ele, com toda a grandeza que lhe era peculiar, concedido à esposa o direito de contestar qualquer decisão sua. Assim sendo, decidiu não perder de vista a senhora Sparsit e, quando já estava ela com os nervos recuperados e pronta para voltar no dia seguinte a comer molejas na solidão de seus aposentos no Banco, ele lhe falou à mesa do jantar:

— Vou lhe dizer uma coisa, madame. A senhora pode aproveitar enquanto persiste o tempo bom e vir ter conosco no sábado, para ficar até a segunda-feira.

— Seu desejo é uma ordem — respondeu ela, em um tom que no entanto carecia de determinação.

A senhora Sparsit não era uma mulher dada a se deixar levar por poesias, mas colocou na cabeça uma fantasia com forte significado simbólico. A constante observação do comportamento e do aspecto sempre impenetrável de Louisa deve ter estimulado e aguçado profundamente a inquietação da senhora, provocando nela certo alumbramento e levando-a a criar mentalmente uma inexpugnável Escadaria, na base da qual existia um poço de desonra e decadência, e através de cujos degraus, dia após dia, hora após hora, ela via Louisa descer.

A vida da senhora Sparsit passou a girar em torno do único propósito de vigiar a escada e ver Louisa descer através dela. Algumas vezes vagarosamente; outras, em ritmo acelerado; outras ainda, pulando vários degraus de uma só vez ou então fazendo paradas; mas sem jamais retroceder. Se algum dia acontecesse de Louisa voltar para trás, seria a morte da senhora Sparsit – uma morte motivada pelo excesso de desgosto e desolação.

Até o dia em que o senhor Bounderby fez conhecer sua disposição em receber a senhora Sparsit para visitas de final de semana, Louisa vinha mantendo um invariável movimento de descida e a senhora revelava bom humor e disposição para entabular conversas.

— Então, senhor — perguntou ela —, se me permite fazer uma pergunta relativa a um assunto sobre o qual o senhor mostra reserva (o que é de fato ousado de minha parte, pois sei que todas as suas atitudes são justificadas), chegou-lhe alguma informação a respeito do roubo?

— Pois veja só, madame; ainda não. Dentro das atuais circunstâncias, eu não esperava recebê-las tão logo. Afinal, Roma não foi construída em um único dia, não é mesmo madame?

— Realmente, senhor — exclamou ela, balançando a cabeça.

— Talvez, nem em uma semana, madame.

— De fato não, senhor — concordou a senhora Sparsit, com um leve ar de melancolia.

— Do mesmo modo, madame — continuou o senhor Bounderby —, eu posso esperar. Se Rômulo e Remo puderam, Josiah Bounderby também pode; muito embora eles tenham tido uma juventude mais auspiciosa do que a minha. Foram embalados por uma loba, enquanto a mim coube apenas uma avó-loba. Ela não me deu leite, madame; apenas hematomas. Ela era como o gado de Alderney.

— Ah! — a senhora Sparsit suspirou e balançou os ombros.

— Não, madame — prosseguiu o senhor Bounderby —, não ouvi mais nada a respeito do roubo. Mas está em andamento. Com a ajuda do jovem Tom, que atualmente se mostra dedicado às suas tarefas (algo novo para ele, que não teve a mesma escola que eu). Minha prescrição é, "Mantenha segredo, fazendo parecer que nos esquecemos do assunto. Faça o que quiser sob o véu do sigilo, e não deixe transparecer aquilo que você pretende, caso contrário vários deles se juntarão para encontrar o camarada que fugiu e mantê-lo fora de nosso alcance. Mantenha segredo, e aos poucos os ladrões vão se sentir mais confiantes e nós colocaremos as mãos neles".

— Realmente muito sagaz, senhor — elogiou a senhora Sparsit. — Muito interessante. A mulher idosa que o senhor mencionou...

— A mulher idosa que eu mencionei, madame — falou o senhor Bounderby, interrompendo a senhora Sparsit, como se aquele fato não justificasse alardes —, não foi localizada ainda. Mas ela poderá ter certeza de que será, se isso serve de consolo para aquela mente velha e infame. Enquanto isso, madame, digo-lhe que, quanto menos se falar dessa mulher, melhor.

Descansando na janela de seu quarto naquela mesma noite, depois de fazer as malas, a senhora Sparsit esquadrinhou sua escadaria e viu que Louisa continuava descendo os degraus.

A senhora Bounderby estava sentada em uma alcova do jardim ao lado do senhor Harthouse, que se encontrava em pé, curvado sobre ela. Os dois conversavam em voz muito baixa e o rosto dele quase lhe tocava os cabelos.

— Não falta muito! — anunciou a senhora Sparsit, apertando ao máximo seus olhos de falcão.

A distância que a separava do casal não lhe permitia escutar uma palavra sequer da conversa, ou mesmo entender o que os dois diziam baixinho. Mas, pela expressão do rosto de Louisa e do senhor Harthouse, ela concluiu que assim falavam:

— Você se lembra do homem, senhor Harthouse?

— Sim! Perfeitamente!

— A face, os modos e o que ele disse?

— Perfeitamente. E me pareceu uma pessoa muito monótona – prolixo e enfadonho ao extremo. Pode-se dizer que ele frequentou a humilde escola da eloquência. Mas lhe afirmo com sinceridade que ao mesmo tempo pensei: "Meu companheiro, você está ultrapassando todos os limites".

— Me custa muito ver naquele homem uma pessoa má.

— Minha querida Louisa, como diz Tom. (O que ele nunca dizia.) Você sabe alguma coisa errada a respeito do sujeito?

— Certamente não.

— Nem de nenhum outro daquela espécie?

— Como eu poderia saber se não conheço nada sobre eles – homens ou mulheres? — falou Louisa, com uma expressão que fazia lembrar mais suas maneiras de outrora do que as de dias recentes.

— Minha querida Louisa, aceite então um conselho desse seu devotado amigo, alguém que conhece algumas coisas a respeito de muitas dessas excepcionais criaturas (pois sinto-me inclinado a acreditar que são excepcionais, a despeito de pequenas fraquezas como a de sempre se apossarem de tudo aquilo que lhes chega ao alcance das mãos). Esse sujeito fala. Grande coisa! Também falam os seus iguais. Ele preconiza a moralidade. Mas qual é o impostor que não faz o mesmo? Da Câmara dos Comuns até a Casa Correcional, todos pregam a moralidade, exceto as pessoas de nossa espécie. E é realmente essa exceção que torna nossa gente diferente. Você testemunhou o que foi dito sobre o caso. Um dos membros da classe de indivíduos que se veem todos os dias cobertos pela poeira dos tecidos com que trabalham foi aqui duramente censurado por meu estimado amigo, o senhor Bounderby – um homem cuja completa carência daquela delicadeza capaz de abrandar uma mão pesada, não é segredo para quem quer que seja. Esse sujeito da classe dos cobertos de poeira foi alvo de afrontas, irritou-se, deixou a casa resmungando, encontrou alguém que lhe propôs tomar posse de uma parte dos rendimentos do Banco, entrou no local, colocou alguns trocados nos bolsos antes vazios e, com isso, tirou um peso de sua cabeça. Na verdade, se não tivesse tirado proveito de tal oportunidade, ele se destacaria como um indivíduo único e extraordinário, em vez de se equiparar aos comuns. Ou talvez, se fosse dotado da necessária inteligência, tivesse planejado tudo sozinho.

— Sinto-me inclinada a reconhecer em mim uma índole má — declarou Louisa, depois de pensar durante alguns instantes —, por estar tão pronta a concordar com o senhor, além de ficar aliviada com suas palavras.

— Digo apenas o que considero razoável, sem agravar os fatos. Mais de uma vez, conversei sobre isso com meu amigo Tom, e posso dizer que compartilhamos da mesma opinião. Ademais, guardo comigo a mais perfeita confiança em relação a ele. A senhora gostaria de caminhar?

Eles foram andando pelas alamedas que as luzes do entardecer começavam a tornar indistintas. Louisa ia apoiada nos braços do senhor Harthouse e não se dava conta de que descia, inexoravelmente, os degraus da escada da senhora Sparsit.

Noite e dia, incansavelmente, esta última mantinha aprumada sua escadaria. Depois que Louisa descesse o derradeiro degrau e desaparecesse no abismo, pouco importava à senhora Sparsit que a escada pudesse cair sobre a garota. Antes disso, contudo, deveria permanecer ali diante de seus olhos, como uma sólida edificação pela qual Louisa descia impassível – cada vez mais próxima do fim!

A senhora Sparsit observava as idas e vindas do senhor Harthouse. Ela ouvia falar sobre ele aqui e acolá. Percebia as mudanças estampadas na face que era o alvo das observações daquele homem, e também conseguia reconhecer os pequenos detalhes de uma expressão de tristeza ou de alegria. A senhora mantinha bem abertos e alertas seus olhos negros, sem demonstrar o menor sinal de compaixão ou compunção – apenas interesse. O interesse de ver Louisa se aproximar cada vez mais do fundo dessa Gigantesca Escadaria, sem ter ninguém para detê-la.

Apesar de toda a deferência que a senhora Sparsit demonstrava pelo senhor Bounderby em pessoa – em contraposição ao desprezo expresso diante do retrato do homem –, ela não tinha a menor intenção de interromper a descida de Louisa. Ansiosa por ver sua obra consumada, mas mesmo assim muito paciente, ela aguardava a última queda, como quem aguarda que suas esperanças atinjam o estado de maturação e plenitude para serem colhidas. Em uma expectativa silenciosa, a mulher mantinha o olhar atento sobre os degraus da escadaria, e umas poucas vezes se permitia sacudir sombriamente a mão direita devidamente enluvada na direção da figura que por eles descia.

CAPÍTULO XI

A descida inexorável

A figura descia a grande escadaria, contínua e incessantemente, sempre prestes a desaparecer no abismo negro como um objeto pesado que cai em águas profundas.

Quando informado do falecimento da esposa, o senhor Gradgrind veio de Londres e realizou um sepultamento em tudo semelhante a um ritual de negócios. Depois disso, retornou prontamente ao incinerador nacional, retomando a atividade de submeter a seu crivo as quinquilharias que a ele interessavam e de espalhar poeira nos olhos de outras pessoas que desejavam outras quinquilharias – na verdade, ele voltou para seus afazeres parlamentares.

Nesse ínterim, a senhora Sparsit manteve uma vigilância inabalável. Embora durante toda a semana a extensa estrada de ferro que separava Coketown da zona rural mantivesse Louisa afastada daquele objeto sinistro, mesmo assim ela estava sempre ao alcance dos olhos felinos da mulher, quer fosse através do marido, do irmão, de James Harthouse, da parte exterior de cartas e pacotes, ou seja, de todas as coisas vivas ou inanimadas que porventura se aproximassem da escada.

Apontando a ameaçadora luva à figura que descia os degraus, a senhora Sparsit disse para si mesma: "Seus pés já estão no último degrau, minha lady, e nem mesmo toda a sua astúcia será capaz de me enganar".

Quer se tratasse de astúcia ou comportamento natural, de um aspecto inerente ao caráter de Louisa ou uma ação espoliadora das circunstâncias sobre ele, a questão é que a estranha reserva da garota desconcertava, ao mesmo tempo que estimulava, uma pessoa tão sagaz quanto a senhora Sparsit. Havia ocasiões em que o senhor James Harthouse sentia-se desorientado em relação a ela. Havia outras nas quais ele não conseguia decifrar a expressão daquele rosto que durante tanto tempo se dedicara a estudar. E outras ainda nas quais aquela moça solitária representava para ele um mistério ainda maior do que qualquer mulher do mundo em torno da qual gira um anel de satélites pronto a ajudá-la.

E assim o tempo foi passando; até que aconteceu de o senhor Bounderby ser obrigado a se afastar de casa por três ou quatro dias devido a negócios que exigiam sua presença em outro lugar. Foi em uma sexta-feira, no Banco, que ele fez a comunicação à senhora Sparsit, acrescentando:

— Mas de qualquer modo a senhora irá à fazenda amanhã, como se eu estivesse lá. Minha ausência não muda nada.

— Por favor, senhor — retrucou ela, em tom de reprovação —, não diga isso. Sua ausência fará uma grande diferença para mim, como imagino que o senhor bem sabe.

— Muito bem, madame, então a senhora lidará com minha ausência da forma que melhor conseguir — falou o senhor Bounderby, sem esconder sua satisfação.

— Senhor Bounderby — retorquiu a senhora Sparsit —, seu desejo é uma ordem para mim. De outra forma, eu me sentiria inclinada a contestar sua amável autoridade, pelo fato de não ter certeza de que a senhorita Gradgrind me receberá com a mesma magnânima hospitalidade que o senhor sempre demonstra. Então, não é preciso insistir mais. Em se tratando de um convite seu, eu irei.

— Oras! Espero que um convite meu seja suficiente para a senhora, madame — falou o senhor Bounderby, arregalando os olhos.

— Decerto que sim, senhor — retrucou a senhora Sparsit —, sem dúvida. Não é necessário dizer mais nada. Quero apenas vê-lo alegre outra vez.

— Como assim, madame? — vociferou o senhor Bounderby.

— Senhor — respondeu ela —, sinto falta daquela sua costumeira resiliência. Anime-se, senhor!

O senhor Bounderby, sob a influência dessa obscura intimação e apoiado pelo olhar compassivo da mulher, limitou-se a coçar a cabeça de um modo débil e caricato. Em seguida, fez por afirmar sua autoridade e durante toda a manhã dirigiu-se em altos brados a todos os peixes miúdos do Banco.

— Bitzer — falou a senhora Sparsit naquela tarde, depois que seu patrão já havia saído em viagem e o Banco estava prestes a fechar—, apresente meus cumprimentos ao jovem senhor Thomas, e pergunte se ele gostaria de subir e partilhar de uma posta de cordeiro com molho de nozes, acompanhado de um copo de cerveja da Índia.

O jovem senhor Thomas, que estava sempre pronto a aceitar esse tipo de convite, mandou uma resposta cortês e não tardou a chegar.

244

— Senhor Thomas — falou a senhora Sparsit —, penso que essa seleção de iguarias aqui na mesa conseguirá atiçar seu apetite.

— Obrigado, senhora Sparsit — respondeu o moleque, servindo-se melancolicamente.

— Como está o senhor Harthouse, Tom? — perguntou a senhora Sparsit.

— Muito bem — respondeu o rapaz.

— E onde se encontra ele agora? — perguntou a senhora Sparsit em tom despreocupado, mas não antes de mentalmente condenar o moleque à Fúria dos infernos por ser tão reticente.

— Praticando tiro em Yorkshire — respondeu Tom. — Ontem, ele enviou para a Loo uma cesta quase tão grande quanto uma igreja.

— Um verdadeiro cavalheiro! — comentou a senhora Sparsit com expressão doce. — Pode-se apostar que é um bom atirador!

— Um virtuoso! — completou o rapaz.

Tom adquirira já havia muito tempo o hábito de falar olhando para baixo, sem encarar seu interlocutor. Essa característica se acentuara em dias mais recentes, pois agora ele nunca erguia o olhar diante de qualquer pessoa por mais do que uns poucos segundos. Tal comportamento garantia à senhora Sparsit a liberdade de examinar mais minuciosamente a expressão do rapaz, quando assim o desejasse.

— Eu admiro muito o senhor Harthouse — disse ela. — E acredito que outras tantas pessoas compartilham desse meu apreço por ele. Será que voltaremos a vê-lo em breve, Tom?

— Oras, eu espero encontrá-lo amanhã — respondeu o moleque.

— Que boa notícia! — exclamou a senhora Sparsit com ar malicioso.

— Eu marquei de me encontrar com ele à noite, na estação — disse Tom —, e depois jantaremos juntos, eu acredito. Dentro dos próximos sete dias, mais ou menos, o senhor Harthouse não aparecerá na fazenda, porque tem compromissos em outro lugar. Pelo menos, foi o que me disse. Mas eu não me surpreenderia se ele fizesse uma visita no domingo.

— Isso me faz lembrar de uma coisa! — exclamou a senhora Sparsit. — Você poderia levar uma mensagem para sua irmã, senhor Tom?

— Bem, se não for uma mensagem muito longa, posso tentar — respondeu o moleque com alguma relutância.

245

— Quero apenas que faça chegar a ela meus respeitosos cumprimentos — esclareceu a senhora Sparsit. — E espero não incomodá-la esta semana com minha companhia, pois ainda me sinto um tanto inquieta e acho melhor ficar sozinha.

— Ora! Se isso é tudo — observou Tom —, mesmo que eu esqueça não fará muita diferença, porque provavelmente a Loo só se lembra da senhora quando a vê.

Depois de pagar com esse afável elogio o entretenimento a ele proporcionado, Tom se fechou novamente em seu silêncio deprimido e só voltou a falar depois que toda a cerveja da Índia havia terminado.

— Bem, senhora Sparsit, preciso ir embora!

Ao longo de todo o dia seguinte, a senhora Sparsit ficou sentada junto à sua janela, observando a movimentação dos clientes que entravam e saíam, dos carteiros entregando as correspondências e do tráfego em geral. Muitas coisas lhe ocupavam a mente, mas, acima de tudo, ela mantinha a atenção fixa em sua escadaria. Quando anoiteceu, a mulher vestiu o gorro e o xale e saiu de forma discreta, pois tinha razões suficientes para rondar furtivamente a estação através da qual um passageiro deveria chegar de Yorkshire. Em vez de se mostrar abertamente pelos arredores, ela preferiu espreitar o local por trás de pilares e esquinas, mantendo-se fora do alcance da vista das janelas do quarto de vestir de certas damas.

Tom estava perambulando por ali, aguardando a chegada do trem. Mas o senhor Harthouse não veio nele. Tom esperou a multidão se dispersar e o alvoroço terminar. Depois disso, foi examinar a tabela de horário dos próximos trens, consultou os carregadores e saiu. Ele ficou vagando preguiçosamente pela rua e de quando em quando parava para olhar de um lado a outro, tirava e recolocava o chapéu, bocejava e esticava o corpo, exibindo uma expressão de completo tédio muito característica de alguém que é obrigado a esperar durante uma hora e quarenta minutos pela chegada do próximo comboio.

Afastando-se da monótona janela do escritório, de onde estivera observando o moleque, a senhora Sparsit pensou: "Esse é um estratagema para deixar você fora do caminho. A essa altura, ele já deve estar com a sua irmã!".

Essa ideia foi decorrente de um momento de inspiração, e ela saiu em louca disparada, determinada a confirmar suas suspeitas. A estação de onde partiam os trens para a fazenda ficava na extremidade oposta da cidade. O tempo estava se esgotando e o caminho era acidentado; mas ela foi tão ligeira em tomar uma carruagem desocupada, pagar a corrida e descer do veículo, pegar sua passagem e se enfiar dentro do trem, que foi transportada através dos arcos que se espalhavam pelo terreno de minas de carvão presentes e passadas, como se uma nuvem a tivesse carregado em meio a um redemoinho.

Ao longo de toda a viagem, a escadaria da senhora Sparsit permaneceu ali, imóvel no ar; mas sempre acompanhando o movimento do trem, bem nítida diante dos olhos negros de sua imaginação, do mesmo modo que os fios elétricos que desenhavam uma colossal pauta de notas musicais no céu da noite estavam nítidos para os olhos negros de seu rosto. E a figura descia pela escada, agora muito próxima do derradeiro degrau – à beira do abismo.

Foi uma tarde nublada de setembro, já quase noite, que viu através de suas pálpebras prestes a se fechar o momento em que a senhora Sparsit deslizou para fora do vagão, desceu os degraus de madeira da pequena estação até o caminho de pedra, cruzou-o para entrar na alameda verdejante e se escondeu no meio de uma profusão de folhas e galhos crescidos durante o verão. Até o momento em que fechou delicadamente o portão atrás de si, tudo o que ela viu e ouviu foi o gorjeio sonolento de um ou dois pássaros tardios dentro de seu ninho, o voo de um morcego que cruzava sem parar diante dela e a pegada de seus próprios pés que pareciam caminhar sobre veludo ao pisar na espessa camada de poeira.

A mulher se aproximou da casa e, mantendo-se no meio dos arbustos, circundou-a para vigiar por entre as folhas as janelas do andar de baixo. Muitas delas estavam abertas, como costumavam ficar em dias de tempo ameno, mas ainda não havia luzes acesas e o silêncio era absoluto. Ela tentou as janelas do jardim; porém, sem sucesso. Lembrou-se então do bosque, e para lá caminhou furtivamente, sem se importar com a grama crescida, os espinhos, as minhocas, os caracóis, as lesmas e todas as coisas rastejantes que pudessem existir. Com os olhos negros e o nariz adunco cautelosamente abrindo caminho, a senhora Sparsit passou através da espessa vegetação rasteira, tão atenta ao seu objetivo que provavelmente não teria sido diferente se ali existisse um bosque de víboras.

247

Ouçam!

No momento em que a senhora Sparsit parou para escutar, os pequenos passarinhos correram o risco de cair para fora de seus ninhos, fascinados pelo intenso brilho que os olhos dela espargiram na escuridão da noite.

Não muito distante dali, vozes sussurradas – a dele e a dela. O encontro foi um estratagema para afastar o irmão! Lá estavam eles, junto às árvores derrubadas.

Mantendo-se bem abaixada no meio da grama coberta de orvalho, a senhora Sparsit procurou chegar mais perto do casal. Ela então se levantou e ficou escondida atrás de uma árvore, como Robinson Crusoé em suas emboscadas contra os selvagens – tão perto deles que um salto não muito grande seria suficiente para colocá-la ao lado dos dois. O senhor Harthouse chegara até ali sem ser visto, e na casa ninguém sabia de sua presença. Ele veio a cavalo e provavelmente atravessou os campos da vizinhança, pois o cavalo estava amarrado do lado da cerca que dava para o pasto, a poucos passos dali.

— Minha querida — falou Harthouse —, o que eu poderia fazer? Sabendo que você estava sozinha, eu não me permitiria jamais ficar longe.

A senhora Sparsit pensou consigo mesma: "Incline um pouco a cabeça para se mostrar mais sedutora. Não sei o que eles veem em você quando está com ela erguida. Mas a você pouco importa, minha querida, de quem são os olhos que a fitam!".

Louisa de fato inclinou a cabeça. Ela implorou que ele fosse embora. Ordenou que se afastasse. Contudo, não ergueu a cabeça na direção dele nem o olhou de frente. Ainda assim, era extraordinário observar como ela mantinha a mesma serenidade que durante toda a vida a amável mulher da emboscada tivera oportunidade de ver. Sentada, com as mãos pousadas uma sobre a outra, como as mãos de uma estátua. E seu modo de falar não demonstrava qualquer sinal de inquietação.

A senhora Sparsit testemunhou com grande satisfação quando ele envolveu Louisa com os braços e falou:

— Minha querida criança — declarou Harthouse —, você não pode suportar minha companhia por alguns breves momentos?

— Não aqui.

— Onde então, Louisa?

— Não aqui.

— Mas nós temos tão pouco tempo e eu vim de tão longe! Além disso, estou completamente arrebatado e enlouquecido. Nunca existiu um escravo tão devotado à sua senhora e ao mesmo tempo tão maltratado. A desilusão de esperar por uma acolhida calorosa, mas ser recebido dessa maneira tão fria me despedaça o coração.

— Preciso pedir novamente que o senhor me deixe sozinha aqui?

— Mas precisamos nos encontrar, querida Louisa. Onde poderá ser?

Repentinamente, os dois se sobressaltaram; e também aquela que os vigiava, pois imaginou que houvesse outro espião espreitando entre as árvores. Mas era apenas a chuva, que começava a cair em gotas pesadas.

— Devo então me dirigir até a casa, fingindo inocentemente que seu dono lá se encontra e ficará encantado com minha visita?

— Não!

— Sua ordem cruel é obedecida sem questionamentos. Acredito que sou o mais desafortunado entre os homens deste mundo, porque fui indiferente a todas as outras mulheres, para vir finalmente cair prostrado aos pés da mais bela, a mais encantadora e a mais dominadora. Minha querida Louisa, não posso permitir que nenhum de nós dois seja subjugado pelo peso de sua rude autoridade.

A senhora Sparsit viu quando Harthouse envolveu Louisa em seus braços, e escutou com ouvidos ávidos quando ele se declarou, jurando que a amava ardentemente e estava disposto a arriscar tudo o que tinha na vida para estar junto dela. Ele assegurou que as metas cuja consecução ditara o rumo de sua vida nos últimos tempos haviam perdido todo o valor diante do que ela representava; que o sucesso tão próximo de se realizar, ele abandonara por ser sujo demais se comparado a ela. Harthouse garantiu a Louisa que seu futuro estava irremediavelmente depositado nas mãos dela. Ele continuaria a perseguir seus objetivos se essa busca se traduzisse em ficarem juntos, ou a eles renunciaria se o ônus fosse o afastamento. Escolheria a fuga, se ela o acompanhasse, ou o segredo, se ela assim determinasse. Um destino qualquer – ou todos os destinos – seria para ele a mesma coisa, desde que ela lhe fosse fiel. James Harthouse disse ser ele o homem que a encontrara tão abandonada, aquele em quem ela inspirara, desde o primeiro encontro, admiração e interesse (um tipo de interesse do qual até então ele se sentia imune), um homem que privara de sua confiança, que a amava e a ela consagrava sua vida. Essas confissões, e muito mais, a senhora Sparsit ouviu. Mas foram palavras que a afobação do casal, o turbilhão gerado em Louisa pela consciência da satisfação que lhe proporcionava um sentimento contrário aos bons costumes, o pavor de serem descobertos e o barulho dos trovões e da chuva forte batendo sobre as folhas tornaram confusas e indistintas, de sorte que, quando ele finalmente pulou a cerca e partiu cavalgando, ela não pôde saber ao certo onde e quando se daria o encontro. Sabia apenas que seria naquela noite.

Mas um dos dois permaneceu ali na escuridão, bem diante da senhora Sparsit e, uma vez que ela pudesse seguir seus passos, teria condições de deslindar o mistério. Pensou então: "Oh, minha querida; você não pode sequer imaginar que está tão bem vigiada!".

A senhora Sparsit viu quando Louisa saiu do bosque e entrou em casa. O que deveria fazer agora? Chovia forte e suas meias brancas exibiam manchas de diversas cores, principalmente o verde. Espinhos haviam grudado em seus sapatos. Muita água lhe escorria através da touca e do nariz de perfil romano e, penduradas em seu vestido, lagartas balançavam nas teias tecidas por elas mesmas. Em tais condições, a senhora Sparsit se manteve escondida atrás da densa vegetação, refletindo acerca do que faria em seguida.

Vejam só! Lá vai Louisa! Está saindo furtivamente. Coberta, encapuzada, com muita pressa. Ela foge! Ela despenca da parte mais baixa da escada, e é tragada pelo abismo!

Indiferente à chuva, e andando com passos rápidos e determinados, Louisa avançou por uma trilha secundária paralela à estrada. Protegida pelas árvores, a senhora Sparsit acompanhou-a bem de perto, pois era difícil não perder de vista a figura que atravessava veloz aquela umbrosa escuridão.

Quando Louisa parou para fechar silenciosamente o portão lateral, a senhora Sparsit também parou, e aguardou até que ela voltasse a andar. A garota seguiu pelo mesmo caminho através do qual a senhora viera: saiu de dentro da vereda verdejante, cruzou a estrada de pedras e subiu os degraus de madeira até a estrada de ferro. A mulher sabia que dentro em pouco chegaria o trem com destino a Coketown – assim, compreendeu que Coketown seria o primeiro destino.

A própria aparência da senhora Sparsit, claudicante e toda molhada, já lhe bastaria como disfarce, mas ela tomou outras precauções: parou debaixo da cobertura lateral da estação, enrolou o xale de outra maneira e o colocou sobre a touca. Assim dissimulada, não sentiu medo de ser reconhecida quando subiu os degraus da estrada de ferro e comprou seu bilhete no guichê. Louisa esperava sentada em um canto, e ela se sentou no outro. Ambas tamborilavam com os dedos no parapeito das arcadas, escutando o estrondo dos trovões e o barulho da chuva que escorria pelo telhado. Duas ou três lamparinas estavam apagadas devido à água da chuva e, desse modo, a luz dos relâmpagos, que tremeluzia e ziguezagueava sobre os trilhos de ferro, podia ser vista com mais nitidez.

O estremecimento da estrutura da estação, que pouco a pouco foi aumentando, fazendo parecer uma súplica nascida do fundo do coração, anunciou a aproximação do trem. Fogo, vapor, fumaça e luz vermelha; um chiado, um estampido, o som de uma campainha e um som agudo e penetrante. Louisa entrou em um vagão e a senhora Sparsit em outro. A pequena estação nada mais era do que um corpúsculo deserto envolto em tempestade.

Embora rangesse os dentes por causa do frio e da umidade, a senhora Sparsit se sentia demasiadamente exultante. A figura havia mergulhado no precipício, e a mulher se via naquele momento na condição de vigia do corpo. Poderia ela, que havia se empenhado com tanto afinco pela realização dessa cerimônia fúnebre, sentir menos do que uma total exultação? Embalada por seu sentimento de vitória, ela pensou: "Louisa chegará a Coketown muito antes do que o senhor Harthouse, embora o cavalo dele jamais tenha sido tão veloz. Onde ela ficará esperando? E para onde eles irão juntos? Veremos!".

A chuva forte ocasionou muitos transtornos quando o trem chegou a seu destino. Muitas calhas e tubulações se romperam, esgotos transbordaram e as ruas estavam debaixo d'água. Logo depois de apear, a senhora Sparsit voltou os olhos aflitos na direção das carruagens ali estacionadas – muito requisitadas naquele momento – e considerou: "Ela vai entrar em alguma e estará longe antes que eu consiga tomar outra para segui-la. Apesar de todo o risco de ser descoberta, preciso ver o número e escutar a ordem dada ao cocheiro".

No entanto, a senhora Sparsit errou em sua dedução. Louisa não tomara nenhuma das carruagens, e já tinha ido embora. Foi tarde demais quando os olhos negros, fixos no vagão do trem em que ela viajara, perceberam o acontecido. Depois de transcorrido algum tempo, estando as portas ainda fechadas, a senhora Sparsit passou para lá e para cá na frente do vagão, e descobriu que dentro dele não havia ninguém. Assim, toda molhada como se encontrava; com os pés encharcados e apertados pelo sapato a cada passo que dava; com a chuva a lhe escorrer sobre o rosto de perfil clássico; com o chapéu parecendo um figo demasiadamente maduro; com a roupa em estado deplorável, trazendo sobre seu dorso imponente as marcas molhadas dos botões, das fitas e dos colchetes; com o mofo esverdeado que tomava conta de toda a sua figura exterior, como o que se acumula sobre as cercas de uma vereda bolorenta – não lhe restava nada mais a fazer, exceto derramar lágrimas amargas e dizer consigo mesma "Eu a perdi!".

CAPÍTULO XII

A queda

Os garis nacionais, depois de se entreterem mutuamente com pequenos e ruidosos conflitos, haviam se dispersado, e o senhor Gradgrind estava em casa para gozar de suas férias.

Sentado naquela sala em que havia o diabólico relógio estatístico, sem dúvida alguma ele se encontrava absorto, tentando colocar no papel a demonstração de que o Bom Samaritano era um Mal Economista. O barulho da chuva não chegava a incomodá-lo; porém, fazia-o levantar a cabeça de quando em quando, como se contestasse as condições meteorológicas. Nos momentos em que trovejava muito forte, ele olhava na direção de Coketown, e parecia pensar que algumas das altas chaminés podiam ter sido atingidas pelos raios.

Os trovões ribombavam ao longe e a chuva caía como um dilúvio, quando a porta de seu escritório se abriu. Ele olhou ao redor da lamparina sobre a mesa e ficou surpreso ao ver ali na frente sua filha mais velha.

— Louisa!

— Papai, quero falar com o senhor.

— Qual é o problema? Você me parece estranha! Meu bom Deus, você veio até aqui debaixo de toda essa chuva? — perguntou o senhor Gradgrind, ainda mais desconcertado.

Ela passou as mãos sobre o vestido, como se até então não tivesse percebido, e respondeu:

— Sim.

Louisa descobriu então a cabeça e, colocando o casaco e o capuz no lugar apropriado, ficou em pé olhando para o pai. Eram tão grandes a palidez e o desgrenhamento dos cabelos da garota, bem como de tal modo desafiador e desesperado seu olhar, que ele se sentiu atemorizado.

— O que é isso? Eu lhe imploro Louisa, conte-me o que aconteceu.

Ela abandonou o corpo sobre uma cadeira na frente do senhor Gradgrind e pousou a mão gelada sobre o braço dele.

— Papai, o senhor cuidou da minha formação desde o berço.

— Sim, Louisa.

— Pois, eu amaldiçoo a hora em que nasci para tal destino.

Ele olhou para ela com um misto de dúvida e pavor, e repetiu vagarosamente:

— Amaldiçoo a hora? Amaldiçoo a hora?

— Como pôde o senhor me dar a vida e tirar de mim todas as incomensuráveis coisas que a elevam muito acima de um estado de morte consciente? Onde está a beleza de minha alma? Onde estão os sentimentos de meu coração? O que o senhor fez comigo, meu Pai? O que o senhor fez com o jardim que tentou florescer um dia nesse imenso deserto que hoje tenho aqui?

Ao dizer isso, ela bateu as duas mãos sobre o peito.

— Se ele sempre tivesse estado aqui, suas cinzas me salvariam do vazio no qual minha vida naufraga por completo. Eu não queria dizer isso, papai. Mas... o senhor se lembra da última vez em que conversamos nesta sala?

As palavras de Louisa pegaram o senhor Gradgrind de tal forma desprevenido que com muita dificuldade ele respondeu:

— Sim, Louisa.

— Aquilo que brota de meus lábios agora deveria ter sido falado naquele dia, se o senhor me tivesse oferecido um momento de apoio. Não o censuro por isso, papai. As coisas que o senhor nunca alimentou em mim também nunca alimentou em si mesmo. Meu Deus! Se o senhor o tivesse feito muito tempo atrás, ou tivesse apenas se limitado a me negligenciar, que criatura muito melhor e muito mais feliz eu seria hoje!

Ao ouvir isso, depois de todo o cuidado que dedicara à filha, o senhor Gradgrind curvou a cabeça sobre as mãos e deu um gemido profundo.

— Papai, se o senhor soubesse no dia em que estivemos juntos aqui pela última vez as coisas que eu temia enquanto lutava contra elas – como desde criança fui obrigada a lutar contra todos os estímulos naturais que surgiam em meu coração; se o senhor soubesse que dentro dele estavam latentes sensibilidades, afeições e fraquezas prontas a se converter em forças, fraquezas que desafiam todos os cálculos feitos pelo homem e que não são mais conhecidos pela aritmética dele do que é seu Criador, o senhor me teria entregado assim mesmo ao marido pelo qual hoje sei perfeitamente que sinto extrema aversão?

— Não, não! Não, minha pobre criança! — respondeu ele.

— O senhor me teria condenado algum dia ao gelo e à chaga que me calejaram e arruinaram? O senhor teria roubado de mim (sem beneficiar ninguém, apenas causando grande tristeza a este mundo) a parte imaterial de minha vida, a primavera e o verão de meus sonhos, meu refúgio contra tudo aquilo que é sórdido e nocivo nas coisas reais que me cercam, a escola na qual eu deveria aprender a ser mais humilde e mais sincera com todas as pessoas e esperar fazê-las melhor por meio de minha pequena capacidade de ajudar?

— Oh, não! Não, Louisa!

— Sim, papai. Se eu fosse totalmente cega e tivesse sido obrigada a tatear através de meu caminho, norteada apenas pelo sentido do tato, mas livre para exercitar minha imaginação apenas mediante o toque das formas e superfícies das coisas, eu seria milhares de vezes mais sábia e feliz, mais amorosa e satisfeita, mais inocente e humana em relação a tudo, do que sou hoje com os olhos que tenho. Agora, ouça o que eu vim até aqui para lhe dizer.

No mesmo instante em que ela levantou, o senhor Gradgrind se adiantou e lhe ofereceu o apoio de seus braços, de modo que os dois ficaram em pé bem juntos. Louisa, com uma mão apoiada no ombro do pai, olhava fixamente para o rosto dele.

— Dominada por uma fome e uma sede implacáveis, pai; por um impulso ardente que me conduzia na direção de territórios livres da tirania absoluta das regras, dos números e das definições, eu cresci em um eterno conflito a cada centímetro de meu caminho.

— Eu jamais soube que você era infeliz, minha criança.

— Eu sei disso, papai, eu sempre soube. Nesse conflito, quase repeli meu anjo bom e o transformei em demônio. Tudo o que aprendi só serviu para alimentar em mim dúvidas, descrenças, desprezo e arrependimentos em relação às coisas que não me foram ensinadas; e meu recurso sombrio foi pensar que a vida logo terminaria e nada nela justificava a dor e a aflição de uma batalha.

— Tão jovem que você é, Louisa! — exclamou o pai com ar de consternação.

— Assim tão jovem. E agora, papai, revelo sem qualquer medo ou disfarce o estado de mortificação em que vivia minha mente. Nessa condição, o senhor me propôs o marido. Eu o aceitei, e nunca fingi para nenhum de vocês dois que o amava. Eu sabia, bem como o senhor, meu pai, e também ele sabia, que jamais o amei. Ao aceitar a proposta, serviu-me de consolo a esperança de ser boa e útil para o Tom. Empreendi aquela fuga louca para algo imaginário, e pouco a pouco descobri quão tresloucada ela era. Contudo, sempre guardei para o Tom tudo o que na minha vida significava ternura – talvez porque eu soubesse muito bem como me compadecer dele. Entretanto, isso agora importa muito pouco, exceto pelo fato de que pode inspirar o senhor a ser mais leniente com os erros de meu irmão.

Quando o senhor Gradgrind segurou-a em seus braços, ela colocou a outra mão sobre o outro ombro do pai, e, ainda olhando fixamente para ele, prosseguiu.

— Depois de estar irremediavelmente casada, a velha batalha contra as amarras ganhou força dentro de mim, tornando-se mais feroz por todas aquelas disparidades decorrentes de nossas duas naturezas diferentes, uma força que nenhuma lei ordinária jamais será capaz de reprimir ou governar, papai, até o dia em que esses mandatários consigam indicar ao anatomista onde romper com seu bisturi os segredos de minha alma.

— Louisa! — falou o pai, em tom suplicante; pois ele tinha vívido na memória tudo o que fora dito entre eles na conversa anterior.

— Eu não o censuro, meu pai; não me queixo. Estou aqui com outro objetivo.

— O que eu posso fazer, minha criança? Peça o que você quiser.

— Vou chegar ao ponto papai. O destino colocou então uma nova pessoa em meu caminho. Um homem como eu não conhecia antes – afável, polido e simples. Um homem incapaz de dissimulações. Uma criatura com coragem de confessar o pouco valor que atribuía a certas coisas que eu, em segredo, temia admitir. Um homem que quase imediatamente me fez perceber, embora eu não saiba como, tampouco em que intensidade, o quanto me compreendia e conseguia ler meus pensamentos. Não pude considerar que ele fosse pior do que eu. Parecia existir uma grande afinidade entre nós e eu apenas me perguntava se ele, que não se importava com coisa alguma neste mundo, poderia se importar comigo.

— Por você, Louisa!

O senhor Gradgrind deve ter abaixado instintivamente os braços que seguravam Louisa, mas percebeu que a coragem a abandonava e viu os olhos selvagens da filha olhando para ele com determinação.

— Ele me suplicou lealdade, e eu não digo nada sobre isso agora, porque pouco interessa como ele a conquistou. O que interessa sim, meu pai, é que ele conseguiu. O que o senhor conhece a respeito da história de meu casamento, ele não tardou a conhecer também.

Com o rosto extremamente pálido, o senhor Gradgrind apertou a filha entre os braços.

— Não fiz nada errado; não o desonrei, meu pai. Mas se o senhor me perguntar se eu amei ou amo esse homem, eu lhe confesso sinceramente que isso é possível. Mas não sei!

Louisa tirou subitamente as mãos do ombro do pai e as comprimiu junto ao corpo, enquanto, em seu rosto – que parecia tão diferente – e no corpo – aprumado e determinado a fazer um último esforço para concluir o que ela tinha a dizer –, explodiram os sentimentos havia tanto tempo reprimidos.

— Esta noite, na ausência de meu marido, esse homem esteve comigo e me declarou seu amor. Neste exato instante, ele me espera; e só consegui evitá-lo porque vim até aqui. Não sei dizer que lamento; não sei dizer que me sinto envergonhada; não sei dizer que minha autoestima está aviltada. Tudo o que sei, papai, é que sua filosofia e seus ensinamentos não serão capazes de me salvar. Assim, meu pai, o senhor me conduziu até esse ponto. Então encontre, por favor, outro meio qualquer que possa me salvar!

Ele apertou o abraço a tempo de impedir que a filha afundasse no chão, mas ela gritava com a voz dominada pela emoção:

— Eu morrerei se o senhor me segurar! Deixe-me cair!

O senhor Gradgrind colocou-a sobre o chão e viu naquela forma insensível estendida a seus pés o orgulho de seu coração e o triunfo de seu sistema.

LIVRO TERCEIRO

O celeiro

CAPÍTULO I

Outra necessidade

Louisa acordou do torpor em que mergulhara e, abrindo languidamente os olhos, observou a cama e o quarto que outrora foram dela. A princípio, pareceu-lhe que os acontecimentos posteriores ao tempo em que esses objetos fizeram parte de seus dias não passavam de sombras de um sonho; mas gradativamente, à medida que as coisas adquiriam materialidade diante dos olhos da garota, os eventos também se tornaram reais em sua mente.

Ela mal conseguia movimentar a cabeça, acometida por fortes dores e muita pressão. Além disso, sentia os olhos tensos e inchados e estava muito debilitada. Uma curiosa espécie de desatenção tomara conta de seu ser, a ponto de ela demorar algum tempo para notar a presença da irmã menor no quarto. Mesmo depois que esta se aproximou da cama e o olhar das duas se encontrou, Louisa permaneceu alguns instantes olhando para ela em silêncio e permitiu, com certa hesitação, que a outra lhe segurasse a mão inerte antes de perguntar:

— Quando foi que me trouxeram para este quarto?

— Na noite passada, Louisa.

— E quem me trouxe?

— Sissy, eu acho.

— Por que você acha isso?

— Porque foi aqui que eu a encontrei esta manhã. Sissy não foi me acordar como sempre faz, e por isso eu saí a procurá-la. No quarto dela, também não a achei, portanto fui verificar no resto da casa e acabei encontrando-a aqui. Ela estava cuidando de você e refrescando sua cabeça. Você vai ver o papai? Sissy me disse para chamá-lo quando você acordasse.

— Como está radiante seu rosto, Jane! — falou Louisa quando sua jovem irmã se abaixou – ainda hesitante – para lhe dar um beijo.

— Você acha? Fico muito feliz com isso. Tenho certeza que deve ser obra da Sissy.

O braço de Louisa, que começava a se enroscar no pescoço da irmã, subitamente recuou.

— Pode chamar o papai, se você quiser.

Então, esperando um momento ela comentou:

— Foi você que fez meu quarto ficar assim tão alegre, com essa aparência de boas-vindas?

— Oh, Louisa! Não fui eu não. Isso foi feito antes de eu chegar. Foi...

Louisa enfiou a cabeça no travesseiro para não ouvir mais nada. Depois que a irmã saiu, ela se virou para trás outra vez e ficou olhando para a porta, esperando a entrada do pai.

O senhor Gradgrind tinha uma expressão fatigada e ansiosa, e sua mão, sempre tão firme, tremia ao segurar a dela. Ele se sentou ao lado da cama, perguntou ternamente como Louisa estava se sentindo e fez ver a ela a necessidade de se manter tranquila depois de toda a agitação e da exposição ao mau tempo na noite anterior. A voz branda e aflita do pai, bem como a reiterada incerteza na escolha das palavras, contrastava com sua habitual postura ditatorial.

— Minha querida Louisa. Minha pobre filha.

O embaraço daquele momento levou-o a se calar por completo. Depois tentou novamente.

— Minha criança infeliz.

O assunto era embaraçoso demais, mas ele tentou mais uma vez.

— Preciso fazer um esforço muito grande, Louisa, para conseguir dizer a você quão perplexo eu fiquei – e ainda estou – em decorrência do turbilhão que me atingiu na noite passada. O chão em que eu pisava se abriu embaixo de meus pés. O único sustentáculo em que eu me apoiava, cuja solidez parecia e ainda me parece inquestionável, cedeu subitamente. Estou estupefato com essas descobertas. Minhas palavras não são imbuídas de egoísmo; mas a violência do golpe que recebi na noite passada foi dura demais.

Louisa não tinha condições de confortá-lo nessa questão. Ela havia suportado o naufrágio da própria vida em cima de uma rocha.

— Não vou dizer, Louisa, que, se por uma feliz obra do acaso, você me tivesse causado essa decepção algum tempo atrás, teria sido melhor para nós dois – melhor para a paz de sua alma e da minha. Reconheço que em meu sistema nunca houve espaço para confidências dessa espécie. Eu testei em mim mesmo esse sistema e o apliquei com todo rigor. Por isso, sou obrigado a admitir minha responsabilidade pelo fracasso. Resta-me apenas, minha criança predileta, pedir-lhe que acredite

262

que todas as minhas ações sempre foram pautadas pelo propósito de fazer o certo.

Não se pode deixar de fazer justiça ao senhor Gradgrind e reconhecer a sinceridade de sua declaração. Ao medir profundezas insondáveis com a insignificante escala de cobrador de impostos e ao percorrer cambaleante o universo com seus compassos enferrujados de pernas rígidas, ele pretendia fazer coisas exemplares. Dentro dos restritos limites de suas amarras, andou aos tropeções, exterminando as flores da existência com maior honestidade de propósitos do que muitos ruidosos personagens de cuja companhia ele desfrutava.

— Tenho plena convicção disso que o senhor me diz, papai. Sei que sempre fui sua filha predileta e que sua intenção era me fazer feliz. Nunca o acusei e jamais o acusarei.

O senhor Gradgrind tomou a mão que Louisa lhe estendia e segurou firme na sua.

— Querida filha, passei toda a noite em minha mesa, refletindo muito sobre o que ocorreu de tão doloroso entre nós. Quando penso a respeito de seu caráter; quando penso que tudo isso de que tomei conhecimento há apenas algumas horas você carregou durante anos; quando penso sobre a urgente pressão que finalmente trouxe tudo à tona, chego à conclusão de que só me resta duvidar de mim mesmo.

Quando viu a face que o olhava, ele podia ter dito também "acima de tudo". Talvez tenha de fato acrescentado essas palavras quando afastou delicadamente com a mão os fios de cabelo espalhados sobre a testa de Louisa. Pequenas atitudes como essa, que passam despercebidas quando tomadas por outros homens, eram dignas de nota em alguém como ele. E a filha interpretou-a como uma manifestação de arrependimento.

— Contudo, Louisa — continuou hesitante o senhor Gradgrind, falando devagar e deixando transparecer um deplorável sentimento de desamparo —, se vejo motivos para duvidar de meus julgamentos no passado, eu também devo ter as mesmas dúvidas quanto ao presente e ao futuro. E digo abertamente a você que de fato as tenho. Apesar das concepções diferentes que alimentei até ontem, sinto agora que não mereço a confiança que você deposita em mim; que não sei como lhe oferecer uma resposta capaz de amenizar a angústia que a trouxe até esta casa em busca de refúgio; que careço da aptidão inata — supondo que seja neste momento uma qualidade dessa natureza — para amparar você, minha criança, e lhe indicar um caminho correto.

Louisa virou-se sobre o travesseiro e cobriu o rosto com os braços, de modo que o pai não podia vê-lo. Toda a veemência e a emoção dos primeiros momentos haviam perdido a intensidade. Contudo, ela não deu vazão às lágrimas, embora se mostrasse mais frágil. Em nenhum outro aspecto havia o senhor Gradgrind mudado tanto quanto nesse, pois teria ficado feliz em vê-la chorar. Ainda hesitante, ele retomou sua fala, dizendo:

— Algumas pessoas assumem que existe uma sabedoria da Mente e uma sabedoria do Coração. Nunca partilhei dessas ideias. Todavia, como acabei de lhe dizer, já não confio em meus julgamentos. Para mim, bastava a Mente. Mas é possível que não seja o bastante. Então, como posso eu nesta manhã afirmar o contrário? Se aquela outra espécie de sabedoria pode ser a aptidão inata que eu sempre negligenciei e que é verdadeiramente necessária, Louisa...

Percebiam-se sinais de vacilação na voz do senhor Gradgrind, como se ele quisesse negar aquilo que dizia. A filha não lhe deu resposta. Ela continuou calada sobre a cama, ainda vestida com parte da roupa que trajava na noite anterior, quando o pai a encontrou estendida no chão de sua sala. Passando novamente a mão sobre os cabelos da garota, ele falou:

— Nos últimos tempos, estive ausente demais desta casa, Louisa, e, embora o treinamento de sua irmã venha seguindo os preceitos do... sistema — o senhor Gradgrind parecia sempre relutante ao pronunciar essa palavra —, ele vem necessariamente sofrendo mudanças, em decorrência da influência de certo relacionamento pessoal diário de que ela começou a desfrutar em uma idade bastante prematura. Eu lhe pergunto então, minha filha – inocente e humildemente –, se você pensa que essa mudança é para melhor.

— Papai — respondeu Louisa, sem se mexer —, se o peito jovem de minha irmã sentiu o alento de uma espécie de harmonia que dentro do meu permaneceu dormente até se transformar em discórdia, permita que ela agradeça aos Céus por isso e siga seu caminho feliz. O fato de ela tomar um rumo diferente do meu é a maior de todas as bênçãos.

— Oh, minha criança! — lamentou-se ele. — Sinto-me um homem muito infeliz por vê-la assim! De que me vale você não me censurar se eu me censuro tão implacavelmente!

O senhor Gradgrind abaixou a cabeça e se dirigiu à filha em voz baixa:

— Eu tenho a impressão de que alguma transformação vem se operando vagarosamente sobre mim nesta casa, por simples obra do amor e da gratidão. Parece-me que aquilo em que a Mente fracassou e não tinha condições de fazer, o Coração vem realizando em silêncio. Estou certo?

Louisa não respondeu.

— Não sou orgulhoso demais a ponto de acreditar que seria impossível, minha filha. Como poderia eu ser arrogante diante de você? O que eu afirmei está certo? Teria isso de fato ocorrido, minha querida?

O senhor Gradgrind olhou mais uma vez para a filha, que continuava deitada sobre a cama, e saiu do quarto sem dizer mais nada. Não fazia muito tempo que ele havia se retirado, quando Louisa escutou passos delicados perto da porta e teve a sensação de que alguém estava em pé ao seu lado.

Ela não levantou a cabeça. Dentro do peito, ardia-lhe, como um fogo nocivo, um sentimento de repulsa pela possibilidade de o olhar involuntário vir a perceber a angústia que a afligia naquele momento. Todas as forças hermeticamente aprisionadas dilaceram e destroem. O ar que revigora a terra, a água que a enriquece e o calor que estimula o amadurecimento degradam-na quando enclausurados. Assim, as melhores qualidades de que era dotado o coração de Louisa já há muito tempo haviam se convertido em uma rocha inflexível que acabou se erguendo contra um amigo.

Era muito bem-vindo aquele toque suave sobre seu pescoço, bem como agradava a ela o fato de perceber que a pessoa a imaginava adormecida. A mão solidária não demonstrava indignação. Então, que permanecesse ali!

Lá ela ficou, amadurecendo com seu calor uma infinidade de pensamentos mais brandos – e Louisa descansou. A quietude, que foi serenando seu espírito, e a consciência de estar sendo observada fizeram brotar algumas lágrimas nos olhos de Louisa. Sua face sentiu o contato da outra e ela se sabia responsável pelas lágrimas que sentia correr também na outra face.

Louisa fingiu acordar e se sentou. Nesse instante, Sissy se afastou e ficou em pé junto da cama.

— Eu não queria perturbar seu sono. Vim até aqui para perguntar se eu posso ficar com você.

— Por que razão você ficaria comigo? Minha irmã vai sentir sua falta. Você é tudo para ela.

— Sou? — questionou Sissy, balançando a cabeça. — Eu seria alguma coisa para você, se pudesse.

— O quê? —perguntou Louisa, com certa severidade.

— O que você mais desejar, se eu puder ser essa coisa. De qualquer forma, eu gostaria de tentar ficar tão próxima quanto possível. Por mais distante que eu esteja, nunca me cansarei de tentar. Você me permitirá?

— Foi meu pai quem lhe pediu para me fazer essa pergunta?

— De modo algum! — respondeu Sissy. — Ele disse que eu poderia entrar agora, mas, nesta manhã, mandou-me sair do quarto. Pelo menos...

Sissy hesitou e parou de falar.

— Pelo menos o quê? — interpelou Louisa, com seu olhar perscrutador fixo na garota.

— Pelo menos, achei melhor ser mandada embora, pois eu não sabia se você gostaria de me encontrar aqui.

— Será que eu tenho demonstrado um ódio assim tão grande por você?

— Espero que não. Eu sempre senti muito amor por você e sempre quis que soubesse disso. Mas, um pouco antes de deixar esta casa, você causou em mim uma pequena mudança, o que não me surpreendeu. Você sabia muitas coisas, enquanto eu sabia muito pouco, e isso era em diversos aspectos bastante natural, já que você convivia com outros amigos. Eu não tinha então de que me queixar e não me senti machucada.

O rosto de Sissy corou de leve quando, recatada e apressadamente, ela pronunciou essas palavras. Louisa percebeu o amor que as impregnava e seu coração bateu com mais força.

— Posso tentar? — perguntou Sissy, encorajada a encostar a mão no pescoço que, sem perceber, movia-se em sua direção.

Segurando aquela mão, que a teria abraçado em outro momento, Louisa respondeu:

— Antes de qualquer coisa, Sissy, o que você sabe sobre mim? Eu sou orgulhosa e empedernida demais; muito desorientada e perturbada; muito rancorosa e injusta com todos e comigo mesma. Desse modo, tudo em mim se torna violento, tenebroso e perverso. Isso não lhe causa repulsa?

— Não!

— Sou uma pessoa muito infeliz, e todas as coisas que poderiam me trazer felicidade se dissiparam. Assim, se até agora eu tivesse sido privada do uso da razão, e em vez de ser tão sábia como você pensa que sou, tivesse que lutar para conhecer a mais simples das verdades, eu não precisaria tão vergonhosamente de um guia que me levasse a encontrar a paz, o contentamento, a honra e todas as qualidades de que sou desprovida. Isso não lhe causa repulsa?

— Não!

Na inocência de sua brava afeição e no transbordamento de seu espírito devotado, a garota outrora abandonada espargiu uma luz esplendorosa dentro da escuridão da outra.

Louisa levantou a mão de forma a segurar a mão de Sissy, que estava prestes a lhe acariciar o pescoço. Então se ajoelhou, e, agarrando-se a essa filha de um ator ambulante, olhou para ela com um sentimento de reverência e adoração.

— Perdoe-me, pobre de mim! Ajude-me! Tenha compaixão de minha imensa penúria, e deixe-me pousar a cabeça em seu afetuoso coração!

— Chegue bem perto! — exclamou Sissy. — Encoste-a aqui, minha querida.

CAPÍTULO II

Muito ridículo

O senhor James Harthouse passou toda a noite, assim como todo o dia, em tal estado de alvoroço que o Mundo, mesmo tendo os olhos equipados com a melhor das lentes, dificilmente o reconheceria nesse período insano como o irmão Jem do honorável e chistoso membro do parlamento. Sua agitação era genuína, e diversas vezes ele se expressava com uma ênfase quase vulgar. O jovem deu voltas e mais voltas, como alguém que carece de objetivos concretos. O senhor James Harthouse cavalgava como um salteador. Em suma, ele estava tão terrivelmente entediado com as condições existentes que se esqueceu de abraçar o tédio conforme os preceitos definidos pelas autoridades.

Depois de vencer a tempestade e conduzir seu cavalo até Coketown, como se a distância fosse vencida em apenas um salto, ele esperou durante toda a noite, tocando descontroladamente a campainha de tempos em tempos, acusando o porteiro do crime de reter as cartas e mensagens a ele endereçadas e exigindo a imediata entrega das missivas. Veio a madrugada, amanheceu e transcorreu todo o dia, sem que nenhum comunicado lhe chegasse às mãos. Ele se dirigiu então à casa de campo. Lá, foi informado de que o senhor Bounderby encontrava-se ausente e a senhora Bounderby estava na cidade, para onde se dirigira, sem prévio aviso, na noite anterior. Na verdade, ninguém havia percebido a ausência dela até a chegada de uma mensagem dando conta de que a senhora não deveria retornar tão cedo.

Em tais circunstâncias, só restava ao senhor James Harthouse ir atrás dela em Coketown. Ele se dirigiu à casa da cidade, mas não a encontrou. Procurou então no Banco. O senhor Bounderby estava ausente, assim como a senhora Sparsit. A senhora Sparsit ausente? Quem poderia ter sido subitamente reduzido à extrema urgência de precisar da companhia daquele animal fabuloso?

— Bem! Eu não sei — afirmou Tom, que tinha motivos suficientes para estar apreensivo com a situação. — Ela saiu logo cedo naquela manhã. Foi para algum lugar. É uma pessoa envolta em muitos mistérios. Eu a odeio. E também odeio aquele sujeito branquelo que está sempre piscando o olho para alguém.

— Onde você estava na noite passada, Tom?

— Onde eu estava na noite passada? — repetiu Tom. — Veja só que coisa! Eu fiquei esperando por você, senhor Harthouse, até que começou a chover como nunca vi antes. Onde eu estava! Acho que a questão é onde o senhor estava!

— Fui impedido de vir. Isto é, fiquei retido.

— Retido! — murmurou Tom. — Nós dois ficamos retidos. Eu, procurando o senhor. Perdi todos os trens. Só me restou o do correio. Mas não me animei em viajar no trem postal em uma noite como aquela e depois ir caminhando da estação para casa debaixo de tanta chuva. Por isso, fui obrigado a dormir na cidade.

— Onde?

— Onde? Oras, em minha cama na casa do velho Bounderby.

— Você viu sua irmã?

— Com que diabos — retrucou Tom, olhando fixamente para seu interlocutor —, eu teria visto minha irmã, se ela se encontrava a mais de vinte quilômetros de distância?

Amaldiçoando essa resposta impaciente do jovem, de quem ele se considerava um amigo fiel, o senhor Harthouse encerrou a conversa sem maior formalidade e ficou a matutar sobre o significado dos fatos. Apenas uma coisa estava clara. Independentemente do contexto em que se enquadravam os acontecimentos – Louisa estar na cidade ou na casa de campo, uma demasiada precipitação dele em relação àquela mulher tão difícil de ser compreendida, falta de coragem por parte dela, o segredo dos dois ter sido descoberto ou talvez a ocorrência inesperada de algum erro ou revés, ainda sem explicação – ele precisava de qualquer forma permanecer ali para enfrentar a situação, qualquer que fosse ela. O hotel no qual todos sabiam que ele se hospedava desde quando foi condenado a viver naquele lugar de trevas era seu esteio. Quanto a todo o resto – o que tiver que ser, será.

— Então, tanto me faz estar aguardando uma mensagem hostil, um encontro amoroso, um protesto arrependido ou uma luta improvisada com meu amigo Bounderby, à moda de Lancaster (o que pareceria tão previsível quanto qualquer outra coisa, dada a presente situação), o fato é que eu vou jantar — declarou o senhor James Harthouse. — Bounderby conta com certa vantagem na questão do peso. E se tiver que ocorrer entre nós algum entrevero de natureza britânica, o melhor é que eu esteja em forma.

Assim sendo, ele fez soar a campainha e, largando o corpo negligentemente sobre o sofá, ordenou:

— Jantar às seis, com filé.

O senhor Harthouse ocupou da melhor maneira que pôde o tempo que antecedeu o jantar. Não foi muito fácil, porque ele não conseguia compreender o rumo dos acontecimentos. Com o passar das horas, sem que encontrasse qualquer explicação plausível, sentiu crescer de forma exponencial a confusão instalada em sua mente.

Contudo, Harthouse tratou a questão da maneira mais serena que as circunstâncias permitiam, e procurou se distrair com a ideia de melhorar seu preparo físico.

— Não seria de todo mal — pensou ele em certo momento, bocejando —, dar ao garçom cinco centavos e incumbi-lo da missão.

Em outro instante, ocorreu-lhe outra ideia:

— Quem sabe, não seria conveniente contratar um sujeito de oitenta ou noventa quilos para aquela hora.

Contudo, esse raciocínio falacioso não se converteu em alívio, e, ao chegar a tarde, a tensão ainda o incomodava.

Enquanto aguardava a hora do jantar, a ansiedade não permitiu que ele permanecesse quieto. O senhor Harthouse caminhou incessantemente de um lado a outro do recinto, acompanhando com os pés os desenhos do tapete. Vezes sem fim, ele espiou através da janela, escutando com atenção o movimento do lado de fora da porta e sentindo o calor da emoção dentro do peito sempre que percebia passos se aproximando da sala. Mas, depois do jantar, quando as sombras do crepúsculo já haviam apagado as luzes do dia, transformando-o em noite, sem que nenhuma notícia tivesse chegado, tudo começou a lhe parecer, conforme suas palavras, "semelhante ao Santo Ofício e a uma tortura lenta". No entanto, ainda fiel à sua convicção de que a indiferença era apenas uma forma de manifestação de uma genuína educação requintada (a única convicção que ele verdadeiramente alimentava), Harthouse tomou essa crise como uma oportunidade para pedir que lhe trouxessem velas e jornais.

270

Já fazia meia hora que ele estava entregue à vã tentativa de ler o jornal, quando o garçom se aproximou e disse, em um tom impregnado ao mesmo tempo de mistério e desculpa:

— Com licença, senhor. Se me permite, o senhor está sendo procurado.

Uma vaga recordação de que essas costumavam ser as palavras ditas pela Polícia aos criminosos elegantes, levou o senhor Harthouse a questionar o garçom, perguntando com irritada indignação que Diabos ele queria dizer com "procurado".

— Com seu perdão, senhor. Uma jovem lá fora deseja vê-lo.

— Fora? Onde?

— Do lado de fora dessa porta, senhor.

Julgando o garçom um portador estúpido e mal qualificado para fazer chegar uma mensagem à pessoa mencionada, o senhor Harthouse correu para a galeria, e lá se deparou com uma jovem dama que ele não conhecia. Ela estava vestida com simplicidade e parecia muito tranquila e muito bonita. Enquanto a conduzia para dentro da sala e lhe oferecia uma cadeira, ele observou, sob a luz das candeias, que ela era ainda mais bonita do que lhe parecera à primeira vista. As faces da moça estampavam inocência e juventude, e sua expressão era extraordinariamente encantadora. Ela não se mostrava receosa na presença dele, tampouco deixava transparecer qualquer sinal de perturbação. A garota parecia ter a mente concentrada apenas no propósito de sua visita, esquecendo-se dela própria.

— É com o senhor Harthouse que eu estou falando? — indagou ela depois que os dois ficaram a sós.

— Sim. Sou o senhor Harthouse — confirmou ele, acrescentando mentalmente para si mesmo: "E a ele você fala com os olhos mais confiantes que já vi e a voz mais fervorosa (embora calada) que jamais em minha vida escutei".

— Se eu não compreendo (e de fato, não compreendo) — falou Sissy —, a que tipo de coisa sua honra de cavalheiro o prende em outras questões — ao falar as palavras seguintes, as faces da garota enrubesceram —, estou certa de que em nome dessa mesma honra minha visita, assim como aquilo que vou lhe relatar, permaneça em segredo. Contarei com isso se o senhor me disser que posso confiar...

— Sem dúvida. Eu lhe asseguro.

— Sou jovem, como o senhor vê. Estou sozinha, como o senhor também vê. Quero que saiba que, ao vir procurá-lo, não fui compelida por espécie alguma de conselho ou encorajamento, exceto por minha esperança.

Acompanhando os olhos de Sissy, que momentaneamente se ergueram, ele pensou: "Uma esperança muito forte". E completou: "Este é um começo muito curioso. Não consigo ver para onde estamos caminhando".

— Creio — falou Sissy — que o senhor já adivinhou com quem eu estava até agora.

— Nas últimas vinte e quatro horas (que me pareceram muitos anos), estive extremamente preocupado e apreensivo — respondeu o senhor Harthouse — por causa de uma dama. Acredito que a esperança de que você tenha vindo em nome dela não se transformará em decepção.

— Eu a deixei há cerca de uma hora.

— Onde?

— Na casa do pai.

Apesar de uma aparente indiferença, o rosto do senhor Harthouse se distendeu e sua perplexidade aumentou. Pensou ele: "De fato, não vejo para onde nós estamos caminhando".

— Ela correu para lá na noite passada. Chegou muito agitada e esteve inconsciente durante toda a noite. Eu moro na casa do senhor Gradgrind e fiquei junto dela. O senhor pode estar certo de que não voltará a vê-la até o fim de sua vida.

O senhor Harthouse respirou profundamente; e, se algum dia um homem se viu em posição de não saber o que dizer, certamente esse homem era ele naquele momento. A ingenuidade infantil com a qual a visitante falava, o despretensioso destemor por ela demonstrado, a honestidade que deixava de lado toda e qualquer forma de artificialidade, o completo esquecimento de si própria na sincera e tranquila entrega ao objetivo de sua vinda, tudo isso, aliado à confiança da jovem na promessa tão facilmente feita por Harthouse (promessa que o envergonhava), apresentou-se como algo em que ele era tão inexperiente, e contra o que ele sabia que qualquer de suas armas costumeiras seria tão impotente, que não lhe ocorreram palavras capazes de trazer alívio.

Finalmente, ele falou:

— Uma notícia tão aterradora, pronunciada por tais lábios, de maneira tão confiante, é na verdade extremamente desconcertante. Poderia eu perguntar se foi a dama sobre quem nós falamos a pessoa que a encarregou de fazer chegar essa informação até mim, nessas palavras tão desprovidas de esperança?

— Não fui incumbida por ela; vim por minha conta.

— Um náufrago se agarra ao que pode para tentar se salvar. Assim, sem qualquer intenção de desconsiderar sua opinião ou duvidar de sua sinceridade, perdoe-me por afirmar que me agarro à convicção de que existe ainda esperança de eu não ser condenado ao perpétuo exílio da presença daquela dama.

— Não existe a menor esperança. O primeiro objetivo de minha vinda, senhor, é fazê-lo acreditar que a esperança de algum dia voltar a falar com ela não é maior do que a que o senhor teria se ela tivesse morrido quando voltou para casa na noite passada.

— Devo acreditar? Mas se eu não consigo; se minha fraqueza me faz um obstinado... não acreditarei.

— Mesmo assim é verdade. Não existe esperança.

James Harthouse olhou para ela com um sorriso de incredulidade estampado nos lábios. Porém, os olhos de Sissy olhavam para muito longe dele, e o sorriso se dissipou.

Ele mordeu os lábios e pensou durante alguns instantes.

— Muito bem! — disse por fim. — Se, infelizmente, depois de muito esforço e sofrimento de minha parte, sou constrangido à condição desoladora desse banimento, não perseguirei a dama. Mas você disse que não foi incumbida por ela?

— Obedeço apenas a uma responsabilidade nascida do meu amor por ela e do amor dela por mim. Minha única convicção é ter estado com ela desde sua volta para casa e ser merecedora de sua confiança. Não tenho qualquer outra convicção, senão que conheço um pouco do caráter e do casamento daquela dama. Acredito, senhor Harthouse, que também o senhor tem essa convicção!

Ele foi tocado exatamente naquele ponto no qual seu coração devia ser tocado pelo fervor dessa repreensão (naquele ninho de ovos apodrecidos onde os pássaros do Céu viveriam se não tivessem sido expulsos).

— Não sou um indivíduo do tipo virtuoso — retrucou o senhor Harthouse —, e nunca me fiz passar por tal. Sou tão libertino quanto me obriga a necessidade. Ao mesmo tempo, rogo que me permita lhe assegurar que não tive sequer a mais leve intenção de causar qualquer sofrimento à dama sobre quem falamos, ou lamentavelmente comprometê-la de uma forma ou outra, ou expressar a ela um sentimento que não estivesse em perfeita conformidade com os preceitos de um ambiente familiar, ou usufruir de qualquer espécie de vantagem pelo fato de o pai ser uma máquina, o irmão um moleque e o marido um bárbaro. Apenas me movimentei furtivamente, vencendo as sucessivas etapas com uma delicadeza de tal modo diabólica que só depois de folhear o livro assim escrito percebi quantas páginas já estavam preenchidas. E agora entendo — completou ele — que na verdade essa história acabou se estendendo por diversos volumes.

A despeito da frivolidade com que fez essa declaração, parecia que naquele momento ele lançava mão de um artifício consciente cujo objetivo era polir uma superfície de resto repulsiva. O senhor Harthouse permaneceu silente por alguns instantes, e depois, com um ar mais autoconfiante, embora revelando traços de contrariedade e desapontamento que não admitiam espécie alguma de refinamento, ele continuou:

— Depois do que acaba de ser exposto a mim, de uma forma tão incontestável (desconheço a existência de qualquer outra fonte da qual eu aceitaria tão prontamente tal imposição), sinto-me obrigado a dizer a você, em quem foi depositada a confiança aqui relatada, que não posso me recusar a encarar a possibilidade (embora imprevista) de não voltar a ver aquela dama. Devo admitir que sou o único responsável pelo fato de a situação ter chegado a tal desenlace, e não posso dizer — acrescentou ele em tom um tanto grosseiro para um discurso genérico — que alimento uma expectativa otimista de algum dia me tornar um sujeito virtuoso ou que eu acredite em indivíduos virtuosos, pertençam eles à classe que pertencerem.

O rosto de Sissy revelava de forma incontestável que ela ainda não concluíra o apelo que viera lhe fazer.

— Você falou — retomou o senhor Harthouse, quando ela levantou os olhos novamente para encará-lo —, de seu primeiro objetivo. Devo então assumir que resta outro ainda a ser mencionado.

274

— Sim.

— Seria eu merecedor dessa confidência?

Harthouse se viu subjugado e colocado em uma posição de excepcional desvantagem com a resposta de Sissy, que mesclava brandura e firmeza e demonstrava uma ingênua confiança em que ele seria forçado a fazer o que ela exigia.

— Senhor Harthouse, a única reparação que lhe cabe fazer é partir imediata e definitivamente. Estou certa de que não existe outra condição capaz de mitigar o mal e o erro que o senhor cometeu. Acredito de fato que só lhe resta essa possibilidade de compensação. Não digo que seja demasiada ou suficiente; mas sim que se trata de algo necessário. Portanto, embora sem qualquer outra justificativa além da que eu lhe apresentei, e sem que ninguém mais além de nós dois tenha conhecimento do assunto, peço-lhe que parta ainda esta noite, com o compromisso de jamais retornar.

Se Sissy tivesse lançado mão de qualquer outra forma de influência sobre ele além de sua plena confiança na verdade e na justiça do que dizia; se tivesse dado espaço para a menor dúvida ou indecisão, ou abrigado, com a melhor das intenções, qualquer reserva ou fingimento; se tivesse deixado transparecer que se sentia sensibilizada pela figura ridícula e atônita que ele representava ou por qualquer protesto que ele pudesse expressar, Harthouse teria nessa hora usado contra ela tais sutilezas. Mas, do mesmo modo que ele carecia de poder para transformar um céu claro pelo simples recurso de olhá-lo com expressão de surpresa, estava longe de seu alcance persuadir Sissy do contrário. Bastante perplexo, ele perguntou:

— Você tem noção da dimensão de seu pedido? Talvez você não tenha entendido que estou aqui para cumprir uma missão de caráter público, suficientemente absurda em si mesma, mas que a ela me entreguei de corpo e alma e com ela estou comprometido, devendo, portanto, dedicar-me com afinco à sua realização. Acredito que você não tenha consciência desse fato, mas lhe asseguro que é real.

As palavras do senhor Harthouse, quer uma tradução da realidade, quer uma mera invenção, não encontraram eco em Sissy.

— Além disso — continuou ele meio indeciso, dando algumas voltas ao redor da sala —, seria um absurdo grande demais, um ato de ex-

275

tremo ridículo, um homem voltar atrás de tal maneira incompreensível depois de procurar ganhar a confiança de seus parceiros.

— Estou convencida — respondeu Sissy — de que essa é a única forma de reparação em seu poder, senhor. Se não tivesse tanta certeza, eu não teria vindo procurá-lo.

O senhor Harthouse olhou de relance para Sissy e continuou a andar pela sala.

— Juro que não sei o que dizer. Seu pedido é totalmente destituído de racionalidade!

Nesse momento, Harthouse se valeu do recurso de exigir segredo.

— Se a mim resta apenas cumprir essa condição absurda — declarou ele, detendo-se de imediato e reclinando-se contra a lareira —, reclamo que seja dentro do mais inviolável sigilo.

— Eu confiarei no senhor — respondeu Sissy — e o senhor confiará em mim.

Ao dar por si apoiado sobre a lareira, ele se lembrou da noite em que tivera naquela sala uma conversa com o moleque. A lareira era a mesma, e de algum modo Harthouse sentiu como se agora estivesse ele no lugar do moleque. Não lhe restava saída.

— Imagino que jamais um homem se viu em situação mais ridícula que esta — falou o senhor Harthouse, depois de abaixar e erguer os olhos, rir e franzir as sobrancelhas, andar para a frente e para trás. — Contudo não vejo outra saída. O que tiver que ser, será. *Será*, eu suponho. Imagino que caiba a mim partir. Então, assim o farei.

Sissy levantou. Ela não se mostrou surpresa com o desenlace, mas estava feliz e exibia uma face radiante.

— Permita-me lhe dizer — continuou James Harthouse — que nenhum embaixador ou nenhuma embaixadora teria conseguido me despachar com o mesmo sucesso. Devo não apenas reconhecer que me encontro em uma posição de absoluto ridículo, como também estou derrotado em todos os aspectos. Você me concederia o privilégio de saber o nome de meu inimigo?

— *Meu* nome? — perguntou a embaixadora.

— O único nome que esta noite posso querer saber.

— Sissy Jupe.

276

— Perdoe minha curiosidade no momento de nossa despedida. Você tem algum parentesco com a família?

— Sou apenas uma pobre garota — respondeu Sissy. — Fui separada de meu pai, que era um ator ambulante. O senhor Gradgrind se compadeceu de mim. Desde então, vivo na casa dele.

Em seguida, ela saiu.

Depois de permanecer petrificado por alguns instantes, Harthouse deixou-se afundar no sofá com ar resignado e pensou: "Só faltava isso para completar minha derrota. Ela agora pode ser considerada absoluta. Apenas uma pobre garota; apenas um ator ambulante; James Harthouse vencido; James Harthouse, uma Grande Pirâmide de fracasso".

A Grande Pirâmide decidiu partir para a região do Nilo. Sem perda de tempo, tomou uma pena e escreveu, usando os adequados hieróglifos, as seguintes linhas para seu irmão:

Caro Jack. Tudo terminado em Coketown. Entediado com o lugar. Estou indo em busca de camelos. Afetuosamente, JEM.

Ele tocou a campainha.

— Chame meu criado.

— Já foi se deitar, senhor.

— Diga a ele que se levante e arrume as malas.

James Harthouse escreveu mais duas notas. Uma para o senhor Bounderby, comunicando que estava deixando a região, e indicando onde poderia ser encontrado nos quinze dias seguintes. A outra, semelhante no conteúdo, para o senhor Gradgrind. Mal secara a tinta de suas missivas, e o senhor Harthouse já havia deixado para trás as altas chaminés de Coketown e embarcado em um vagão do comboio, que àquela altura cruzava, reluzente, a negra paisagem do campo.

Os indivíduos da classe dos virtuosos podiam imaginar que essa pronta retirada permitira ao senhor James Harthouse fazer algumas reflexões confortadoras, considerando-a uma de suas poucas ações de caráter reparador e tomando-a como uma pequena prova de que ele havia escapado do clímax de um negócio verdadeiramente nocivo. Mas não foi o que aconteceu. Ele se sentia de tal modo oprimido pela secreta percepção de ter fracassado e desempenhado um papel ridículo, e pelo medo daquilo que outros sujeitos que passaram por experiências semelhantes diriam se viessem a saber, que aquele que poderia ser o melhor acontecimento de sua vida acabou se transformando em um evento que ele jamais teria coragem de revelar e do qual se envergonhava profundamente.

CAPÍTULO III

Fervorosa determinação

A infatigável senhora Sparsit, acometida de violento resfriado, com a voz reduzida a um mero sussurro e sua postura imponente tão exaurida por contínuos espirros que mais parecia estar à beira do total aniquilamento, não desistiu de perseguir seu patrão até encontrá-lo na metrópole. Lá chegando, correu majestosamente ao encontro dele no hotel da rua St. James e, ali, deixou que explodisse toda a ferocidade contida em seu peito. Depois de executar sua missão com desmedido prazer, essa mulher magnânima desmaiou agarrada ao colarinho do senhor Bounderby.

A primeira providência do senhor Bounderby foi se afastar da senhora Sparsit, largando-a sobre o chão à mercê do próprio sofrimento. Em seguida, ele lançou mão da administração de potentes recursos de reanimação, como esfregar os polegares da paciente, bater-lhe nas mãos, jogar-lhe água abundante sobre o rosto e colocar sal em sua boca. Essas medidas surtiram rápido efeito e ela logo recuperou os sentidos. O senhor Bounderby não tardou então em enfiá-la em um trem, sem oferecer qualquer outra forma de alívio, e carregou-a de volta a Coketown, ainda mais morta do que viva.

Se encarada sob o ponto de vista de uma ruína clássica, a senhora Sparsit oferecia um interessante espetáculo no momento da chegada ao destino de sua viagem. Porém, vista sob qualquer outro ângulo, era demasiada a avaria que as intempéries lhe haviam causado, comprometendo sua notável falta de modéstia. Completamente indiferente ao estado lastimável das roupas e do físico da mulher, e imperturbável quanto à patética crise de espirros que a atacava, o senhor Bounderby imediatamente a enfiou em uma carruagem com destino a Stone Lodge.

— Agora, Tom Gradgrind — vociferou o senhor Bounderby, irrompendo tarde da noite na sala de seu sogro —, eis aqui uma dama, a senhora Sparsit. Você a conhece, não é mesmo? Pois ela tem algo a dizer que o deixará estupefato.

— Imagino que você não recebeu minha carta! — exclamou o senhor Gradgrind, surpreso com a aparição.

— Não recebi sua carta? — berrou Bounderby. — No momento atual, não cabe saber de cartas. Homem nenhum jamais falará sobre cartas com Josiah Bounderby de Coketown, quando ele tem a mente no estado em que a minha agora se encontra.

— Bounderby — falou Gradgrind em tom de comedido protesto —, estou me referindo a uma carta muito especial que escrevi a você, falando sobre Louisa.

— Tom Gradgrind — retrucou Bounderby, batendo veementemente diversas vezes a palma da mão sobre a mesa —, eu falo a respeito de uma mensageira muito especial que veio até mim para falar sobre Louisa. Senhora Sparsit, adiante-se!

Aquela dama desafortunada, completamente afônica e tomada por uma terrível dor na garganta, ensaiou nesse ponto começar seu depoimento, mas foram tantas as contorções faciais decorrentes da penúria de seu estado que o senhor Bounderby, incapaz de suportar a situação, agarrou-a pelo braço e a sacudiu.

— Se a senhora não consegue falar, madame — protestou ele —, deixe que eu mesmo falo. Agora não é hora para uma dama, por mais elevada que seja sua estatura, perder a voz e parecer que está engolindo pedras. Tom Gradgrind, a senhora Sparsit ouviu recentemente, por mera casualidade, uma conversa que sua filha e seu refinado amigo, o cavalheiro James Harthouse, entabularam do lado de fora de minha casa.

— Verdade? — indagou o senhor Gradgrind.

— Sim, verdade! — exclamou Bounderby, em altos brados. — E naquela conversa...

— Não é necessário repetir o teor do diálogo, Bounderby. Estou ciente do que se passou.

— Você está ciente? Talvez — falou Bounderby, enfrentando com toda veemência seu sogro, que se mostrava muito tranquilo e relaxado — você saiba então onde sua filha está neste momento.

— Sem dúvida alguma. Ela está aqui.

— Aqui?

— Meu caro Bounderby, antes de tudo quero lhe pedir que modere essa ruidosa manifestação de ira. Louisa está aqui. No exato instante em que ela terminou a conversa com o sujeito de quem você fala, aquele que hoje lamento profundamente ter sido eu a pessoa que o apresentou ao senhor, Louisa correu para cá em busca de proteção. Eu estava chegando em casa depois de muitas horas de ausência, quando a recebi aqui neste aposento. Ela tomou o trem para a cidade e correu da estação até esta casa em meio a uma violenta tempestade. Minha filha chegou diante de mim em um deplorável estado de desorientação. É claro que desde então permanece aqui. Por você e por ela, eu lhe suplico que procure reprimir um pouco seu ímpeto.

O senhor Bounderby olhou silenciosamente ao redor durante alguns instantes, procurando apenas evitar olhar na direção da senhora Sparsit. Então, voltando-se abruptamente para a sobrinha de Lady Scadgers, falou para aquela miserável mulher:

— Agora, madame! Esperamos ouvir quaisquer desculpas que a senhora julgue cabíveis, por se precipitar através do campo com nenhuma outra bagagem senão uma história criada por sua imaginação!

— Senhor — sussurrou a senhora Sparsit —, trabalhando para servi-lo, acabei com os nervos abalados demais e a saúde completamente debilitada. Assim, não me resta nada mais do que buscar refúgio nas lágrimas.

O que ela de fato o fez.

— Muito bem, madame — completou o senhor Bounderby —, o que eu tenho a acrescentar, sem fazer qualquer observação imprópria para uma mulher de boa família, é que existe algo mais em que a senhora deve procurar refúgio, ou seja, uma carruagem. Desse modo, estando à porta o carro em que viemos até aqui, a senhora me permitirá conduzi-la até ele e enviá-la direto à sua casa, o Banco, onde o melhor que lhe resta a fazer é colocar os pés na água mais quente que possa aguentar e, já deitada, tomar um copo de rum fervente com manteiga.

Ditas essas palavras, o senhor Bounderby estendeu a mão direita para a chorosa dama e a acompanhou até a condução, enquanto ela se desfazia em espirros pelo caminho. Ele logo retornou sozinho.

— Pois bem! Vejo em seu rosto que você deseja falar comigo, Tom Gradgrind. Pois então, aqui estou eu — retomou Bounderby. — Contudo, digo-lhe claramente que meu estado de espírito não é dos melhores. Além do mais, saiba que não estou gostando dessa história e que em momento algum fui respeitosa e submissamente tratado por sua filha como Josiah Bounderby de Coketown deveria ser tratado pela esposa. Imagino que você tenha sua opinião; mas também tenho a minha. Se você pretende dizer qualquer coisa, esta noite, que contrarie essa sincera observação, é melhor que não fale nada.

Enquanto o senhor Gradgrind se mantinha muito tranquilo, seu genro se esforçava por demonstrar uma atitude mais implacável em todos os aspectos. Fazia parte de sua amável natureza.

— Meu caro Bounderby — começou o senhor Gradgrind.

— Perdoe-me — interrompeu Bounderby. — Mas, para início de conversa, não me agrada lhe ser caro demais. Quando eu começo a ser caro a um homem, geralmente acabo descobrindo que a intenção dele é me dominar. Não estou falando com educação, mas você bem sabe que não sou educado. Se cortesia é o que procura, creio que não preciso lhe dizer onde buscar. Procure seus amigos cavalheiros. Eles têm condições de proporcionar toda a amabilidade e atenção que você espera. Quanto a mim, não as tenho para lhe oferecer.

— Bounderby — argumentou o senhor Gradgrind —, somos todos passíveis de erros...

— Eu pensei que você fosse imune a eles — interrompeu o outro.

— Talvez eu pensasse assim. Mas lhe reafirmo que somos todos passíveis de erros. E me sentiria sensibilizado e agradecido se você pudesse ser mais indulgente e me poupar dessas referências a Harthouse. Eu não desejo misturar aquele indivíduo com a sua amizade e o seu estímulo. Então, por favor, desista de associá-lo comigo.

— Eu nunca mencionei o nome dele! — protestou Bounderby.

— Muito bem, muito bem! — respondeu o senhor Gradgrind, com ar de paciência e até mesmo de submissão. Ele permaneceu sentado por alguns instantes, refletindo, e por fim falou:

— Bounderby, tenho razões para duvidar que nós dois algum dia tenhamos chegado a compreender Louisa.

— A quem você se refere quando diz Nós?

— Deixe-me explicar — retomou ele em resposta à questão grosseiramente proferida. — Duvido que eu tenha compreendido Louisa e questiono a adequação da educação que a ela proporcionei.

— Nisso você está certo — retrucou Bounderby. — Nesse ponto eu estou de acordo. Quer dizer então que você finalmente entendeu? Educação! Vou lhe explicar o que é educação: ser sumariamente empurrado porta afora, com uma escassa provisão de tudo, exceto de pancadas. É isso que eu chamo de educação!

282

— Penso que seu bom senso o levará a perceber que qualquer que seja o mérito de um sistema dessa sorte, seria difícil sua aplicação para garotas — censurou humildemente o senhor Gradgrind.

— Não penso do mesmo modo, senhor — contestou o obstinado Bounderby.

— Muito bem — suspirou o senhor Gradgrind —, não discutiremos o mérito dessa questão. Eu lhe asseguro que não tenho a menor intenção de criar controvérsias. Estou apenas procurando reparar o que está errado, se for possível. E espero poder contar com seu apoio e sua boa vontade, porque me sinto angustiado demais.

— Ainda não consegui entender aonde você deseja chegar — contestou Bounderby com toda determinação — e, portanto, não lhe faço promessas de espécie alguma.

— No decorrer de poucas horas, meu caro Bounderby — prosseguiu Gradgrind no mesmo tom deprimido e conciliador —, senti ter aprendido mais sobre o caráter de Louisa do que em todos os anos passados. Fui forçado a perceber, e a descoberta não é minha. Você ficará surpreso em me ouvir falar, Bounderby, mas acredito que existem qualidades em Louisa cruelmente negligenciadas e, de certo modo, um tanto desvirtuadas. E atrevo-me a lhe sugerir que faríamos melhor pela felicidade de todos nós se nos uníssemos em um esforço oportuno para deixá-la por algum tempo entregue à ação de sua natureza digna e honrada, e livre para estimular o desenvolvimento dessa índole por meio da ternura e da delicadeza.

Em seguida, escondendo o rosto com as mãos, o senhor Gradgrind concluiu, dizendo:

— Louisa sempre foi minha filha predileta.

O fanfarrão Bounderby ficou a tal ponto enrubescido e enfunado ao ouvir essas palavras que parecia estar – e provavelmente estava – à beira de um ataque. Com as orelhas cor de púrpura e cobertas de manchas vermelhas, ele reprimiu sua indignação e perguntou:

— Você gostaria de mantê-la aqui por algum tempo?

— Eu pretendia recomendar, meu caro Bounderby, que você concedesse a Louisa a permissão de ficar aqui, como visita, e ser cuidada por Sissy – Cecilia Jupe, quero dizer – que a compreende e em quem ela confia.

— O que posso depreender de tudo isso, Tom Gradgrind — falou Bounderby, levantando-se com as mãos nos bolsos —, é que em sua opinião existe entre mim e Loo Bounderby aquilo que as pessoas costumam chamar de incompatibilidade.

A pesarosa resposta do pai foi:

— Temo admitir que no momento existe uma incompatibilidade geral entre Louisa e... quase todas as pessoas com quem eu a levei a se relacionar.

— Agora, escute bem Tom Gradgrind — vociferou Bounderby, enrubescido, confrontando seu interlocutor com as pernas abertas, as mãos enfiadas nos bolsos e o cabelo mais parecendo um campo de feno alvoroçado pelo vendaval de sua fúria ruidosa. — Você manifestou sua opinião, pois agora vou lhe dar a minha. Sou um homem de Coketown. Conheço todos os tijolos, todas as fábricas e todas as chaminés desta cidade. Conheço muito bem a fumaça que a cobre e as Mãos que aqui trabalham. Tudo isso é real. Quando um homem me conta alguma coisa sobre qualidades, seja ele quem for, sempre digo a esse homem que entendo o recado, pois bem sei que ele se refere a sopa de tartaruga e carne de cervo, servidos com talheres de ouro, e quer ter à sua disposição uma carruagem puxada por seis cavalos. É exatamente isso que sua filha deseja. Assim sendo, como você defende a opinião de que Louisa deve ter o que deseja, eu lhe recomendo, Tom Gradgrind, que se encarregue de proporcionar isso a ela, porque jamais o receberá de mim.

— Bounderby — queixou-se o senhor Gradgrind —, eu esperava que depois de minha súplica, você adotasse um tom diferente.

— Espere aí — retrucou o outro —, acredito que você já disse o que pensava. Eu o escutei. Agora, então, escute por favor o que tenho a dizer. Não se converta na personificação da injustiça e falta de coerência, porque, muito embora eu lamente ver Tom Gradgrind reduzido à sua presente condição, eu lamentaria duas vezes mais vê-lo decair a ponto de chegar a tanto. Agora, pelo que você me leva a entender, existe uma espécie qualquer de incompatibilidade entre sua filha e eu. Em resposta, eu o farei compreender que existe uma inquestionável incompatibilidade de primeira magnitude, que pode ser resumida no seguinte fato: sua filha desconhece completamente os méritos do marido e não está sensibilizada como deveria estar pela honra dessa aliança. Valha-me Deus! Eu espero ter sido bem claro!

— Bounderby — rogou o senhor Gradgrind —, sua atitude é despropositada.

— É mesmo? — questionou Bounderby. — Fico feliz em ouvi-lo dizer isso, porque, se Tom Gradgrind, norteado por seus novos preceitos, considera despropositada minha opinião, devo então me convencer exatamente do contrário. Com sua permissão, vou me retirando. Você conhece minha origem e sabe que durante muitos anos de minha vida nunca precisei de uma calçadeira, pelo simples fato de não ter sapatos. No entanto, acredite se quiser, existem damas, nascidas em famílias ilustres — Famílias! — que por pouco não beijam o chão em que eu piso.

Ele disparou essas palavras como se lançasse um rojão na cabeça de seu sogro, e depois prosseguiu.

— Ao passo que sua filha está muito longe de ser uma dama bem nascida. E isso você sabe muito bem. Não que eu dê a menor importância para esse tipo de coisa. Você me conhece e sabe que não. O que importa é que o fato está aí, e você, Tom Gradgrind, não tem como alterá-lo. Por que eu digo isso?

— Temo que não seja para me poupar — respondeu o senhor Gradgrind em voz baixa.

— Escute tudo o que eu tenho a dizer e aguarde sua vez de falar — determinou Bounderby. — Eu afirmo isso, porque damas de famílias ilustres ficaram chocadas com o comportamento de sua filha e com a insensibilidade por ela demonstrada. Essas damas se perguntam como é possível eu ter tolerado que assim fosse, e agora eu mesmo tento entender. Mas não tolerarei.

— Bounderby — retomou Gradgrind, levantando-se —, creio que quanto menos dissermos esta noite, melhor será.

— Ao contrário, Tom Gradgrind. Quanto mais nós dissermos, melhor será. Isto é... — ele fez uma pausa repentina, e retomou em seguida — até que eu tenha dito tudo o que quero dizer. Depois, pouco me importa se logo dermos a conversa por encerrada. Vou colocar uma pergunta que pode encurtar a história. O que você pretende com a proposta que acabou de me fazer?

— Não entendi, Bounderby.

— Com sua proposta de visita — explicou Bounderby, com uma sacudida enfática de seu campo de feno.

— Quero dizer que espero conseguir persuadi-lo a permitir amigavelmente que Louisa permaneça aqui para um período de repouso e reflexão, o que pode contribuir para uma gradativa melhora da situação, em muitos aspectos.

— Para um abrandamento de suas ideias a respeito de incompatibilidade? — perguntou Bounderby.

— Se você prefere colocar nesses termos, sim.

— O que o leva a pensar dessa forma? — indagou Bounderby.

— Eu já lhe disse o quanto temo que Louisa não tenha sido bem compreendida. Seria pedir demais, Bounderby, que você, um homem muito mais velho do que ela, tentasse ajudá-la a se recuperar? Você assumiu uma grande responsabilidade em relação a minha filha – para o bem, para o mal...

O senhor Bounderby pode ter se sentido incomodado com a repetição das mesmas palavras que ele falou para Stephen Blackpool, mas interrompeu a citação, exclamando irritado:

— Ora, vamos! Não preciso que me lembrem disso. Eu sei porque me casei com ela. E você também sabe. Não lhe cabe então se preocupar com isso, pois trata-se de assunto meu.

— Eu ia apenas observar, Bounderby, que de uma forma ou de outra nós dois podemos ter errado – nós dois. E assim, uma concessão de sua parte, lembrando a obrigação que você aceitou, pode não apenas ser um ato de verdadeira bondade, mas talvez a quitação de uma dívida assumida para com Louisa.

— Tenho um ponto de vista diferente — vociferou Bounderby. — Vou encerrar essa conversa de acordo com o que determina minha convicção. Veja bem, não desejo ter uma desavença com você, Tom Gradgrind. Para falar a verdade, minha reputação só teria a perder com uma discórdia a respeito de tal assunto. Quanto ao seu amigo cavalheiro, ele pode ir embora quando bem entender. Se o sujeito cruzar meu caminho, eu lhe direi o que penso. Caso contrário, não direi nada, pois não valeria a pena. No tocante à sua filha, que eu fiz se tornar Loo Bounderby, e teria feito melhor em deixar que continuasse sendo Loo Gradgrind, se ela não retornar para casa até amanhã ao meio-dia, entenderei que optou por ir embora, e enviarei imediatamente para cá as roupas e os demais objetos que a ela pertencem, e você assumirá a responsabilidade pelo futuro dela. Sobre o que direi para as pessoas acerca da incompatibilidade que levou a esse desfecho contrário ao que determina a lei, será o seguinte: sou Josiah Bounderby, e tive uma forma de criação. Ela é filha de Tom Gradgrind, e foi criada de outra maneira – dois cavalos que não se entenderam. Acredito que todos têm total consciência de que não sou um homem comum, e a maioria das pessoas compreenderá bem depressa que só uma mulher bastante fora do comum poderia, no longo prazo, estar à minha altura.

— Eu lhe suplico que reconsidere sua decisão antes de levá-la adiante, Bounderby — rogou o senhor Gradgrind.

— Sempre que tomo uma decisão, coloco-a imediatamente em prática, qualquer que seja ela — falou Bounderby, enfiando o chapéu. — Se qualquer atitude de Tom Gradgrind pudesse me surpreender, depois que ele se deixou levar por farsas sentimentais, seria o fato de Tom Gradgrind dirigir tal observação a Josiah Bounderby de Coketown, conhecendo-o tão bem como conhece. Eu lhe apresentei minha decisão e não tenho nada mais a dizer. Boa noite!

Com isso, o senhor Bounderby se dirigiu para sua casa de campo e foi direto para a cama. No dia seguinte, quando o relógio marcava cinco minutos depois das doze horas, ele ordenou que todos os pertences da senhora Bounderby fossem cuidadosamente empacotados e enviados para a casa de Tom Gradgrind. Em seguida, colocou à venda, por meio de contrato particular, seu retiro rural e retomou a vida de solteirão.

CAPÍTULO IV

Desaparecido

O roubo ocorrido no Banco não fora esquecido e agora mobilizava a atenção do proprietário do estabelecimento. Numa arrogante demonstração de prontidão e diligência, sendo ele um homem notável, um homem que vencera por conta própria, um prodígio comercial mais admirável do que Vênus, aquele que se erguera da lama, e não do mar, o senhor Bounderby gostava de mostrar o quanto os assuntos domésticos careciam do poder de influência capaz de abater seu ardor empresarial. Desse modo, nas primeiras semanas depois de retomar a vida de solteirão, ele fazia por deixar transparecer um vigor ainda maior, e todos os dias criava tal rebuliço com suas investigações acerca do roubo que os funcionários encarregados do assunto desejavam nunca terem com isso se envolvido.

Além do mais, estavam confusos e enganados. Muito embora eles tivessem se mantido em total silêncio desde que a questão veio à tona, levando a maioria das pessoas a realmente imaginar que ela fora abandonada por ser insolúvel, nenhum fato novo havia ocorrido. Ninguém, entre homens e mulheres implicados, tomou coragem de dar um passo que poderia incriminá-los. Mais admirável ainda era o mistério que envolvia o paradeiro de Stephen Blackpool e da mulher desconhecida.

Tendo as coisas atingido esse ponto, sem demonstrar sinais latentes de que poderiam passar disso, as investigações do senhor Bounderby o levaram a lançar mão de medidas perigosas e ousadas. Ele elaborou um cartaz que foi impresso em letras negras sobre uma grande folha de papel, e colado nas paredes na calada da noite, para que toda a população, de um só golpe, dele tomasse conhecimento. O cartaz oferecia uma recompensa de vinte libras àquele que conseguisse prender Stephen Blackpool, indivíduo suspeito de cumplicidade no roubo do Banco de Coketown, ocorrido em determinada noite. Bounderby apresentou uma descrição do citado Stephen Blackpool, oferecendo a maior minúcia possível de detalhes sobre vestimenta, aparência física, altura estimada e modos em geral.

Os sinos da fábrica precisaram tocar mais alto naquele preguiçoso amanhecer, para dispersar os grupos de trabalhadores que permaneciam reunidos ao redor dos cartazes, devorando-os com olhos ávidos. Não menos ávidos dentro da multidão de olhos eram os de todos aqueles que não sabiam ler. Essas pessoas, enquanto escutavam as vozes amigas que liam em alto e bom som (sempre havia alguém disposto a ajudar), olhavam espantados os caracteres que guardavam tanto significado. Era tal a vaga expressão de temor e respeito, que seria de certa forma um absurdo se qualquer aspecto da ignorância do público representasse outra coisa senão ameaça e absoluto infortúnio. Durante horas depois disso, em meio à rotação dos fusos, o crepitar dos teares e o chiado das rodas, muitos ouvidos e olhos continuaram envolvidos pelo assunto daqueles cartazes. E quando as Mãos saíram novamente para as ruas, ainda havia tantos leitores quanto antes.

Slackbridge, o delegado, foi obrigado a falar para sua plateia naquela noite. Ele recebeu do impressor uma cópia do cartaz e levou-o em seu bolso.

— Oh, meus amigos e compatriotas, oprimidos operários de Coketown. Oh, meus irmãos, colegas de trabalho, concidadãos e companheiros...

Que alvoroço se instalou quando Slackbridge desdobrou o que ele chamou de "documento infame" e levantou-o para que toda a comunidade de operários pudesse contemplá-lo e execrá-lo!

— Oh, meus companheiros, vejam do que pode ser capaz um traidor infiltrado no meio de espíritos nobres que se dedicam à defesa da Justiça e da União! Oh, meus amigos humilhados, que suportam o irritante jugo dos tiranos em seu pescoço e o pé de ferro do despotismo pisando seu corpo caído sobre a poeira da terra. Com que satisfação seus opressores veriam vocês se arrastarem sobre essa terra, todos os dias de suas vidas, esfregando contra ela a barriga, como serpentes em um jardim. Oh, meus irmãos — e na qualidade de homem devo dizer também minhas irmãs —, o que vocês dizem agora a respeito de Stephen Blackpool, aquele indivíduo com cerca de um metro e setenta de altura e costas ligeiramente arcadas, conforme descrito neste degradante e aviltante documento, essa denúncia infame, esse cartaz daninho, esse abominável anúncio? E com que grandiosa denúncia vocês esmagarão a víbora capaz de impor uma mácula e uma vergonha de tal calibre sobre a raça de Deuses que alegremente a expulsou para todo o sempre! Sim, meus compatriotas, alegremente a expulsou, fazendo-a procurar seu rumo! Vocês bem se lembram da figura dele, em pé nesta plataforma. Vocês se lembram de como eu, encarando-o de frente, sem arredar pé, persegui-o através de todos os seus intrincados ziguezagues. Vocês se lembram de como ele se esgueirou, fugiu furtivamente, saiu pela tangente e se apegou a insignificâncias até que, não lhe deixando um centímetro de terreno em que se agarrar, eu o arremessei para longe de nós — um objeto a ser apontado pelo imorredouro dedo do escárnio e queimado e seco no fogo de mentes livres e pensantes que desejam vingança! E agora meus amigos, amigos trabalhadores (eu me rejubilo e exulto com esse estigma), meus amigos cujas camas duras, porém honestas, são resultado de uma árdua labuta; cujas panelas pobres, porém independentes, são cozidas na privação; agora eu lhes pergunto, meus amigos, que alcunha aquele covarde infame tomou para si quando, depois de arrancada a máscara de seu rosto, ele aparece diante de nós com toda a sua deformidade inata? Que nome é esse? Ladrão! Saqueador! Um fugitivo proscrito, cuja cabeça vale uma recompensa. Uma chaga e uma ferida sobre o nobre caráter dos operários de Coketown! Portanto, meus irmãos, aos quais estou unido por sagrados laços, que também prendem seus filhos e os filhos de seus filhos (ainda por nascer); eu, na qualidade de representante do Tribunal da Massa Unida, sempre atento ao seu bem-estar, sempre dedicado a buscar o benefício de todos, apresento a vocês a Resolução deste encontro: — que a comunidade das Mãos de Coketown (que aqui representa uma classe), depois de solenemente repudiar o fiandeiro Stephen Blackpool, citado neste cartaz, está livre da vergonha causada pelos delitos praticados por ele e não deve ser censurada pelas ações desonestas do homem!

Essa foi a proposta que fez Slackbridge, rangendo os dentes e transpirando mais do que nunca. Algumas poucas vozes mais austeras bradaram "Não!", e não mais do que duas dúzias aclamaram entre gritos de "Ouçam, ouçam!" a advertência de um homem:

— Slackbridge, você se deixou levar pela exaltação; você foi longe demais.

No entanto, eram simples anões lutando contra um exército. A assembleia geral endossou a proposta de Slackbridge, como se estivesse se curvando diante das palavras do evangelho, e aclamou com três brados de louvor quando ostensivamente ele se sentou ofegante no meio da plateia.

Quando esse grupo de homens e mulheres ainda percorria as ruas em silêncio, cada qual a caminho de sua casa, Sissy estava retornando, depois de ter se afastado de Louisa por alguns instantes para atender a um chamado.

— Quem era? — perguntou Louisa.

— O senhor Bounderby — respondeu Sissy, temerosa em pronunciar o nome. — Ele estava com seu irmão, o senhor Tom, e uma jovem mulher chamada Rachael, que diz que você a conhece.

— O que eles querem, querida Sissy?

— Eles desejam ver você. Rachael esteve chorando e parecia zangada.

— Papai — falou Louisa ao senhor Gradgrind, que estava presente —, não posso me recusar a vê-los, por uma razão que se explicará por si mesma. Eles podem vir até aqui?

Com o consentimento do senhor Gradgrind, Sissy foi buscá-los e logo retornou na companhia deles. Tom foi o último a entrar, e permaneceu em pé junto à porta — a parte menos iluminada do quarto.

— Senhora Bounderby — falou o marido dela com uma fria reverência de cabeça —, espero não estar incomodando. Esta é uma hora despropositada, porém aqui está uma jovem que andou fazendo algumas afirmações, cujo teor tornou necessária minha visita.

E dirigindo-se a Tom Gradgrind, ele disse:

— Como seu filho, o jovem Tom, recusa-se por alguma obstinada razão a dizer qualquer coisa a respeito dessas declarações – boas ou más — sinto-me obrigado a colocar frente a frente sua filha e esta moça.

— Você já me viu uma vez antes, jovem senhora — clamou Rachael, postando-se na frente de Louisa.

Tom tossiu.

— Você já me viu uma vez antes, jovem senhora — repetiu Rachael, porque Louisa não respondera.

Tom tossiu novamente.

— Sim, eu já a vi.

Rachael olhou altivamente para o senhor Bounderby e disse:

— Você poderia dizer, jovem senhora, onde foi e quem estava presente?

— Na noite em que Stephen Blackpool foi demitido do trabalho, eu fui até a casa dele e vi você lá. Stephen também estava. E havia ainda uma velha senhora que ficou calada em um canto escuro do quarto e eu pude ver apenas de relance. Meu irmão me acompanhou nessa visita.

— Por que você não podia dizer isso, jovem Tom? — questionou Bounderby.

— Porque prometi à minha irmã que não falaria — foi a resposta que Louisa se apressou em confirmar.

— Além disso — continuou o moleque com certo tom de ironia —, ela conta a história com tal perfeição e completude, que não seria eu quem tiraria esse relato de sua boca!

— Diga por favor, jovem senhora — insistiu Rachael —, por que a senhora resolveu naquela noite visitar Stephen em uma hora tão imprópria?

— Senti compaixão por ele — respondeu Louisa, com o rosto enrubescido —, e queria lhe oferecer minha ajuda, saber o que ele pretendia fazer.

— Obrigada madame — falou Bounderby. — Fico muito lisonjeado e agradecido.

— A senhora lhe ofereceu dinheiro? — perguntou Rachael.

— Sim. Mas ele recusou e disse que aceitaria apenas duas libras em ouro.

Rachael olhou novamente para o senhor Bounderby.

— Oh, decerto que sim! — exclamou Bounderby. — Se você faz essa pergunta com o objetivo de confirmar se sua ridícula e improvável história é verdadeira ou não, sou obrigado a reconhecer que sim.

— Jovem senhora — voltou a insistir Rachael —, Stephen Blackpool está sendo considerado um ladrão. Há cartazes espalhados por toda a cidade e nem sei onde mais. Houve uma assembleia esta noite, na qual ele foi vergonhosamente tachado de ser um larápio. Stephen! Um rapaz honesto, um rapaz leal, o mais correto de todos!

Dominada pela indignação, Rachael irrompeu em soluços.

— Sinto muito. Sinto muito mesmo — falou Louisa.

— Oh, jovem senhora — retomou Rachael —, quero acreditar que a senhora está sendo sincera, mas não sei! Não sei dizer o que a senhora pode fazer! A gente da sua classe não nos conhece, não se importa conosco, é diferente de nós. Não sei com certeza por que a senhora foi até lá naquela noite. Só posso pensar que a senhora queria apenas satisfazer a algum desejo seu, sem se preocupar com os problemas que poderia causar para aquele pobre rapaz. Eu disse naquele dia, Deus a abençoe por vir; e disse do fundo do meu coração, pois a senhora parecia de fato compadecida por ele. Mas agora já não sei mais. Não sei!

Louisa não ousava censurá-la pela injusta suspeita. Rachael se mostrava muito convicta da retidão do rapaz, além do que estava aflita demais.

— E quando eu penso — continuou Rachael entre soluços — que aquele pobre rapaz ficou tão agradecido à senhora, convencido de sua bondade! Quando penso que ele cobriu com as mãos o rosto marcado pelo rigor do trabalho, para esconder as lágrimas que a senhora fez brotar! Oh, espero mesmo que sua compaixão seja sincera; que não exista por trás dela nenhum motivo perverso. Mas não sei! Não tenho como saber!

— Que espécime miserável de mulher! — rosnou o moleque, remexendo-se desassossegadamente em seu canto escuro. — Como ousa você vir até aqui fazer essas rematadas imputações? Você devia ser atirada para fora, como um pacote, por não saber como se comportar. Merecidamente!

Rachael não respondeu. Só se escutava o som de seu choro contido. O senhor Bounderby interrompeu então, dizendo:

— Venha! Você sabe o que se comprometeu a fazer e é melhor que se preocupe com aquilo, não com isso.

— Eu lamento que as pessoas aqui tenham me visto desse modo — retomou Rachael, enxugando as lágrimas —, mas ninguém voltará a me ver. Jovem senhora, quando li o que os cartazes dizem de Stephen, palavras tão verdadeiras em relação a ele quanto seriam se fossem ditas sobre a senhora, fui diretamente ao Banco para contar onde Stephen está e prometer trazê-lo até aqui dentro de dois dias. Não consegui naquele momento me encontrar com o senhor Bounderby, e seu irmão me mandou embora. Tentei então localizar a senhora, mas não foi possível. Assim, retornei para o trabalho. Esta noite, logo que saí da fábrica, a primeira coisa que fiz foi tentar saber o que falavam de Stephen (pois tenho orgulho em dizer que ele virá a Coketown para provar que não é verdade) e depois procurei novamente o senhor Bounderby. Dessa vez, eu o encontrei, e contei tudo o que sabia. Ele não acreditou em uma só palavra e me trouxe até aqui.

— Por enquanto, o que você disse é verdade — concordou o senhor Bounderby, com as mãos enfiadas nos bolsos e o chapéu colocado sobre a cabeça. — Contudo, não se esqueça de que conheço sua gente há muito tempo, e sei que vocês nunca morrem por falta de conversa. Agora, eu lhe recomendo que fale menos e tome uma atitude. Você assumiu um compromisso. Pois, então, cumpra-o!

— Eu mandei uma carta para o Stephen, pelo correio que saiu esta tarde, do mesmo modo que já havia mandado outra — falou Rachael. — No máximo dentro de dois dias ele estará aqui.

— Escute então o que eu tenho a lhe dizer — retrucou o senhor Bounderby. — Talvez você não esteja ciente de que também é considerada suspeita nessa história, visto que muitas pessoas são julgadas em função da companhia em que andam. O escritório do correio também está mantido sob vigia, e nenhuma carta endereçada a Stephen Blackpool passou por lá. Portanto, deixo por sua conta tentar descobrir o que aconteceu com a sua missiva. Quem sabe, você tenha se enganado, e na verdade nem chegou a escrevê-la.

— Quando ainda não fazia uma semana desde que Stephen fora embora daqui, jovem senhora — falou Rachael, dirigindo-se suplicante a Louisa —, recebi a única carta que ele me enviou. Nela ele dizia que foi forçado a procurar emprego usando um nome diferente.

— Oh! Valha-me Deus! — bradou Bounderby, sacudindo a cabeça e assobiando. — Quer dizer então que ele usou outro nome? Que falta de sorte para um indivíduo tão imaculado! Acredito que as Cortes de Justiça consideram bastante suspeito o fato de um sujeito inocente ter muitas alcunhas.

— Em nome do bom Deus, jovem senhora — suplicou Rachael com lágrimas novamente escorrendo de seus olhos —, o que resta ao pobre rapaz fazer? Estão contra ele, os mestres de um lado e os homens do outro. Stephen só deseja trabalhar em paz e fazer o que ele julga ser correto. Pode um homem não ter o direito de viver de acordo com a própria alma e de pensar conforme comanda sua consciência? Será que a ele só resta se curvar ante esse lado ou aquele, ou então ser perseguido como uma lebre?

— Você tem razão; tem toda razão. Eu me compadeço com ele do fundo do meu coração — respondeu Louisa —, e acredito que provará sua inocência.

— Não duvide disso, jovem senhora. Ele provará.

— Com toda certeza, eu imagino — ironizou Bounderby —, ainda mais com você se recusando a dizer onde ele está! Não é mesmo?

— Eu não farei qualquer movimento para trazê-lo de volta e vê-lo ser injustamente acusado de ter sido apanhado como um fugitivo. Stephen voltará movido pela própria determinação de provar sua inocência e encher de vergonha aqueles que, mesmo estando ele ausente e impossibilitado de se defender, não perderam a oportunidade de injuriá-lo. Contei-lhe tudo o que foi feito contra ele — afirmou Rachael, repelindo com violência toda desconfiança como quem atira pedras ao mar —, e dentro de no máximo dois dias vocês o terão aqui.

— Não obstante o que você diz — acrescentou o senhor Bounderby —, quanto antes ele puder ser pego, mais cedo terá a oportunidade de provar sua inocência. Quanto à sua pessoa, não tenho nada contra, pois o que você contou se mostrou verdadeiro, e eu lhe ofereci meios de provar que era verdadeiro. Portanto, dou o caso por encerrado. Eu lhe desejo boa noite! Preciso sair para examinar essa questão mais detalhadamente.

Quando o senhor Bounderby movimentou-se para ir embora, Tom deixou o canto em que estava e saiu com ele. Sua única saudação de despedida foi um mal-humorado "Boa noite, papai!". Depois de falar rapidamente com a irmã e olhar para ela com cara feia, ele deixou a casa.

Desde o retorno de sua âncora maior, o senhor Gradgrind andava mais calado. Ele estava sentado ali em silêncio quando Louisa falou:

— Rachael, no dia em que você me conhecer melhor, saberá que sou sincera.

— Vai contra os meus princípios, jovem senhora — respondeu Rachael com toda gentileza —, duvidar de alguém. Mas, em um momento em que eu e toda a minha gente somos tratados com tanta desconfiança, não consigo deixar de duvidar. Peço-lhe desculpas por essa ofensa. Na verdade, costumo acreditar no que me dizem, mas, diante do que está sendo feito com o pobre Stephen, sou levada a hesitar.

— Em sua carta, você explicou que levantaram suspeitas contra ele só porque o viram rondando o Banco durante a noite? — perguntou Sissy. — Sabendo o que está acontecendo, ele pode se preparar para elucidar tudo quando retornar.

— Sim, minha querida — respondeu Rachael. — Contudo, não sou capaz de imaginar o que o levou até o Banco. Ele não costumava passar por ali. Seu caminho era outro, como o meu. E bem distante de lá.

Sissy já estava junto de Rachael, perguntando onde ela morava e pedindo permissão para voltar na noite seguinte e saber se havia novidades sobre Stephen.

— Não acredito que ele consiga estar de volta até amanhã — falou Rachael.

— Então, eu irei na outra noite também — afirmou Sissy.

Depois que Rachael, mostrando-se de acordo com a asserção de Sissy, foi embora, o senhor Gradgrind ergueu a cabeça e falou para sua filha:

— Minha querida Louisa, eu nunca vi esse homem – pelo menos até onde não me falha a memória. Você acredita que ele esteja implicado?

— Eu acho que já acreditei, papai. Mas agora, apesar de grande relutância, não acredito mais.

— Ou seja, em algum momento você se convenceu a acreditar que ele era culpado, porque assim suspeitavam os outros. A aparência do rapaz e seus modos sugerem honestidade?

— Ele me parece muito honesto.

— E essa moça demonstra uma confiança que me parece inabalável! Sendo assim, eu me pergunto — questionou o senhor Gradgrind, pensativo —, será que o verdadeiro culpado sabe dessas acusações? Onde está ele? Quem é ele?

Os cabelos do senhor Gradgrind já começavam a mudar de cor. No instante em que ele inclinou novamente a cabeça grisalha e apoiou-a sobre as mãos, Louisa notou o sinal do tempo naquele semblante envelhecido e, com expressão de medo e piedade estampada em sua face, correu para perto dele e se sentou ao seu lado. Os olhos da garota cruzaram acidentalmente com os de Sissy, que corou e se assustou. Louisa sinalizou a ela, colocando o dedo sobre o lábio.

Na noite seguinte, Sissy retornou para casa e contou a Louisa, em voz baixa, que Stephen ainda não havia chegado. A história se repetiu na outra noite. Mais uma vez, ela chegou em casa e relatou em voz sussurrada e amedrontada que ninguém tivera notícias de Stephen. Desde o momento daquela troca de olhares, as duas nunca pronunciaram o nome do rapaz, ou fizeram qualquer referência a ele em voz alta. Tampouco jamais levaram adiante o assunto do roubo, quando mencionado pelo senhor Gradgrind.

Os dois dias aprazados por Rachael se passaram. Lá se foram também três dias e noites sem que Stephen Blackpool aparecesse. Ninguém tinha notícias de seu paradeiro. No quarto dia, Rachael, movida por inquebrantável confiança e pela convicção de que sua carta havia extraviado, dirigiu-se ao Banco e mostrou a carta que recebera dele, com o endereço do remetente — uma de muitas colônias de trabalho, distante cerca de cem quilômetros da estrada principal. Mensageiros foram enviados ao local, e toda a cidade ficou aguardando que Stephen fosse trazido de volta no dia seguinte.

Durante todo esse tempo, o moleque acompanhou o senhor Bounderby como se fosse uma sombra, ajudando-o em todos os procedimentos. Tom passou os dias bastante excitado e exaltado. Suas unhas foram roídas até o sabugo, os lábios ficaram arroxeados e feridos e sua voz soava desagradável e ruidosa. Na hora em que o suspeito era aguardado, o moleque não arredou pé da estação. Lá ficou ele, apostando que o homem não apareceria, porque havia fugido antes da chegada daqueles que foram buscá-lo.

Pois o moleque tinha razão. Os mensageiros retornaram sozinhos. A carta de Rachael fora entregue e Stephen fugira na mesma hora. Àquela altura, ninguém sabia de seu paradeiro. A única dúvida que ficou pairando do sobre Coketown era se Rachael havia escrito de boa-fé, acreditando realmente que ele voltaria, ou se ela preveniu-o para que fugisse. Nesse ponto, as opiniões estavam divididas.

Passaram-se seis dias, sete dias e começou outra semana. O miserável moleque encontrou uma sinistra coragem e começou a se tornar desafiador. Falava ele:

— Aquele sujeito suspeito era o ladrão? Eis aí uma questão intrigante! Se não era, onde então estava o homem e por que não voltou para casa?

Onde estava o homem e por que não voltou para casa? Na calada da noite, os ecos de suas palavras, que à luz do dia haviam se espalhado até Deus sabe onde, retornaram e lhe fizeram companhia até o amanhecer.

CAPÍTULO V

Descoberto

Lá se foram dias e noites, sem que ninguém soubesse de Stephen Blackpool. Onde estaria o homem, e por que não voltou?

Todas as noites, Sissy ia até a casa de Rachael e sentava-se com ela em sua sala pequena e esmerada. Todos os dias, a despeito da intensa inquietação que lhe afligia a alma, Rachael mourejava, como precisam mourejar as criaturas iguais a ela. As serpentes de fumaça persistiam em seu curso sinuoso, indiferentes a quem se perdera ou fora encontrado, quem se revelara um bom caráter ou um mau caráter; e os elefantes enlouquecidos pela melancolia, a exemplo dos homens que se dedicam a Fatos concretos, não se afastavam de sua invariável rotina, independentemente do que viesse a acontecer. Continuou a sucessão de dias e noites, sem que nada quebrasse a monotonia. Até mesmo o desaparecimento de Stephen Blackpool aos poucos começava a fazer parte das agruras rotineiras e se transformava em uma questão tão enfadonha quanto qualquer uma das máquinas de Coketown.

— Eu duvido — falou Rachael — que chegue a vinte o número de gente, em toda essa cidade, que ainda acredita na inocência do pobre rapaz.

Ela comentou isso com Sissy quando as duas conversavam na sala de sua casa, iluminada apenas pela luz do lampião da esquina. Nem uma nem a outra sentiam falta de uma luz mais brilhante para iluminar uma conversa embalada pela tristeza. No momento em que Sissy chegou, a noite já estava escura, e desde então elas permaneciam sentadas junto à mesma janela perto da qual Rachael encontrou Sissy esperando por ela na volta do trabalho.

— Devo agradecer o misericordioso destino que trouxe você para conversar comigo — lamentou-se Rachael —, pois há momentos nos quais eu penso que estou prestes a enlouquecer. Mas sua presença me dá esperança e força. Você acredita que, embora as circunstâncias possam indicar o contrário, ainda há chance de ele provar que é inocente?

— Eu acredito — respondeu Sissy. — Acredito do fundo do meu coração. Sinto tanta confiança, Rachael, de que não pode haver equívoco nessa convicção que você carrega dentro do peito e lhe dá forças para superar todo e qualquer desalento, que acredito em Stephen como se eu o conhecesse há tantos anos quanto você o conhece.

— E Stephen, minha querida — confessou Rachael, com a voz trêmula —, me mostrou durante todos esses anos, através de seu modo sereno de ser, que é uma pessoa tão fiel ao exercício cotidiano da honestidade e da bondade, que, se eu tivesse que viver cem anos, sem nunca mais dele ouvir falar, minhas últimas palavras seriam, "Deus sabe o que se passa em meu coração. Jamais deixei de acreditar em Stephen Blackpool!".

— Todos nós lá em Stone Lodge sabemos, Rachael, que mais cedo ou mais tarde ele se livrará das suspeitas.

— Quanto mais eu sei que lá acreditam na inocência dele, minha querida, quanto mais eu me sinto confortada pela sua presença carinhosa, você que vem apenas para me dar alento, sem temer ser vista na companhia de uma mulher sobre a qual ainda pairam suspeitas, mais pesarosa eu fico em lembrar que pude um dia dirigir àquela jovem senhora palavras de desconfiança. E ainda...

— Mas você confia nela agora, Rachael?

— Agora que você nos aproximou mais, eu consigo confiar. Mas não sou capaz de impedir o tempo todo que minha mente pense...

Sentada ao lado de Rachael, Sissy mal conseguia ouvir o que ela murmurava em voz lenta e quase inaudível, como se falasse consigo mesma.

— Não consigo evitar o tempo todo que certas suspeitas se instalem em minha mente. Não consigo imaginar quem é essa pessoa, tampouco entender como ou por que isso foi feito, mas desconfio que alguém afastou Stephen daqui. Eu desconfio que, se ele tivesse voltado por conta própria e provado sua inocência perante todos, alguém poderia ficar em situação embaraçosa e, então, tê-lo impedido de vir, colocando-o fora do caminho.

Sissy empalideceu ao tomar conhecimento da suspeita de Rachael e falou:

— Essa ideia é terrível demais.

— É terrível demais pensar que ele pôde ter sido assassinado.

Sissy estremeceu e ficou ainda mais pálida.

— Quando penso nessa possibilidade, minha querida — continuou Rachael —, eu entro em desespero e, apesar de cansada, quero correr quilômetros e mais quilômetros. Mas ela continua me assombrando

300

algumas vezes, embora para não pensar eu faça todo o possível, como contar uma sequência infinita de números enquanto trabalho ou repetir sem parar coisas que aprendi em meu tempo de criança. Preciso aproveitar essa nossa conversa para me acalmar antes da hora de dormir. Caminharei com você até a sua casa.

— Stephen pode ter adoecido durante a viagem de volta — sugeriu Sissy, como que procurando se convencer e oferecer à amiga um fragmento de esperança — e, nesse caso, existem ao longo do caminho diversos locais onde se hospedar.

— Mas ele não está em nenhum deles. Já o procuraram e não conseguiram encontrar.

— É verdade — concordou Sissy depois de relutar um instante.

— Stephen deveria fazer a viagem em dois dias. Naquela carta, eu lhe enviei um dinheiro para a eventualidade de ele estar com os pés feridos, sem poder caminhar, e não ter meios de pagar uma viagem a cavalo.

— Vamos esperar que o dia de amanhã nos traga alguma novidade melhor, Rachael. Vamos tomar um pouco de ar lá fora!

As mãos delicadas de Sissy ajudaram Rachael a ajeitar o xale sobre os cabelos negros e brilhantes da maneira que ela estava acostumada a usar, e as duas saíram. Fazia uma noite agradável. Alguns poucos grupos de Mãos ainda se reuniam nas esquinas aqui e acolá, mas a maioria já havia se recolhido a suas casas, pois era hora do jantar.

— Você não parece tão agitada agora, Rachael, e sua mão está mais fria.

— Basta eu poder caminhar e respirar um pouco para me sentir melhor, minha querida. Há ocasiões em que isso não é possível. Então, me sinto mais fraca e desorientada.

— Mas você não deve esmorecer, Rachael, porque a qualquer momento podem chamá-la para testemunhar por Stephen. Amanhã é sábado. Se nenhuma notícia chegar, penso que seria bom nós irmos caminhar no campo domingo pela manhã, pois assim você ficará fortalecida para enfrentar outra semana. Está certo?

— Sim, minha querida.

As duas moças foram andando pela rua em que ficava localizada a casa do senhor Bounderby. O caminho para o destino de Sissy passava bem na frente da casa, e elas estavam indo exatamente nessa direção. A recente chegada de um trem a Coketown causara a movimentação de alguns veículos pela rua e um alvoroço, disperso mas intenso, em toda a cidade. À medida que Rachael e Sissy caminhavam, diversas carruagens ruidosas cruzavam na frente e atrás delas. De repente, quando as duas passavam diante da casa, uma das carruagens avançou com tal ímpeto que as levou a olhar involuntariamente ao redor. A luz brilhante do lampião colocado acima dos degraus da residência do senhor Bounderby destacou dentro do carro a figura da senhora Sparsit que, num arroubo de excitação, lutava para abrir a porta do veículo. Ao identificar as duas moças, ela ordenou no mesmo instante que parassem.

— Que coincidência! — exclamou a senhora Sparsit depois que o cocheiro a ajudou a sair. — Vejo aí as mãos da Providência! Venha, madame! — falou ela para alguém que ainda se encontrava dentro do carro. — Saia! ou teremos que tirá-la daí.

Nesse momento, ninguém mais do que a velha mulher misteriosa saiu do veículo. E a senhora Sparsit mais do que depressa segurou-a pelo pescoço.

— Deixem-na comigo! — gritou energicamente a senhora Sparsit. — Que ninguém a toque. Ela pertence a mim.

E, mudando o tom ditatorial de sua voz, ela se dirigiu à mulher, falando:

— Venha, madame. Entre, ou teremos que arrastá-la para dentro!

O espetáculo proporcionado por aquela cena, na qual uma mulher de postura clássica agarrava pelo pescoço uma anciã para obrigá-la a entrar em uma residência, em outras circunstâncias teria sido para qualquer autêntico vagabundo inglês – um sujeito afortunado por presenciar o fato – tentação suficiente para levá-lo a forçar sua entrada no local e poder testemunhar o desfecho da história. Mas, sendo ainda o fenômeno engrandecido pela notoriedade e pelo mistério que naquele tempo envolviam toda a cidade em decorrência do roubo do Banco, a atração exercida sobre esses vagabundos seria irresistível, mesmo sob a ameaça de o telhado lhes despencar em cima da cabeça. Dessa maneira, o grupo de testemunhas que acidentalmente ali se encontrava, formado por cerca de vinte e cinco dos vizinhos mais diligentes, foi abrindo caminho logo atrás de Sissy e Rachael, que, por sua vez, seguiam a senhora Sparsit e sua prenda; e aquela massa humana desordenada irrompeu dentro da sala de jantar do senhor Bounderby, onde os que ficaram mais atrás não perderam tempo em subir nas cadeiras para ter uma melhor visão do cenário.

— Tragam o senhor Bounderby para baixo! — gritou a senhora Sparsit, que completou, dirigindo-se a Rachael:

— Minha jovem, você sabe quem é esta aqui?

— É a senhora Pegler — respondeu Rachael.

— Pois eu imaginava que fosse! — exclamou a senhora Sparsit com expressão exultante. — Tragam o senhor Bounderby. Levantem-se todos!

Nesse ponto, a velha senhora Pegler, cobrindo-se e se encolhendo para fugir dos olhares, murmurou uma súplica.

— Não me diga! — falou a senhora Sparsit em voz alta. — Eu a adverti vinte vezes no caminho para cá, que não me afastarei da senhora até entregá-la nas mãos dele.

Nesse instante, o senhor Bounderby apareceu, na companhia do senhor Gradgrind e do moleque, com os quais estivera conferenciando no andar de cima. Ele se mostrou mais atônito do que hospitaleiro ao se deparar com essa multidão que invadiu sua sala de jantar sem ter sido convidada.

— O que está acontecendo por aqui, madame? — questionou ele, dirigindo-se à senhora Sparsit.

— Senhor — explicou aquela valorosa mulher —, atribuo à minha boa estrela a sorte de poder lhe apresentar uma pessoa que o senhor há tempos deseja encontrar. Movida pelo desejo de aliviar seu espírito, estabeleci uma conexão de algumas pistas imperfeitas com a parte da cidade na qual essa pessoa deveria residir, segundo informações a mim fornecidas pela jovem Rachael (afortunadamente aqui presente para identificá-la) e tive a felicidade de encontrar esta mulher e trazê-la comigo, a despeito de toda recusa por parte dela. Foi necessário um grande esforço, senhor, para eu chegar à consecução de meu objetivo. Porém, quando se trata de servi-lo, os esforços são para mim motivo de prazer, e a fome, a sede e o frio têm o sabor de verdadeira gratificação.

Nesse ponto, a senhora Sparsit se calou, pois, quando a velha senhora Pegler foi apresentada, o semblante do senhor Bounderby passou a exibir uma extraordinária combinação de diferentes tonalidades e expressões de embaraço.

— Oras, o que significa isso? — perguntou ele inesperadamente com toda cordialidade. — Eu lhe pergunto, madame, o que significa isso?

— Senhor! — protestou a senhora Sparsit em voz baixa.

— Por que a senhora não se limita a cuidar apenas das questões que lhe dizem respeito, madame? — esbravejou o senhor Bounderby. — Quem lhe deu o direito de sair por aí metendo o nariz nos assuntos de minha família?

Essa alusão ao componente de seu perfil que mais a agradava arrasou a senhora Sparsit. Ela se sentou rigidamente em uma cadeira, como se estivesse congelada, e, com o olhar cravado no senhor Bounderby, foi aos poucos esfregando as luvas, uma contra a outra, como se também estivessem congeladas.

— Meu querido Josiah! — exclamou a senhora Pegler, com o corpo acometido por tremores. — Meu querido menino! Não me censure. Não foi minha culpa, Josiah. Eu cansei de falar a esta dama que você não aprovaria o que ela estava fazendo. Mas não consegui detê-la.

— Por que então você permitiu que ela a trouxesse até aqui? Por que não lhe arrancou o couro cabeludo ou os dentes, por que não a arranhou toda ou fez qualquer coisa para detê-la? — questionou Bounderby.

— Meu menino! Ela me ameaçou. Disse que, se eu resistisse, poderia ser trazida por um policial. Ela insistiu que seria melhor eu vir discretamente, em vez de causar esse rebuliço todo em uma casa tão...

Aparentando um misto de timidez e orgulho, a senhora Pegler olhou ao redor da sala, e continuou:

— ... refinada como esta. Acredite, não foi minha culpa! Meu caro, nobre e majestoso menino! Até hoje, meu querido Josiah, levei uma vida de silêncio e discrição. Nunca deixei de cumprir as condições. Nunca revelei a quem quer que fosse que sou sua mãe. Limitei-me a admirá-lo a distância; e, se de tempos em tempos vim à cidade para espreitá-lo com muito orgulho, eu me mantive totalmente incógnita, meu querido, e sempre fui embora em seguida.

O senhor Bounderby, sem tirar as mãos dos bolsos, caminhava de um lado a outro ao longo da lateral da mesa de jantar, com evidente impaciência e humilhação, enquanto os espectadores sorviam avidamente cada sílaba do apelo da senhora Pegler, mostrando-se cada vez mais sôfregos e curiosos. Quando ela terminou de falar, Bounderby ainda continuou sua andança de lá para cá. O senhor Gradgrind dirigiu-se então àquela difamada velha senhora e criticou com firmeza:

— Estou surpreso, madame, que uma mulher da sua idade tenha coragem de se apresentar como mãe do senhor Bounderby, depois de ter dedicado a ele o tratamento desnaturado e desumano que a senhora ofereceu.

— *Eu*, desnaturada! — bradou indignada a velha senhora Pegler. — *Eu*, desumana! Para o meu querido menino?

— Querido! — repetiu o senhor Gradgrind. — Sim. Ouso dizer querido por causa da prosperidade que ele cultivou com as próprias mãos, madame. Não tão querido, no entanto, quando abandonado pela senhora na infância, e deixado à mercê da brutalidade de uma avó escravizada pelo vício da embriaguez.

— Eu abandonei meu Josiah? — protestou a senhora Pegler, apertando as mãos. — Deus o perdoe por sua perversa imaginação, senhor, por sua calúnia contra a memória de minha pobre mãe, que morreu nos meus braços antes de Josiah nascer. Deus permita que o senhor lamente essa difamação e viva para conhecer melhor os fatos!

Ela parecia tão sincera e ofendida que o senhor Gradgring, estarrecido com a ideia que começava a tomar forma em sua mente, respondeu em um tom mais delicado:

— A senhora nega então, madame, que tenha abandonado seu filho... para ser criado na sarjeta?

— Josiah na sarjeta! — exclamou a senhora Pegler. — Jamais, senhor. Jamais! O senhor devia se envergonhar! Meu querido menino sabe, e pode confirmar que, embora ele tenha nascido em uma família humilde, teve pais que o amavam acima de tudo e não hesitaram em se privar de algumas coisas para que o filho pudesse aprender a escrever e lidar com os números. Posso mostrar ao senhor os livros que ele usou. Estão guardados em minha casa. Ah, como estão! — exclamou a senhora Pegler, ferida em seu orgulho. — Além disso, meu querido menino sabe e pode provar para o senhor que, depois da morte do pai, quando ele tinha ainda oito anos, a mãe não abriu mão do dever de continuar abdicando de algumas coisas (o que ela sempre fez com toda satisfação e todo orgulho) para ajudá-lo a se sair bem na vida, a aprender um ofício. E ele foi um rapaz persistente; teve um mestre bondoso que lhe deu a

305

mão. E trabalhou com afinco para vencer na vida e se tornar um homem rico. Eu vou lhe contar, senhor (pois isso meu querido menino não o fará), que, embora eu tivesse apenas uma pequena loja em um vilarejo, ele nunca se esqueceu de mim, e a vida toda me enviou uma pensão de trinta libras por ano (muito mais do que eu necessito, pois ainda guardo uma parte). Ele só impôs a condição de eu me manter em meu canto, sem espalhar por aí que sou sua mãe; e não o incomodar. Eu sempre cumpri o acordo, arriscando-me apenas a vir até aqui uma vez por ano, na tentativa de vê-lo sem que ele soubesse. E acho certo — afirmou a pobre senhora Pegler, fazendo uma apaixonada defesa do filho —, que eu ficasse em meu canto, sabendo que aqui eu poderia causar problemas a ele. E estou muito satisfeita. Sei que posso continuar me orgulhando de meu Josiah, e amando-o pelo simples fato de amá-lo! Estou envergonhada, senhor, por suas difamações e suspeitas — protestou por fim a senhora Pegler. — Eu nunca estive nesta casa antes, tampouco desejei estar, sabendo que meu filho não queria. E só me encontro aqui agora porque fui trazida. O senhor devia se envergonhar das acusações que fez contra mim, principalmente com meu filho ao lado para desmentir tudo.

Os espectadores remexeram-se nas cadeiras da sala de jantar e murmuraram palavras de solidariedade à senhora Pegler. O senhor Gradgrind sentia-se uma vítima inocente submetida a uma situação constrangedora. E o senhor Bounderby, que durante todo o tempo não deixou de caminhar de um lado a outro, e a cada momento ficava mais irritado e vermelho, subitamente se deteve.

— Não sei exatamente — falou ele — a que devo o privilégio da companhia de todos os presentes. Contudo, não estou aqui para fazer perguntas. Quando estiverem satisfeitos, talvez tenham a bondade de se retirar. Mas, estejam ou não satisfeitos, acredito que farão a gentileza de se retirar. Não sou obrigado a proferir um discurso sobre os assuntos relacionados à minha família. Não me propus a isso e não vou fazê-lo. Portanto, aqueles que esperam alguma explicação acerca dessa parte da questão ficarão desapontados – em especial Tom Gradgrind, que não a terá tão cedo. Quanto ao roubo do Banco, houve um engano no tocante à minha mãe. Não fosse o excesso de intromissão, não teria havido esse engano. E eu sempre abominei excessos de intromissão – para o bem ou para o mal. Boa noite!

Muito embora o senhor Bounderby tivesse encerrado o assunto nesses termos, enquanto ele segurava a porta aberta para que o grupo saísse era tal a arrogância de seu embaraço que o fazia parecer ao mesmo tempo extremamente cabisbaixo e superlativamente grotesco. Não poderia ser mais caricata a figura daquele homem, revelado aos olhos de todos como o Fanfarrão da humildade, aquele que havia erigido sua jactanciosa reputação sobre mentiras e em nome da ostentação se afastara da verdade honrada como se essa vil demonstração de superioridade (não podia ser mais desprezível) fosse capaz de o elevar à condição de nobre. Nem se lhe tivessem decepado as orelhas, ele pareceria um Fanfarrão mais devastado e desamparado do que naquela condição: segurando a porta para a passagem de pessoas que fatalmente espalhariam aos quatro ventos tudo o que na casa dele acontecera. Nem mesmo a desafortunada senhora Sparsit, que do apogeu da exultação se afundara no Atoleiro do Desalento, encontrava-se em situação tão miserável quanto Josiah Bounderby de Coketown, o homem extraordinário, o impostor que se fizera por meios próprios.

Rachael e Sissy, deixando a senhora Pegler, que dormiria aquela noite na casa do filho, dirigiram-se juntas até o portão de Stone Lodge, e lá se despediram. O senhor Gradgrind alcançou-as no meio do caminho e falou com muito interesse a respeito de Stephen Blackpool, manifestando sua opinião de que a suspeita que recaía sobre o rapaz poderia ser tão falsa quanto a que fora levantada contra a senhora Pegler.

Durante todo o espetáculo, a exemplo do que já acontecera em outras ocasiões, o moleque permaneceu colado ao senhor Bounderby. Ele parecia acreditar que poderia se safar, caso tivesse conhecimento de todas as descobertas de Bounderby. Tom não fazia visitas à irmã, e, desde o dia em que ela retornou para casa do pai, só a viu uma vez – melhor dizendo, na noite em que esteve lá, grudado com Bounderby, como já foi dito.

Um medo sutil e impreciso, até então nunca traduzido em palavras, rondava a mente de Louisa. Ele envolvia em um mistério terrível a figura do desavergonhado e ingrato moleque. Naquele exato dia, quando Rachael expressou sua suspeita de que alguém poderia ter impedido o retorno de Stephen, porque com isso ficaria em uma situação embaraçosa, Sissy sentiu a mesma tenebrosa possibilidade, envolta em uma mesma máscara amorfa. Louisa nunca dera voz à suspeita em relação à conexão de seu irmão com o roubo. Ela e Sissy jamais trataram desse assunto em suas conversas, exceto pela troca de olhares naquele momento em que o pai inocente descansou a cabeça grisalha sobre as mãos. Mas ambas haviam compreendido e tinham consciência disso. Esse outro temor era tão terrível que pairava sobre elas como uma sombra fantasmagórica. Nenhuma das duas ousava pensar na presença tão próxima desse fantasma e menos ainda que ele também assombrasse a outra.

No entanto, mantinha-se inabalável a coragem forçada do moleque. Se Stephen Blackpool não era o ladrão, então que se mostrasse. Por que não retornava?

Outra noite. Mais um dia e mais uma noite. Nem sinal de Stephen Blackpool. Onde estava o homem, e por que não voltava para Coketown?

CAPÍTULO VI

A luz de uma estrela

Era um belo domingo de outono, claro e gelado, quando Sissy e Rachael se encontraram logo cedo para fazer uma caminhada pelo campo.

Como Coketown não espalhava cinzas apenas sobre sua cabeça, mas também pelas da vizinhança (a exemplo de algumas pessoas piedosas que fazem penitência pelos pecados cometidos colocando outras dentro de sacos de aniagem), era comum entre aqueles que vez ou outra ansiavam respirar um pouco de ar puro (o que de modo nenhum figura no rol das mais iníquas presunções da vida) distanciar-se algumas milhas da cidade viajando pela ferrovia, e então iniciar sua caminhada ou seu descanso nos campos. Para fugir da fumaça, Sissy e Rachael também seguiram os preceitos gerais e desembarcaram em uma estação a meio caminho entre a cidade e o local do retiro do senhor Bounderby.

Apesar das pilhas de carvão em pedra que maculavam aqui e acolá a paisagem verdejante, ainda assim o verde predominava e era possível apreciar as árvores, ouvir o canto das cotovias (embora fosse domingo) e sentir o aroma agradável espalhado no ar, tudo isso debaixo de um belo arco-íris que brilhava no céu azul. De um lado, Coketown se destacava na distância como uma forma indefinida encoberta por uma névoa negra. No outro, as colinas começavam a aparecer. Em uma terceira direção, observava-se uma tênue alteração na tonalidade da linha do horizonte, que se confundia na distância com o azul do mar. Sob os pés, o frescor da grama, em cima da qual tremulavam bonitas sombras esparramadas pelos galhos das árvores. As sebes eram exuberantes e em tudo imperava a paz. Também emanavam tranquilidade as máquinas paradas na beirada das minas e os cavalos velhos e debilitados, prostrados sobre o chão depois de sua rotina diária de trabalho. As rodas haviam parado de girar por um curto espaço de tempo, e a grande roda da terra parecia revolver sem o barulho e os abalos de outras ocasiões.

Sissy e Rachael atravessaram os campos e caminharam pelas veredas cobertas de sombra, pulando algumas vezes fragmentos de cerca tão apodrecidos que se soltavam ao contato com os pés. Outras vezes, passaram junto a restos de tijolos e vigas cobertos de musgo, marcando o local de trabalhos abandonados. Elas seguiram através de faixas de terrenos e trilhas muitas vezes quase indistinguíveis, evitando pisar nos pequenos montes de terra cobertos por uma vegetação espessa e alta, formada por um emaranhado de espinheiros, lemnáceas e outras plantas desse gênero, pois conheciam histórias sinistras que se contavam naquelas bandas sobre velhas fossas escondidas embaixo de locais como aquele.

O sol já estava alto quando Sissy e Rachael se sentaram para descansar. Estavam caminhando havia bastante tempo e ainda não tinham encontrado viva alma, tampouco avistado alguém ao longe. O isolamento era total.

— Este lugar é tão tranquilo, Rachael, e o caminho parece ainda de tal forma intocado que chego a imaginar que nós duas somos as primeiras pessoas a passarem por aqui neste verão.

Ao dizer isso, Sissy tinha os olhos cravados em outro daqueles fragmentos de cerca apodrecidos que se via sobre o chão. Ela se levantou para ir olhá-lo mais de perto.

— No entanto, este não parece ter sido quebrado há muito tempo. A madeira ainda está nova no ponto em que se partiu. Também vejo aqui a marca de passos. Meu Deus, Rachael!

Sissy correu de volta e abraçou Rachael pelo pescoço. Sobressaltada, ela também havia ficado em pé.

— O que aconteceu?

— Não sei. Há um chapéu sobre a grama.

Elas avançaram juntas. Rachael tomou o chapéu nas mãos e seu corpo estremeceu da cabeça aos pés. Imediatamente, ela foi tomada por uma crise de choro e começou a lamentar. No lado interno do chapéu, lia-se o nome "Stephen Blackpool", escrito com as letras dele.

— Oh, o pobre rapaz! O pobre rapaz! Alguém lhe tirou a vida. Ele foi morto aqui neste lugar!

— Há... há alguma mancha de sangue no chapéu? — perguntou Sissy com a voz trêmula.

Embora sentissem fugir a coragem de olhar, elas examinaram o objeto. Contudo, não encontraram marcas de violência. Já fazia alguns dias que ele estava jogado ali, pois mostrava vestígios da ação da chuva e do orvalho, e sobre a grama ficara marcado o desenho de seu contorno. Assustadas, as duas olharam em volta, sem sair do lugar. Mas não viram coisa alguma.

310

— Rachael — sussurrou Sissy —, vou andar até um pouco mais adiante.

Ela havia soltado a mão da amiga e estava prestes a sair andando, quando Rachael agarrou-a pelos dois braços com um grito que ressoou na distância. Diante delas, exatamente junto a seus pés, via-se a borda de um buraco negro e irregular, encoberto pela grama espessa. As duas recuaram e caíram de joelhos, tentando cada uma ocultar o rosto no pescoço da outra.

— Oh meu bom Deus! Ele tá aqui embaixo! Aqui embaixo!

Logo no início, todos os meios se provaram inúteis para controlar Rachael — lágrimas, súplicas, advertências. Ela só fazia repetir essas palavras em meio a gritos alucinantes. Sissy precisou agarrá-la, com medo de que ela acabasse se atirando dentro do buraco.

— Rachael, querida Rachael! Pelo amor de Deus, minha boa Rachael, pare com esses gritos terríveis! Pense em Stephen, pense em Stephen! Pense nele, Rachael!

Depois de repetir veementemente essa súplica, expressa em meio a toda a agonia daquele momento, Sissy conseguiu por fim fazê-la silenciar. Rachael parou e ficou olhando petrificada para a amiga; e em seu rosto não se viam lágrimas.

— Rachael, Stephen ainda pode estar vivo. Se você puder trazer ajuda, ele não ficará preso e machucado aí no fundo desse buraco medonho, nem mais um momento.

— Não, não, não!

— Não saia daqui! Faça isso por ele. Deixe-me chegar perto do fosso e escutar.

Sissy estremeceu ao se aproximar do buraco, mas foi engatinhando na direção da borda e chamou o nome de Stephen tão alto quanto seus pulmões permitiram. Ela parou para escutar, mas não houve resposta. Gritou outra vez e escutou. Nenhum som retornou lá debaixo. Sissy repetiu isso vinte, trinta vezes. Depois pegou um pequeno torrão de terra da parte do terreno em que ele havia tropeçado e atirou-o para dentro, mas não conseguiu ouvir o barulho da queda.

Quando Sissy se levantou e olhou ao redor, sem enxergar qualquer possibilidade de ajuda, aquela paisagem tão vasta, que parecera tão bela em sua quietude poucos minutos antes, quase levou ao desespero seu bravo coração.

— Rachael, nós precisamos nos separar por um momento. Vamos sair em direções diferentes para procurar socorro. Você vai pelo caminho que nós viemos, e eu seguirei adiante. Conte a todas as pessoas que você encontrar o que aconteceu. Pense em Stephen! Pense nele, Rachael!

Pela expressão do rosto de Rachael, Sissy compreendeu que podia confiar nela. E, depois de permanecer parada alguns instantes para ver a amiga se afastar correndo, com as mãos entrelaçadas em sinal de preocupação, ela fez meia-volta e tomou o seu caminho. Antes de prosseguir, Sissy amarrou seu xale na beira do fosso para sinalizar o local e então jogou o gorro de lado e correu como nunca antes fizera.

"Corra, Sissy, corra! Pelo amor de Deus, Sissy, corra! Não pare para respirar. Corra, corra!" Falando mentalmente consigo mesma, ela se pôs a correr como nunca antes havia feito. Velozmente, ela atravessou campos e veredas, sempre buscando em seu íntimo forças para não esmorecer. Por fim, chegou a uma cabana ao lado de uma casa de máquinas, onde dois homens dormiam sobre a palha em um canto protegido pela sombra.

Agitada e sem fôlego como se encontrava, Sissy teve dificuldades, primeiro para acordar os homens e, depois, para contar a eles o motivo de seu desespero. Contudo, tão logo compreenderam a situação, também eles ficaram com o espírito em chamas. Um dos homens ainda estava meio entorpecido, sob o efeito da bebida, mas, ao ouvir os gritos do outro, dando conta de que alguém havia caído no fundo do Velho Fosso do Inferno, ele correu até uma poça de água suja, enfiou nela a cabeça e retomou o estado de sobriedade.

Na companhia dos dois, Sissy avançou ainda cerca de um quilômetro até mais adiante, tendo cruzado no caminho com outro homem, que se juntou a ela, enquanto os dois primeiros correram em outra direção. Encontraram então um cavalo, e ela despachou outro homem até a estrada de ferro em busca de socorro, enviando por ele uma mensagem para Louisa. A essa altura dos acontecimentos, toda a vila estava em frenético movimento; e sarilhos, cordas, estacas, velas, lampiões e todo tipo de objeto que a tarefa exigia foram rapidamente reunidos e carregados até o Velho Fosso do Inferno.

Parecia que muitas horas já haviam se passado desde o momento em que Sissy deixara o local do buraco onde Stephen fora sepultado vivo. Ela não suportava mais a ideia de ficar longe de lá nem por um minuto mais, pois seria o mesmo que abandoná-lo. Então, retornou apressadamente, acompanhada por meia dúzia de trabalhadores, entre os quais estava o homem que o susto fizera recobrar o estado de sobriedade e que acabou se revelando o mais ativo de todos. Quando chegaram ao Velho Fosso do Inferno, encontraram-no tão ermo quanto Sissy o havia deixado. Os homens chamaram e escutaram como ela fizera antes. Examinaram as bordas do buraco e chegaram a uma conclusão sobre como o desastre acontecera. Sentaram-se então para aguardar a chegada dos implementos de que necessitavam.

Qualquer ruído, por mais tênue que fosse, como o som dos insetos que passavam voando, da oscilação das folhas ao vento, dos sussurros dos homens, fazia Sissy estremecer, porque ela imaginava serem gritos saídos do fundo do poço. Mas o vento soprava preguiçosamente sobre o buraco e nenhum som subia até a superfície. Todos eles permaneceram sentados, esperando e esperando. Depois de passado algum tempo, outras pessoas que ouviram falar sobre o acidente começaram a chegar e, logo em seguida, também os implementos, cuja ajuda era fundamental. Com outro grupo, retornou Rachael, acompanhada de um cirurgião, que trazia consigo vinho e alguns medicamentos. No entanto, essa gente toda nutria poucas esperanças de que o homem ainda estivesse vivo dentro daquele abismo.

Devido ao grande número de pessoas presentes, o que poderia dificultar o trabalho, o homem recém-recuperado da embriaguez assumiu o controle da situação — ou talvez tenha sido forçado a isso por consenso geral — e apontou alguns homens que deveriam formar um amplo círculo ao redor do Velho Fosso do Inferno. Além dos voluntários que realizariam o trabalho, apenas Sissy e Rachael tiveram permissão para permanecer dentro desse círculo. Todavia, quando mais tarde a mensagem enviada por Sissy trouxe Louisa, o moleque e os senhores Gradgrind e Bounderby em um expresso vindo de Coketown, também eles tiveram licença para ficar dentro do anel.

No momento em que foram concluídos os preparativos e dois homens puderam descer com segurança dentro do fosso, equipados com estacas e cordas, o sol já estava mais alto, pois haviam passado quatro horas desde o instante em que Sissy e Rachael sentaram-se sobre a grama na manhã daquele dia. Embora bastante simples, surgiram dificuldades para a construção do aparato utilizado no resgate, porque faltaram alguns apetrechos importantes, o que exigiu um grande vaivém de mensagens. Eram cinco horas da tarde de um luminoso domingo de outono, quando uma vela foi enviada para dentro do fosso com o objetivo de verificar a condição do ar, enquanto três ou quatro rostos preocupados se aglomeravam, observando a realização do procedimento — os homens no sarilho foram descendo conforme ordens recebidas. A vela foi trazida de volta à superfície e ainda tinha uma chama fraca. Jogaram então um pouco de água. Em seguida, uma caçamba foi pendurada em um gancho e nela entraram o homem sóbrio e mais outro, munidos de lampiões. Eles comandaram a descida gritando "Arriar!".

À medida que a corda ia desenrolando, firme e tensionada, e o sarilho crepitava, ficou em suspenso a respiração das cerca de duas centenas de homens e mulheres que observavam a cena. A um sinal de comando, o sarilho estancou — e ainda havia boa quantidade de corda para ser desenrolada. Decorridos uns poucos minutos depois da parada do dispositivo, tempo que a tensão reinante fez parecer longo demais, algumas mulheres começaram a gritar, dizendo que provavelmente outro acidente havia acontecido. Entretanto, o cirurgião, que tinha nas mãos um relógio, anunciou que ainda não haviam se passado nem cinco minutos e repreendeu-as severamente, pedindo que ficassem caladas. Mal ele acabara de falar, a direção do movimento do sarilho foi invertida e o instrumento começou a trabalhar outra vez. Olhos experientes perceberam que ele não parecia estar puxando um peso tão grande como estaria caso na outra extremidade da corda viessem os dois trabalhadores e, portanto, sabiam que apenas um estava retornando.

A corda subia firme e tensionada e ia, volta após volta, sendo enrolada no tambor do sarilho — e todos os olhos não se desgrudavam da beirada do fosso. O homem recém-recuperado da embriaguez foi carregado para cima e, dando um rápido salto, chegou até a grama. Houve um alarido geral — todos perguntavam ao mesmo tempo "Vivo ou morto?". Em seguida, um silêncio profundo.

314

Quando o homem finalmente falou "Vivo!", as vozes se juntaram em um grande clamor e todos tinham lágrimas nos olhos.

— Mas ele está muito ferido — acrescentou o mensageiro tão logo pôde se fazer ouvir novamente. — Onde está o doutor? Ele tem ferimentos muito sérios, senhor, e nós não sabemos como trazê-lo para cima.

As pessoas ali reunidas se consultaram umas com as outras e ficaram olhando ansiosamente para o médico, enquanto ele fazia algumas perguntas e balançava a cabeça ao ouvir as respostas. O sol já estava atingindo a linha do horizonte, e a luz vermelha do céu naquele final de tarde iluminava todas as faces, destacando a agonia estampada em cada uma delas.

Com o fim das deliberações, os homens retomaram seu posto junto ao sarilho e o mineiro desceu novamente, levando consigo vinho e alguns objetos pequenos. Então, aquele que ficara lá embaixo retornou. Nesse ínterim, mediante orientações do cirurgião, alguns homens trouxeram um tapume, que serviu de base para uma maca improvisada, forrada com roupas cedidas pelos espectadores e coberta de palha. O médico, por sua vez, preparou bandagens e tipoias a partir de alguns xales e lenços também cedidos pelos curiosos que assistiam ao resgate. Concluída a preparação dos apetrechos, eles foram pendurados no braço do mineiro que havia subido por último, e ele recebeu instruções de como usá-los. Parado ali, à luz do lampião que levava em uma de suas mãos fortes, tendo a outra apoiada em uma estaca e os olhos algumas vezes voltados para o fundo do buraco e outras para as pessoas ao redor, a figura do homem era uma das que mais se destacava naquela cena. Já caíra a noite e as tochas foram acesas.

De acordo com o pouco que foi dito por esse mineiro, mas que rapidamente se espalhou por todo o círculo, o homem desaparecido havia caído sobre uma massa de escombros que se acumulava até quase a metade do fosso e a queda fora ainda amortecida por algumas protuberâncias de terra nas paredes laterais. O ferido caíra de costas, com um dos braços dobrados por baixo do corpo e, segundo ele próprio, tinha se mexido muito pouco desde o acidente, com exceção da mão livre, da qual ele se valeu para alcançar e levar à boca uns pedaços de pão e carne, que sabia estarem no bolso lateral, e sorver uns goles de água de quando em quando. Ao receber a carta de Rachael, ele deixara imediata-

315

mente o trabalho e tomara o caminho de volta. Já era noite quando caiu dentro do fosso. Stephen vinha percorrendo todo o trajeto a pé e estava se encaminhando para a residência do senhor Bounderby no instante do acidente. Ele não titubeou em atravessar toda aquela área perigosa em uma hora tão imprópria, porque se sabia inocente e não conseguiria descansar se não tomasse o caminho mais curto para apressar sua chegada. O Velho Fosso do Inferno, segundo disse o mineiro, lançando sobre ele uma imprecação, fazia jus ao nome, pois, embora Stephen tivesse agora condições de falar, logo todos veriam que o maldito buraco lhe havia arrebatado a vida.

Depois de tudo preparado, o sarilho foi acionado para baixar o homem, e ele logo desapareceu dentro do fosso; mas não antes de receber as últimas instruções apressadas de seus colegas e do cirurgião. A corda foi-se desenrolando como na primeira vez e, dado o sinal, o sarilho estancou. Os homens continuaram segurando o equipamento, aguardando com o punho a postos e o corpo em posição de trabalho, prontos para reverter o movimento e começar a enrolar a corda. Finalmente veio a ordem, e todos que estavam no círculo se inclinaram para a frente.

Dessa feita, a corda parecia apertada e tensionada ao máximo. Os homens giravam com grande esforço a roda do sarilho e este protestava. Olhando para a corda, ninguém conseguia suportar a ideia de que ela poderia vir a se romper. Porém, volta após volta, ela foi-se enrolando com segurança no tambor do sarilho e logo apareceram os elos da corrente que prendia a caçamba. Esta surgiu logo em seguida. Dois homens, colocados um de cada lado, escoravam delicadamente uma pobre criatura, toda mutilada, que vinha suspensa e amarrada entre eles — uma visão capaz de causar vertigem e agonia em quem quer que a testemunhasse.

Um murmúrio de compaixão propagou-se no meio da multidão e as mulheres desataram a chorar à medida que essa figura quase disforme era retirada do suporte de ferro que a resgatara e colocada sobre a cama de palha. Inicialmente, apenas o cirurgião se aproximou. Ele fez o que pôde para ajeitar Stephen sobre a maca improvisada, mas o máximo que conseguiu foi cobri-lo. Feito isso, ele pediu que Rachael e Sissy chegassem mais perto e, nesse momento, todos viram quando o paciente virou a face pálida e cansada na direção do céu e moveu a mão direita fraturada para fora do pano que a cobria, como se esperasse para ser segurada por outra mão.

As duas lhe deram de beber, molharam seu rosto com um pouco de água e lhe administraram algumas gotas de um tônico e de vinho. Embora estivesse deitado quase imóvel, olhando para o céu, Stephen sorriu e falou "Rachael".

Ela agachou o corpo na grama e se curvou sobre a maca para que seus olhos ficassem interpostos entre os de Stephen e o céu, pois ele não conseguia virar a cabeça para vê-la.

— Rachael, minha querida.

Ela segurou-lhe a mão. Ele sorriu novamente e pediu:

— Não solte.

— Você está sofrendo muito, meu querido Stephen?

— Eu estava, mas já não estou mais. Tudo foi muito terrível, difícil de suportar, minha querida. Um tempo longo demais, mas agora já acabou. Ah, Rachael, sempre uma trapalhada! Do começo ao fim, uma grande trapalhada!

Ao pronunciar essa palavra, o rosto dele pareceu exibir um vestígio de sua antiga expressão.

— Eu caí naquele fosso, minha querida. Uma mina que, de acordo com as pessoas que aqui vivem há bastante tempo, já custou a vida de centenas e centenas de homens — pais, filhos, irmãos, que protegiam contra a fome e a miséria milhares e milhares de seres queridos. Eu caí em uma mina que causou com seus gases inflamáveis mais desgraças do que uma guerra. Eu li nas petições públicas feitas pelos mineiros (como qualquer pessoa pode ler) as súplicas desses homens aos legisladores, implorando em nome de Cristo que eles fossem poupados da morte em seu trabalho, para poderem viver junto aos entes queridos, por quem nutriam um amor tão grande quanto o dos fidalgos por sua gente. Quando estavam em funcionamento, elas causavam muitas mortes que podiam ser evitadas; desativadas, continuam causando muitas mortes que podiam ser evitadas. Veja como, de uma forma ou de outra, nós morremos todos os dias sem necessidade – todos os dias!

O lamento de Stephen, dito em voz baixa, quase inaudível, não revelava qualquer sentimento de rancor contra quem quer que fosse. Apenas denunciava uma verdade.

— Lembre-se de sua irmãzinha, Rachael. Você não se esqueceu, não é mesmo? E não vai esquecer agora, quando eu estou tão perto dela. Lembre-se, minha querida (minha pobre, paciente e sofredora Rachael), de tudo o que você fez por sua irmã. Ela, que ficava o dia todo sentada naquela cadeira pequenina junto à janela. Lembre-se de como ela morreu, jovem e disforme, sempre respirando aquele ar insalubre, o ar nocivo das casas miseráveis dos trabalhadores — uma coisa que podia ser evitada. Uma trapalhada! Sempre uma trapalhada!

Louisa se aproximou de Stephen, mas ele não pôde vê-la, pois estava deitado com o rosto voltado para o céu.

— Se nós não fôssemos sempre cercados por tanta trapalhada, minha querida, eu não teria sido obrigado a vir até aqui. Se não houvesse sempre entre nós uma grande trapalhada, eu não teria sido tão mal compreendido por meus colegas fiandeiros, meus irmãos trabalhadores. Se o senhor Bounderby algum dia tivesse me conhecido de fato, se soubesse como verdadeiramente eu sou, ele não se sentiria injuriado e não teria levantado essas suspeitas contra mim. Mas olhe lá longe, Rachael! Olhe lá para cima!

Acompanhando os olhos de Stephen, ela percebeu que ele fitava uma estrela.

— Ela brilhou sobre mim — falou ele respeitosamente — nas horas de dor e aflição que eu passei lá embaixo. Ela brilhou dentro de minha alma. Enquanto olhava para ela, eu pensava em você, Rachael, até que enfim a confusão em minha mente clareou um pouco. Se algumas pessoas precisavam me compreender melhor, eu também precisava compreendê-las um pouco mais. Quando recebi sua carta, logo acreditei que havia uma trama perversa naquilo que a jovem senhora e o irmão dela falaram para mim e me fizeram. Quando caí, eu estava carregando raiva contra ela em meu coração e tinha pressa em devolver a mesma injustiça que os outros fizeram comigo. Mas em nosso julgamento, assim como em nossos atos, precisamos ser tolerantes e saber reprimir os impulsos que nos movem. Nos momentos de dor e aflição, olhando para a estrela que brilhava sobre mim lá de cima, eu enxerguei mais nitidamente e, em minha prece de moribundo, pedi que todas as criaturas deste mundo vivessem em um ambiente de maior união e harmonia do que enquanto eu ainda aqui vivia.

Escutando o que Stephen dissera, Louisa inclinou-se sobre ele, no lado oposto ao que Rachael estava, de modo a poder ser vista.

— A senhora escutou? — perguntou Stephen depois de alguns instantes de silêncio. — Eu não me esqueci da senhora.

— Sim, Stephen, eu o ouvi. E digo que sua prece é também minha.

— A senhora tem um pai. Será que a senhora levaria uma mensagem minha para ele?

— Ele está aqui — falou Louisa, com expressão de medo. — Posso trazê-lo até você?

— Por favor.

Louisa retornou na companhia do pai e, de mãos dadas, os dois ali permaneceram, observando aquele semblante solene.

— Senhor! A única coisa que eu lhe peço é que limpe meu nome diante de todos os homens.

O senhor Gradgrind se sentiu constrangido e perguntou como poderia fazê-lo.

— Senhor! Seu filho lhe dirá. Pergunte a ele. Não vou imputar culpas a ninguém. Não vou deixar acusações depois que eu me for — nem sequer uma palavra. Eu estive com seu filho certa noite, e falei com ele. Não peço ao senhor mais nada — apenas que limpe meu nome. Confio que o senhor o fará.

Os carregadores já estavam a postos para levar o ferido, e o cirurgião aguardava ansioso pela remoção. Então, aqueles que tinham lamparinas nas mãos prepararam-se para seguir na frente da padiola, mas, antes que ela fosse carregada do lugar em que estava, Stephen olhou para a estrela e se dirigiu a Rachael, dizendo:

— Quando eu me vi lá embaixo, no meio de toda aquela aflição, e percebi que ela estava brilhando sobre mim, pensei que seria a estrela que conduzia à casa de Nosso Salvador. Não posso deixar de pensar que é ela mesma!

Os homens levantaram a maca, e Stephen se encheu de alegria ao descobrir que eles estavam prestes a caminhar na direção em que a estrela parecia conduzi-lo.

— Rachael, minha amada! Não largue da minha mão. Nós podemos caminhar juntos nesta noite, querida!

— Ficarei ao seu lado, segurando a sua mão, até o final do caminho.

319

— Deus a abençoe! Alguém, por favor, cubra meu rosto!

Stephen foi carregado cuidadosamente através dos campos, ao longo das veredas e de toda a vasta extensão de terras. Rachael não se separou dele por um instante sequer, sempre segurando-lhe a mão. Uns poucos sussurros quebravam de quando em quando o silêncio pesaroso. Logo a procissão se transformou em um cortejo fúnebre. A estrela havia mostrado ao homem onde encontrar o Deus dos pobres, e através da humildade, do infortúnio e do perdão ele ganhou o descanso do Redentor.

CAPÍTULO VII

A caçada ao moleque

Antes de ser desfeito o círculo ao redor do Velho Fosso do Inferno, uma figura havia desaparecido de dentro dele. Em vez de permanecer ao lado de Louisa, que ficou ali apoiada nos braços do pai, o senhor Bounderby e sua sombra se isolaram em outro local. Quando o senhor Gradgrind foi chamado para junto da padiola de Stephen, Sissy, atenta a todos os acontecimentos, colocou-se furtivamente atrás daquela sombra maléfica e sussurrou em seu ouvido. Só a ela não escapou a expressão de horror estampada na face do indivíduo, pois os olhos de todos os presentes estavam voltados para outro lugar. Sem virar a cabeça, ele conferenciou com ela alguns instantes e desapareceu. Foi assim que o moleque escapou da roda antes que as pessoas se dispersassem.

Ao chegar em casa, o senhor Gradgrind enviou uma mensagem para a residência do senhor Bounderby, solicitando a presença imediata de seu filho. A resposta dava conta de que o senhor Bounderby havia se perdido dele no meio da multidão e, como desde então não voltara a vê-lo, imaginava que estivesse em Stone Lodge.

— Eu acredito, papai — falou Louisa —, que ele não voltará à cidade esta noite.

O pai saiu sem dizer mais nada.

Pela manhã, tão logo deu o horário da abertura do Banco, o senhor Gradgrind se dirigiu pessoalmente para lá. Descobrindo que estava vazio o lugar de seu filho (depois de reunir toda a coragem possível para verificar), ele tomou o caminho de volta, e acabou esbarrando na rua com o senhor Bounderby, que fazia o trajeto contrário na direção do Banco. O pai explicou ao outro que, por motivos que logo esclareceria e sobre os quais suplicava não lhe fossem feitas perguntas naquele momento, ele julgara necessário manter seu filho distante por algum tempo. Também falou que ele fora incumbido da missão de preservar a memória de Stephen Blackpool e tornar conhecido o verdadeiro ladrão. Dito isso, o sogro se afastou, e o senhor Bounderby, bastante desconcertado, ficou parado ali na rua completamente imóvel e inchado como uma imensa bolha de sabão, embora desprovido da beleza que estas têm.

O senhor Gradgrind dirigiu-se para casa, e lá chegando foi direto para sua sala, onde permaneceu fechado durante o dia todo, recusando-se inclusive a receber Louisa e Sissy, que foram procurá-lo. Quando elas bateram à porta, ele respondeu sem abri-la:

— Agora não, minhas queridas, à noite.

À noite, as duas retornaram, mas ouviram outra recusa.

— Ainda não estou pronto. Amanhã falaremos.

Naquele dia, o senhor Gradgrind não se alimentou e não acendeu as lamparinas depois do anoitecer. Já tarde da noite, elas escutaram o som dos passos dele, que caminhava incansavelmente de um lado a outro.

Contudo, na hora habitual ele apareceu para o café da manhã e tomou seu lugar costumeiro à mesa. Apesar do corpo bastante arqueado e de seu semblante envelhecido e abatido, ele tinha a aparência de um homem mais sábio e magnânimo do que naqueles dias de sua vida em que buscava nada mais além de Fatos. Antes de deixar a sala, o senhor Gradgrind estabeleceu um horário para que as duas fossem ter com ele e, de cabeça baixa, saiu em silêncio.

— Querido papai — falou Louisa quando, na hora marcada, eles se encontraram —, o senhor ainda tem três filhos pequenos. Eles serão diferentes; eu serei diferente, com a ajuda de Deus.

Ela estendeu a mão para Sissy, como se quisesse dizer que esperava contar com a ajuda dela também.

— Seu irmão miserável — lamentou-se o senhor Gradgrind. — Você acredita que ele já tivesse em mente o plano desse roubo quando a acompanhou até a casa de Stephen Blackpool?

— Temo que sim, papai. Eu sei que ele precisava desesperadamente de dinheiro, e tinha gastado uma quantia vultosa.

— Como o pobre homem estava para deixar a cidade, seu irmão teve a ideia demoníaca de lançar as suspeitas sobre ele?

— Eu creio que essa ideia lhe ocorreu quando ele estava sentado lá, papai. Fui eu que o convidei a ir até a casa de Stephen comigo. A visita não foi proposta por ele.

— Tom conversou com o pobre homem. Por acaso ele o chamou para o lado?

— Sim. Levou-o para fora da sala. Mais tarde, eu lhe perguntei por que tinha feito isso e ele me deu uma desculpa bastante plausível. Contudo, papai, quando relembro os eventos daquele dia à luz do que se passou na noite passada, temo que posso imaginar exatamente o que aconteceu entre Tom e Stephen.

— Diga-me — pediu o pai —, se você vê esse seu irmão infrator sob a mesma perspectiva tenebrosa que eu vejo.

— Eu acredito, papai — respondeu Louisa depois de um instante de hesitação —, que ele deve ter apresentado a Stephen Blackpool alguma proposta — não sei se em meu nome, ou talvez no dele mesmo — e com isso induziu o rapaz a ficar de vigia na redondeza do Banco durante aquelas duas ou três noites antes de deixar a cidade — coisa que ele fez movido por sua boa-fé e honestidade, e em outras circunstâncias jamais o faria.

— Incontestável! — concordou o pai. — Absolutamente incontestável!

O senhor Gradgrind cobriu o rosto e permaneceu um momento em silêncio. Recobrando o equilíbrio, ele falou:

— E agora, onde iremos encontrá-lo? Como poderemos salvá-lo das mãos da justiça? Nas poucas horas que me posso permitir esperar antes de tornar pública a notícia, como poderemos encontrá-lo — só nós e ninguém mais? Nem dez mil libras conseguiriam esse feito.

— Sissy já o conseguiu, papai.

O senhor Gradgrind ergueu os olhos na direção da garota, como se ela fosse uma boa fada em sua casa, e disse em tom de suave gratidão e agradecida afeição:

— Sempre você, minha filha!

— Até o dia de ontem, nós tínhamos alguma desconfiança — explicou Sissy, olhando rapidamente para Louisa. — E quando eu vi o senhor ser trazido para junto da padiola na noite passada e escutei o que se passara (pois eu estava o tempo todo ao lado de Rachael), fui procurar o Tom, sem que ninguém visse, e lhe falei: "Não olhe para mim. Você está vendo onde está seu pai? Então fuja imediatamente, para seu bem e o dele também!". Logo que cheguei perto, vi que ele estava amedrontado, e, depois que falei, ficou ainda mais assustado e perguntou: "Para onde eu posso ir? Tenho pouco dinheiro e não sei se alguém me dará abrigo". Lembrei-me então do velho circo de meu pai. Eu não esqueci para onde o senhor Sleary costuma ir nessa época do ano, e recentemente li em um jornal uma notícia sobre ele. Diante disso, falei para o Tom que corresse até lá, se apresentasse e pedisse refúgio ao senhor Sleary. Ele me respondeu que iria logo antes do amanhecer e, em seguida, desapareceu no meio da multidão.

— Graças a Deus! — exclamou o senhor Gradgrind. — Ainda é possível mandá-lo para o exterior.

Havia então uma esperança maior, pois a cidade para a qual Sissy o mandara ficava a três horas de Liverpool, de onde ele poderia ser rapidamente despachado para qualquer parte do mundo. Contudo, fazia-se necessário que tivessem cautela ao entrar em contato com o moleque, porque era grande o perigo de que de um momento para outro surgissem suspeitas contra ele, e ninguém podia ter certeza de nada, exceto de que o próprio senhor Bounderby, em uma tempestuosa crise de desvelo público, poderia assumir o papel de censor romano. Assim sendo, decidiu-se que Sissy e Louisa partiriam para o local em questão, tomando para tanto um caminho secundário, e que o desafortunado pai, saindo em direção contrária, iria para o mesmo destino, porém por uma via diferente e mais larga. Além disso, ficou acordado que o senhor Gradgrind não se apresentaria ao senhor Sleary, dado o receio de que suas intenções fossem mal interpretadas ou que a notícia de sua chegada provocasse a fuga do rapaz. A comunicação com Tom estava então a cargo de Sissy e Louisa, que deveriam contar a ele o motivo de tanta aflição e vergonha, bem como informá-lo da presença do pai e do propósito da visita. Depois de tudo acertado e perfeitamente entendido pelos três, era hora de colocarem o plano em ação. Logo no início da tarde, o senhor Gradgrind caminhou direto de sua casa até a região campesina, para tomar o trem que o levaria ao seu destino. Sissy e Louisa partiram à noite e seguiram por um caminho diferente, alentadas pelo fato de não terem cruzado com pessoas conhecidas.

Com exceção de alguns poucos minutos em que tiveram que subir ou descer um infindável número de degraus em pontos de ramificação da estrada de ferro, as duas viajaram durante toda a noite e, logo ao amanhecer, desembarcaram em um pantanal situado a cerca de três quilômetros da cidade que procuravam. Elas foram resgatadas desse local desolador por um velho cocheiro primitivo,

324

que casualmente levantara mais cedo e saíra a cavalo pela região, e acabaram contrabandeadas até a cidade através de becos abstrusos habitados por porcos — embora longe de ser uma via agradável ou mesmo honrosa, aquela era, como costuma acontecer nesses casos, a legítima via de acesso.

A primeira coisa que Sissy e Louisa avistaram ao entrar na cidade foi a estrutura do Circo de Sleary. A companhia havia partido para outro município mais de trinta quilômetros distante dali, e começara a se apresentar lá na noite anterior. A ligação entre as duas localidades se dava por uma montanhosa estrada com barreira, através da qual a viagem era muito lenta. Embora tivessem tomado o desjejum apressadamente e necessitassem de descanso (o que seria inútil tentarem fazer dada a grande ansiedade do momento), as garotas não pararam — o relógio já marcava meio-dia quando elas começaram a procurar pelos celeiros e muros da cidade os cartazes do Circo de Sleary, e só uma hora depois terminaram a busca na praça do mercado.

No momento em que Sissy e Rachael pisaram na rua, o pregoeiro anunciava o início da Grande Matinê dos Cavaleiros. Sissy recomendou que, para evitarem perguntas e não chamarem a atenção da população da cidade, elas se dirigissem à porta de entrada para comprar os ingressos. Se fosse o senhor Sleary a pessoa encarregada de receber o dinheiro, ele certamente reconheceria Sissy e procederia com discrição. Caso lá estivesse outra pessoa, com toda certeza Sleary as veria dentro do circo e, ciente da história do fugitivo, da mesma forma seria discreto.

Com o coração aos saltos, elas se dirigiram então à tenda de que se recordavam tão bem. Lá estava a flâmula com a inscrição CIRCO DE SLEARY — e também o recanto de arquitetura gótica. Mas não avistaram o senhor Sleary. Mestre Kidderminster, envelhecido demais para que pudesse ser tomado por Cupido até mesmo pela mais crédula das criaturas havia se rendido às forças invencíveis das circunstâncias (e à sua barba) e, na condição de homem que geralmente sabia como ser útil, comandava naquela ocasião o erário — tendo ao seu lado um tambor de reserva, no qual podia gastar suas energias remanescentes nos momentos de lazer. No papel que ali desempenhava, o senhor Kidderminster mantinha rigorosa vigilância sobre as moedas e não enxergava

325

nada mais exceto o dinheiro. Desse modo, Sissy passou por ele despercebida e as duas entraram.

O Imperador do Japão, montando um cavalo velho e disciplinado, todo branco salpicado de manchas pretas, executava seu divertimento favorito, que consistia em manter cinco bacias girando no ar ao mesmo tempo. Apesar de estar bastante familiarizada com essa dinastia real, Sissy ainda não conhecia pessoalmente esse Imperador, que continuou reinando em paz em seu posto. Em seguida, o gracioso e notável número de equitação à moda tirolesa da senhorita Josephine Sleary foi então anunciado por um novo palhaço, que o denominou o Número da Couve-flor, e o senhor Sleary apareceu conduzindo a garota.

No momento em que ele desferiu um golpe com seu chicote na direção do Palhaço, ao qual este respondeu "Se fizer isso outra vez, eu jogarei o cavalo em cima de você!", pai e filha notaram a presença de Sissy. Contudo, os dois continuaram seu Ato, demonstrando grande domínio de si e, com exceção do primeiro instante, o senhor Sleary não manifestou qualquer outra expressão diferente em nenhum de seus olhos — o fixo ou o móvel. O número pareceu longo demais não só para Sissy como também para Louisa, em especial no momento em que foi feita uma pausa para que o Palhaço pudesse contar para o senhor Sleary (que calmamente comentava "De fato, senhor!" diante de todas as observações, sem tirar os olhos do cavalo) o caso de duas pernas, que estavam sentadas em três pernas, olhando uma perna, quando entrou quatro pernas, agarrou uma perna, ergueu duas pernas, segurou três pernas e atirou em quatro pernas, que fugiu com uma perna. Muito embora o conto não passasse de uma engenhosa alegoria relativa a um açougueiro, uma banqueta de três pernas, um cachorro e uma perna de carneiro, a narrativa consumiu tempo demasiado, deixando todos em estado de intenso suspense. Finalmente, no entanto, a pequena garota loira, Josephine, cumprimentou o público, debaixo de caloroso aplauso, e deixou o Palhaço sozinho no picadeiro. Quando ele mal acabara de se aquecer e disse "Agora terei minha vez!", Sissy sentiu que alguém tocou em seu ombro e, então, fez um aceno e saiu.

Ela levou Louisa consigo, e as duas foram recebidas pelo senhor Sleary em um pequeno aposento privativo, com laterais de lona, chão de grama e cobertura de madeira inclinada, sobre a qual a plateia batia os pés para demonstrar sua aprovação, fazendo parecer que tudo viria abaixo.

— Zezília — falou o senhor Sleary, que tinha um recipiente de licor amargo e um de água ao alcance das mãos —, que bom ver vozê, nozza garota preferida! Eu zei que vozê nunca ze ezquezeu de nóz, depoiz que foi embora. Primeiro, vozê preziza ver nozza gente, minha querida, antez de falarmoz de negózioz, zenão elez ficarão magoadoz — prinzipalmente az mulherez. Jozephina ze casou com E.W.B. Childerz. Oz doiz têm um garoto, que, embora tenha zó trêz anoz, já monta em qualquer pônei. Ele ze chama A Pequena Maravilha da Equitazão Ezcolar. Se vozê não ouvir falar dele em Aztley, ouvirá em Pariz. Vozê ze lembra de Kidderminzter, que parezia muito enamorado de vozê? Muito bem. Ele também ze casou — com uma viúva, que tem idade para zer zua mãe. Ela trabalhava na corda bamba, maz agora não trabalha maiz, por conta da gordura. Elez tiveram doiz filhoz, portanto temoz crianzaz zufizientez para o número daz Fadaz e oz de ilusionizmo com crianzaz. Ze vozê vizze nozzo número Crianzaz no Bozque, no qual o pai e a mãe morrem em zima de um cavalo, o tio azzume a tutela daz crianzaz zobre um cavalo, elaz zaem para catar amoraz pretaz em zima de um cavalo e Robinz chega para cobri-laz com folhagem zobre um cavalo, vozê diria que é o número maiz completo que já viu em toda a zua vida! E vozê ze lembra de Emma Gordon, minha querida? Aquela que foi uma mãe para vozê? É claro que zim! Nem preziso falar! Muito bem! Poiz Emma perdeu o marido. Ele teve uma queda grave quando montava um Elefante para reprezentar um Zultão da Índia em um número que era uma ezpézie de Pândega, e nunca maiz ze recuperou. Emma ze casou uma zegunda vez, com um comerziante de queijoz que ze apaixonou por ela à primeira vizta. O zujeito eztá agora fazendo fortuna.

Com a respiração arfante, o senhor Sleary relatou todos esses acontecimentos, demonstrando grande sinceridade e um extraordinário toque de inocência, considerando-se que era um veterano de olhos injetados e lacrimejantes. Em seguida, ele apresentou Josephine, E.W.B. Childers (cujas mandíbulas revelavam à luz do dia a marca de muitas rugas) e A Pequena Maravilha da Equitação Escolar, ou seja, toda a companhia. Aos olhos de Louisa, eles se revelaram criaturas surpreendentes, com seus semblantes tão incrivelmente tingidos de branco e rosa, suas vestimentas tão exíguas e tal exibição de pernas. Apesar disso, era encantador vê-los aglomerados ao redor de Sissy e parecia muito natural que ela não conseguisse conter as lágrimas.

— Lá! Agora que Zezília já beijou az crianzaz, acariziou az mulherez e cumprimentou oz homenz, zaiam todoz vozêz, e já ze preparem para a zegunda parte!

Tão logo eles saíram, o senhor Sleary continuou em voz baixa:

— Agora, Zezília, não quero zaber nenhum zegredo, maz zuponho que ezta Zinhorita zeja parente do Zenhor.

— Ela é a irmã dele.

— Maz é filha do outro, quero dizer. Ezpero que ezteja bem, zenhorita. E o Cavalheiro também.

— Meu pai estará logo aqui — falou Louisa, ansiosa para entrar imediatamente no assunto. — Meu irmão está em segurança?

— Zeguro e zaudável! — respondeu o senhor Sleary. — Quero apenaz que vozê dê uma olhada no Picadeiro, zenhorita. Venha por aqui. Zezília, você já conheze oz truquez. Encontre uma abertura para ezpiar.

Cada um deles espreitou através de uma fresta das tábuas.

— Ezte é Jack, o Matador Gigante, um tipo de comédia infantil — explicou Sleary. — Ali é uma casa na qual Jack pode ze ezconder. Lá eztá o meu Palhazo, zegurando uma tampa de panela e um ezpeto para o criado de Jack e, lá, o pequeno Jack em pezzoa, com uma magnífica armadura coberta de fuligem. Lá eztão doiz engrazados criadoz negroz, duaz vezez maiorez que a casa. Elez devem ficar ao lado da casa e cuidar dela. E o Gigante ainda não apareze. Ele eztá dentro de uma zezta muito cara. Vozêz eztão vendo todoz elez?

— Sim — responderam as duas garotas.

— Olhem novamente — falou Sleary —, olhem bem. Vozêz eztão vendo todoz? Muito bem. Agora, zenhorita — ele colocou uma estrutura para que elas se sentassem —, eu tenho minha opinião e o Cavalheiro zeu pai tem a dele. Não quero zaber em que o zeu irmão ze meteu. É melhor que eu não zaiba. A única coisa que me interezza é que o Cavalheiro ajudou Zezília, e eu vou ajudar o Cavalheiro. Zeu irmão é um doz criadoz negroz.

328

Louisa deixou escapar uma exclamação, que em parte traduzia sua angústia e, em parte, sua satisfação.

— De fato — continuou Sleary —, e mezmo zabendo dizzo não ze pode apontar o dedo para ele. Vamoz ezperar o Cavalheiro. Vou manter zeu irmão aqui depoiz do ezpetáculo. Não vou deixar que ele troque de roupa, nem lave a pintura do rozto. Vamoz ezperar o Cavalheiro chegar depoiz do ezpetáculo e vozêz encontrarão zeu irmão e terão todo ezze ezpazo para falar com ele. Não deem importânzia para a aparênzia dele, poiz ele eztá bem dizfarzado.

Com o semblante desanuviado e se desdobrando em agradecimentos, Louisa não deteve por mais tempo o senhor Sleary. Com os olhos cheios de lágrimas, ela pediu que ele transmitisse ao Tom sua afeição e foi embora na companhia de Sissy, para retornar no final da tarde.

O senhor Gradgrind chegou cerca de uma hora depois. Também ele não havia cruzado com nenhum conhecido ao longo do caminho e estava confiante de conseguir, com a ajuda de Sleary, fazer seu desonrado filho chegar a Liverpool à noite. Como nenhum dos três poderia acompanhá-lo, sob risco de revelar a identidade do rapaz (mesmo encoberto sob algum disfarce), ele preparou uma carta para um correspondente em quem confiava, suplicando-lhe que, a qualquer custo, embarcasse o portador da missiva para a América do Norte, a América do Sul ou outra parte do mundo para onde ele pudesse ser despachado com a maior presteza e o maior sigilo. Feito isso, os três vagaram pela redondeza, esperando que não só a plateia, mas também os atores e os cavalos saíssem e o Circo estivesse vazio. Depois de longo tempo, eles viram quando o senhor Sleary trouxe uma cadeira e se sentou, fumando, ao lado da porta lateral, como se fosse esse um sinal para que se aproximassem.

— Zeu zervo, Cavalheiro — foi a cautelosa saudação de Sleary quando eles entraram. — Quando prezisar, poderá me encontrar aqui. O Cavalheiro não preziza ficar aborrezido pelo fato de zeu filho usar uma roupa de palhazo.

Os três entraram, e o senhor Gradgrind, com expressão de desamparo, sentou-se no meio do picadeiro, na cadeira usada anteriormente pelo Palhaço em seu número. Em um dos bancos mais distantes, envolto na penumbra e na estranheza do lugar, estava sentado o moleque infame, aborrecido ao extremo com aquele que tinha a infelicidade de chamá-lo seu filho.

Não estivesse ali diante de seus olhos, um fato ponderável e inegável, o senhor Gradgrind jamais acreditaria na mais remota possibilidade de contemplar a triste, detestável e vergonhosamente grotesca figura do moleque em sua fantasia burlesca. Contudo era inegável — um de seus filhos exemplares chegara a esse ponto! Lá estava ele, trajando um casaco ridículo, com punhos e fraldas de dimensões absurdamente exageradas, que mais parecia a veste de um sacristão. Sob o casaco, um imenso colete e culotes até os joelhos. Sapatos com fivelas e um extravagante chapéu de abas viradas para cima completavam a indumentária. As peças, feitas de material grosseiro, corroídas por traças e cheias de buracos, não se ajustavam adequadamente ao seu corpo. No rosto emplastrado com a gordurenta pasta negra, viam-se sulcos que o medo e o calor haviam produzido.

Logo de início, o moleque não se atreveu a chegar mais próximo e permaneceu sozinho no lugar em que estava, a despeito dos pedidos insistentes de Louisa, que ele rejeitou completamente. Cedendo por fim às súplicas de Sissy (se é que uma concessão feita com tal expressão de contrariedade pode ser considerada um ato de capitulação), Tom desceu de banco em banco, vindo se postar sobre a serragem na beirada do picadeiro, o mais distante que pôde do local onde estava seu pai.

— Como isso foi feito? — perguntou o pai.

— Como foi feito o quê? — retrucou o filho com mau humor.

— Esse roubo — respondeu o senhor Gradgrind, elevando a voz ao pronunciar a palavra.

— Eu arrombei o cofre durante a noite e apenas encostei a porta dele quando fui embora. Eu tinha uma chave, que foi feita muito tempo atrás. Deixei-a cair naquela manhã quando saí, para levar as pessoas a supor que alguém a utilizara. Não carreguei todo o dinheiro imediatamente. Eu intencionava ir acertando meu saldo um pouco a cada noite, mas não fiz isso. Agora o senhor já sabe o que aconteceu.

— Se eu tivesse sido atingido por um raio, o choque não seria tão insuportável! — lamentou o pai.

— Não vejo por quê — resmungou o garoto. — Tantas pessoas são empregadas para exercer posições de confiança. Tantas, entre muitas delas, agirão com desonestidade. Eu ouvi o senhor falar muitas vezes que era essa a lei. Como eu poderia fugir aos princípios da lei? O senhor confortou outras pessoas com essa explicação, papai. Pois, conforte-se a si mesmo!

O senhor Gradgrind escondeu o rosto com as mãos, enquanto o filho permaneceu em pé diante dele — uma figura grotesca e vergonhosa, mordendo um pedaço de palha. As mãos do garoto, manchadas com a massa negra da máscara que lhe cobria a face, pareciam as mãos de um macaco. A noite se fechava rapidamente e, de tempos em tempos, ele olhava impaciente na direção do pai. Dada a espessura do pigmento que cobria o rosto do jovem, o branco dos olhos era a única parte que exibia alguma expressão de vida.

— Você será conduzido até Liverpool, e, de lá, para o estrangeiro.

— Imagino que seja isso o que preciso fazer. Em nenhum outro lugar, me sentirei mais infeliz do que tenho sido aqui desde que me conheço por gente — choramingou o moleque. — Isso é tudo o que tenho a dizer.

O senhor Gradgrind saiu pela porta e retornou na companhia de Sleary, a quem havia perguntado:

— Como vamos mandar embora essa deplorável figura?

— Oraz, eu eztive penzando zobre izzo, Cavalheiro. Não há muito tempo a perder, então o zenhor preziza responder Zim ou Não. A diztânzia até a eztazão de ferro é de maiz de trinta quilômetroz. Dentro de meia hora, zai um carro que vai encontrar o trem poztal. Ezze trem levará o garoto a Liverpool.

— Mas olhe para ele! — lamentou o senhor Gradgrind. — Algum cocheiro...

— Eu não dizze que ele vai com ezze traje burlezco — falou Sleary. — Diga uma palavra e, com az pezaz de meu guarda-roupa, em zinco minutoz eu o transformarei em um rozzeiro.

— Como assim? — perguntou o senhor Gradgrind.

— Um rozzeiro, um carreteiro. Dezida-ze depreza Cavalheiro. Temoz zerveja para limpar o rozto. Nunca vi nada melhor para limpar a pazta negra de uma alegoria burlezca.

O senhor Gradgrind concordou de imediato. Sleary retirou então de dentro de uma caixa uma túnica, um chapéu de feltro e outras peças necessárias, com o que o moleque rapidamente se vestiu atrás de uma cortina. Feito isso, o senhor Sleary logo limpou o rosto do rapaz com um pouco de cerveja.

— Agora — falou ele —, venha comigo até a carruagem e zuba na parte de tráz. Eu irei junto, azzim elez vão penzar que vozê pertenze à minha gente. Diga adeuz para zua família; zeja rápido!

Dito isso, o senhor Sleary se retirou.

— Eis aqui sua carta — falou o senhor Gradgrind. — Você receberá todos os recursos necessários. Arrependa-se sinceramente e tenha uma conduta honesta para tentar se redimir do revoltante ato que você cometeu e das terríveis consequências dele decorrentes. Dê-me sua mão, pobre rapaz. Que Deus possa perdoá-lo como eu perdoo!

O réu se sensibilizou com o tom patético do pai e algumas lágrimas abjetas escorreram por sua face. No entanto, quando Louisa lhe abriu os braços, ele a repeliu outra vez.

— Você não. Não tenho nada para dizer a você!

— Oh, Tom, Tom! Será que vamos acabar desse jeito, depois de todo o meu amor por você?

— Depois de todo o seu amor! — repetiu ele obstinadamente. — Que belo amor! Abandonar o velho Bounderby, deixar o senhor Harthouse (meu melhor amigo) ir embora e voltar para o antigo lar quando eu corria grande perigo. Que belo amor é esse! Contar toda a história de nossa ida àquela casa, sabendo que a rede estava se fechando em torno de mim. Belo amor! Você me abandonou todas as vezes. Você nunca se preocupou comigo.

— Vamoz deprezza rapaz! — chamou Sleary, junto à porta.

Todos saíram aturdidos. Pendurada no pescoço do irmão, Louisa dizia que o perdoava, que ainda o amava e esperava que algum dia ele se arrependesse de tê-la deixado assim, e se alegrasse ao se lembrar dessas suas últimas palavras. Nesse instante, alguém se precipitou em cima deles. Sissy e o senhor Gradgrind, que estavam na frente do rapaz, afastaram-se imediatamente.

Era Bitzer. Sem fôlego, com a boca aberta, as narinas distendidas, os cílios brancos trêmulos, as faces mais lívidas do que nunca, parecia que ele se transformara nas cinzas remanescentes da combustão de um material qualquer, enquanto as outras pessoas se convertiam em fontes incandescentes. Lá estava ele, ofegante e arfando, como se estivesse correndo sem parar desde o início já distante daquela noite, quando saiu ao encalço deles.

— Desculpem a interferência em seus planos — falou Bitzer, sacudindo a cabeça —, mas não posso me permitir ser passado para trás pela gente do circo. O senhor Tom precisa me acompanhar, não pode fugir com os cavaleiros do circo. Ele está aí, vestindo uma túnica, e tem que vir comigo!

Em seguida, Bitzer agarrou Tom (ao que tudo indica) pelo pescoço.

CAPÍTULO VIII

Filosófico

Eles retornaram à tenda e Sleary fechou a porta para manter afastados os intrusos. Na penumbra daquela hora crepuscular, Bitzer permaneceu no Picadeiro, ainda segurando o impotente réu pelo pescoço e fazendo vistas grossas para a presença de seu antigo patrão.

— Bitzer — falou o senhor Gradgrind, muito abatido e miseravelmente submisso a ele —, você carrega um coração em seu peito?

— A circulação, senhor — respondeu ele, sorrindo diante da estranheza da pergunta —, não se realizaria na ausência de um. Nenhum homem, senhor, com conhecimento dos fatos estabelecidos por Harvey em relação à circulação sanguínea pode acreditar que não tenha um coração.

— E ele está aberto a qualquer sentimento de compaixão? — perguntou o senhor Gradgrind em tom de súplica.

— Ele está aberto à influência da Razão, senhor. E nada mais além disso — contestou o proeminente jovem.

Eles continuaram ali, olhando um para o outro. As faces do senhor Gradgring pareciam tão lívidas quanto as do perseguidor.

— Que motivos você tem — mesmo ditados pela razão — para impedir a fuga desse rapaz miserável e esmagar o desgraçado pai? — questionou o senhor Gradgrind. — Veja aqui a irmã dele. Tenha pena de nós!

— Senhor — retrucou Bitzer, com uma postura lógica e profissional —, em resposta à sua pergunta sobre que motivos eu tenho no terreno da razão para levar o jovem Tom de volta a Coketown, parece-me razoável lhe dizer que desde o primeiro instante minhas suspeitas quanto ao roubo do Banco recaíram sobre ele. Anteriormente, eu já o vinha mantendo sob vigilância, porque conhecia seus métodos. Guardei só para mim essas observações, mas não deixei de fazê-las. E agora, além da fuga e da confissão feita por ele mesmo, que escutei logo à minha chegada, tenho outras provas suficientes para incriminá-lo. Tive a satisfação de vigiar sua casa ontem pela manhã e depois segui-lo até aqui. Vou levar o jovem senhor Tom de volta a Coketown, para entregá-lo ao senhor Bounderby. Não me restam dúvidas de que o senhor Bounderby me promoverá então para o cargo hoje ocupado pelo jovem Tom. E eu desejo ter esse cargo, senhor, pois representará uma ascensão para mim, e me fará um grande bem.

O senhor Gradgrind começou a argumentar:

— Se a questão que se coloca diz respeito apenas a seu interesse pessoal...

— Perdoe-me por interrompê-lo, senhor — falou Bitzer, impedindo-o de continuar —, mas estou certo de que o senhor não ignora o fato de que todo o sistema social se resume a uma mera questão de interesse pessoal. Para manter o controle sobre um indivíduo, o único recurso é apelar aos seus interesses. É assim que nós homens funcionamos. Como o senhor bem sabe, fui educado desde muito pequeno conforme os princípios desse catecismo.

— Que soma de dinheiro você calcula que vale essa esperada promoção? — perguntou o senhor Gradgrind.

— Obrigado, senhor, por tocar no assunto — respondeu Bitzer —, mas nenhuma soma de dinheiro compensa o valor dessa promoção para mim. Ciente de que sua mente lúcida levantaria tal alternativa, fiz os cálculos e conclui que a atitude de salvar a pele de um criminoso, mesmo mediante uma compensação assim elevada, não seria para mim tão segura nem sequer tão proveitosa quanto às perspectivas de ascensão no Banco.

Estendendo as mãos para o rapaz como se dissesse "Veja quão miserável eu estou!", o senhor Gradgrind suplicou:

— Bitzer, resta-me uma única chance de conseguir sensibilizá-lo. Você frequentou minha escola durante vários anos. Se a memória dos esforços que foram lá dedicados à sua formação puder de algum modo persuadi-lo a desconsiderar seu presente interesse e liberar meu filho, eu lhe suplico que conceda a ele o benefício dessas recordações.

— Na verdade, eu me pergunto, senhor — argumentou o antigo aluno —, como pode o senhor assumir uma postura assim tão indefensável. Meus ensinos foram devidamente pagos. Uma forma de barganha encerrada quando eu fui embora.

Estava aí um princípio fundamental da filosofia de Gradgrind, ou seja, que todas as coisas são pagas. Ninguém jamais deveria oferecer algo a alguém (fosse esse algo material ou na forma de serviço) sem que isso estivesse condicionado a uma transação comercial. Nesse contexto, não havia espaço para a gratidão e todas as virtudes dela decorrentes — que deviam ser peremptoriamente abolidas. Toda a existência humana, desde o nascimento até a morte, traduzia-se em uma barganha realizada através de um balcão. E, se dessa maneira não chegássemos ao Céu, seria porque ele não era um local governado por preceitos político-econômicos e, portanto, não teríamos o que fazer lá.

— Eu não nego — acrescentou Bitzer — que meus estudos foram muito baratos. Por isso mesmo, senhor, como fui formado no mercado mais barato, hoje preciso me vender no mais caro.

Nesse instante, ele pareceu um pouco perturbado com o choro de Louisa e Sissy.

— Por favor, não se comportem assim — rogou ele. — Não vai resolver nada — só serve para gerar aborrecimento. Vocês parecem pensar que eu guardo algum ressentimento contra o senhor Tom, o que não é verdade. Minhas ações são pautadas apenas pela razão justa que já mencionei, ou seja, conduzi-lo de volta a Coketown. Se ele impuser resistência, serei obrigado a gritar "Pega Ladrão!". Mas sei que não resistirá. Vocês podem contar com isso.

O senhor Sleary que, com a boca aberta e o olho livre mais estático do que o imobilizado, até então se limitara a escutar atentamente os motivos de Bitzer, deu um passo adiante.

— Cavalheiro, o zenhor zabe perfeitamente e zua filha também (melhor do que o zenhor, porque eu contei para ela) que não me interezza zaber o que zeu filho fez. Eu dizze que zeria melhor não zaber, maz naquele momento penzei que ze tratazze apenaz de uma brincadeira zem conzeqüênziaz. Contudo, zabendo agora que foi o roubo de um banco, vejo que é um delito muito grave — grave demaiz, como ezze jovem já ezplicou. Portanto, o zenhor não deve ze aborrezer ze eu apoiar ezze jovem e falar que ele ezztá zerto — e não há nada a fazer. Maz vou lhe dizer, Cavalheiro, vou levar ezze jovem e zeu filho até a eztazão e evitar um ezcândalo aqui. Não pozzo fazer maiz do que izzo.

Esse abandono por parte do último amigo com quem contavam provocou novas lamentações de Louisa e uma aflição ainda mais profunda no senhor Gradgrind. Mas Sissy, que no fundo do peito conhecia muito bem o senhor Sleary, ficou observando atentamente suas ações. Quando todos já se encaminhavam para fora, ele fez a ela um ligeiro sinal com o olho normal, indicando que permanecesse atrás. Ao trancar a porta, falou animadamente para a garota:

— O Cavalheiro não desamparou vozê Zezília. Também não vou desampará-lo. Azima de tudo, ezze jovem é um rematado malandro, o tipo de zujeito com quem minha gente já quase azertou as contaz. A noite eztará ezcura hoje. Eu tenho um cavalo que zó falta falar e um pônei que corre maiz de vinte quilômetroz por hora ze for conduzido por Childerz. Tenho também um cachorro que pode prender um homem vinte e quatro horaz no mezmo lugar. Fale com o jovem zenhor. Diga a ele para não ficar com medo quando nozzo cavalo comezar a danzar. Diga para ele preztar atenzão e pular quando o pônei chegar perto, porque o pônei o levará a toda velozidade. Ze meu cachorro deixar ezze jovem tirar um pé do lugar, eu o deixarei ir. E, ze até de manhã meu cavalo ze mover do local onde comezou a danzar, então eu não o conhezo! Ezze é o recado!

A ordem foi tão determinante, que em dez minutos o senhor Childers, deambulando pela praça do mercado com um par de chinelos, recebeu o sinal, e a carruagem do senhor Sleary ficou pronta. Foi de fato extraordinária a cena proporcionada pelo cachorro amestrado que latia ao redor, enquanto o senhor Sleary indicava a ele com seu olho normal que era Bitzer o objeto de particular atenção. Pouco depois do escurecer, os três embarcaram e a comitiva partiu. O cachorro amestrado (uma criatura talentosa) logo tomou seu posto e manteve-se o tempo todo próximo à roda ao lado de Bitzer, com os olhos fixos no rapaz, de modo a estar preparado para entrar em ação caso ele mostrasse a menor disposição de apear.

Sissy, Louisa e o senhor Gradgrind passaram a noite toda dentro do circo, em profundo suspense. Às oito horas da manhã, o senhor Sleary retornou na companhia do cachorro — ambos revelavam um radiante bom humor.

— Tudo zerto, Cavalheiro! — falou Sleary. — A ezza altura, zeu filho já deve eztar a bordo de um navio. Childerz levou-o uma hora e meia depoiz que zaímoz daqui, na noite pazzada. O cavalo danzou a Polka até ficar morto de canzazo (e teria bailado uma valsa se não eztivezze preso em arreioz), e então eu dei a ordem e ele foi dormir confortavelmente. Quando aquele jovem, o rematado malandro, dizze que iria a

337

pé, o cachorro pulou com az quatro pataz no lenzo do pezcozo dele, derrubou-o no chão e o virou ao contrário. Então, não reztou outra alternativa ao zujeito, zenão voltar para o carro, e lá ele ficou zentado até zeiz e meia da manhã, quando eu fiz o cavalo dar a volta para retornar.

Como seria de se esperar, o senhor Gradgrind cobriu-o de agradecimentos e deu a entender, com a maior sutileza possível, que gostaria de deixar uma recompensa em dinheiro.

— Não quero dinheiro para mim, Cavalheiro, mas Childerz é um pai de família e, ze o Cavalheiro deseja oferezer a ele zinco libraz, a oferta zeria bem-vinda. Do mezmo modo, ze o zenhor quiser enviar uma coleira para o cachorro ou um conjunto de zinos para o cavalo, eu ficaria muito agradezido em rezeber. Licor amargo com água eu zempre tomo.

Ele já havia pedido que trouxessem um copo, e nesse momento pediu outro, antes de prosseguir falando:

— Ze não for pedir demaiz, Cavalheiro, um pequeno repazto de trêz a zeiz zentavoz por pezzoa, zem contar a bebida, deixaria todoz muito felizez.

O senhor Gradgrind prontamente se comprometeu a providenciar todas essas pequenas provas de sua gratidão, muito embora tenha dito que as considerava insignificantes demais diante do serviço prestado.

— Muito bem então! Azzim, ze o zenhor divulgar por aí, zempre que pozzível, uma boa opinião zobre o zirco, terá zaldado a contento zua dívida. Agora, Cavalheiro, ze zua filha puder noz deixar a zóz, eu goztaria de trocar conzigo uma palavra de dezpedida.

Louisa e Sissy se retiraram para uma sala anexa e o senhor Sleary, andando de um lado a outro e bebendo seu licor amargo com água, continuou:

— Cavalheiro, não é nezezzário lhe contar que cachorroz zão animaiz notáveiz.

— Eles são dotados de um instinto surpreendente — completou o senhor Gradgrind.

— Zeja qual for nome que o zenhor dá a izzo (eu também não zei e zeria um homem abenzoado ze zoubezze) — falou Sleary —, é de fato ezpantosa a maneira pela qual um cachorro conzegue encontrar alguém — mezmo eztando a uma enorme diztância!

338

— O faro que eles têm! — acrescentou o senhor Gradgrind. — Um dom excepcional!

— Eu zeria um homem abenzoado ze zoubezze que nome dar a izzo — repetiu Sleary, balançando a cabeça —, maz zerta vez um cachorro me encontrou de um modo tal, Cavalheiro, que me levou a penzar ze ele não tinha ze encontrado com outro cachorro e perguntado "Por acaso vozê conheze uma pezzoa chamada Zleary? Um zujeito de nome Zleary, do zirco — homem robusto; com um olho imóvel?". E ezze cachorro deve ter falado "Bem, não pozzo dizer que conhezo tal indivíduo, maz conhezo um cachorro que provavelmente o conheze". E ezze último cachorro deve ter penzado um pouco e dito "Zleary, Zleary! Oh, dezerto que zim! Um amigo meu já me falou dele. Pozzo arranjar o enderezo". Dado o fato de eu trabalhar diante do público e andar demaiz por aí, deve haver muitoz cachorroz que me conhezem, Cavalheiro, e eu nem zei quem zão!

O senhor Gradgrind pareceu bastante desconcertado com essa reflexão.

— De qualquer forma — falou Sleary, levando aos lábios o licor amargo com água —, já faz quatorze mezez dezde a última vez que eu eztive em Chezter. Nóz eztávamoz zerto dia apresentando o número Crianzaz no Bozque, quando um cachorro entrou pela porta do picadeiro. Ele vinha de longe e eztava em uma condizão terrível — manco e quase zego. O animal ficou rondando nozzaz crianzaz como ze eztivezze procurando uma crianza que ele conhezia. Depoizz chegou perto de mim, ficou em pé zobre as pataz de tráz (apesar de eztar tão fraco) e então balanzou a cauda e morreu. Aquele cachorro, Cavalheiro, era Pataz Alegrez.

— O cachorro do pai de Sissy!

— O cachorro velho do pai da Zezília. Agora, Cavalheiro, conhezendo aquele cachorro como eu conhezo, pozzo jurar que o homem já eztava morto, e enterrado quando o animal veio atráz de mim. Josephine, Childerz e eu dizcutimoz um longo tempo, para dezidir ze eu deveria ezcrever para Zezília ou não. Penzamos azzim, "Não! Não temoz notízia boa para dar. Por que perturbar a garota e deixá-la trizte?". Maz nunca vamoz zaber, Cavalheiro, ze o pai zimplezmente a abandonou ou ze preferiu ir embora com o corazão partido em vez de envolvê-la em zua miséria — nunca, até zabermoz como o cachorro noz encontrou!

— Até hoje, ela ainda guarda consigo a garrafa que ele a incumbiu de buscar; e, enquanto viver, não deixará de acreditar no afeto do pai — falou o senhor Gradgrind.

— Izzo pareze moztrar duaz coisaz, Cavalheiro — afirmou Sleary, com ar meditativo, observando o fundo do copo contendo licor amargo com água —: a primeira é que exizte amor nezte mundo, não apenaz intereze pezzoal — o que é muito diferente; a zegunda, é que ezze amor tem uma forma própria de penzar ou não penzar, para a qual de zerta maneira é tão difízil atribuir um nome, como também é difízil atribuir um nome para o comportamento do cachorro!

O senhor Gradgrind ficou olhando através da janela, sem dar resposta, enquanto Sleary esvaziou seu copo e chamou de volta as garotas.

— Zezília, minha querida. Dê-me um beijo de dezpedida! Zenhorita, filha do Cavalheiro, conforta-me ver que vozê trata Zezília como uma irmã — uma irmã em quem vozê confia e que eztima com todo o zeu corazão. Ezpero que zeu irmão zaiba zer merezedor do amor que vozê lhe dá e pozza aliviar zeu zofrimento. Cavalheiro, vamoz apertar az mãoz, pela primeira e última vez! Não ze zangue conosco. Zomoz apenaz uma pobre gente errante. Az pezzoaz prezisam ze divertir. Elaz não podem pazzar a vida zó eztudando e trabalhando. Vozêz prezisam de nóz, Cavalheiro. Faza a coiza maiz zábia e também a maiz bondosa. Veja o melhor de nozza gente, não o pior!

Em seguida, colocando a cabeça novamente para fora da porta, Sleary completou:

— Nunca antez imaginei que eu fozze um tagarela!

CAPÍTULO IX

Final

A tentativa de se ver qualquer fato na vida de um vaidoso fanfarrão, antes que ele próprio o veja, constitui uma perigosa armadilha. O senhor Bounderby sentia que a senhora Sparsit se considerava sábia demais e fora audaciosa ao tomar a dianteira em assuntos que a ele diziam respeito. Arrebatado por uma implacável indignação em relação à mulher que havia feito uma triunfante revelação da descoberta da senhora Pegler, ele ficou remoendo em sua cabeça esse sinal de presunção por parte de uma pessoa na posição de dependência em que ela se encontrava, até que tal sentimento se transformou em uma grande bola de neve. Finalmente, o senhor Bounderby chegou à conclusão de que livrar-se dessa dama bem relacionada e ter condições de dizer "Ela era uma mulher de família e queria se grudar em mim, mas eu não aceitei e a mandei embora", seria uma forma de alcançar toda a glória que um relacionamento como aquele poderia oferecer e, ao mesmo tempo, imputar à senhora Sparsit a punição que ela merecia.

Irremediavelmente dominado por essa ideia, o senhor Bounderby chegou na hora do almoço e se sentou na sala de refeições dos velhos tempos, onde ficava seu retrato. A senhora Sparsit tomou seu lugar junto à lareira, com os pés apoiados no estribo de lã, sem se importar em saber para onde estava cavalgando.

Desde o evento envolvendo a senhora Pegler, essa dama dissimulara atrás de um véu de contrição e serena melancolia sua compaixão pelo senhor Bounderby. Em virtude disso, ela adquirira o hábito de ostentar um semblante pesaroso, exatamente igual ao que nesse momento exibia diante de seu patrão.

— Qual é o problema agora, madame? — questionou o senhor Bounderby de modo grosseiro e incisivo.

— Por favor, senhor — respondeu ela —, não me trate assim, como se quisesse arrancar meu nariz com uma mordida.

— Ora, madame! Arrancar seu nariz com uma mordida! — retrucou o senhor Bounderby, levando a senhora Sparsit a entender que a entonação dada à expressão "seu nariz" na verdade queria dizer que ele era grande demais para tal propósito. Depois dessa sugestão ultrajante, Bounderby cortou para si um pedaço de pão e atirou ruidosamente a faca sobre a mesa.

A senhora Sparsit tirou o pé de seu estribo de lã e disse:

— Por favor, senhor Bounderby!

— Muito bem, madame — respondeu ele. — O que a senhora está olhando assim tão espantada?

— Perdoe-me a impertinência, mas aconteceu alguma coisa esta manhã que lhe tenha causado irritação? — perguntou a senhora Sparsit.

— Sim, madame.

— Posso perguntar, senhor — continuou ela, com ares de ofendida —, se sou eu quem o leva a perder a paciência?

— Saiba de uma coisa, madame — falou Bounderby —, não estou aqui para ser molestado. Uma dama, muito embora bem relacionada, não tem o direito de azucrinar e enfastiar um homem na minha posição, e eu não estou disposto a tolerar atitudes importunas.

O senhor Bounderby viu por bem não se permitir uma explicação pormenorizada, prevendo que em tais circunstâncias corria o risco de ser vencido.

A princípio, a senhora Sparsit elevou ligeiramente suas sobrancelhas Romanas, mas logo voltou a abaixá-las e, ajeitando seu tecido dentro da cesta, levantou-se.

— Senhor — falou ela em tom majestoso. — Percebo claramente que neste momento minha presença o importuna. Vou, portanto, retirar-me para meus aposentos.

— Com sua licença, madame, vou abrir a porta para a senhora.

— Obrigada, senhor, mas posso fazer isso por conta própria.

— É melhor que me permita fazê-lo, madame — insistiu o senhor Boundeby, passando por ela e colocando a mão sobre a maçaneta —, porque posso aproveitar a oportunidade para lhe dizer algumas palavras antes que vá embora. Prezada senhora Sparsit, parece-me que a senhora se encontra um tanto constrangida aqui. Estou certo? Sou levado a pensar que debaixo de meu humilde telhado não há espaço suficiente para uma dama tão hábil em se intrometer nos assuntos que dizem respeito a outras pessoas.

Ela olhou para o patrão com profundo escárnio e rebateu educadamente:

— É verdade, senhor?

— Desde os últimos acontecimentos, madame, não consigo deixar de pensar a respeito dessa questão — falou o senhor Bounderby —, e estou inclinado a considerar que...

— Oh, por favor, senhor! — interrompeu a senhora Sparsit com animada jovialidade. — Não desmereça seus julgamentos. Todos sabem perfeitamente quão infalíveis são as opiniões do senhor Bounderby, pois já tiveram provas inquestionáveis. Isso deve ser o tema das conversas em geral. Desmereça qualquer coisa em si mesmo, exceto suas convicções — censurou a senhora Sparsit, rindo-se.

O senhor Bounderby, enrubescido e muito constrangido, retomou o que estava falando quando foi interrompido.

— Eu dizia, madame, que na minha opinião uma dama como a senhora faz jus a uma espécie de vivenda completamente diferente desta. Uma morada tal como a de sua parente Lady Scadgers. A senhora não concorda que lá poderia haver alguns assuntos suscetíveis à sua interferência?

— Tal ideia nunca me ocorreu antes, senhor — respondeu ela —, mas agora vejo que é uma possibilidade bastante plausível.

— Então suponho que a senhora procurará fazê-lo, madame — falou o senhor Bounderby, colocando na pequena cesta da senhora Sparsit um envelope contendo um cheque. — A senhora não precisa se apressar a sair. Proceda de acordo com seu ritmo. Mas talvez nesse ínterim seja mais aceitável para uma dama de sua estirpe fazer a refeição sozinha, sem intromissões. Como eu sou apenas o humilde Josiah Bounderby de Coketown, creio que lhe devo desculpas por ter me demorado diante de si.

— Por favor, senhor, não diga isso! — retrucou a senhora Sparsit. — Se aquele retrato pudesse falar, senhor (mas ele leva sobre o original a vantagem de carecer do poder de se empenhar em desgostar os outros), certamente testemunharia que já faz muito tempo desde que eu adquiri o hábito de tratá-lo como o retrato de um Patife. Nenhum ato de um Patife é capaz de despertar surpresa ou indignação — eles podem apenas inspirar desprezo.

Dizendo isso, a senhora Sparsit, ostentando seu perfil Romano como uma medalha forjada para celebrar o escárnio pelo patrão, examinou-o fixamente da cabeça aos pés, passou desdenhosamente ao lado dele e subiu a escadaria. O senhor Bounderby fechou a porta e permaneceu em pé diante da lareira, contemplando-se, com toda a impetuosidade que lhe era característica, no próprio retrato e também em sua imagem projetada no futuro.

Quão distante era esse futuro? Estaria ele vendo a senhora Sparsit lutar com todas as armas existentes no arsenal de uma dama, ao enfrentar uma batalha diária contra a invejosa, astuta, rabugenta e torturante Lady Scadgers — uma mulher com sua perna misteriosa, devorando toda a escassa renda de que dispunha, prostrada sobre uma cama, dentro de um quarto de uma casa pequena, deplorável e abafada, que para uma pessoa não passava de mero cubículo e, para duas, de um simples depósito? Mas teria ele visto mais do que isso? Será que teve algum vislumbre de si mesmo fazendo uma exibição de Bitzer para estranhos — o jovem promissor tão devotado aos nobres méritos de seu mestre, aquele que assumira o lugar do jovem Tom e estivera muito próximo de capturá-lo, no momento em que fora subtraído por um grupo de canalhas? Teria ele visto um reflexo desmaiado da própria imagem fazendo um jactancioso testamento, no qual vinte e cinco Impostores, com mais de cinquenta e cinco anos de idade, todos eles autointitulados Josiah Bounderby de Coketown, poderiam pelo resto da vida jantar no Salão de Bounderby, hospedar-se nas Edificações de Bounderby, frequentar a capela de Bounderby, dormir sob um capelão de Bounderby, ser sustentado pelo patrimônio de Bounderby e se fartar até a náusea com uma vasta quantidade de disparates e fanfarronices de Bounderby? Teria ele tido alguma premonição do dia, cinco anos adiante, em que Josiah Bounderby de Coketown morreria nas ruas de Coketown, vitimado por um ataque, e esse mesmo precioso testamento iniciaria uma longa carreira de protestos, pilhagens, falsas pretensões, exemplos vis, pouca serventia e excesso de litígios? Provavelmente não. Não obstante, ao retrato coube presenciar tudo isso.

No mesmo dia e horário, lá estava o senhor Gradgrind, sentado em sua sala, imerso em reflexões. Que futuro se descortinava diante de seus olhos? Estaria ele se vendo como um velho decrépito de cabelos grisalhos, que submetia suas teorias, até então inflexíveis, à força das circunstâncias citadas, tornando seus fatos e números subservientes à Fé, à Esperança e à Caridade e abdicando da tentativa de triturar aquele trio Celeste em seus pequenos e poeirentos moinhos? Enxergava-se, portanto, o senhor Gradgrind como objeto do desprezo de seus antigos companheiros da política? Estaria ele vendo esses companheiros em um tempo no qual o axioma estabelecido dizia que as ações dos lixeiros nacionais só aos próprios interessavam e que eles não deviam consideração a uma abstração denominada Povo, este que "insultava os honoráveis cavalheiros" com seus "isso e aquilo", durante cinco noites na semana, até as primeiras horas da madrugada? Provavelmente, ele teve essa presciência, porque conhecia seus homens.

Na noite do mesmo dia, Louisa estava sentada, como nos tempos de outrora, observando o fogo da lareira; mas sua face parecia mais dócil e humilde. Que futuro a visão da garota conseguia divisar? Cartazes espalhados pelas ruas, endossados pela assinatura de seu pai, que reabilitavam a reputação do falecido Stephen Blackpool, o tecelão, equivocadamente considerado suspeito, e revelavam o verdadeiro culpado, o filho do senhor Gradgrind? E este, por sua vez, suplicava que a culpa fosse atribuída à tentação e à imaturidade, abstendo-se de incluir entre os atenuantes a educação recebida pelo garoto? Mas isso fazia parte do Presente. Do mesmo modo, a tumba de Stephen Blackpool, com o registro da morte feito pelo pai de Louisa, também se inseria quase no Presente, pois ela sabia que assim devia ser. Essas coisas, Louisa conseguia ver nitidamente. Mas que parcela do Futuro lhe era dado enxergar?

Veria Louisa uma trabalhadora de nome Rachael, que depois de longa enfermidade voltava a circular entre as Mãos de Coketown nos horários determinados, obedecendo ao aviso do sino da Fábrica? Uma mulher de beleza melancólica, sempre vestida de preto, mas dócil, serena e até mesmo alegre? Ela, que entre todas as pessoas do lugar parecia ser a única a se compadecer de uma criatura infeliz, ébria e degradada, que algumas vezes era vista pela cidade, mendigando e chorando seu infortúnio? Rachael, uma mulher sempre entregue ao trabalho, porém satisfeita de executá-lo e disposta a fazer dele seu destino natural até se tornar velha demais para continuar trabalhando? Tais coisas um dia aconteceriam.

Visualizaria então Louisa um irmão solitário, a milhares de quilômetros de distância, escrevendo sobre um papel manchado de lágrimas para dizer que as palavras dela se converteram cedo demais em realidade e que daria todos os tesouros do mundo em troca de estar por alguns instantes diante daquele rosto tão querido? Avistaria finalmente Louisa o irmão aproximando-se de casa com a esperança de vê-la, mas sendo retardado por uma enfermidade? E depois a carta nas mãos de um estranho, dando conta de que "ele morreu certo dia em um hospital, acometido pela febre, penitenciando-se e confessando seu amor — a última palavra pronunciada foi o nome dela"? Isso ainda aconteceria um dia.

Haveria nas visões de Louisa lugar para ela mesma? Uma mulher novamente casada, mãe carinhosa, dedicada ao cuidado dos filhos, sempre preocupada em assegurar que eles tenham uma infância da mente tanto quanto do corpo, sabedora que era da enorme beleza e fruição inerentes à primeira – um tesouro escondido, que representa a bem-aventurança e a felicidade dos mais sábios? Essas coisas jamais aconteceriam.

Mas veria Louisa a si mesma amada pelos filhos felizes da feliz Sissy? Ela, que se tornara conhecedora dos mistérios da infância; que não podia aceitar o menosprezo pelas fantasias belas e inocentes; que se esforçava por conhecer seus semelhantes mais humildes e alegrar a vida deles — tão repleta de máquinas e realidade — com os encantos e os prazeres criados pela imaginação, sem os quais o coração da infância perde o vigor, a virilidade física mais tenaz se converte em morte moral e a mais irrefutável prosperidade nacional demonstrada pelos números não passa de Escritura sobre a Parede? Veria ela todas essas coisas não como parte de alguma espécie fantástica de promessa, vínculo, fraternidade, juramento, pacto, dissimulação ou fantasia, mas simplesmente como um dever a ser cumprido? Tais coisas um dia aconteceriam.

Prezado leitor! Cabe a você e a mim decidir se na esfera de nossa atividade coisas semelhantes devem ou não ser realidade. Vamos permitir que o sejam! Devemos nos sentar diante da lareira, com a alma leve, para ver as centelhas de nosso fogo se converterem em cinzas e depois esfriarem.

CHARLES DICKENS nasceu em 7 de fevereiro de 1812 em Portsmouth, cidade portuária do sul da Inglaterra. A família fixou-se em Londres em 1823, enfrentando apuros financeiros. Dickens, aos doze anos, teve de interromper os estudos e trabalhar numa fábrica de graxa de sapato para sustentar a família no período em que o pai esteve preso por conta de dívidas – experiências que marcariam sua prosa futura. Nos anos seguintes, apesar da pouca instrução formal, começou a colaborar para jornais londrinos como repórter e em 1833 passou a escrever pequenas crônicas e contos com o pseudônimo "Boz" em diversas publicações. Em 1836 deu início à publicação em folhetim de *As aventuras do Sr. Pickwick*. No mesmo ano, casou-se com Catherine Hogarth, com quem teve dez filhos entre 1837 e 1852. Antes de concluir *Sr. Pickwick*, assumiu a edição da revista *Bentley's Miscellany* e lançou *Oliver Twist* (publicado em série entre 1837 e 1838). Em seguida, veio uma sequência impressionante de sucessos que consolidaram o seu nome entre os grandes da literatura inglesa. Entre 1838 e 1839, publicou *A vida e as aventuras de Nicholas Nickleby*. Entre 1840 e 1941, saiu *The Old Curiosity Shop*, e em 1841, *Barnaby Rudge*. Após uma viagem aos Estados Unidos, registrou suas experiências em *American Notes* (1842). A viagem também alimentou trechos de *Martin Chuzzlewit* (1843-1834). *Um conto de Natal* foi lançado em 1843. Em 1846, após uma temporada no exterior, publicou o relato de viagens *Pictures from Italy*. *Dombey and son* saiu entre 1846 e 1848. Entre 1849 e 1850, publicou *David Copperfield*. Entre 1852 e 1853, *Bleak House*. Em 1854, *Tempos difíceis*. Entre 1855 e 1857, *Little Dorritt*. Em 1858 separou-se da esposa. Em 1859, publicou *Um conto de duas cidades*. Entre 1860 e 1861, lançou *Grandes expectativas*. *Our Mutual Friend*, seu último romance, saiu entre 1864 e 1865. Charles Dickens faleceu em 9 de junho de 1870, consagrado, e foi sepultado na abadia de Westminster. Deixou inacabado o romance *Edwin Drood*.

LÚCIA HELENA DE SEIXAS P. BRITO, graduada em Física pela Universidade Mackenzie, com Especialização em Didática do Ensino Superior pela mesma Universidade. Concluiu o Mestrado em Comunicação na Universidade Paulista, defendendo a dissertação "Internet – o suporte ao trabalho colaborativo como ferramenta de aprendizagem". Cursou o programa de Formação de Tradutores e Intérpretes da Associação

Alumni. Foi Analista de Sistemas, Coordenadora de Projetos e Professora Universitária. Desde 2009 trabalha como tradutora.

MARIANA TEIXEIRA MARQUES-PUJOL possui maîtrise em Français Langue Etrangère – Université Stendhal – Grenoble III (2000), graduação em Estudos Linguísticos e Literários em Inglês pela Universidade de São Paulo (2009), mestrado em Estudos Linguísticos e Literários em Inglês pela Universidade de São Paulo (2006), doutorado em Estudos Linguísticos e Literários em Inglês pela Universidade de São Paulo (2012) e pós-doutorado em Teoria Literária pela Universidade Estadual de Campinas (2013). Tem experiência na área de Letras, com ênfase em Línguas e Literaturas Estrangeiras Modernas, atuando principalmente nos seguintes temas: literaturas de língua inglesa e de língua francesa, estudos do romance (séculos XVIII e XIX), relações literárias entre Inglaterra e França, literatura e filosofia. É membro do Laboratório de Estudos do Romance, vinculado ao Departamento de Letras Modernas da Faculdade de Filosofia, Letras e Ciências Humanas da Universidade de São Paulo. Atualmente é coordenadora da Mobilidade Internacional para as Américas, a África e a Oceania na Université de Paris Nanterre, na França.